"2021·北京文艺论坛" 论文集

北京市文学艺术界联合会　编

王一川　学术统筹

广西师范大学出版社
·桂林·

图书在版编目（CIP）数据

"2021·北京文艺论坛"论文集／北京市文学艺术界联合会编.—桂林：广西师范大学出版社，2023.11
　　ISBN 978 - 7 - 5598 - 6400 - 0

Ⅰ.①2… Ⅱ.①北… Ⅲ.①文艺评论-中国-当代-文集 Ⅳ.①I206.7 - 53

中国版本图书馆 CIP 数据核字（2023）第 187976 号

"2021·北京文艺论坛"论文集
"2021·BEIJING WENYI LUNTAN" LUNWENJI

出 品 人：刘广汉
责任编辑：魏　东
助理编辑：钟雨晴
装帧设计：李婷婷
广西师范大学出版社出版发行

（广西桂林市五里店路 9 号　　　邮政编码：541004）
（网址：http://www.bbtpress.com）
出版人：黄轩庄
全国新华书店经销
销售热线：021 - 65200318　021 - 31260822 - 898
山东韵杰文化科技有限公司印刷
（山东省淄博市桓台县桓台大道西首　邮政编码：256401）
开本：690 mm×960 mm　　1/16
印张：23　　　　　　　　字数：277 千
2023 年 11 月第 1 版　　2023 年 11 月第 1 次印刷
定价：108.00 元

目 录

百年新文艺与当代城市文化：2021·北京文艺论坛开幕致辞（一）

陈 宁

尊敬的各位文艺家、评论家，各位嘉宾：

大家下午好！一年一度的北京文艺论坛如约而至！首先，我代表北京市文联向参加论坛的各位文艺家、评论家、各区文联代表、高校学生以及媒体朋友表示热烈的欢迎！

2021年是中国共产党成立100周年。党的十九届六中全会在总结历史成就时指出，"党领导人民成功走出中国式现代化道路"。百年间，中国文艺也完成了现代性转变，实现了新的繁荣。作为新文化运动的发源地，北京始终引领百年文艺的发展潮流。新时代，作为全国文化中心，北京要打造"大戏看北京"的文化名片，以文艺滋养城市文化，彰显现代化首都的魅力与风采。今天，各门类文艺家、评论家相聚云端，以理论评论的方式向百年新文艺致敬，总结历史经验，汲取精神养分，为文艺发展与城市文化建设提供理论参照。

文艺评论是文艺事业的重要组成部分，是推动文艺发展的重要力量。2021年5月，中宣部等五部门联合印发了《关于加强新时代文艺评论工作的指导意见》，为做好文艺评论工作提供了基本遵循。下一步,北京市文联将继续加强文艺评论工作的力度,壮大签约评论家队伍,完善观摩研讨机制,深化系列课程研发,培育"坊间对话"新品牌,以更有战斗力、更有影响力的文艺评论打造文艺高地的风向标。

最后,预祝"2021·北京文艺论坛"圆满成功! 谢谢大家!

陈 宁 北京市文学艺术界联合会党组书记、常务副主席。

百年新文艺与当代城市文化：2021·北京文艺论坛开幕致辞（二）

王一川

尊敬的陈书记、杜主席，各位前辈，各位文艺家，各位同行朋友：

下午好！

经过三个多月的筹备，"2021·北京文艺论坛"以云端的形式如期和大家见面了。正像刚才陈书记在致辞中说的那样，也像刚才杜主席在主持词里谈到的那样，北京文艺论坛自 2005 年创办以来，越做越好，越做越大，特别是在谢冕先生、黄会林先生、曾庆瑞先生、孟繁华先生等资深评论家的关爱和悉心指导下，在评论界广大同仁的关心支持下，秉承开放性、包容性和前沿性等特色，充分发挥北京十二个艺术门类资源共生、共享和共融优势，为各门类理论评论工作者搭建理论交流和思想碰撞的平台。

本届论坛十分荣幸地邀请到北京的文艺创作界和文艺评论界的同仁，以及来自上海、广州等地的知名文艺家、文艺评论家。在此，我谨代表北京文艺评论家协会欢迎各位的到来！同时，也借此机会，向长期以来关注北京文艺评论和北京评论家协会发展的各界朋友，表示衷心的感谢！

2021年是中国共产党建党100周年,回顾我们党走过的一个世纪的光辉历史,一代代文艺工作者与时代同频共振,浓墨重彩地绘就各时代的绚丽画卷,带来振奋人心的精神力量。2021年的论坛以"百年新文艺与当代城市文化"为主题,旨在从习近平总书记"七一"重要讲话和《中共中央关于党的百年奋斗重大成就和历史经验的决议》中关于"中国式现代化新道路"及"人类文明新形态"等重要论述出发,透视百年来中国现代新文艺的生发及演变,为当代中国城市文化中心建设和发展提供更多借鉴。

我们知道,中国古典文艺有着数千年悠久历史,形成了在世界上独放异彩的优良传统,但在近代却遭遇严重的衰败和断裂。正是伴随"中国式现代化道路"的大胆探索和"人类文明新形态"的卓越创造,中国文艺终于完成了自身的现代性转变,实现了新繁荣,其成果荟萃为中国现代文艺新形态(即中国式现代文艺或中国式文艺现代性),从而在遭遇断裂性危机的中国文艺传统链条上历史性地接续上崭新的现代性链环,充满智慧和胆识地开创了中国式现代文艺新传统。这种中国式现代文艺新传统既可以从现代汉语诗歌和现代白话小说、话剧、舞剧、电影、电视剧、油画等新型文艺样式或文艺门类的诞生和成熟中得以集中体现,也可以从中国传统文艺样式或形态的现代性变革形态中见出。正是在这两条路径的交点上诞生了几代文艺大家,如鲁迅、郭沫若、茅盾、巴金、老舍、曹禺、冰心、沈从文、艾青、丁玲、赵树理、孙犁、田汉、欧阳予倩、夏衍、徐悲鸿、齐白石、黄宾虹、聂耳、冼星海、谢晋等。与此同时,也涌现出一大批现代文艺理论家、文艺史家和文艺批评家,例如瞿秋白、蔡仪、王朝闻、何其芳、李何林、唐弢、王瑶、游国恩、郭绍虞等。

我们同样高兴地看到,北京这座城市既是驰名世界的中华古都,也是影响现代中国和世界的现代都市,并且在近百年来为"中国式现代化道路"的开创和"人类文明新形态"的建设以及中国文艺现代性传统的开创和建设做出其他任何城市都无法比拟和无可替代的重要贡献。

当然，其他城市也有自己的贡献，这些是不可替代的。这一点可从电视剧《觉醒年代》中描绘的《新青年》杂志、"五四"新文化运动的卓越建树以及陈独秀、李大钊、毛泽东、鲁迅、蔡元培等先驱者筚路蓝缕的开创中看出。

各位专家，各位同行，总结百年来中国现代文艺新传统，提取其呈现的与中国古典文艺传统迥然不同而又血脉相连的新型传统品格，探讨其留下的历史经验和教训，为正在进行的社会主义现代化强国建设事业和"筑就中华民族伟大复兴时代的文艺高峰"事业提炼出创造性思想资源，恰是当前全国文艺理论和文艺评论界正在履行的职责。而总结百年来北京在中国现代文艺新传统生成中的建树及其对首都文化中心建设的贡献，总结北京与全国其他城市在文化建设和文艺发展中的相互交流与相互学习借鉴的经验教训，以及助推正在从事"四个文化"建设的北京为现代中国文艺新传统所做的新建树，这些都是我们当前和未来需要扎实从事的工作。北京正在建设"四个文化"，即古都文化、红色文化、京味文化、创新文化，是我们评论界需要助推的中心工作。

希望与会各位专家学者，在"北京文艺论坛"这个平台与各门类文艺评论家自由对话、激浊扬清，深入研究当下北京文艺实践，不断拓宽理论视野，为文艺发展提供更多鲜活的经验。

最后，预祝"2021·北京文艺论坛"圆满成功！也祝愿我们生活的城市因文艺所产生的文心涵濡效应而变得更加美好！谢谢大家！

王一川　北京文艺评论家协会主席，北京师范大学文艺学研究中心暨文学院教授。

实验与选择，变奏与互动

——百年新诗的六个问题

张清华

"风起于青萍之末"，这是中国人古老的思维；而从现代的意义上，加勒比海上的风暴，据说有可能是缘于一只蝴蝶的翅膀的扇动。这两者的表述虽然接近，但前者显然是神秘主义或形而上学的思维，后者却是出于科学的推测。

大约在 1916 年，新诗出现了最早的雏形。在 1920 年上海亚东图书馆出版的胡适的《尝试集》中，开篇第一、二、五首的末尾落款所标出的年代，是"五年某月某日"，也就是 1916 年的某个时候。第三、四首没有标出时间，但按照此书排列的时序，大约可推断这两首也是写于 1916 年。由此我们大概可以得出所谓"新诗"诞生的最早时间。胡适曾言，在更早的 1910 年之前，他就尝试写诗多年。他在美国留学时与任鸿隽（叔永）、梅光迪（觐庄）等人还多有唱酬之作，但大约都不能算是"新诗"了，虽然比较"白"，但在形式上并未有突破。

遍观《尝试集》第一编，所见十四首中，唯有第五首《黄克强先生哀辞》，算是散句凑成，其他篇什基本都是五言、七言，偶见四言的顺口溜，个别篇章如《百字令》算是俗化的长短句。"新诗"到底"诞生"了没有，还不好说。然而，随着 1918 年《新青年》四卷一号刊出了胡适的《鸽子》《人力车夫》《一念》《景不徙》四首，以及沈尹默的三首、刘半农的两首，没人再否认"新诗"的诞生了。若照此说，"新诗"诞生的时间点，应该是 1918 年了。

　　好坏自然另说。胡适在《尝试集》之《自序》中，不厌其烦地记录了他的诗所遭到的批评与讥刺，悉数搬出了他之前与任、梅诸友之间的不同观点，且"剧透"了他的《文学改良刍议》最早的出处是 1916 年 8 月 19 日他写给朱经农的信中的一段话，所谓"不用典"等"八事"。笔者此处不再做前人都已做过的诸般考据，只是接着开篇的话说，新诗并非诞生于一场多么壮观而伟大的革命，而是一个很小的圈子中的个人好恶与趣味所致；其文本也不是多么了不起的惊人之作，而是一个小小的带有"破坏性"的尝试。连最好的朋友也讥之为"如儿时听莲花落"，"实验之结果，乃完全失败是也"，"诚望足下勿剽窃"国外"不值钱之新潮流以哄国人也"。①

　　何为"青萍之末"？不过是三两私友的唱酬和激发，催生了一种新文体的萌芽，由此引出了一场百年未歇的诗歌革命，这算得上是一个明证了。然这还不够生动，还有更妙的因由——历来读者都忽略了一点，在这篇《自序》中，胡适开门即交代了一件有趣的事情，就是他为什么开始写诗。适之说，他自"民国纪元前六年（丙午）"，也就是 1906 年开始"做白话文字"，在第二年，也就是 1907 年开始读古诗，产生了最初的写诗冲动，是缘于这样一个常人难以出口的理由：

　　　　到了第二年（丁未），我因脚气病，出学堂养病。病中无事，我天天读古诗，从苏武、李陵直到元好问，单读古体诗，不读律诗。那

---

　　① 此是胡适在《自序》中所引的梅光迪与任鸿隽的批评，摘自他们的通信。见胡适：《尝试集·自序》，上海：上海亚东图书馆 1920 年版。

一年我也做了几篇诗……以后我常常做诗,到我往美国时,已做了两百多首诗了。①

笔者提醒诸君的不是别的,正是适之先生作诗的缘起,是因为——"脚气病"。如果从福柯的角度看,这算是一种看取历史的方法;如果从中国人古老的思维看,便是起于"无端",所谓"起于青萍之末"的偶然了。

但细想这偶然中岂无必然? 如果说旧诗是止于高大上和没来由的"万古愁",那么新诗便是起于矮穷矬且钻心痒的"脚气病"。这其中难道没有某种寓意,某种"现代性寓言"的意味和逻辑吗?

终于为"百年新诗"找到了一个有趣的起点。胡适所引发的历史转换是全方位的,信息也相当丰富。由此开始新诗的道路、方法、性质和命运是对的——虽然我们也会隐隐担心,他随后到美国留学,有没有把这难治的"脚气病"带给异国的同窗和朋友。

一、写作资源与外来影响:"白话"与"新月"的两度生长

"威权"坐在山顶上,

指挥一班铁索锁着奴隶替他开矿……

最初的尝试是令人疑虑的,缘起于"脚气病"的白话诗的味道,并不能够"与人以陶醉于其欣赏里的快感",而仅在于"与人以放胆创造

---

① 见胡适:《尝试集·自序》,上海:上海亚东图书馆 1920 年版。

的勇气".[①] 很显然,即便是受益于胡适的放胆所带来新风的人,也不太愿意承认他努力的价值。但假如我们持历史的态度,就不应轻薄包括沈尹默、刘半农、康白情、俞平伯、周作人等人所做工作的价值。事实上,在《尝试集》中也有着类似《"威权"》这样的作品,其中"威权"的意象,被意外而又诗意地人格化了,它坐于山顶,驱役着一群戴锁链的奴隶。"他说:'你们谁敢倔强?/ 我要把你们怎么样就怎么样!'"这是否在不经意间也彰明了诗的品质呢? 该诗后来的自注中说:"八年六月十一日夜……陈独秀在北京被捕;半夜后,某报馆电话来,说日本东京有大罢工举动。"这首诗的信息量很大,不止表达了对于统治者的愤怒和睥睨,更关键的是显露了"现代诗"惯常的转喻与象征的笔法。《尝试集》中这样的妙笔虽少,却不是无。

　　这就涉及新诗最早的关键性"起点"的问题。有人强调了周氏兄弟的意义,朱自清说:"只有鲁迅氏兄弟全然摆脱了旧镣铐,周启明氏简直不大用韵。他们另走上欧化一路。"[②]这十分关键,他启示我们,胡适等人虽属留洋一派,但其写作灵感却主要来自传统古诗的熏染,是从"乐府"等形式中脱胎,故其作为新诗的革命性还是相对保守的;而周作人的《小河》却起笔于象征主义,是来自西方的影响。

　　这是一个非常重要的思路,由此我们可以深入探查一下新诗之诞生,与中外特别是外来资源之间的内在关系。这其实构成了新诗最初的关键的道路问题。

　　显然,最早的一批新诗作者,主要源于留美和留日的一批写作者:胡适、康白情留美;沈尹默、郭沫若和周氏兄弟留日;刘半农是先留英后改留法,但他彼时尚未受到法国诗歌的影响。如果比较武断地下一个判断,就是这批最早的写作者,尚停留于形式选择的犹疑中,暂未找到

---

　　① 陈子展:《最近三十年中国文学史》,上海:上海太平洋书店1930年版。
　　② 朱自清:《中国新文学大系·诗集·导言》,上海:上海良友图书印刷公司1935年版。

一个比较理想的"作诗法"。事实上,包括《小河》在内的写法,基本还是散文化的"描述"。尽管康白情在其《新诗底我见》的长文中,早已注意到了"诗与散文的分别",也强调了"诗底特质"是"主情",但说实在的,这并不构成真正的"排他性",即便白话诗人们意识到了"把情绪的想象的意境,音乐的刻绘写出来"①,他们作品的质地却仍然难以脱离散文的窠臼。究其实质,盖在于其思维与想象的陈旧与匮乏。所以,截至 1919 年秋,郭沫若开始在《时事新报·学灯》上大量发表作品,新诗尚处"青萍之末"的萌芽状态,"风"并没有真正刮起。

如何评价初期白话诗,包括评价郭沫若,不是本文的意图。此问题见仁见智,实难定论。笔者想提出的一个问题是,接下来新诗在二十世纪二十年代的迅速发育,主要是基于两个重要的来源,或者说,是由两个不同的背景资源,导致新诗出现了两个明显不同的美学趣味和取向,而这一分野几乎影响和决定了新诗接下来的道路。这两个来源,一个是英美一脉,上承胡适,接着就是 1925 年留美归来的闻一多,以及1922 年留美、英归来的徐志摩,他们构成了"新月派"的主阵容;再就是1925 年留法归来的李金发、先留日后留法 1925 年回国的王独清,以及留法的艾青(1932 年回国)、戴望舒(1935 年回国)等,他们所形成的"象征主义-现代派"一脉。夹在中间的是留日的一批,留日的穆木天,虽然与创造社关系密切,但他主攻的乃是法国文学,所以比较认同象征主义诗歌。至于创造社的核心成员,郭沫若、成仿吾、郁达夫、田汉等,则基本属于浪漫主义一脉,除了稍晚些的冯乃超表现出倾向于象征派的趣味,其他人基本没有受到现代主义的影响。

这三个阵营,或者说三个文化群落,因为留学背景、所受影响、文化认同、艺术趣味的差异,而体现出了不同的追求,并且显形为差异明显的美学流向,由此构成了新诗发展重要的源流与动力。

---

① 康白情:《新诗底我见(有引)》,《少年中国》第 1 卷第 9 期,1920 年 3 月。

先从"创造社群落"说起。

这批人的鲜明特点,就是瞧不上初期的白话诗。成仿吾在《诗之防御战》一文中,将他们出现之前的诗界,比喻为"一座腐败了的宫殿","王宫内外遍地都生了野草","《尝试集》里本来没有一首是诗",不止"浅薄",更是"无聊"。他还列举了康白情、梁实秋、俞平伯、周作人、徐玉诺等人的诗,视之为"拙劣极了"的"演说词"与"点名簿"之类的东西,总之都"不是诗"。① 穆木天在给郭沫若的信中说:"中国的新诗的运动……胡适是最大的罪人。胡适说'作诗须得如作文',那是他的大错……他给散文的思想穿上了韵文的衣裳。"②如今看来,这些话确乎刻薄了点,但又大体不谬,从历史的角度看,白话新诗确乎只是完成了诗歌形式的解体或破坏,而并没有找到关键性实质所在。因而无论怎么批评,都是有道理的,正如从历史的角度,怎么肯定其意义也都是有理由的一样。

那么,郭沫若与创造社诗群的价值又体现在哪里呢? 这就是与"胡适们"相比,所体现出的"诗性思维"的生成。用郭沫若的话说,就是他在给宗白华的信中所列出的"公式":"诗＝(直觉＋情调＋想象)＋(适当的文字)"。③ 从同一篇文字中看,他明确注意到了"直觉""情调""想象"乃至"意境"这些要素与范畴,而这些我们在"胡适们"笔下都是未曾看到的。显然,他通过西方哲学中的泛神论,与中国传统诗歌中的言志与抒情传统的结合,找到了写作的艺术门径,由此也不难理解,为什么是他写出了《女神》而不是其他任何人。再者,从中我们还可以看出,郭沫若喜欢的诗人主要是泰戈尔、歌德、雪莱,他倾心的是德国文化,尤其崇敬歌德,因为他喜爱斯宾诺莎的哲学。由此可看出,郭

---

① 成仿吾:《诗之防御战》,《创造周报》1 号,1923 年 5 月 13 日。
② 穆木天:《谭诗——寄沫若的一封信》,《创造月刊》第 1 卷第 1 期,1926 年 3 月。
③ 郭沫若:《论诗三札(二)(给宗白华)》(1920 年 2 月 16 日夜),见《郭沫若论创作》,上海:上海文艺出版社 1983 年版。

沫若的主要影响来源,确乎是从启蒙主义到浪漫主义的欧洲思想,他在推崇歌德的时候甚至还说,"我们宜尽力地多多介绍,研究,因为他所处的时代——'狂飙时代'——同我们的时代很相近"。

我不想在这里对《女神》中的篇章做更多甄别与细读,我愿意承认,在白话诗一时脱下了传统衣裳,显得有些尴尬"裸奔"的情形下,是郭沫若为新诗找到了形象思维,将实现了形式变革的新诗推向了一个能够称得上"诗"的阶段。尽管,他的诗体也同时存在着过多形式的冗余,诸如频繁的复沓、咏叹、夸张,徒有其表的气势,并不迷人的歌性,等等,但毕竟可以叫作"诗"而不是"顺口溜"了,这算是新诗迈出了第二步。第一步是"诞生",聊胜于无;第二步则是无愧于作为"诗",仅此而已。

如此一来,接下来的两个流脉就显得殊为重要,因为他们完成了关于第三步的分化与竞技,实验与选择。一个是有英美背景的"新月派",另一个是有法德背景的"象征派",他们一个注重抒情和形式感,另一个则注重想象与暗示性的内在元素,如同新的招投标,为新诗的建设提供了两种方向和模型。

再说"新月派"。此一群落的形成,一是因为留学背景接近,英美的文化有内在的一致性;再者,也有因受到"创造社"成员的讥讽而导致的反向推动。他们到底提供了什么?从有限的资料看,无论是徐志摩还是闻一多,他们所受到的英美诗歌的影响,主要还是更早的浪漫派的影响,彼时在欧洲大陆早已兴起的象征主义、现代派文学运动并没有真正影响到他们,这不能不说是一个历史的巧合和错过。虽然"新月派"诗群很早就开始了写作,但直到他们真正进入自觉"创格"①的1926年,他们尚未明显地受到现代主义的影响。此时新诗刚好步入第二个十年,"象征派"的先声李金发已刮起了旋风,但"新月派"在理论

---

① 徐志摩:《诗刊弁言》,见《晨报副刊·诗镌》1号,1926年4月4日。

上的建树，仍限于浪漫主义的观念范畴。以主要的理论旗手闻一多为例，他拥有宏阔的视野、缜密的思维、雄辩的话语，但所阐述的理论仍是关于格律与形式的见解：

> 假定"游戏本能说"能够充分的解释艺术的起源，我们尽可以拿下棋来比作诗；棋不能废除规矩，诗也就不能废除格律。
>
> ……只有不会跳舞的才会怪脚镣碍事，只有不会作诗的才会感觉到格律的缚束。对于不会作诗的，格律是表现的障碍物；对于一个作家，格律便成了表现的利器。[①]

从逻辑上说，这显然是毋庸置疑，绝对有说服力的。文中亦不难看出对于白话诗派的揶揄，对"创造社"诗人浪漫主义观点的讥讽，说得很含蓄，但所指亦非常明确。最后，他提出"三美"之说，即"不独包括音乐的美（音节），绘画的美（辞藻），并且还有建筑的美（节的匀称和句的均齐）"。为了避免"复古"的嫌疑，他还特别辨析了古今之别，"律诗的格律与内容不发生关系，新诗的格律是根据内容的精神制造成的"。

恕不一一列举。闻一多的此文，可以看作"新月派"格律主张的一篇雄文，虽有众多可商榷处，但毕竟义理清晰，且有中外视野、古今比照中的许多辩驳，是一份纲领性的文献。

不过问题也跟着来了，作为前期"新月派"主阵地的《晨报副刊·诗镌》，大概只办了十一期，就办不下去了。徐志摩在《诗刊放假》中，历数他们"所标榜的'格律'的可怕的流弊"，"谁都会运用白话，谁都会切豆腐似的切齐字句，谁都能似是而非地安排音节——但是诗，它连影儿都没有还你见面"[②]，这些"无意义的形式主义"的东西，又一次暴露了

---

① 闻一多：《诗的格律》，见《晨报副刊·诗镌》7号，1926年5月13日。
② 徐志摩：《诗刊放假》，见《晨报副刊·诗镌》11号，1926年6月10日。

新诗在生长过程中容易陷入的歧路。尽管闻一多对留日派的浪漫主义写作保有警惕，但"新月派"又何尝不是浪漫主义的产物，他们的写作实践和关于诗歌的形式主义观，同创造社的浪漫主义冲动实无根本差异，所不同的仅在于，前者是更为亢奋和躁狂的，而他们则相对内敛和灰暗，更偏向于个人化的抒情。

二、象征主义、现代性与新诗内部动力的再生

> 燕羽剪断春愁，
> 还带点半开之生命的花蕊……

此是李金发在 1926 年由商务印书馆出版的诗集《为幸福而歌》里《燕羽剪断春愁》中的句子。请留意开篇句，似与欧阳修的《采桑子·群芳过后》有些瓜葛，"笙歌散尽游人去，始觉春空。垂下帘栊。双燕归来细雨中"。或从晏几道的《临江仙》"去年春恨却来时。落花人独立，微雨燕双飞"中也可窥见影子。可以想见这诗句绝不是欧式的诗歌形象，而是典型的"中国故事"。只是它的来历，抑或说其"用典"方式，已脱离古人的趣味，所以很难直接挂钩。第二句，则明显是"欧化"了——"生命的花蕊"这类转喻，虽与唐寅的"雨打梨花深闭门"只有一步之遥，却是另一种思维。

这样说的意思，当然不纯是为李金发辩护，因为连宽怀虚己的朱自清，也说他"母舌太生疏，句法过分欧化"①，但假使我们不怀偏见，就会

---

① 朱自清：《中国新文学大系·诗集·导言》，上海：上海良友图书印刷公司 1935 年版。

发现，在李金发并不自如的母语里，居然也是有机巧的，他在古老的中国想象和来自法国的象征派观念之间，留下了一个暗门，或是接口。

这非常重要，也是笔者想重点讨论的一点。显然，无论是早期的白话诗人，还是稍后的"创造社"诗人，留学英美的"新月派"诗人，都没有真正解决新诗长足发展的动力问题。这一动力在哪里？在我看正是在于稍后次第出现的象征派和现代派诗人，是他们为新诗找到了能够"兼通"中国传统和现代西方诗歌的内在方式——"象征"。

请注意，"兼通"非常重要，新诗即便是新的，毕竟也是母语的产物，没有接通传统显然是无根基的。早期胡适的诗，虽然保留着与旧诗扯不清的关系，采取了旧形式，却丢弃了传统诗歌的形象和思维；"新月派"诗人比附传统诗歌，试图重建格律与形式，事实证明也难以行得通。因为那样一来，如徐志摩所说，是于外在的形式上重新作茧自缚。而唯有这个"象征"，却是一个兼取中西的最佳结合点。

"象征"一词在现代始自何处？其实并非始自李金发之口，而是白话诗派的周作人和朱自清。周作人说："新诗的手法我不很佩服白描，也不喜欢唠叨的叙事，不必说唠叨的说理，我只认抒情是诗的本分，而写法则觉得所谓'兴'最有意思，用新名词来讲或可以说是象征。"

> 让我说一句陈腐话，象征是诗的最新的写法，但也是最旧，在中国也"古已有之"……①

这个"最新也最旧"，足以证明在周作人的意识里，象征是可以同时嫁接中国传统与西方现代诗歌之美学的，只不过，他并未真正找到合适的方法。他的《小河》被朱自清认为是有"象征"笔法的，但说实话，与后来的象征派诗歌比，还是过于浅白了。在写作实践的层面上，周作

---

① 周作人：《〈扬鞭集〉序》，北京：北新书局 1926 年版。

人的理解也还是停留在"修辞"的层面,没有成为美学与方法论的范畴。但找到方法的人很快就来了——1925年,先是署名"李淑良"的短诗《弃妇》在《语丝》第14期上刊出,紧随其后的是其诗集《微雨》在11月由北新书局出版,携带着浓郁欧风的李金发,用他生涩而又晦暗、陌生而又具有魔力的语言,为中国新诗带来了"异国情调"——来自法兰西的风尚与气息,并由此获得了"象征派"的称号,开启了象征主义诗歌在中国的行旅。

1935年,朱自清在《中国新文学大系·诗集·导言》中对李金发有非常客观但略有贬抑的评价,认为他是将法国象征主义诗歌介绍到中国的第一人,但他同时又说,李金发的诗"一部分一部分可以懂,合起来却没有意思","不缺乏想象力,但……句法过分欧化,教人像读着翻译"。① 这些评价确乎说出了李金发局部清晰强烈,总体含糊混乱的问题,但同时也表明,他尚未意识到象征派诗歌所蕴含的巨大能量,更不太可能意识到它作为桥梁和支点的属性与意义。

但在更早先的1927年之前,李金发就意识到了"兼通"这一关键问题。在《食客与凶年》的"自跋"中,他清晰而简洁地说出了自己的看法:

> 余每怪异何以数年来关于中国古代诗人之作品,既无人过问,一意向外采辑,一唱百和,以为文学革命后,他们是荒唐极了的,但从无人着实批评过,其实东西作家随处有同一之思想、气息、眼光和取材,稍为留意,便不敢否认,余于他们的根本处,都不敢有所轻重,惟每欲把两家所有,试为沟通,或即调和之意。②

---

① 朱自清:《中国新文学大系·诗集·导言》,上海:上海良友图书印刷公司1935年版。

② 李金发:《食客与凶年·自跋》,北京:北新书局1927年版。

从中不难看出，李金发是重视中国诗歌传统的，他对于中西作家"同一思想"的广泛存在，是有殊为自觉的认识的；他所做的工作，也是希望在诗歌写作中对其有所"沟通"与"调和"。而这沟通与调和工作的关键秘密，在笔者看来，就是"象征"的"兼通"作用。

> 临风的小草战抖着，
> 山茶，野菊和罂粟……

"有意芬香我们之静寂。／我用抚慰，你用微笑，／去找寻命运之行踪，／或狂笑这世纪之运行。"如果把《弃妇》中的这类句子，与又十几年后冯至在昆明郊外的草房子里写成的《十四行集》相对照，就会看出某些句子间的演变瓜葛："我们赞颂那些小昆虫，／它们经过了一次交媾／或是抵御了一次危险，／／便结束它们美妙的一生。"

> 我们整个的生命在承受
> 狂风乍起，彗星的出现。

不唯精神气质是相似的，甚至可以同时探查到来自波德莱尔的影响的踪迹，看到类似《应和》中的"自然是座神殿……"那种诗意的传统。某种意义上也可以说，李金发最早领悟到了来自法国的象征主义的诗歌风尚，并将这些领悟与他早年关于母语的记忆杂糅在一起，只不过更多的动力来自无意识。但在写出《食客与凶年》之后，他忽然意识到了自己的价值和优势。

显然，没有李金发首创的"象征派"的实验，也就不可能有十数年之后冯至、穆旦与"中国新诗派"那种语言与诗艺上的成熟。

然而还有一个人不能不提到，其作用也至关重要，那就是写下了《野草》的鲁迅。在《食客与凶年》出版之后的两个月（1927 年 7 月），北新书局推出了《野草》。其中的篇章最早出自 1924 年,比李金发的诗出现得还早。当然,严格来说,鲁迅的作品是被定义为"散文诗",文体是"富有诗意的散文",但从诗意的含量看,却强于同时代的所有诗人。虽然没有证据说鲁迅受到了欧洲象征派和现代派诗歌的影响,但我们可以非常清晰地为他找到直接的背景资源,那就是德国的存在主义哲学。

这非常重要,这意味着鲁迅成为同时代写作者中最前沿和最具现代性倾向的一位。在《坟》和《热风》那些发表于 1920 年以前的早期杂文中,他就频繁地提到尼采、叔本华,提到尼采的《查拉图斯特拉如是说》等著作①,在《随感录·五十三》中还提到"后期印象派""立方派""未来派"的绘画②。在《野草》中,我们也不难看出其文体的来源,正是尼采式的哲学随笔,出自《查拉图斯特拉如是说》的笔法;而且从主题上看,《野草》中的"战士""复仇""死火""黑暗"等意象,无不是尼采笔下频繁出现的词汇。

……人生是多灾难的,而且常常是无意义的:一个丑角可以成为它的致命伤。

我将以生存的意义教给人们:那便是超人,从人类的暗云里射出来的闪电。

但是我隔他们还很辽远,我的心不能诉诸他们的心。他们眼中的我是在疯人与尸体之间。

夜是黑暗的,查拉斯图拉之路途也是黑暗的。(《续篇·七》)③

---

① 详见鲁迅:《文化偏至论》《随感录·四十一》,《鲁迅全集》第 2 卷,北京:人民文学出版社 1981 年版,第 59、326 页。
② 鲁迅:《鲁迅全集》第 2 卷,北京:人民文学出版社 1981 年版,第 341 页。
③ 尼采:《查拉斯图拉如是说》,尹溟译,北京:文化艺术出版社 2003 年版,第 13 页。

叛逆的猛士出于人间;他屹立着,洞见一切已改和现有的废墟和荒坟,记得一切深广和久远的苦痛,正视一切重叠淤积的凝血,深知一切已死,方生,将生和未生。他看透了造化的把戏;他将要起来使人类苏生,或者使人类灭尽……(《淡淡的血痕中》)①

我无法用更多篇幅来做这种对照。显然,就现代性的主题、诗意的复杂性而言,鲁迅要高于同时代所有人。因为在他的诗中,出现了真正的"思考者",而不只是"抒情性的主体",出现了"无物之阵"(《这样的战士》),以及"绝望之为虚妄,正与希望相同"(《希望》),"向黑暗里彷徨于无地"(《影的告别》)……这样典型的存在主义与现代主义的主题意象。这些思想倾向几乎直接越过二十世纪三十年代,直抵冯至的《十四行集》。因为直到四十年代的冯至,我们似乎才看到了诗歌中存在哲学的再度彰显。

但总的说来,鲁迅在新诗的演化链条中属于"孤独的个体",与实际的发生史没有产生太多联系。所以,当我们试图给予他应有的地位的时候,又总是很难将其强行"嵌入",并证明他的不可或缺。因此,在这一历史中我们还必须重视另外的重要环节,那就是作为"现代派"的戴望舒和作为左翼诗人的艾青。②

艾青和戴望舒分别在 1928 年和 1932 年赴法留学,并从法国带回了与李金发相似而又不同的象征主义。这至为关键,因为他们为象征主义和现代主义找到了在中国本土的另外两个接口:一是接通了"当下现实"——这一点李金发完全没有做到,而艾青做到了;二是接通了中国传统的美学意蕴——李金发已注意到,但戴望舒却做得更为地道。至此,我认为现代主义在中国算是真正落地生根,结出了果实。

---

① 鲁迅:《鲁迅全集》第 2 卷,北京:人民文学出版社 1981 年版,第 221 页。
② 参见孙作云《论"现代派"诗》,该文将戴望舒和艾青(包括其另一署名"莪珈")都归入"现代派"。见《清华周刊》第 43 卷第 1 期,1935 年 5 月 15 日。

　　艾青在法国留学期间,曾深受比利时诗人凡尔哈伦的影响,凡尔哈伦诗中对底层人群的关注,特有的苍凉原野与乡村意象,使艾青深受感动,并成为他归国后作品中的一种鲜明色调。某种意义上也可以说,这一因素使艾青的诗中产生了一种更加接近"中国本土的现实感"。在《大堰河——我的保姆》《我爱这土地》《北方》《手推车》中,本土意象的嵌入与绽放,使得艾青成为那个年代中最耀眼的新星。

　　不唯如此,艾青还通过《巴黎》《马赛》《向太阳》等诗,将驳杂而陌生的现代城市意象引入诗歌,这在三十年代的其他诗人笔下是难得一见的。这些诗也真正孵化出了中国现代诗中的城市想象:"春药,拿破仑的铸像,酒精,凯旋门……/白痴,赌徒,淫棍……/啊,巴黎!/为了你的嫣然一笑/已使得多少人们/抛弃了/深深的爱着的他们的家园"(《巴黎》);"当它来时,我听见/冬蛰的虫蛹转动于地下/群众在旷场上高声说话/城市从远方/用电力与钢铁召唤它……"(《太阳》)波德莱尔式的阴郁与驳杂,现代主义者的躁动与遥想,极大地拓宽了这个年代诗歌的时空跨度。

　　艾青的意义还在于创造了一种更成熟和准确的语言,推动了三十年代诗歌象征话语的强力生长,用孙作云的话说就是,"他的诗完全不讲韵律,但读起来有一种不可遏止的力"[1]。虽然是散文化的句子,但内在的节奏和韵律却总是鲜明而强烈。

　　戴望舒留法时间虽较晚,诗歌写作起步却早。[2] 留法前,他已出版了包括《雨巷》在内的诗集《我底记忆》等。从苏汶为《望舒草》所作的序中,我至少注意到两点:一是"1925 到 1926 年,望舒学习法文,他直接地读了——魏尔仑等诸人底作品";二是"力矫"象征派诗人的"神秘"和"看不懂"之"弊",实现了"象征派的形式,古典派的内容",

---

　　① 孙作云:《论"现代派"诗》,《清华周刊》第 43 卷第 1 期,1935 年 5 月 15 日。
　　② 见苏汶为《望舒草》所作的序,其中说他"开始写新诗大概是在 1922 到 1924 那两年之间"。见《望舒草》,上海:现代书局 1933 年版。

"的确走的诗歌底正路"。① 1935 年，另一位批评家孙作云，更是为戴望舒量身定做了"现代派"的说法，将其当作了"现代派"代表人物，并将之前的李金发与同时期的施蛰存都看作是他的旁证。孙作云也强调，"中国的现代派诗只是袭取了新意象派诗的外衣，或形式，而骨子里仍是传统的意境"。可以说这进一步肯定了戴望舒，强调了他对于真正接通中西诗歌间的美学暗道所起的关键作用。

从研究界的反应看，截至三十年代后期，戴望舒产生了广泛的影响，"我不知看见多少青年诗人在模仿它，甚至窃取了他的片句只字插在自己的诗里"。孙作云据此将"新诗的发展分为三个阶段：一郭沫若时代，二闻一多时代，三戴望舒时代"②，足见其影响之大。即便是多持负面看法的左翼诗人，也难以忽视他的作用。

三十年代的诗歌呈现了放射性的局面，左翼的、绅士的、叛逆而另类的，分别构成了诗坛的左、中、右三个不同的界面，呈现出极丰富的景观。

三、历史与超历史、限定性与超越性

想依附着鹏鸟飞翔

去和宁静的星辰谈话。

1941 年，"一个冬天的下午"，在抗战最艰难的岁月里，踟蹰于昆明郊区山野间的冯至，写下了他《十四行集》中的第八首，这是其中

---

① 苏汶：《望舒草·序》，上海：现代书局 1933 年版。

② 孙作云：《论"现代派"诗》，《清华周刊》第 43 卷第 1 期，1935 年 5 月 15 日。

两句。如同屈原的《天问》，或是庄周的"梦蝶"，他那一刻所想的，全然是些上不着天下不着地的事情，"如今那旧梦却化作／远水荒山的陨石一片"。

据作者说，这是二十七首中"最早"写出，且"最生涩"的一首。①他在搁笔十多年之后重操旧业，写下了与时事完全不搭边的诗句。

我注意到《十四行集》几乎是写个人处境的作品，但其中出现最多的人称，居然是"我们"："我们准备着深深地领受／那些意想不到的奇迹"，"我们都让它化作尘埃：／我们安排我们在这时代"，"我们站立在高高的山巅，／化身为一望无边的远景"……这在新诗诞生以来实属罕见。至于为什么，我并未完全想清楚。猜想"我们"在这里可能是起着泛化和"矮化""我"的作用，借此将"我"变成芸芸众生，乃至天地万物中微不足道的一员。借用东坡的话说，是"寄蜉蝣于天地，渺沧海之一粟"。我甚至想，假如将陈子昂的《登幽州台歌》翻成现代汉语，亦可冠以"我们"的人称："我们前不见古人，我们后不见来者……"并且可以将之看作是《十四行集》中的某一节，或是全部的缩写。

这是足以引人思索的，在周遭一片响彻云霄的战歌声中，这样细若游丝孤魂野鬼般的诗句，依然绵延着。

还不是孤例。与该诗集出版的同一时期，作为西南联大外文系助教的青年诗人穆旦，也在《文聚》的第一卷第三期上，发表了风格相近的《诗八首》。说它们相近，是与流行诗风相对照而言的，是纯粹个人生命的、个体经验的写作。但与冯至深远的哲学趣味相比，年轻的穆旦还无暇顾及与体味生存的短暂和个体的渺小，他所为之燃烧的是青春而热烈的爱情。但即便如此，在历史的冲天烈焰里，是否能够容得下一

---

① 参见冯至：《十四行集・序》，桂林：明日社 1942 年初版，1949 年文化生活出版社再版时收入此序。

己"小我"的悲欢,也是一个巨大的问号。虽然穆旦给我们的回答是,
当然可以。

　　　　你我底手底接触是一片草场,

　　　　那里有它的固执,我底惊喜。

　　这是《诗八首》中最著名的第三首,"你的年龄里的小小野兽……"
只要稍微懂一点"隐喻"的常识,不难读懂这两句说的是什么。如同
《诗经·郑风》中的《野有蔓草》一样,"草"在这里具有十分敏感和具
体的身体指涉。"它的固执,我底惊喜",也生动描摹出恋爱中人的
情感心理与身体反应。"邂逅相遇,与子皆臧。"闻一多说得直白,这
"邂逅"二字分明是讲男欢女爱的,"二十一篇郑诗,差不多篇篇是讲
恋爱的",而"讲到性交的诗",则是"《野有蔓草》和《溱洧》两篇"。①
他引经据典大加诠释,无非是为了证明,这首诗中明确地讲到了身体
与性爱。
　　不管多年后人们给予穆旦这些诗以多高的赞誉,可以肯定的一点
是,它们绝不是大时代的主流,从道德的角度看也并不"高尚"。大时
代的主流是什么? 是"正在为中国流血,誓死为独立自由幸福的新中
国而斗争到底"②的抗战,是田间的《假使我们不去打仗》:

　　　　假使我们不去打仗,

　　　　敌人用刺刀

　　　　杀死了我们,

　　　　还要用手指着我们骨头说:

---

　　① 闻一多:《诗经的性欲观》,见《闻一多全集》第 3 卷,武汉:湖北人民出版社 1993
年版,第 171 页。
　　② 田间:《呈在大风砂里奔走的岗卫们·后记》,上海:生活书店 1938 年版。

"看，

这是奴隶！"

平心而论，在面对国破家亡的艰难时世里，田间这样的"街头诗"、战地诗是最有力量的，也最符合诗人应有的伦理立场。正像时人所指出的："'九一八'以后，一切都趋于尖锐化，再不容你伤春悲秋或作童年的回忆了。要香艳，要格律……显然是要自寻死路。现今唯一的道路是'写实'，把大时代及他的动向活生生地反映出来。我们要记起，这是产生史诗的时代了。我们需要伟大的史诗啊！"①连一向推崇"现代派诗"的孙作云，也发出了吁请，"要求这样的诗歌"："内容是健康的而不是病态的"，"意境凄婉的诗固不摈弃，但更要求粗犷的，有力的"，"表现时代的诗歌"。②

需要交代的一点是，穆旦在发表《诗八首》的那一刻，已然投笔从戎，他以随军中校翻译的身份，参加了入缅甸作战的中国远征军。这本身当然比写一写口号诗更值得尊敬，但我们的问题是，假如穆旦没有这么做，或者说假如我们完全不考虑他已投身民族解放战争，有出生入死的生命实践，那么他那些深沉而热烈的爱情诗，究竟还有没有在战争年代自足的合法性呢？

"历史的诗"和"超历史的诗"，就这样彰显出来了，且有了一道清晰而又游移的分水岭。什么是历史的诗？从上述例子看，便是更靠近"现实"的诗，有集体记忆的标签与痕迹的诗，这是广义的理解；还有更特定的，那便是指抗日民族解放战争时期的写作，它包含了对于个人性和"艺术至上主义"的某种牺牲。艾青甚至为此加了"庸俗的"定语，认为新诗的某种成熟，就在于可以针对"庸俗的艺术至上主义"而"雄辩

① 蒲风：《五四到现在的中国诗坛鸟瞰》，《诗歌季刊》第1卷第1-2期，1935年3月。
② 孙作云：《论"现代派"诗》，《清华周刊》第43卷第1期，1935年5月15日。

地取得胜利","而取得胜利的最大的条件,却是由于它能保持中国新文学之忠实于现实的战斗传统的缘故"。① 从二十世纪三十年代后期,到整个四十年代,我们所能够读到的大部分诗歌,都属于这一范畴。这就是"历史"本身。

然而,艾青也同时提到了"幼稚的叫喊"的一极,并将之与"庸俗的艺术至上主义"并列为新诗的敌人。那"幼稚的叫喊"便是专指那些完全牺牲了艺术要素的作品。这样的作品自然也不是我们想要的,我们想要的,是那些可以完全或部分地"超越历史"限定性的诗歌,那些不只属于自己的时代,也可以属于一切时代的诗歌。

而艾青部分地做到了这点,除了《藏枪记》那类作品,他的《北方》《我爱这土地》,甚至《向太阳》和《火把》,都部分地获得了超历史的属性。而前面所说的冯至和穆旦的那些作品,则几乎完全无视所谓的"历史"而独立其外,仿佛是一场大轰炸的间隙,在废墟与硝烟遮覆的某个私密角落里亮起的一豆烛光,它没有照见远处的死难者,没有关注创伤和激愤的群情,而只是照亮了一个孤独的个体生命,他灵魂出窍的一个瞬间。那一刻有无垠的思索和悲哀,有自由的遥想与欢欣。那么它们有没有存在的理由呢?

几乎可以说没有答案,或者无须回答。大浪淘沙,水落石出,它们历经岁月的磨洗和尘封,居然也流传下来,且被人珍爱,这本身就是答案。

所以,当我们翻阅历史的某些段落时,不要因为那里的艺术过于稀薄,或是调门过于高亢而感到不满足;也不要因为诗人只关注了自己的人生、个体的经验而报以轻蔑。我们要知道,诗歌是时代的暴风雨所裹挟的软弱和虚惘之物,也必然是其附属,它屈从于某些历史的需求是自然而然的事情;同时,常态下个体的思索与写作,也必然是建立在孤单

---

① 艾青:《北方·序》,1939 年自印,上海:文化生活出版社 1942 年版。

与孤独之境中，而这时他们也可能写下那些具有鲜明的个体处境的，类似于"谁家今夜扁舟子，何处相思明月楼"，或是"念天地之悠悠，独怆然而涕下"的诗句。

显然，从历史本身出发，我们可能会要求诗歌紧贴时事，但从艺术和美学出发，我们最终可能仍会选择那些超越了时事之局限的诗。这便是文学本身的永恒命题了——"历史的和美学的"，或者说"历史的和超历史的"，恩格斯所制定的标准依然有效，我们唯有在两者间寻求一个动态而微妙的平衡而已。

1986年，李泽厚发表了影响深远的题为《启蒙与救亡的双重变奏》的文章，分析了新文化运动与五四运动之间的历史互动关系，并就此提出了"启蒙与救亡的互相促进""救亡压倒了启蒙""转换性的创造"的三段论。文章观点持中公允，既不同意"反对新文化运动"（如蒋介石的《中国之命运》），也不同意胡适的"五四运动对新文化运动来说……是一个挫折"（见周阳山编，《五四与中国》，第391页），而认同"二者有极密切联系而视为一体"的观点。[①] 此文重新引发了人们对于中国现代以来历史走向的内在思考，也成为近几十年来学界未曾逾越的一个观照视点。假如我们将这一看法投射至新诗史的考察，也是成立的，它同样内在地解释和揭示了新诗历史的演变轨迹，即抗日救亡的出现，对于新诗历史的现代性轨迹的强力改变。而之后革命时期的诗歌美学，也因这一战争逻辑的延续，而深受影响和规限。

例子随处都是，我们就以先前曾强调"纯诗写作"的穆木天为例，在1933年2月为"中国诗歌会"会刊《新诗歌》所写的《发刊诗》里，他号召写作者们要"捉住现实"，要关注"压迫，剥削，帝国主义的屠杀，／反帝，抗日，那一切民众的高涨的情绪"，"我们要使我们的诗歌成为大众

---

① 李泽厚：《启蒙与救亡的双重变奏》，《走向未来》1986年创刊号。

歌调，／我们自己也成为大众的一个"。① 这与他先前所渴望的"最纤纤的潜在意识"，"内生命的反射"，"一般人找不着不可知的远的世界"是多么不一样。刚刚他还在说"我们要求的是纯粹诗歌（The pure poetry），我们要住的是诗的世界"②，仅仅七年后，他的观点就发生了如此巨大的变化，他的诗也从那"苍白的钟声，衰腐的朦胧"，变成了"民谣小调鼓词儿歌"。

历史的与超历史的，这一对看似"相爱相杀"的矛盾力量的背后，是新诗百年来痛苦而强大的内驱力所在。在历经三十年代到七十年代的半个世纪里，新诗走过了一条巨大的弯曲之路，留下了一道道粗粝沟坎，一处处荒村野树般的荒蛮景致，当然也留下了值得记取和可堪经典的一团一簇与星星点点。

"让一切人成为一切人的同时代人"③，这是二十世纪八十年代中期的代表性诗人海子，在其长诗《传说》（1984）的原序《民间主题》里所提出的诗歌理想。它的原话中大概有两层意思：一是强调"民间主题"中的永恒性，这类似于同一时期的"寻根文学运动"关注传统、民俗与民间文化的理念；二是强调诗本身功能的超时代性，即"提供一个瞬间"，以使世世代代的读者获得一个共情的可能，变成彼此没有时间距离的人。从更高层面上说，这也是一个"巴别塔神话"的重现。之所以有这样的诉求与吁请，是因为他感慨于数十年中，我们的诗歌可能过于靠近所谓"时代"，过于贴紧一个"短期的现实"，过多地关注于流动的东西了，因此也就太快地陷于过时和失效的困境。这与之前长达多年的朦胧诗的论争，关于是否"屑于""作时代的号角"的论战仍是同题，只是海子的说法绕过了那些看来并无意义的概念与界限，提出了一个更加"哲学化"了的议题。

---

① 穆木天：《〈新诗歌〉发刊诗》，《新诗歌》发刊号，1933 年 2 月。
② 穆木天：《谭诗——寄沫若的一封信》，《创造月刊》第 1 卷第 1 期，1926 年 3 月。
③ 见西川编：《海子诗全编》，上海：上海三联书店 1997 年版，第 873 页。

确乎,这个年代的诗人所努力做的,就是要使诗歌走出几十年的一个历史困顿,要努力续接上从二十世纪三十年代后期中断了的现代性进程。作为历史的后知后觉者,我们同样没有理由否认这一诉求的合法性,如同我们不会简单地去否定之前几十年的诗歌一样。

这就是历史本身的局限性。

四、边缘与潜流,现代性的迂回与承续

我乃旷野里独来独往的一匹狼
不是先知,没有半个字的叹息……

1964年1月22日,豪迈的旋律在神州大地回响,《人民日报》以整版篇幅发表了贺敬之的名作《西去列车的窗口》。诗中描绘了一群来自上海的青年,在一位老军垦队员的带领下,乘着呼啸的列车,奔赴遥远的大西北,准备到边疆去奉献他们的壮丽青春。而此刻,同样是来自上海,却早已远徙海峡对岸的另一个孤单的身影,正在台北的霓虹灯下徘徊。街市繁华,灯红酒绿,而他却感到了一丝料峭的寒意,冷风中,他脱口吟出了这首《狼之独步》:"而恒以数声凄厉已极的长嗥/摇撼彼空无一物之天地,/使天地战栗如同发了疟疾;/并刮起凉风飒飒的,飒飒飒飒的:/这就是一种过瘾。"

这是二十世纪三十年代上海的"现代派"成员"路易士",时年五十一岁的纪弦,为自己所画的一幅速写式的精神肖像。它传达的那份孤独与狂狷、悲情与冷傲,无论如何也是此时的大陆诗人所难以理喻的。遍查现代新诗的历史,笔者确信,这是第一次写作者自况为"狼",第一次以狼的口吻摇撼天地,穷究古今。这匹旷野中的"独狼",也因此而

彰显了自里尔克的《豹》之后的另一种美学——增加了诙谐与俏皮的,充满了"文明的反讽"意味的一种"新的现代主义"。①

　　然而,若细究之,此诗并非只求嚎叫和纯然的"拉风",而是有着怀古与天问式的深意存焉。比如,我们可以从中读出其与陈子昂之间的某种神似,以及与李金发、戴望舒和冯至之间隐含的对话与对应关系。藕断丝连,遥相呼应,这里有纪弦本人一贯的风格因素,更有普遍的和谱系的象征意味,并传达了多重含义:1. 作为个体的经验,越来越趋于孤独而卑微,"主体性"降至前所未有的程度——由"豹"矮化为了"狼";2. 对"文明"的理解正沿"异化"的逻辑持续延伸,"豹"是关禁于笼中的实体,而"狼"则是在水泥丛林中逍遥的幽灵,如在无人之境;3. 随着主体性的消弭,传统诗学中强调的正面"意义",正被严重怀疑和消解,"过瘾"所昭示的游戏意味,已升至"自足"之境;4. 这还不同于古人所说的"理趣"之类,而纯然是一种挑战式的消解,仿佛一首摇滚,充满了与主流价值观格格不入的消极分立的精神。纪弦类似的诗还可以罗列出很多,但这已足以说明问题。

　　二十世纪四十年代末,随旧政权败退台湾的一批人,居然在五六十年代担当了现代性诗歌延续的主体,这也是一个文化与历史反向运行的例子。其中的原因甚多,无法一一分析,但它构成了一个有意思的现象,即"边缘"与"中心"的某种互渗、互补乃至互换。正如有学者指出的,"当代台湾诗歌是'五四'以来新诗的发展在五十年代以后向台湾的分流";"来自大陆的诗人……所受的'五四'以来新诗的哺育,使当代台湾诗歌的发展,更密切地与'五四'以来新诗的传统沟通起来"。② 连纪弦自己也承认,"我宣扬'新现代主义',我领导

---

　　① 见纪弦:《纪弦精品·自序》,北京:人民文学出版社 1995 年版。其中有言:"我们的'新现代主义',你是谁也推他不倒,摇也摇他不动的!"
　　② 刘登翰语,见洪子诚、刘登翰:《中国当代新诗史》,北京:人民文学出版社 1993 年版,第 454、452 页。

'中国新诗的再革命运动'","人们常说,中国新诗复兴运动的火种,是由纪弦从上海带到台湾来的……这句话,我从不否认"。① 他虽身在"曹营",却明确地意识到了自己作为中国现代新诗的一个"正宗传人"的角色。

　　而同一时刻,因为写下一组《草木篇》而被打入另册,正在某处进行自我改造的诗人流沙河,怎么也不会想到,在彼岸的台湾会出现这样一种诗歌,更不会想到,他在历经将近二十年之后才能读到这些诗,以及读到之后产生的难以抑制的兴奋。1982 年,作为"归来诗人"的流沙河,以连载形式在《星星诗刊》上登载了题为《台湾诗人十二家》的系列点评文章,其中开篇即是以《狼之独步》为题的纪弦。这是大陆的诗歌报刊首次公开和系统地介绍台湾现代诗,所引起的轰动当然也可以想见。②

　　显然,如何看待二十世纪五十年代至七十年代新诗的历史,有太多难题与陷阱。其中最核心的是如何想定历史的大逻辑。比如,从社会政治的角度看,可以认为是诗歌"走出了个人的象牙塔",融入了伟大的社会变革运动;但从诗歌本身的演化看,则又可以看作是偏离了新诗现代化的发展轨迹。因为七八十年代之交"新诗潮"的变革,足以证明后一逻辑的正确,否则就不需要再度变革了。假如做类比,二十世纪五十年代初台湾的政治气候,对诗歌写作产生了禁锢和伤害,但"现代诗运动"却成功地绕过了这一困境,而实现了新诗以来的又一场变革,并培养出了覃子豪、余光中、洛夫、痖弦、郑愁予、罗门、商禽、白萩、杨牧等一大批杰出的诗人,诞生出一大批现代诗的典范作品。直到二十世纪八十年代,这些作品逐渐进入大陆读者视野的时候,人们才忽然发现,原来是我们自己走了一条窄路,甚至是令人遗憾的弯路。就像谢冕痛

---

① 纪弦:《纪弦精品·自序》,北京:人民文学出版社 1995 年版。
② 该系列文章结集为《台湾诗人十二家》,由重庆出版社于 1983 年出版,首版印数即达 23 500 册,1991 年第四次印刷达 36 000 册。

彻地指出的,"六十年来,我们的新诗不是走着越来越宽广的道路,而是走着越来越狭窄的道路"①。

当人们重新认识到诗歌不止是一种抒情的工具,它同时还"是一种智力活动","一个智力的空间"②的时候,显然也包含了对于二十世纪五十年代至七十年代诗歌写作中的普遍的直白与粗糙、单一与工具化,特别是"智力活动稀薄"的一种反思。

但这一时期的"潜流写作"③在一定意义上弥补了上述缺憾,在早于纪弦的《狼之独步》的1962年,一位贵州的年轻诗人就写下了一首《独唱》,虽不是孤狼的嗥叫,但也是压抑而低沉的呻吟,他宣称:"我是瀑布的孤魂/一首永久离群索居的诗。/我的漂泊的歌声是梦的/游踪/我唯一的听众/是沉寂。"在唐晓渡编纂的《在黎明的铜镜中——朦胧诗卷》里收录了这首诗,作者是黄翔。④

显然,这位独唱者提供了不同于大时代的声音,塑造了一个具有独立意识的思索者的形象。在周遭一片合唱的喧嚣中,它构成了一个弱小的,然而又不可缺少的弥补与校正。1968年之后,他又相继写下了《火神交响诗》系列,在《火炬之歌》里,他几乎重现了"五四"的所有主题:"把真理的洪钟撞响吧——火炬说/把科学的明灯点亮吧——火炬说/把人的面目还给人吧——火炬说……"这些诗,可以说是郭沫若的《女神》、艾青的《向太阳》和《火把》等诗歌主题的当代延伸,也可以说,是发出了这个年代里理性精神的强音。

另一位具有重要过渡意义的诗人是郭路生,即食指。从精神现象

---

①　谢冕:《在新的崛起面前》,《光明日报》,1980年5月7日。

②　参见杨炼:《智力的空间》,见老木编《青年诗人谈诗》,北京大学五四文学社,1985年。

③　"潜流写作"最早为大陆诗人哑默(1942—)提出,见《中国大陆潜流文学浅议》,载《倾向》1997年夏,总第9期;陈思和在《中国当代文学史教程》中称之为"潜在写作",上海:复旦大学出版社1999年版;笔者在《中国当代先锋文学思潮论》中称之为"前朦胧诗",南京:江苏文艺出版社1997年版。

④　唐晓渡:《在黎明的铜镜中——朦胧诗卷》,北京:北京师范大学出版社1993年版。

学的角度看,他极富象征意义。早在青年时代,他就使用了一种典型的"双重话语",写下了《海洋三部曲》《鱼群三部曲》《相信未来》《这是四点零八分的北京》等作品。这些诗,一方面可以看作是一个时代青年的个体疗伤之作,表达的是因叛逆而受挫的情绪,"当蜘蛛网无情地查封了我的炉台","当我的鲜花依偎在别人的情怀","我依然固执地铺平失望的灰烬,／用美丽的雪花写下:相信未来……"但与此同时,这当然也可以看作是一个革命青年的"励志"之作;或者说得更直接些,它既是接近于个体觉醒的一种启蒙话语,又是社会主流话语的一个"抒情变种"。所以,他跨越了不同的时代,拥有众多的读者,其作品的版本也在传抄中不断演化。还有,他个人的不幸遭际与人生创伤的投射,也使得这些具有精神样本意义的作品,生发出了巨大的感染力与广阔的可阐释空间。①

　　同样可以视为"双重文本"范例的,还可以举出依群(即齐云)写于1971年的《巴黎公社》。它是为纪念巴黎公社一百周年而作的"红色战歌",但因为使用了象征语言,而产生了"异样的美感":"奴隶的歌声嵌进仇恨的子弹／一个世纪落在棺盖上／像纷纷落下的泥土"——

　　　　　呵,巴黎,我的圣巴黎
　　　　　你像血滴,像花瓣
　　　　　贴在地球蓝色的额头

　　显然,"红色"与"蓝色","革命"与"自由",两个文本被神奇地嵌合在了一起,水乳交融,生发出了强烈的超历史与超时空属性。这个年代能够留存下来的标志性作品,大都有着这种奇异的双重属性。

---

　　①　张清华:《从精神分裂的方向看——论食指》,《当代作家评论》2001年第4期。

也有完全特立独行的例子。"白洋淀诗群"①的三驾马车之一，根子(岳重)写于1971年的《三月与末日》，堪称那个年代一座诗歌的孤岛，一个精神的奇迹。这是他在年满十九岁时给自己的一个成人礼。像艾略特在《荒原》的开篇称"四月是残忍的月份，哺育着丁香……"一样，他称"三月是末日"，宣告"我是人，没有翅膀，却／使春天第一次失败了"。这是时令的春天，自然也是生命的春天，"时代"意义上的春天，但这将近二十岁的年轻人，却以一块"古老的礁石"自况，它"阴沉地裸露着"，不再为大海的喧闹所动，"暗褐色的心，像一块加热又冷却过／十九次的钢，安详，沉重／永远不再闪烁"。这可以称得上是"二十世纪七十年代中国的《荒原》"了。它以个体为镜，将这个年代的动荡与混乱，以充满暗示与反讽的修辞清晰地投射出来，也因此折射出一代人精神觉醒的曙光。尤其，如果再参照他的另一首诗《致生活》，更可见出他在认知时代的基础上所进行的"自我精神分析"。他将自我人格的构成，比喻为"狼"与"狗"的互为表里，"狼"是其身上的原始野性，也是独立思考的本能；而"狗"则是妥协与驯顺，是奴性与世俗化的另一属性。两者在含混而又清晰的较量中，既互相对峙，又无法分拆，由此构成了他与"生活"之间既周旋抗争又沆瀣一气的关系。

无论如何，这都是一个重大的精神事件，在之前的二十年中，这样的诗从未出现。它标志着这个年代的诗歌，不但已有了对于时代与社会的自觉反思，也还有了清晰的以理性为基础的个体精神的反叛。

显然，如果没有台湾现代诗，没有大陆六七十年代"潜流写作"的迂回与呼应，这个年代的中国新诗，将要单调乏味得多。正是有了这两条支流与暗流的交织激荡，当代诗歌才没有完全中断其现代性的进程，

---

① 在杨健所著的《文化大革命中的地下文学》一书中最早提出了"白洋淀诗派"的说法，见该书第104页，北京：朝华出版社1993年版；另在1994年春夏，由《诗探索》编辑部组织了一次"白洋淀诗歌群落寻访活动"，随后在《诗探索》1994年第4期发表了宋海泉的《白洋淀琐忆》等一组文章，"白洋淀诗群"遂得以命名。

并且形成了其更为丰富的立体景观。

而且在语言上,我们还应注意到,台湾现代诗也延续了李金发、戴望舒那代诗人对古典传统的"兼通"与"调和"的努力。在余光中等人的诗里,总是有传统意境和掌故的频繁嵌入,如《等你,在雨中》《莲的联想》《春天,遂想起》等,在羊令野的《汉城景福宫》、郑愁予的《边塞组曲・残堡》中亦复如是。在郑愁予的名篇《错误》中,甚至出现了从温庭筠的《望江南》中化用而来的古老诗意,"我打江南走过／那等在季节里的容颜如莲花的开落","我达达的马蹄是美丽的错误／我不是归人,是个过客",与温词中的"过尽千帆皆不是,斜晖脉脉水悠悠,肠断白蘋洲",可谓是神似之笔。流沙河在评述余光中的《等你,在雨中》时,曾诙谐地说道:"那位踏着红莲翩翩而来的,从南宋姜夔婉约清丽的词里步着音韵而来的,绝不会是安娜或玛丽,只能是一位中国的窈窕淑女。至于雨后荷花,蛙鼓蝉吟,细雨黄昏,更是当然的国产……"①

某种意义上,台湾现代诗在传承古典传统方面,可以说提供了与大陆诗歌不一样的经验,我们强调的是"民族形式",而台湾现代诗注重的却是意境与神韵。

当然,也还有对现代诗传统的明显回应,比如痖弦的《红玉米》中,就分明显现着艾青《北方》中的诗意;即便是在纪弦的《一片槐树叶》中,也依稀可以看出他对于往昔的致敬与追忆。这些都越过了海峡的阻隔与意识形态的藩篱,而实现了与新旧两个传统的续接与呼应。

至于二十世纪六七十年代的"潜流"一脉,其现代性的属性与意义更是不可低估。仅以根子为例,其诗中主体性的自觉与思考深度,包括其运用复杂的象征语义的能力,也远超过了七八十年代之交的"朦胧诗"。它们以孤独而骄傲的气质,前出至历史变革的前夜,为八十年代

① 流沙河:《台湾诗人十二家》,重庆:重庆出版社1983年版,第31页。

中国的思想解放与社会变革提供了精神先导。从这个意义上，也可以说它们补足了这个年代主流诗歌所留下的不足与缺憾。

五、平权与精英，百年的分立与互动

> 整个玻璃工厂是一只巨大的眼珠，
>
> 劳动是其中最黑的部分……

1987 年夏，在北戴河附近举办的第七届"青春诗会"上，欧阳江河写下了一首《玻璃工厂》，成为他迄今为止的代表作之一。鲜有人知，这届诗会是由一家著名的生产玻璃的企业赞助的，因而参会者被要求尽量写一首"与玻璃有关的诗"。据说欧阳江河当时灵感来得急，是在一盒卷烟的包装纸上奋笔疾书，完成了密密麻麻的初稿。这件事我曾向他本人求证过，确属无疑。

但此诗灵感的引发，据说还有其他更"微妙"的原因，这一点恕不能交代。笔者感慨的是，一个"命题作文"竟也会产生出一篇近乎不朽的作品。在这首诗中，写作者将玻璃的诞生与语言的诞生完全熔铸到了一起："我来了，我看见，我说出。／语言和时间浑浊，泥沙俱下，一片盲目从中心散开。／同样的经验也发生在玻璃内部。／火焰的呼吸，火焰的心脏……"这样的句式，形象地诠释出了思维本身由混沌到清晰，诗意由晦暗到自明的转换过程，使它成为一首充满哲思与"玄言"意味的"元诗"。亦犹如一个海德格尔兼德里达式的思辨，其中暗含了"言与思""音与意""词与物"，甚至老子式的"有名"与"无名"，"可道"与"常道"等一系列可能的"元命题"：

透明是一种神秘的、能看见波浪的语言，

我在说出它的时候已经脱离了它……

语言溢出，枯竭，在透明之前。

《玻璃工厂》标志着一种新的写作范式的成形，即诗歌与"现实"之间一向紧密的关系的脱钩。它越过了半个世纪以来诗歌的一个难题，即必须与某个具体的现实情境发生对应联系。这首诗中，工厂里"火热的劳动场景"被陡然地升华了，观念化的"现实"亦如同玻璃的前世——晦暗的石头和沙子，早已付诸烈火，变成了另一种物质。

这是二十世纪八十年代前期即开始出现的一种趋势：从"朦胧诗"中主智的一支，杨炼与江河开始，到"第三代"中的"整体主义""非非主义""新传统主义"等派别，再到第三代的杰出代表海子，诗歌作为"一种智力活动"的趋势已逐渐成形。在部分诗人那里，民俗与文化主题热最终又指向了哲学，海子从早期的长诗《河流》《传说》，到后期的《太阳·七部书》，便是经历了这样的演化；而欧阳江河从《悬棺》到《玻璃工厂》，也是经历了相似的轨迹，文化主题的"寻根诗歌"，变成了哲学意义上的"玄言诗歌"。

以上便是当代诗歌中"精英主义"写作范式的简单由来，堪称是一个范本。它基于对过去年代诗歌的不满足，也基于这个年代诗人突飞猛进的思想能力，同时也基于他们作为"知识分子"的身份建构的强烈诉求。

然而，反精英的"平权主义"的写作也始终如影随形。在第三代诗人中，同时也孕育出了一批反智主义的马前卒。这并不奇怪，因为在新诗的百年历史中，从来就伴随着"反贵族化"的、平民的、普罗大众的、工农兵的、底层民众的、民粹主义的、娱乐化的种种取向。甚至白话新诗的出现本身，也是平权思想的产物。在新文化运动之初，关于新诗合法性的论争中早就看得分明，钱玄同认为两千年的文学和文字，是被

"民贼"和"文妖"两种人所垄断,而唯胡适"用现代的白话"表达"自己的思想和情感,不用古语,不抄袭前人诗里说过的话",才"当得起'新文学'这个名词"①;这与坚持"贵族文学"立场的梅觐庄与任叔永对他的讥笑,所谓"淫滥猥琐""去文学千里而遥"云云,可谓截然对立。在他们看来,照胡适这么做,中国诗歌直会沦落到如"南社一流",其高贵传统将荡然休矣,"陶谢李杜……将永不复见于神州"。②

二十世纪三十年代之后,诗歌大众化的指向随抗战烽火的日渐炽烈,逐渐走上了不归之路;五十年代至七十年代,在为工农兵服务的总要求下,诗歌一直走在浅近与直白的道路上,以至于出现了中外历史上所仅见的全民性的"新民歌运动"。关于该运动的历史功过,前人早有定论,与其说它们是"群众在日常生活、劳动中的自发的创造",不如说是"围绕当时实施的政策和流行的政治口号的命题作诗",是"对新诗在走向上进行规范的进一步发展"。③

因此,某种意义上,自朦胧派诗人开始发育的精英意识,是对此前长期的民粹主义诗歌观的一种反拨。他们顶着重重压力和阻遏,以一种相对"秘密"和个人的高雅趣味——陌生感的隐喻,象征的语义系统,朦胧含蓄的意境,峻拔清丽的修辞……这些近于现代主义的观念与意趣,构建起当代中国诗歌的一块高地。但这样一种格局,很快便被"第三代"诗人打破了。从1984年到1986年,先后发育起来的"他们""莽汉主义"和"大学生诗派",以及在报刊上流行的一种"生活流式"的写作,都明显地标立了一种反精英的平民主义倾向。最典型的文本,即韩东的《你见过大海》和《有关大雁塔》,李亚伟的《中文系》,还有于

---

① 钱玄同:《尝试集·序》,1918年1月10日,见胡适《尝试集》,北京:人民文学出版社2000年版,第126—131页。

② 任叔永致胡适,见《尝试集·自序》,胡适《尝试集》,北京:人民文学出版社2000年版,第143—144页。

③ 洪子诚、刘登瀚:《中国当代新诗史》,北京:人民文学出版社1993年版,第166、163页。

坚的《尚义街六号》。它们以刻意低矮甚至粗陋的自我,展现了完全不同于朦胧派诗人之高贵主体的"普通人的想象"。

在批评家朱大可看来,这是一种类似小市民趣味的意识形态,它们和某些流行趣味一起,构成了一种看似合理的流俗化的抒情写作,以"小人物的灰色温情",构成与现实的沆瀣一气,并完成了主体性的迅速降解。"他们在日常戏剧中心安理得地扮演低贱的角色,却坚持制造有关幸福的骗局,以慰藉怯意丛生的灵魂。""犬儒主义哲学最终消解了诗歌至上的神话",这一"市民意识形态的胜利……构成了对先锋诗歌运动的真正威胁,它们强大而隐秘,像尘埃一样无所不在,同时拥有亲切凡近的表情"。①

这讥讽何其犀利。但假如我们换一个角度,似乎同样有道理。韩东针对杨炼的《大雁塔》所写下的《有关大雁塔》,针对朦胧派诗人的大海主题抒情所写的《你见过大海》,难道没有道理吗?似乎也很难一棍子打死。这些文本之所以长久地为读者所记起和谈论,还是因为其批评与讥讽是有理由和力量的,它们至少说明,那些通过象征形象所建构起来的宏大而正面的意义,也有着脆弱与虚假的一面。

然而真正称得上写出具有"解构主义"性质的作品,还要数几年后崛起的新人。1992 年,在《非非》的复刊号上,刊载了伊沙的《结结巴巴》等七首诗,接着,次年的第六七卷合刊上,又登出了他的《历史写不出的我写》等九首诗作。这些诗的出现,某种意义上也可以看作是一个事件,即当代诗歌中不只出现了"文化意义上的反精英主义诗歌",而且还出现了"美学与文本意义上的解构主义诗歌"。

伊沙的价值正是表现在这里。他提供了一个平权主义写作的范例,之前的观念与主题解构,只能算是"有意义",但却难说"有意思"。而他的诗与韩东的比,不止是在观念上构成了解构性,更在语言层面上

---

① 朱大可:《燃烧的迷津——缅怀先锋诗歌运动》,《上海文论》1989 年第 4 期。

生成了解构性。简单说来,有这样几点:首先是对于知识话语的戏谑,如《梅花,一首失败的抒情诗》《跟祖国抒抒情》《饿死诗人》等;其次是对权威话语的戏仿,如《北风吹》《事实上》《叛国者》等;还有就是对于某种诗歌写作观念、传统形式因素的解构,如《结结巴巴》《反动十四行》等,这一类,也可以叫作"解构主义式的元写作"。其中最著名的一首是《饿死诗人》,戏仿了在海子身后出现的一股矮化和俗化了的"乡土诗热"。如同《堂吉诃德》对骑士小说的戏仿所起到的作用一样,它也颠覆和终结了这种写作趣味。"……你们以为麦粒就是你们 / 为女人迸溅的泪滴吗 / 麦芒就像你们贴在腮帮上的 / 猪鬃般柔软吗 / 你们拥挤在流浪之路上的那一年 / 北方的麦子自个儿长大了……""城市中最伟大的懒汉 / 做了诗歌中光荣的农夫"——

麦子以阳光和雨水的名义

我呼吁:饿死他们

狗日的诗人

首先饿死我

一个用墨水污染土地的帮凶

一个艺术世界的杂种

这可谓反精英主义诗歌所能够达到的极致了,再向前半步,就属越界了。不过细想,它又何尝不是另一种精英主义的出现,即具有戏谑与解构力,具有自我反思与颠覆勇气的一种写作的诞生呢? 如果历史地看,这里似乎还设置了一个对话的潜文本,那就是郑敏写于 1942 年的《金黄的稻束》①。在那首诗里,诗人把收割后田野里的一个个稻束,比

---

① 该诗原题为《无题》,发表于《明日文艺(桂林)》1943 年第 1 期,收入《诗集一九四二——一九四七》,上海:文化生活出版社 1949 年版,题目改为《金黄的稻束》。

作了"无数个疲倦的母亲",她们仿佛是"黄昏路上"矗立的一座座雕像,"肩荷着那伟大的疲倦",在一片"秋天的田里低首沉思",最终"将成为人类的一个思想"。对照郑敏的诗,伊沙非常巧妙地借助了这一庄严的诗意,并实现了他反讽式的表达。

去精英化的写作思潮,在世纪之交达到了沸点。以1999年"盘峰论争"为标志,第三代登场时即埋下的伏笔终于再度浮现。声称"口语派"与"民间写作"的一批诗人,与九十年代以来在经典化进程中占得先机的"知识分子写作"的诗人,发生了公开的论战。这次论战始于1999年春夏之际召开的"盘峰诗会"①,此后持续了一两年。第三代内部原有的诗学分歧,由此放大为两个美学阵营的截然分立。在此背景下,又恰逢"七〇后"一代的正式登台,以及网络传播媒介的迅速发育,诗歌的场域陡然扩大,发表几乎变得无门槛。尤其还有世纪之交"节日"氛围的催化作用,诗歌界遂出现了持续数年的"狂欢"局面。此后的"下半身""梨花体""垃圾派""低诗歌",还有大量具有行为艺术色彩的诗歌现象与噱头,都成为当代诗歌"新平权运动"的一部分。

当然,"平权主义"也只是一个混合性的说法,它有时与"精英主义"构成对立,有时则不一定。尤其是,它的反智与"反知识分子趣味",并非简单和鲁莽的破坏,而更多的是构成了"另类精英"或是"另一种知识分子写作",并不一定要归类于垃圾。真正严肃的解构主义写作,与纯然的狂欢与娱乐化写作之间,还是泾渭分明的。

平权式写作的另一个现象,是在世纪之交以后出现的"底层写作",这一现象中出现了大量来自民间的写作例证,其中的大部分显然不是精英主义的,但是有一点又必须要注意,那就是"关怀底层"本身也是一种"知识分子精神"的显现,只是,知识分子式的底层关怀,与真

①　张清华:《一次真正的诗歌对话与交锋——"世纪之交:中国诗歌创作态势与理论建设研讨会"述要》,《诗探索》1999年第2期;《北京文学》1999年第7期。

正来自底层的写作者的感受相比,还是隔了一层。所以,最好的例子就变成了一位女工出身的诗人郑小琼。

郑小琼最早的诗出现在 2005 年以前,但只有在 2005 年"底层写作"的概念①出现之后,她才逐渐引人瞩目。她不止像别的写作者那样,描画了底层劳动者艰辛与卑微的生存场景,而且通过"铁"的意象,以铁与肉身的关系,构造出了一种工业时代的文化与精神图景:作为资本与生产线的、以逐利为驱动的生产关系,同劳动者的肉身,以及肉身所负载和象征的痛苦、疾病、乡愁、道义等,所构成的一种对位与冲突。"模糊的不可预知的命运,这些铁/这些人,将要去哪里,这些她,这些你/……在车站,工业区,她们清晰的面孔/似一块块等待图纸安排的铁,沉默着。"(《铁》)这种关系超出了一般的倾诉与宣泄,而成为类似本雅明所说的"文明的寓言"。

六、经典化、边界实验以及结语

漆黑的夜里有一种笑声笑断我坟墓的木板

你可知道。这是一片埋葬老虎的土地……

这是海子的《死亡之诗(之一)》开篇的两句,写作时间不详,应是在 1986 年以前。那时海子还没有明显陷入抑郁症所带来的困境,但我相信,真正能够读懂这首诗的人,不会很多;而要想诠释清楚,他所说的

---

① "底层写作"在南方最早被称为"打工诗歌",2005 年由《文艺争鸣》杂志发起专题讨论,在第 2、3 期发表多篇文章,参见蒋述卓:《现实关怀、底层意识与新人文精神——关于"打工文学现象"》;柳冬妩:《从乡村到城市的精神胎记——关于"打工诗歌"的白皮书》;张清华:《"底层生存写作"与我们时代的诗歌伦理》。

这只"火红的老虎",这只"断腿的老虎"究竟是什么,更难有人敢拍着胸脯应承。

海子当然有更多广为传诵的名篇:《亚洲铜》《单翅鸟》《天鹅》《山楂树》《祖国(或以梦为马)》《四姐妹》……这些经典之作,完全可以经得起最严苛的细读,它们已成为新诗在许多方面的标杆。但是,他也有着众多叫人难以捉摸的篇章,比如一旦我们要追问这首"死亡之诗"究竟写的什么,没人能够做出令人信服的解释。"正当水面上渡过一只火红的老虎 / 你的笑声使河流漂浮 / ……一块埋葬老虎的木板 / 被一种笑声笑断两截。"仿佛经过了编码中的再度"加密",如若不了解具体的背景事件,没有深入研读过他的诗论,这一隐晦的故事与场景,是完全无法索解的。

可是即便了解了那些背景,就能解吗? 也不一定。接下来的一首《死亡之诗(之二:采摘葵花)》,甚至加了题注"——给梵高的小叙事:自杀过程",但读之依然让人如堕雾中:"雨夜偷牛的人 / 爬进了我的窗户 / 在我做梦的身子上 / 采摘葵花……"即使参照了梵高的绘画,还有他患病与自杀的遭际,也很难用"达诂"方式给出细读。这表明,海子诗歌的另一部分,其存在的意义,确乎不在于为我们提供可以确信求解的文本,而仅在于表明他诗歌探索的最远疆界。

那自然会有人质疑,甚至予以反对。有人即据此讥嘲,认为肯定他的读者是"在煞有介事地陶醉于一件'皇帝的新衣'"①。

这就涉及"经典化"与"边界实验"之间的关系问题。"经典化"既是历史本身的水落石出,也是一种持续不断的选择与淘汰,是维持诗歌的"正常"美感与规则的标准与信念。所以,它既是指那些公认的优秀作品,也是指据此生成的观念共识;而"边界实验"呢,则是对既成观念

---

① 参见《读不懂海子》,见"海子吧"贴文,未具名,https://tieba.baidu.com/p/556879959?red_tag=3419967660。

与规则的不断打破，是挑战经典、标新立异、走出樊篱的持续过程。所以，通俗地说，这也是所谓"守正与创新"之间的关系，一个自有文学以来就一直未曾裁断清楚的古老官司。

海子显然是一个典范的极端例证。他将两者的关系扩大到了极致，也因此而对新诗的发展做出了贡献。

当然，这越界和探索的方式与方向又各有不同，海子是以神秘、晦涩、智性与高蹈，而更多的写作者则是以诙谐和解构，以粗鄙和挑战传统，以形式或观念的逾矩，以"低"和怪诞……这些显然并不都具有意义。然而，如果我们只是依据经典和正统对之加以排除和禁止，那么诗歌创造的空间无疑将会被压缩，诗歌发展的动力也将大大减弱。

这就像我们之前关于李金发的评价一样，假如没有他生涩的象征主义的误打误撞，就不会有戴望舒的现代主义与古典传统的圆融汇通，也不会有接下来新诗在三四十年代的一路疯长；同样，没有五十年代台湾现代诗运动，没有纪弦们夸张的"横的移植"，还有大呼小叫与之针锋相对的"蓝星"诗人们所标榜的"纵的继承"，就不会有台湾现代诗的充分发育；同理，没有八十年代中期"第三代"的爆炸式登场，没有那些五花八门的诗歌主张的蜂拥亮相，也就不会有九十年代之后诗歌写作的专业化和渐趋成熟；如果没有世纪之交以降诗界持续的喧嚣与狂欢，也就不会有如今这般丰富与纷繁的诗歌现场。

显然，这一问题对于当代诗歌至关重要。因为人们总爱动辄对异样的写作进行规训与规范，总有探索被视为亵渎、悖逆或不道德。而按照德里达的说法，现代主义的文学并非传统意义上的"美文学"，而应该是一种"允许可以讲述一切的奇怪建制"，它应享有免受包括"道德检查"在内的诸种限制。至于为什么，德里达说，"'二十世纪现代主义的，或至少是非传统文本'，都具有一个共同点，即它们都写于文学的一种危机经验之中"，是"对所谓'文学的末日'十分敏感的文本"。这意味着，现代主义的写作，每一次都面对着"写作的尽头"，面对着经验的极端化和极限化,即"文学将死"的现实,写作者必须通过额外地"制造事件以供讲述",并以此来引人瞩目,拯救文学的某种末日处境。这就是他所说的"文学行动"①的时代。

这段话稍加解释,其实谈论的仍是"经典化观念"与文学的"边界探索"之间的矛盾关系。"美文学"是人们关于文学的一般看法,是指经典的历程,而"允许可以讲述一切",则是不断突破规范,是指向关于艺术的一切越界的权利和可能。无疑,这是一个关于"现代主义""当代诗歌"或者"诗歌的当代性"问题的方法论,也是我们观照新诗历史,动态地考察其变革进程的一个必要角度。

而且,对所谓正统和经典的看法,也是一个不断变化的范畴。昨天还属于异端的,今天就变成了正统;今天还被视为不合法的,未来就会被认为是常态。当年关于"朦胧诗"的讨论,曾何等剑拔弩张,在有些正统理论家看来,一群在艺术上表现了小小叛逆冲动的年轻人,不是要把诗歌送到"雾失楼台,月迷津渡"的风月场上、温柔乡里,而是向着经典和正统的一方,"扔出了决斗的白手套"。有人干脆用"社会主义,还是现代主义"②这样的奇怪逻辑,来从政治上宣判他们的死刑,仿佛现代主义是资本主义的专利。殊不知在西方,现代主义的早期流派"达达主义""未来主义",反而曾与左翼思潮和国际共运有着密切的联系。事实表明,当年那些被视为异端的作品,早已变成了当代诗歌中的经典,甚至在今天,人们或许已感觉到了类似《回答》《一代人》《致橡树》《神女峰》等作品的过于"正典化"了,从严格的艺术代际看,它们或许尚不能构成"现代主义"的诸种要件。

还有问题的另一面,即所有"越界"或边界实验,也都有个"高点"

---

① 参见德里达:《文学行动》,赵兴国等译,北京:中国社会科学出版社1998年版,第5-9页。

② 郑伯农:《社会主义,还是现代主义》,《诗刊》1983年第6期;《当代文艺思潮》1983年第10期。

与"低点"的问题,不能因为都属"探索",都走得远,就可以混为一谈。类似海子那样的探索,自然是高点,因为他是新诗诞生以来真正从"哲学本体"的角度来考虑诗歌和诗歌写作的人,他不止写出了抒情意义上的诗,还尝试写出"本体"的形而上意义的诗,作为真理和宗教的诗,作为"道"与"元一"的诗。而且这一切还与他的"一次性行动",与他的生命人格实践的投射与加入,牢牢地交融嵌合在了一起,使得这一"再造巴别塔"式的努力,获得了精神现象学的意义。

另一些写作,似乎难以判断其边界实验的"高"与"低"。比如西川写于2004年的《小老儿》,整首诗是以"歌谣加摇滚"的方式写成的,共十二节,每节都相当于一段"贯口",如一阵风,语义一任飘忽滑行。仿佛是刻意挑战人们关于诗歌的常识,它不只在形式上矮化和消解了"诗"的一切规则意义,也让人难以确定其写作的观念与意图。这个诗中的"小老儿"仿佛是一个实体,也仿佛是一个游魂,一种流行的病毒,又仿佛就是你我自身,含混其词地说,它可能就是一种到处传染的文明病:

> 小老儿小。小老儿老。小老儿一个小孩一抹脸变成一个老头。小老儿拍手。小老儿伸懒腰。小老儿到我们中间。小老儿走到东。小老儿走到西。小老儿穿过阴影。小老儿变成阴影。小老儿被绊倒。小老儿也绊倒别人。小老儿紧跟一阵小风。小老儿抓住小风的辫子。小老儿跟小风学会打喷嚏。小老儿传染得树木也打喷嚏。石头也打喷嚏。小老儿走进药店。小老儿一边打喷嚏一边砸药店。小老儿欢天喜地。小老儿无所事事。小老儿迷迷糊糊。小老儿得意忘形。小老儿吃不了兜着走。有人不在乎小老儿,小老儿给他颜色看……

此是诗的第一节。西川曾解释说,该首诗的灵感得自2003年的

"非典"（SARS）疫情，他将其间的一些世相与感受嵌入其中。这算是供我们解读此诗的一个参照，但假如没有这个提示，该诗将几乎是一个哑谜。整首诗读下来，只能说，它就是一个德里达意义上的"非传统文本"。

　　欧阳江河写于 2012 年的长诗《凤凰》，也可以看作是一个例子。这首诗问世后引起巨大反响，也有较多质疑。作为艺术家徐冰的《凤凰》的互文作品，它刻意将装置艺术的特点，如嵌入、插接、并置等手段也运用其中，形成了所谓"词与物"的一种裸露关系。因为徐冰的装置艺术《凤凰》，是由工业时代的各种废料和垃圾制作而成，它被刻意吊装在北京东三环最繁华的"CBD"街区，在摩天大楼玻璃幕墙的背景上，在夜晚光电技术的映射下，显得五彩斑斓金碧辉煌，是一个神话般的制作；但在白天的光线下再近看细读，就会发现它由一堆废旧金属与塑料垃圾连缀而成。

　　这就把现代文明的形与质、内与外、载体与意义之间的分裂的属性，完全彰显了出来，而欧阳江河的诗正是准确地匹配了这一装置的属性，也刻意裸露了语言、词和意义本身的复杂关系。他几乎是将所有的表达都变成了词语的镶嵌与堆积，让它们成为完全脱离主体与情感的"干燥的词"。这种写作牺牲了传统诗歌写作中"主体性的统一"，而变成了一个对于"词的仓库"的展示：

　　　　掏出一个小本，把史诗的大部头
　　　　写成笔记体：词的仓库，被掏空了。

　　这样的尝试是否可以看作是文本本身自行而刻意的分裂？有位批评家的思考和发问也很有启示："当徐冰的凤凰呈现的是一种'掏空'的艺术的时候，当以垃圾和施工的废弃物组装成的是一个'虚无'的存在物的时候，'史诗的大部头'是否只能在一个'小本'上'写成笔记体'？在一个一切都被掏空的匮乏的时代,如果说徐冰和欧阳江河都在'写'各自的神话与史诗,本身是不是一个悖论的判断？在大写的主体匮乏的时代,史诗究竟何为?"①这样的发问,准确地指出了《凤凰》这类文本的悖论,它们在实现并打开了自身构造的同时,也标立了其文本内部的缺憾与虚无。而这,既是它力量的极限,也是创造的尽头。

与此对照,世纪之交以来的另一些越界和探索,便显得不那么高大上了,所有的狂欢与爆炸,自曝与裸奔,尽管也乘借了诗歌平权主义潮流的东风,造设了百般花样,但真正在文本方面的贡献却没有那么多。以至于我必须小心翼翼、审慎地避免写下他们的名字,以免对读者的判断产生误导。

至此,关于百年新诗的道路,以及所涉及的若干核心问题的梳理,大概可以作结了。从上述六个角度的讨论,基本可以从纵与横两个方面来大概厘清其变革之路,以及变革背后的内因、动力、机制和主要规律,对于回溯历史、评估当下,应该具有较为清晰的参照意义。

一百年,作为人生的尺度当然近乎是极限,但作为一个民族语言的创造物,她还是如此的年轻,还在生长和发育的路上。

在回顾的过程中,我不断地使用望远镜,以试图将整体的线条看得更清晰一些,但同时又不得不使用放大镜,以对准那些经典的或具有标志意义的文本,以使我的讨论能够立足。

这是一个艰难而愉快的过程,一个迷惘而又不断发现的过程。

我希望读者也有类似的体验。

张清华　北京文艺评论家协会副主席,北京师范大学文学院教授。

---

① 　吴晓东:《"搭建一个古瓮般的思想废墟"——评欧阳江河的〈凤凰〉》,见欧阳江河《凤凰》,香港:牛津大学出版社 2012 年版,第 41 页。

我所理解的"城市小说"

张定浩

世界上有许多名词已经被过度使用,正是这种状况催生了人们对诸如"当我们谈论某某时我们在谈论什么"这样同义反复句式的渴求。对此,要确切地使用已有名词描述一件新事物,常见的应对策略,要么是另造新词,要么是用诸如"后""大""新""新新"之类的前缀来覆盖现有的这个名词。但似乎还存在另外一种更为积极的方式,即重新描述这个已经被耗尽的名词,给它填充新的养分,从而把它从旧事物那里抢夺回来。"城市小说"就是其中的一个例子。

让我们先尝试提出一些新的定义:

1. 城市小说是那些我们在阅读时不觉其为城市小说,但随着时间流逝慢慢转化为城市记忆的小说。

从接受美学的角度,这种阅读经验是和城市居民的生活经验相一致的。唯有游客和异乡人,才迫不及待地通过醒目的商业地标和强烈的文化冲突感知城市的存在,对那些长久定居于此的人来说,城市在一些不足为人道的细枝末节里。

"我所说的是太阳早早下山的傍晚,走在后街街灯下提着塑料袋回家的父亲们;隆冬停泊在废弃渡口的博斯普鲁斯老渡船,船上的船员擦洗甲板,一只手提水桶,一只眼看着远处的黑白电视;在鹅卵石路上的车子之间玩球的孩子们;手里提着塑料购物袋站在偏远车站等着永远不来的汽车时不与任何人交谈的蒙面妇女;数以万计的一模一样的公寓大门,其外观因脏污、锈斑、烟灰、尘土而变色;栖息在生锈驳船上的海鸥;严寒季节从百年别墅的单烟囱冒出的丝丝烟带;寒冷的图书馆阅览室;每逢假日清真寺的尖塔之间以灯光拼出的神圣讯息,灯泡烧坏之处缺了字母;在廉价夜总会里卖力模仿美国歌手的三流歌手;上了六年没完没了令人厌烦的英文课后仍只会说 yes 和 no 的中学生们;散落在冬夜冷落街头市场上的蔬果、塑料袋、纸屑、空布袋和空纸箱子……所有损坏、破旧、风光不再的一切……我所说的正是这一切。"(帕慕克,《伊斯坦布尔:一个城市的记忆》)

"所有损坏、破旧、风光不再的一切"。现当代中国作家很少会用这样的目光去打量城市,这种目光是他们习惯于看待乡土的目光。现代百年的中国境遇就是一个乡土不断损坏、破旧、风光不再的境遇,但就是在这样的衰落期,乡土小说才得以建立。蹇先艾的贵州不同于沈从文的湘西,许钦文的《故乡》有别于鲁迅的《故乡》,萧红的呼兰河也迥异于芦焚的果园城,这些姿态各异、完整圆熟的乡土世界,正是在其衰落后被那些怀着乡愁的侨寓者所回忆、所完成,就像熟透的果实自然掉落在树下张望守候的裙裾中,每一种果实各有其令人难忘的味道。而与此相反,我们过去所指认的城市小说,多数情况下有点像还未成形就被过路人迫不及待采摘下来的青果,不管描写哪个城市,批判抑或赞赏,都有一种雷同的青涩感,这种青涩感,我们有时候会误以为就是城市性或现代性。张望守候的裙裾,与迫不及待的过路人之手,其间的差异,或可为我们理想中的城市小说再增加一个定义:

2. 正如乡土小说的作者无一例外都曾扎根于各自的乡土,城市小说只能出自那些在某个城市长久生活过并且扎根于此的作者之手。

所谓扎根的意思,未必是终老,而是一种难以摆脱的归属感。张爱玲在《写什么》里面讲:"我认为文人该是园里的一棵树,天生在那里的,根深蒂固,越往上长,眼界越宽,看得更远,要往别处发展,也未尝不可以,风吹了种子,播送到远方,另生出一棵树,可是那到底是很艰难的事。"城市小说的作者,是把这个城市当作他的园子,他并非过路人,而是天生属于这个城市,然后他才有可能写出属于这个城市的小说。但进一步而言:

3. 城市小说作者致力要写出来的,不应该是"这个"城市,而是"我"的城市。

上几代作者都熟悉马恩文论中源自黑格尔的辩证法美学观,"每个人都是典型,但同时又是一定的单个人,正如老黑格尔所说的,是一个'这个',而且应当是如此"(恩格斯致敏娜·考茨基信)。于是,当过去的写作者面对城市的时候,有时会习惯性地把这种对待具体单个人的美学观移植来处理城市,将一个城市拟人化并企图建构某种整体性的典型城市形象,这就是王安忆在《长恨歌》里要表达的观念,"王琦瑶的形象就是我心目中的上海"。阁楼上的鸽子盘旋在城市半空,它带来的是一种整体性的俯瞰,这视野是真实的,但也有可能是虚幻的,它的真实与虚幻取决于空气中 PM2.5 值的大小,也取决于观者目力的限度。

和城市书写中这种毕其功于一役的拟人化处理相对应的,是乔伊斯《都柏林人》、耶茨《十一种孤独》乃至奈保尔《米格尔大街》这样的散点透视和集腋成裘。相较而言,后者也许更为切实。当然,上述几本都是短篇小说集,若是偏要从长篇的角度比较,本土小说中亦有西西的《我城》可作典范。

"我城",是作者生长其中并随处留下心灵印记的城,"我的灵魂注入了城市的街道,如今仍住在其中……除了我们本身之外,城市没有其他的中心"(帕慕克语)。它不同于"我心目中的某城",后者始终有一种学者和旁观者式的分析和归纳意味,借助现代性、殖民主义、后现代主义、中产阶级、超现实、消费社会、市民生活等范畴和术语来介入城市,利用诸如高架桥、摩天楼、地铁、超市、菜场、石库门、亭子间等功能空间来隐喻城市,以抽象和整体的文化概论来替代具体繁复的文学表达,这似乎也是罗兰·巴特在谈到城市符号学时所预感到的问题,"最重要的不是扩大对城市的研究或相关功能研究,而是扩大对城市的读解,对此,不免遗憾的是,迄今为止只有作家们给我们提供了一些例子"。

将上述两个定义结合起来,可以得出如下定义:

4. 城市小说是一些"城市之子"才有可能写出的小说。

老舍是北京之子,张爱玲是上海之子,这是一目了然的事实,但我们不能把茅盾也称为上海之子,虽然他写过一本反映上海资产阶级生活的《子夜》。类似的情况,波德莱尔是巴黎之子,狄更斯是伦敦之子,他们都把自己的心思印在那城市的每一处地方,但我们并不说本雅明是柏林之子,虽然他写过一本名为《1900年前后的柏林童年》的回忆录。某种程度上,我们可以说本雅明是巴黎的养子,因为正是通过他,我们才透彻地理解第二帝国的巴黎与波德莱尔的关系。

但今天再继续用诸如"游手好闲者""波希米亚人"和"密谋者"这样的本雅明词汇来解读今天的大城市如上海或香港,虽然也是有可能的,却是没有价值的。"城市之子",这个词本身就意味着对一种新生命出现的期待,这个孩子,是此时此刻的这个城市的新生子。

可以从这个角度去理解推动《我城》叙事的那些鸿蒙初辟似的观看和言说。那些人,阿果,阿髪,悠悠,"是在这个城里诞生的,从来没有离开过","你可记得小学的时光么。你的小学,是一间怎么样的学校呢?当悠悠来到长满夹竹桃的斜坡旁边,她就看看学校还在不在,大家还种不种花。"(西西,《我城》)

补充两个稍微过分的定义:

5. 城市小说是那些在一个城市读过小学的人才有可能写好的小说。

6. 城市小说是记载一些人在一个城市中慢慢老去的小说。

"当年阿宝十岁,邻居蓓蒂六岁。两个人从假三层爬上屋顶,瓦片温热,眼中是半个卢湾区,前面香山路,东面复兴公园。东面偏北,有祖父独幢洋房一角。西面,皋兰路小东正教堂,打雷闪电阶段,阴森可惧,太阳底下,比较养眼。蓓蒂拉紧阿宝,小身体靠紧,头发飞舞。东南风一劲,黄浦江的船鸣,圆号宽广的嗡嗡声,抚慰少年人胸怀。阿宝对蓓蒂说,乖囡,下去吧。绍兴阿婆讲了,不许爬屋顶。蓓蒂拉紧阿宝说,让我再看看,绍兴阿婆最坏。阿宝说,嗯。蓓蒂说,我乖吧。阿宝摸摸蓓蒂的头说,下去吧,去弹琴。蓓蒂说,晓得。这一段对话,是阿宝永远的记忆。"(金宇澄,《繁花》)

将金宇澄和之前的很多上海书写者区别开来的,是他起初似乎并没有野心要特意"书写上海",他没有企图去分析、展示、批判、建构乃至还原上海,没有企图将这座城市景观化或寓言化,他写的仅仅是他自己看到的听到的、属于这个城市的人和景象,他们像空气一样交织在记忆中,不能被忘却,并且是以一种不那么严肃的姿态,在具体如流水一般的行动中不加过滤地呈现出来。"生活是如此重要的一件事,以致不能严肃地谈论它。"(王尔德,《维拉,或虚无主义者们》)上海之于金宇澄,或许也就是那样太过重要的事情。

在《繁花》中,上海无处不在,同时,又不被任何所指束缚,而只是一种私人性的念念在心。类似的情况还可以在年轻的小说作者钱佳楠的短篇集《人只会老,不会死》里见到。

"在我眼中,上海不只是南京路的十里洋场和陆家嘴的水泥森林,虹镇老街、巨鹿路、曹杨铁路农贸市场也同样是上海,并且这才是我生活中每日寒暄致意的上海,南京路和陆家嘴反倒让上海人感到陌生。"(钱佳楠,《人只会老,不会死》后记)

7. 城市小说要写的,是作者生活中那个每日寒暄致意的城市。

那些城市之子向他们的城市致意,通常是致以爱意,但不是爱它的富足,而是爱它的贫穷。科伦·麦凯恩说:"我到一个城市的时候首先想看一个城市最贫穷的老城区,这才是一个城市最好的地方。"奥尔罕·帕慕克也说:"倘若我对绘画快速熄灭的爱不再能拯救我,那么城里的贫民区似乎无论如何都准备成为我的'第二个世界'。"但与其说是爱一个城市的贫穷,不如说是爱这贫穷背后竟然蕴藏的无限生机,像一个含辛茹苦的母亲养育儿女。"外人开车经过米格尔街肯定只会说:'贫民窟!'因为他看不见别的。但是我们这些生活在这儿的人却把它看作一个大千世界,每个人都与众不同:曼曼是个疯子,乔治是个笨蛋,比佛是个懦夫,哈特是个冒险家,波普是个哲学家,而摩根则是我们的小丑。"(奈保尔,《米格尔街》)

而钱佳楠的小说最初令我震动之处,也在于她写出了上海人的贫穷,作为一个置身其中的人,而非旁观者。

"夏天暴露了这个家唯一的特征:贫穷。

"原本谁都想好好掩盖,春秋两季,她和母亲依偎着躺在大床上,做出亲昵的姿态,父亲把沙发摊开,也是理想的单人床,把他一米七出头的个子装得严严实实。冬天,母亲还喜欢打开窗户,炫耀家里朝南那间房间里朝九晚五的阳光(家里只有一个房间),惬意啊,可以打毛线,看报纸,绣十字绣……"(钱佳楠,《一颗死牙》)

老上海人都明白她在说什么。更重要的在于,这其中没有任何社会阶层分析的腔调,她只是安静地叙述,甚至是有些怨恨和绝望的,像每个生活在大城市中的普通人。

"这样一座黑魆魆、闹哄哄的城市,一身兼备一间熏肉作坊和一位长舌妇的品质;这样一座灰沙飞扬的城市;这样一座不可救药的城市,漫天笼罩着一层铅灰色,连个缝隙都没有;这样一座被围困的城市,四面都被爱赛克斯郡和肯特郡的沼泽像一支大部队似的包围着。"(狄更斯,《我们共同的朋友》)

但个人的生命乃至城市的生命,就在这样恒久的贫苦与污浊中倔强地生存着,不曾被救赎,也无需救赎。倘若大城市在某些时刻被视作某种地狱的象征,那么其中最容易被物化和异化的,永远都不是生老于斯歌哭于斯的人类心灵,而只是局外人的眼睛。

8. 城市小说是要在巨大的、看似不可阻挡的城市危机面前,发现和写出使人们在这里得以生活下去的秘密理由。

"预言灾难和世界末日的书已经有很多了,再写一本将是同义反复,再说也不符合我的性格。我的马克·波罗心中想的是要发现使人们生活在这些城市中的秘密理由,是能够胜过所有这些危机的理由。"(卡尔维诺,《看不见的城市》译林版前言)

过去几十年的中国文学一直沉迷于构建一个个具体完整的村庄、小街、乡镇……一个个模拟"约克纳帕塔法世系"的地方,但是,城市尤其是大城市,常常仅被视为一种不可把控的抽象存在。所谓废都、帝都、魔都之类的指认,正是以一种强硬的负面整体概括来掩盖对城市内在生机的探寻。正如诸多论者已经看到的,当代城市题材的小说创作同质化倾向严重,我们有形形色色的乡村世界,但似乎我们只有一个被称作"城市"的城市。这其中的原因,或者与小说作者习惯以某种否定和离心倾向来观照城市有关。在医生那里,人们仅仅通过疾病才相互区分,但小说家并不是医生,按照巴尔扎克的意见,他充其量只能作为书记员。他记录他知道的关于某个城市和生活的一切,可以爱它也可以恨它,但他不负责诊断这个城市和其中的生活,也无法诊断。至于孤独、幽闭、抑郁症、丛林法则、欲望清单、移民问题……一个城市无法因为这样的病症表象区分于另一个城市,一个城市不是因为病情的轻重才有别于另一个城市。事实上,看得见的城市是相似的,看不见的城市各有各的不同。

在罗兰·巴特看来,城市一如文本,并不存在固定和数量有限的所指,它们都是如洋葱般一层层剥开,"没有心,没有核,没有秘密,没有约简的原理,有的只是本身外壳的无限性,包裹的无非它外表的统一性",联想起君特·格拉斯也曾以洋葱作喻,"回忆就像洋葱,每剥掉一层都会露出一些早已忘却的事情,层层剥落间,泪湿衣襟"。进而,个人的生命,乃至孕育无数人生命的城市,都抗拒约简,抗拒成为一个隐喻,他们本身都成其为某种正在进行中、生生不息的写作文本,并近乎无限地展开,漫游在城市里的小说家正如陷入回忆中的小说家,恰是这些文本的读者。因此,我要说:

9. 既然城市可以被视为一种正在进行中的写作,城市小说也就是关于写作的小说。换言之,城市小说是一种元小说。

在西西的《我城》里,对一个城市的思考是和对写作的思考同时进行的。小说第十七节,写一个住在大厦顶楼的人,喜欢搜集各种字纸,也喜欢搜集理想中的可以用来丈量字纸的尺子。每把尺子都高兴地发表自己的意见,每次都吵个不休。

"有一把尺说:字纸里面说许多人长了翅膀飞到月亮上去了,这是超现实主义。另一把尺说,显然是太空船在天空中飞来飞去,这就是科学幻想小说。有一把尺则说,把一件衣服剪了个洞,分明是达达主义。又有一把尺说,把身份证用塑胶封起来,可不就是新写实主义了么……"

有一回,这个住在大厦顶楼的人找到一堆字纸,里面有阿果、阿髪、麦快乐和阿北,看来就是《我城》这本小说。那些尺子看到这堆字纸,又开始发表各自的意见:

"一把弯弯曲曲的尺首先说,这堆字纸不知道在说些什么,故事是没有的,人物是散乱的,事件是不连贯的,结构是松散的,如此东一段西一段,好像一叠挂在猪肉摊上用来裹猪骨头的旧报纸。一把非常直的尺把头两边摇了三分钟,不停地说:我很反感,这是我经验以外的东西。有一把尺是三角形的,它努力在字纸中间寻找各式各样的形状,结果找不到自己的三角原形,连圆形、长方形、六角形也没有,就叹了口气……"

西西在这里狠狠地嘲笑了那些偷懒的评论家和写作者,他们用规定的尺子丈量小说,也丈量小说里要书写的城市。那个住在大厦顶楼的人就问这堆字纸,那么,你这篇小说的写作动机是什么呢?字纸回答道:

"是这样子的。在街上看见一条牛仔裤。看见穿着一条牛仔裤的人穿着一件舒服的布衫、一双运动鞋,背了一个轻便的布袋,去远足。忽然就想起来了,现在的人的生活,和以前的不一样了呵。不再是圆桌子般宽的阔裙,不再是浆硬了领的长袖子白衬衫。这个城市,和以前的城市也不一样了呵,不再是满街吹吹打打的音乐,不再是满车道的脚踏车了。是这样开始的。"

西西不借助各种现成的尺子去书写城市,她要写的,是在自身体验中缓缓呈现出来的城市。她要讲述的是一个小写的、多视点的、生成中的、既苍老又年轻的"城",一如她自我期许的写作姿态。

"你还看见了什么?"

10. 城市小说是这样一种小说,它强调过去的那个城会一直折磨我们,同时又拒绝挽歌和盖棺论定,它不被过去所套牢,执拗地要求一个未来。

11. 城市小说是有待完成的小说。

张定浩　《上海文化》杂志副主编,中国现代文学馆第三届客座研究员。

城市文学的正本和副本

黄德海

　　当下文学讨论中经常使用的"城市文学"概念,其实早就脱离了它的原意,与文学史上通常所讲的无关。文学史中的城市文学,是与中世纪的骑士文学对立的市民创作,主要描写市民的日常生活,围绕市民关心的问题叙述,有鲜明的世俗色彩。按这个定义,除了"与中世纪的骑士文学对立"的特点,中国古代的《三言二拍》和《金瓶梅》《红楼梦》,都属于这个范畴。目前所说的城市文学,则主要是指中国城市化规模扩大之后,以乡村为对应物的、围绕城市生活展开的文学创作,它承载着认识新问题、创造新价值的艰巨任务,最好还能对公众造成巨大的影响。

　　在要求文学完成上述任务的时候,对优秀城市文学充满渴望的作家和评论家,经常会举出巴尔扎克或波德莱尔的巴黎来表示期许——没错,很少有人提到布洛克的纽约——要求作家们写出城市的灵魂。没错,巴尔扎克和波德莱尔的巴黎的确栩栩如生,直到现在仍能供我们既痛又快地想象。甚至可以说,巴尔扎克和波德莱尔,几乎有效地提供了现今城市文学正本和副本的标准。

　　城市文学的正本,那个被称作城市的怪兽,不是灯红酒绿的虚荣市,纸醉金迷的名利场,就是无依无靠的他乡,孤独无告的异地,大口大口地吞噬着世间的温情。这类写作者大多对城市采取高傲的旁观姿态,凭借冰冷的理智和残酷的想象,把城市驱逐出心灵最柔软的部分,将其描摹为残酷的丛林法则设定的固定场域,异化的恶之花遍地开放。

城市文学的副本,则是把城市作为人们的置身之地,把城市从干枯冰冷的符号系统中还原出来,激活了城市的体温与脉象,显示出其内在的活力和神采。这样一座城市,不理睬理论赋予它的抽象命名,也不管什么现代后现代,它就是我们存身的世界,每日的生活,并不是那个在小说中久已被披挂上坚硬外壳的,叫作城市的异类。

正是在这个意义上,那个副本的城市,才应该是文学中真正的城市,而那个正本的城市,只不过是一个与人无关、仅供思维体操使用的趁手场所。不管是因为启蒙理性带来的客体感太过强烈,还是西方现代小说对城市的冷漠描写太深入人心,正本城市的写作者很容易在人群中感到厌烦,他们或者装成怀才不遇的落魄者,或者扮演一个不断反思城市弊端的天纵之才,只忙着把自己带着致命热病的情绪倾倒在城市身上,根本顾不上置身其中的人们的死活。

在典范的意义上,正本和副本的城市写作者没有根本的区别。被认为写出了正本城市的波德莱尔,早就确认过:"谁要是在人群中感到厌烦,谁就是蠢蛋。我再重复一遍:谁就是蠢蛋,一个不值一顾的蠢蛋。"可现今的文学写作者才不管这些,尽管可能自小就居住在某座现实的城市之中,城市的寒暖却跟他们无关,始终在文本中做着城市常驻的观光客,偶经的异乡人。那个副本城市的书写者巴尔扎克,则完全是巴黎的老熟人,他在巴黎当过枪手,负过债,也依靠编造的贵族身份出入高级场所。巴尔扎克体味了巴黎的残酷,也享受过巴黎的繁华,他几乎就是巴黎的化身,是类乎他笔下的伏脱冷那样的巴黎精灵。

或许是因为副本城市的写作者只有城市这一个故乡,也或许是因为他们早已知道,无论你怎样看待这个城市,它都是人的置身之所,生存之地，因为居住日久，人就跟这座城市生长在了一起。在城市里生长的写作者，才不管那个正本城市一本正经的批判，愁眉苦脸的反思，而是把城市的自然景致和社会特征，以至于浓浓的居家气息，自然而然地收拢在一起，酝酿，发酵，传达出其间的深味。那些他们笔下的人物，也将在这样的环境里活泛开来，起床，伸懒腰，化妆，然后大大方方地走进小说的正文。

这样一个副本的城市，其实也正是人们置身其中的世俗空间。它才不管人们怎么想它，只管自己是"无观的自在"，你"以为它要完了，它又元气回复，以为它万般景象，它又怏怏的，令人喜忧参半，哭笑不得"。它不是社会运动的附带部分，也不为社会大潮的升沉起伏背书，当然也不管人们怎样给它美名或骂名，而是朗然显出自身的样态来，即使不复杂、不深刻，也有着自为的勃勃生机。这个自为的勃勃生机，才给了城市中人一个宽阔的世界，让他们拥有一方安顿自己身体、欲望和精神的弹性空间，将所经历的艰难和无奈清洗干净，在文本的世界里明亮地再生。

这个可以让人存身的空间，可以澄清一个长久以来的误解，即城市和乡村的截然为二。大概是传统对乡村的桃源式想象影响毋绝，正本城市里如果出现乡村，几乎总是冰冷城市的对应物，地方干净明亮，人心淳朴善良，即便土吧，也土得游刃有余，恬然自得。这种城市和乡村两歧的思路，我一直非常怀疑——无论城市还是乡村，不都是文学中的乡土，哪里有这么明确的界限？作为人的存身之地，哪里有那么明确的城市和乡村之分，凡作品里人物身经的，不都是故乡？所有的文化产品，都是人为的产物，文本里的故乡，也只跟我们创造力有关。如果非得用城市文学称谓一类作品，也不该轻率地把没有好的城市文学归罪于现实。写不出、写不好的时候，我们该承认自己的精神创造力贫乏，而不是只顾抱怨。文本世界里的故乡，可以没有城市和乡村的差异，只有好坏之分，好的城市和乡村文学，有各种各样的好；而差的城市和乡村文学,也各有各的不好。

　　不要问我,那些好的城市文学写作者在哪里,我不知道。或许他们正散居在城市的角落里,为了解决生存问题,他们必须进入城市的深处,看到城市的秘密,然后在这个秘密的末端获得自己的口粮。或许有一天,从未放弃精神生活的他们,会坐下来,写出城市真正的灵魂?当然,可能也只是可能,劳碌的现代生活会把所有的可能都消耗殆尽,我们只好每天都盼望着奇迹。

　　黄德海　《思南文学选刊》副主编,中国现代文学馆特聘研究员。

"深圳"作为一个文学样本

谢有顺

一

深圳和城市文学的关系,是一个非常特殊的叙事对象。中国几千年历史中,没有一个时期像这几十年这样,有数以亿计的人在这块土地流动。尤其深圳一两千万人口,其中多数都是从全国各地来的。广东的很多人都会有这种生活经验,吃饭时一桌十个人,往往是来自十个省。这么多的人,带着他们的口音、记忆和文化往这里迁徙,在这边碰撞,互相影响,构成了一个全新的生活场域。

这也是一个全新的叙事个案。

我自己来自福建的一个农村,我那个村一千五百多人,最多的时候,有两三百人在深圳宝安一带打工。不少老乡的孩子在深圳出生、长大、上学,可孩子户口却还在老家,不少孩子不会说老家话,家乡永远是在远方。这些都是极特殊的经验,是之前很少有的。

但大家可能也注意到了一个现象,这么多人在深圳生活、奋斗,他们中很多人所拥有的经验其实是很单一的,至少是贫乏的。

为什么单一和贫乏? 一方面,他们生活和工作的经验高度雷同,三百个人可能只是在一个或两个工厂,每天的生活是非常相似的;另一方面,有很多人是生活在并非构成自身经验的经验里,也就是说,他们的生活经验,本身并非自己想要的那种,或并非构成自身的经验。比如,他想买苹果手机,不过是听别人说苹果手机好,用着潮,其实苹果手机的很多功能也许并不符合他的使用习惯;又比如,他喝茅台,也只是听说茅台酒好,喝了有面子,但他个人口味可能是喜欢浓香而不是酱香的。他活在别人的经验里,活在外界舆论、风潮所塑造的经验里,没有自己的面貌。

而且,他们带着自己成长的记忆来到深圳这座城市,面对全新的生活,他的记忆也是混乱的、扭曲的,甚至是被改写的。

他有一个复杂而分裂的自我,他正在成为另一个人。

二

面对这样庞大的人群,我们该如何来理解和书写? 这是一个新的叙事个案和叙事难题。如果没有人去书写,他们真的就是无声的一群,是真正沉默的大多数。他们的希望和悲伤,他们在生活中那些细小的欢乐和忧愁,谁会注视? 谁会在乎?

许多时候,文学写的是主要的真实,发出的是重大的声音。但文学一定还有另外的责任,就是要俯身倾听那些被忽略的声音,打捞那些沉默的声音。好比祥林嫂这样的人,很多人身边都有,谁会注意呢? 只有经由鲁迅的书写之后,她才被尖锐地凸显出来,她的存在才如此令人难忘,令人同情。

文学不是给强者加冕的,它更多的是让无声者发声,让无力者受安慰,这是文学极重要的意义。

对这种无声、渺小的经验的书写,用哈贝马斯的话说,是在反抗一种生活的殖民。之前有文化殖民的说法,一种强势的文化入侵、阉割、吞噬了另一种文化,这是文化殖民,可我们有没有想过,一种强势的生活也可能构成对另一种生活的殖民?当我们把一种生活塑造成某种时尚和潮流的时候,无形之中就构成了对另外一些生活的殖民。

举个例子,现在很多年轻人写的作品,如果想卖得好,写农村题材是不可能畅销的,多半是写都市经验。这种都市经验呢,又一定要写那些奢华的生活:喝星巴克咖啡、吃哈根达斯、穿名牌衣服、住高级酒店、游历世界各地,等等。试想,如果大家都这样写,几十年后读者若要通过文学来了解今天的年轻人是怎么生活的,他就会以为,今天的年轻人都在喝咖啡,都在住高级酒店。事实上,今天有很多年轻人从来没喝过咖啡,从来没住过高级酒店,他们只是在那些狭窄的工厂里,在流水线上,艰难地生活着。当时尚、奢华被指证为当下年轻人生活的代表性符号时,它其实构成了对另外一种生活的殖民,因为另外一种生活是无声的。

这也就是深圳打工文学的意义。不少打工文学写到了这些人的生活,虽然写得可能还很粗糙,艺术品质不高,但它至少在经验的层面上告诉我们,还有一些人是这样生活的,他们渺小,有挣扎,也有希望,他们同样是真实的存在。这群人被书写,表明生活有着复杂的面相和各色的人群,这就反抗了时尚生活对工厂生活的殖民。它未必企及新的艺术高度,但它拓展了文学书写的边界,其意义不可轻忽。

三

可是,何以我们又会觉得仅有打工文学这类书写,还不足以充分表达出深圳真实的面貌、深圳全新的经验呢?

不少作家在书写所谓边缘人群或者新移民人群的时候,更多还是把深圳当成一个社会空间或者物理空间、技术空间来写,没有真正把它当成是艺术的空间、审美的空间、文学的空间。

把一个城市的书写当成艺术和审美空间的时候,会有哪些不一样的特质呢?

这让我想起海德格尔的一篇文章《艺术与空间》,他的思考对我理解这个问题很有启发。海德格尔说空间既是容纳和安置,也是聚集和庇护,所以空间本身的开拓,是持续在发生的事,而新的空间的开创,总是具有"敞开"和"遮蔽"的双重特征。它一方面是敞开,就是让我们认识到了新的人、新的生活、新的经验;另一方面,也可能是遮蔽,遮蔽了许多未曾辨识和命名的经验。

在敞开和遮蔽之间,可能才是真实的生活景象。

而海德格尔所说的"空间化",如果指证为一个具体的城市,于不同的人,意义也是不同的。有人视城市为"回归家园",有人则觉得"无家可归",更有人对它持"冷漠"的态度。确实,一些人把城市当作家园,到了深圳以后,高度认同深圳;一些人即使在这里有工作、有房子,也依然有一种无家可归的漂泊感;也有一些人,他在这个城市,既谈不上有家园感,也谈不上流浪和漂泊的感觉,他只是处于一种"冷漠"之中。如果我们能认识并书写出深圳这座城市的复杂性和多面性,文学的空间就会有新的开创。

现在关于深圳的核心叙事,还是重在书写如何把深圳当作新的家园,另外一些关于这个城市的新感受、新思绪,还未得到重视,这应该成为今后深圳文学主要发力的领域。

复杂、多面的深圳才是真实的深圳。

除了经验意义上的深圳,我们还应认识一个精神的、想象意义上的深圳,海德格尔把这称为"神性",他说"神性"颇为"踌躇",但有无这个维度,直接关系到艺术的高度和深度。也就是说,把深圳当作新的叙事对象时,既要写深圳的日常性,也要写深圳的神性。

是那些无法归类的梦想和迷思,才使深圳变得神采飞扬。

深圳不仅是一个物质的、社会的或技术的空间,它还是一个文学的空间——如果能写出这个空间里人的复杂感受和精神疑难,深圳作为一个文学叙事的样本,必将在中国文学的版图中留下更深刻的印痕。

（本文根据作者发言整理,经本人审阅）

谢有顺　中山大学中文系教授、博士生导师,中国小说学会副会长,广东省作家协会副主席。

在个性匮乏的时代,城市文学何为?

贺仲明

刚才有顺讲了深圳书写,我准备讲一下广州书写。最近我跟广东著名女作家张欣有过交流,其中一些谈话就涉及城市书写问题。比如,张欣也谈到了城市书写的难度问题。张欣写广州写了几十年了,在二十世纪九十年代就以写广州产生了很大影响。但是,她也感觉到写作难度越来越大,就是怎么样把广州的独特性写出来?既写出广州的个性,也彰显自己的写作个性。因为今天的城市变化非常快,与以往的城市生活又很大差别。而且,现在的生活环境下,城市生活越来越同质化。每个人每天的生活都差不多,生活节奏,生活样式,都这样。包括城市景观,住的楼房、小区,都没有很突出的特色。作家写城市,在广州如此,在深圳、在北京也差不多。

在这种情况下,怎么样写得有个性,当时张欣表达了她的思考,我对此也有自己的想法。中国以前是乡土作家多,但是在目前环境下,文学的趋势肯定是越来越多的作家写城市文学,乡土文学现在已经衰败,这是毫无疑问的。越来越多的作家都转向城市文学,城市文学的未来前景肯定更广阔。所以,最关键的问题是怎么样突破创作瓶颈?怎么样在同质化时代彰显个性。我个人有三点思考,就是说作家也许可以从以下三方面来表现城市个性。

第一点是进入城市的地理,这个地理包括城市外在的特征,比如城市的地名、地标、日常风俗及其生活独特性。这个肯定是有的,像广州作为南方的一个城市,在生活方面有很多独特性,比如广州的气候、环境,以及这些气候环境影响人们在衣食住行方面的生活特点、日常风俗,包括广州的饮食文化,如喝早茶、爱煲汤,等等。关于城市地标,书写一个城市,作家可以有意识地在文学作品里去强调自己的地方性,如真实的地名,独特而有影响的地方,以及城市的空间结构,等等。当代有些作家,像上海的张生,他就特别喜欢在小说中突出上海的一些地名,将故事与具体地名联系起来。他有这个意识,我觉得很好。地理是一个城市的外在特征,把这些展示出来,久而久之,作家的作品里面就会构成一个特别的地方性城市世界,具有自己的独特性。

第二点是进入城市的历史。我们说一个城市的个性,它既存在于现实生活当中,同时它也隐藏于这个城市的历史文化当中。我印象比较深的广州书写,或者可以代表广州当代书写最高成就的就是欧阳山的《三家巷》。这个作品有广州特色,把广州的自然风情,包括前面讲的像广州一些外在的城市面貌,城市风情,与广州真实的历史事件结合起来。他写了广州大革命时期的革命运动,这是真实的历史。他把这些历史放在一个真实的背景里面来书写,放在广州的城市特征中来书写。这样,在我们了解广州及广州大革命历史的同时,也深化了对广州这座城市的认识。我觉得这一点应该是非常值得借鉴和思考的。广州这个城市,近现代以来有很多独特的历史,很值得作家们深入挖掘。比如十三行经商,红色的革命历史,包括中华人民共和国成立初期的改造等,我觉得我们作家在这方面重视不够,没有把这些历史跟城市的独特性结合起来。这是第二个方面,就是在历史当中去寻找城市的个性。

第三点是进入城市的精神。我们说一方水土养一方人,每个地方的人文的气质确实是不一样。像北京人和广州人、上海人不同,每个人都可以感受到，但是一个作家怎么样通过笔下的人物，鲜活地把这个人物的个性气质、地方气质呈现出来，需要对生活有深入的观察。包括很多技巧，像方言的应用，特别是对人物心理文化世界的一个深层的把握。刚才清华兄讲到了，像北京的老舍、邓友梅、王朔这些作家，他们在不同的层面对北京的内涵、人物的精神有不同的展现与表现。这是他们的成功之处。当然，要做到这一点并不容易，但它确实是非常有价值的、具有深刻启迪性的。只有真正把一个城市中人物的灵魂写出来，才有无法替代的个性。这不是说人物的外在特征，而是内在气质，人物认识世界、处理事情的方式，其精神的素养，跟这个城市之间的血脉联系，等等。这些东西确实是存在的。比如一个老广州人长期被广州文化熏陶，生活、行为方式肯定不一样。同样，广州有很多新的外来移民，他们跟这座城市的缘分要浅一点，他们的日常举止、行为与老广州人有很大差别，一目了然。内在的差异当然更多，更丰富。作为作家怎么样去体现，怎么样去塑造？这些都是非常有内涵的。

总的来说，城市书写完全可以有个性。因为城市，特别是有文化历史的城市，绝对是有丰富而深刻的个性的。关键是需要作家们下功夫去体会和挖掘。我好似纸上谈兵，只是一个初步的、理论层面的简单思考，要真正深刻表现出来，需要作家们的创造性探索，需要作家们辛勤的创作。

（本文根据作者发言整理，经本人审阅）

贺仲明　暨南大学中文系主任、教授，《粤港澳大湾区文学评论》主编。

走向"小众"的网络文学

——《中国网络文学双年选 2020-2021》概述

邵燕君　吉云飞　肖映萱

　　这两年,网文圈读者普遍抱怨书荒,主流网站的热门网文不好看。造成这一现象的原因是多重的。一是 2018 年以来免费模式的冲击,使建立在付费阅读模式上的网络文学生态系统遭遇挑战,潜力作家的成神之路受阻;一是监管的趋严,使多重欲望叙述受限,以往的网文爽感模式需要重新调整;在这背后还有一个更大的原因,就是媒介革命的大势所趋。据说,玩游戏长大的一代,已经有很多人不爱看网文了。多媒体环境下,文字的艺术是"不受宠"的,其中也包括网络文学。

　　免费模式吸引的大量新读者扩大了网络文学的底座,同时也带来用户下沉,这使坚持付费的读者傲然坐上了"小众"的位置——行业龙头阅文集团的平均月付费读者数量虽自 2018 年的 1080 万降至 2019 年的 980 万,但在 2020 年又回升至 1020 万——虽然千万级的读者数量放在纯文学谱系里是庞然大物,但相对于 4 亿多的网文用户而言确实是"小众",遑论相较于更广大的游戏、视频、短视频用户。

　　所幸的是,经过几年的博弈,网络文学的"免费""付费"模式"双活"下来了。这使网络文学的生产机制更加完熟,二十余年的积累为免费模式提供了大量的套路资源和写手资源,而免费模式的出现也逼迫付费模式向更专业化、精品化的方向发展——大路化的套路文被免费文"平替"了,不更精良更个性化凭什么收费? 在这种格局下,找好看的文只能去更"小众"的地方——大平台上"老白"们扎堆的地方,以及更小众的平台(如这几年出现的有毒小说网、息壤中文网、小红花阅读网等垂直网站,以及知名作者的微博、微信公众号),本双年选推荐的 20 部作品(男频 10 部,女频 10 部)大部分来自这里,代表了几种值得关注的创作趋向。

一、流行套路的反套路

反套路的出现是以老套路的稳固和新套路的难产为前提的,同时也是新人作者在竞争日益激烈的网文市场中的一条出头之路。反套路的流行往往呼应着时代情绪的变化。如《亏成首富从游戏开始》(青衫取醉,起点中文网)核心叙事是主角认真亏钱,但适得其反成了首富。不管现实中正义和财富能否兼得,反正小说里是实现了。而这也是最新一轮科技进步带给我们的"黄金信仰":技术革命带来的财富积累是正义的,而非不义的。

二、注重现实原则

早期的"小白文"只求"爽",为了实现"快乐原则"而不顾"现实原则"。网络文学越发展,越注重现实合理性,"老白文"仍然是"以爽为本"的,但注重逻辑性和平衡感。近两年来,在"老白"读者中口碑爆棚的"美娱文"《芝加哥1990》(齐可休,起点中文网),就是一部典型的让真实为爽服务的作品,让读者觉得,在另外一个平行世界之中,真的有一个艺名叫作APLUS的华裔黑人巨星。在小众网站"小红花阅读网"和读者见面的《战略级天使》(白伯吹)更是都市异能小说中把贴地飞行做到极致的作品,被誉为"二十年网络原创文学转型之佳作"。

三、向精微处开掘

多年来,网文作者们醉心于"创造世界",但如果没有细节,越广袤的世界越空洞。近年来,有野心有实力的作者也都在为尽精微而努力。《从红月开始》(黑山老鬼,起点中文网)和《赛博剑仙铁雨》(半麻,有毒小说网)都是此中的佼佼者,但最具代表性的还是《绍宋》(榴弹怕水,起点中文网)。中国文化"登峰造极"的赵宋之世,向来是穿越历史小说的重要舞台。"宋穿文"因此成为网络文学中最发达的文类之一。和盛名累累的前辈们相比,《绍宋》没有任何创新之处,它被标举出来只是因为写得更好。不仅是落得更实,集众家之长,更是写出了人在历史中的成长,以及使历史有了当代价值和未来意义的"丹心"。

四、向巅峰处攀登

网络文学成熟的生产机制已经可以使少数特别有追求的作者在铁粉的支持下一意孤行,比如猫腻的《大道朝天》(起点中文网)。

五、女孩们的"叙世诗"

近两年,女频世界正在历经一场至关重要的转型,从"磕 CP"到"玩设定",她们终于走出了亲密关系的舒适区,写出了她们的"叙世诗"。科幻、悬疑、恐怖等类型元素全面复苏,以高度幻想、烧脑诡异的设定,折射着对现实世界的焦虑不安和价值关怀。这一番转型一半是外力所迫,一半是内力所驱,虽然早熟,但潜力十足。最令人骄傲的是,女孩们的世界设定里有"诗"。她们以"后人类"的视角,"克味"(克苏鲁)十足的设定,搅乱着"虽然错误,依然正确"的"理性法则"。这一脉的代表作有《小蘑菇》(一十四洲,晋江文学城)、《异世常见人口不可告人秘密相关调查报告》(郑小陌说,晋江文学城)、《薄雾》(微风几许,晋江文学城)等。

六、职场:由"卷"到"苟"的"后丛林"转向

进入"后疫情"时代,职场小说也发生价值转向。七英俊的《成何体统》(微博)与柳翠虎的《装腔启示录》(豆瓣阅读),一个以"穿书文"的结构,抽掉了"宫斗"的底层逻辑;一个描绘充满真实细节的现实笔法,嘲讽了"装腔"的白领生活。赢得"内卷"不再是主角的终极目标了,只有跳出"纸片人"的世界,才能打开另外的生存维度。

七、"无CP"

"无CP"的类型标签,本是为了规避纯爱类型的风险,却也迫使女频叙事去挖掘更加多元化的潜力。因此,扶他柠檬茶的《爱呀河迷案录》(微博)、三水小草的《十六和四十一》(晋江文学城)、群星观测的《寄生之子》(晋江文学城)这三部各具特色的"无CP"作品,在过去两年的女频世界里就显得格外引人瞩目。它们分别向着现实主义、女性主义、儿童文学的道路进发,大刀阔斧地拓展了网络女性书写的疆域。

邵燕君 北京文艺评论家协会副主席、北京大学中文系教授。
吉云飞 中山大学文学院(珠海)助理教授。
肖映萱 山东大学文学院副研究员。

新南方写作：主体、版图与汉语书写的主权 *

杨庆祥

一

　　大约是在 2018 年前后，我开始思考"新南方写作"这个概念。触发我思考的第一个机缘是当时我阅读到了一些海外作家的作品，主要是黄锦树。这一类作品以前都归置于"华文文学"这个范畴里面来进行认识，研究者往往会夸大其与本土汉语写作的区别而将其孤悬于汉语写作的范畴之外。普通的读者，一方面往往很难阅读到这些作品，另外一方面，即使偶有阅读，也会局限于其"风景化"的假面。我对黄锦树的阅读经验颠覆了这些先入之见，我在黄锦树的作品中读到的不仅仅是一个所谓的后现代主义写作者，用语言的碎片来拼接离散的经验，并以此解构元叙述——这往往是黄锦树的研究者们

　　* 本文系中央高校基本科研业务费专项资金资助"21 世纪中国叙事文学写作研究"（项目编号：13XNJ039）阶段性成果。

最感兴趣之处。

在我看来，在黄锦树这里，元叙述一开始就是被悬置的，或者说，大陆文学语境中的元叙述在某种意义上不过是一种单一性叙述所导致的迷思，在新文学诞生之初，这一元叙述就根本不存在，这也是黄锦树重写鲁迅、郁达夫这些现代文学奠基者的目的之所在，他的《伤逝》和《南方之死》表面上看有后现代的游戏之风，但是在内在质地里，却是在回应严肃而深刻的现代命题，那就是现代汉语与现代个人的共生同构性。在这一点上，黄锦树无限逼近了鲁迅，也无限逼近了现代文学／文化的核心密码。

也是由此出发，我断定黄锦树这类的写作，是中国现代文学光谱中重要的一脉，它不应该孤悬于中国现代文学史（汉语史）之外，其实在某种意义上也不需要用"华文文学"这一概念对之进行界定，他本身就内在于中国现代汉语写作之中——也许黄锦树并不同意我的观点——但这没有关系。历史将会证明我的判断，以鲁迅为代表的现代汉语写作在历史的流变中有其各自机缘并形成了各自的表述，这些表述不会指向一元论，而是指向多元论，不是指向整体论，而是指向互文论。因此大可不必为现实的政治视角所限制，而刻意去建构一种文学谱系——他就在我们之中。这么说，并非是为了泯除黄锦树们的异质性，恰好相反，我一直强调黄锦树这种写作的异质性，尤其是在汉语写作的当下，这种异质性更是难能可贵，如果是在二十世纪八十年代先锋探索的语境中，黄锦树的这种写作并没有那么突出，倒是放在 2000 年以后的汉语写作的版图中，他的独特性显得更加重要。

我在这里并不想过多讨论黄锦树的个人写作问题，而是觉得他构成了一个提示，即，在现代汉语写作的内部，存在着多元的可能性和多样的版图，而这种可能性和版图，需要进行重新命名。

二

引发我思考的第二个机缘是作家苏童和葛亮的一次对话,这篇对话题名为《文学中的南方》,从行文语气来看,应该是一次活动的现场发言,经修改作为附录收录于葛亮的短篇小说集《浣熊》①。该短篇小说集出版于2013年,因此可以推断该对话应该是在2013年前。虽然我很早就收到了这部短篇集,但迟至2018年左右才关注并认真阅读这篇对话,引起我主要兴趣的,就是关于"南方"的讨论。

在这篇对话中,苏童指出"南方"是一个相对于"北方"的不确定性概念:"一般来说北方它几乎是一个政权或者是权力的某种隐喻,而相对来说南方意味着明天,意味着野生,意味着丛莽,意味着百姓。"②苏童是从隐喻的角度来谈论南北,因此他觉得南北并不能从地理学的角度去严格区分,比如惯常以黄河、长江或者淮河为界,而更是一种长期形成的文化指涉。在苏童看来,"北方是什么,南方是什么,没有一个人能够说得清楚,但是它确实代表着某种力量,某种对峙"。③ 葛亮对此进行了回应,同样使用了比喻性的表达:"不妨做一个比喻,如果由我来界定的话,大概会觉得北方是一种土的文化,而南方是一种水的文化,岭南因为受到海洋性文化取向的影响,表现出来的是一种更为包容和多元的结构方式,也因为地理上可能来说是相对偏远的,它也会游离儒家文化的统摄,表现出来一种所谓的非主流和非规范性的文化

---

① 葛亮:《浣熊》,南京:南京大学出版社2013年版。
② 苏童、葛亮:《文学中的南方》,收入《浣熊》,南京:南京大学出版社2013年版。
③ 苏童、葛亮:《文学中的南方》。

内涵。"①

　　总体来说,这篇对话极有创见地勾勒出了一条历史和文化的脉络,在这条脉络上,南方因为在北方的参照性中产生了其价值和意义。这正是我关心的一个悖论,如果南方代表了某种包容和多元的结构,那么,它就不应该是作为北方的对照物而存在并产生意义,南方不应该是北方的进化论或者离散论意义上的存在,进化论虚构了一个时间上的起点,而离散论虚构了一个空间上的中心,在这样的认识框架里,南方当然只可能是作为北方(文化或者权力)的一个依附性的结构。苏童和葛亮将这种依附性用一个很漂亮的修辞来予以解释"北望"——南方遥望北方,希望得到认可——在这样的历史和文化结构里,南方的主体在哪里? 它为什么需要被确认? 具体到文学写作的层面,它是要依附于某种主义或者风格吗? 如果南方主动拒绝这种依附性,那就需要一个新的南方的主体。

　　新的南方的主体建立在地理的区隔和分层之中。这并非是一种以某个中心——正如大多数时候我们潜意识所认为的——为原点向外的扩散,而是一种建立在本土性基础上的文化自觉。在这个意义上,我以为新南方应该指那些在地缘上更具有不确定和异质性的地理区域,他们与北方或者其他区域之间存在着某种张力的关系——而不仅仅是"对峙"。在这个意义上,我将传统意义上的江南,也就是行政区划中的江浙沪一带不放入新南方这一范畴,因为高度的资本化和快速的城市化,"江南"这一美学范畴正在逐渐被内卷入资本和权力的一元论叙事,当然,这也是江南美学一个更新的契机,如果它能够意识到这一点并能形成反作用的美学。新南方的地理区域主要指中国的海南、广西、广东、香港、澳门——后三者在最近有一个新的提法:粤港澳大湾区。同时也辐射到包括马来西亚、新加坡等习

---

① 苏童、葛亮:《文学中的南方》。

惯上指称为"南洋"的区域——当然其前提是使用现代汉语进行写作和思考。

三

引发我对新南方写作思考的第三个动因是一批生活于新南方区域作家的写作。目前我注意的作家有如下几位。①

林森,出生于海南澄迈,现生活于海南海口市,他同时从事诗歌和小说写作。其长篇小说《关关雎鸠》以海南文化习俗为主要书写对象,是一部具有鲜明地域文化特色的作品。他的另外两篇小说《抬木人》和《海里岸上》也有相似的美学取向,《抬木人》我认为是近年汉语写作中最好的短篇小说之一,可惜一直没有得到应有的重视。他于 2020 年出版的长篇小说《岛》书写海南岛人在时代大潮中的抵抗和失败,在现实和精神的双重线索中开辟了新的南方空间。

朱山坡,出生于广西北流,现生活于广西南宁,朱山坡早期写诗,后来转入小说写作。他的南方特色要到他最近的一部短篇小说集《蛋镇电影院》里面才集中呈现出来,这些短篇小说围绕一个叫"蛋镇"的地方展开书写,该地位于中越边界,朱山坡用一种反讽、诙谐的方式将蛋镇人日常生活中的荒谬感予以揭示。朱山坡这一笔名也具有地域特色,据了解,这是作者本人家乡的一处地名,也许作者想借此强调他的地方性身份。

王威廉和陈崇正两位都是广东的作家。王威廉出生于青海,大学

---

① 我在这里主要讨论的是以小说创作为主的作家,实际上,新南方写作里面还有一些诗人也值得关注和讨论。

毕业后留在广州工作生活至今。在王威廉较早的作品中，比如《听盐生长的声音》，还能看到非常明显的西北地域的影响，作品冷峻、肃杀。这种完全不同于南方的地域生活经验或许能够让他更敏锐地察觉到南方的特色。从生活的角度看，与其他原生于南方的作家不同，王威廉更像是一个南方的后来者，他最近的一系列作品如《后生命》《草原蓝鲸》引入科幻的元素和风格，构建了一种更具有未来感的新南方性。

陈崇正出生于广东潮州，现在广州生活。潮汕地区自古以来就远离中原，其文化自成一体，并以"潮汕巫风"而著称。虽然历经现代化的种种改造，这一文化的遗存并没有完全从当代人的生活中剥离。陈崇正的小说《黑镜分身术》《念彼观音力》等围绕南方小镇"半步村"展开，建构了一个融传统与当下为一体的叙事空间。

最近引起我注意的一位青年作家是陈春成，1990年出生于福建屏南县，现生活于福建泉州。他最早引起我阅读兴趣的是发表在豆瓣上的中篇小说《音乐家》，在2019年的收获文学排行榜中我将这篇小说放在了中篇榜的第一名，那一年短篇榜单的第一名我投给了黄锦树的《迟到的青年》——巧合的是这两位都生活在（新）南方。陈春成的一部分小说无法纳入新南方写作的范畴，但是他的另外一部分作品如《夜晚的潜水艇》《竹峰寺》等不但在地理上具有南方性，同时在精神脉络上与世界文学中的"南方"有高度的契合，虚构、想象、对边界的突破等构成了这些作品的关键词。

还有一位成名更早的作家，也就是我在上文提到的葛亮。葛亮的写作一直与南方密不可分，他出生于南京，然后在南京、香港求学，现在生活工作于香港。他的生命轨迹从目前看是一个一直向南的过程。而他的写作，也同样具有典型的南方性，《朱雀》《七声》写江南，《浣熊》写香港（岭南），更有意思的是，葛亮不但不停地书写南方，同时也试图勾连南北，有意识地进行南北的对话，比如近年引起广泛关注的长篇小说《北鸢》。

　　上述作家不仅仅在生活写作上与(新)南方密不可分,同时也主动建构写作上的(新)南方意识。上述苏童与葛亮的对话就是一个例证。除此之外,2018年5月在广东松山湖举行的一个文学活动上,我和林森、陈崇正、朱山坡进行了一场题为"在南方写作"的对话,在这场对话中,"新南方写作"已经成为一个关键词。随后在2018年11月举行的花城笔会上,我和林森、王威廉、陈崇正、陈培浩在南澳小岛上就"新南方写作"做了认真的非公开讨论,并计划在相关杂志举办专栏。① 2019年7月,我受邀参加广东大湾区文学论坛并作了主题发言,我在这篇发言中提出了一个将大湾区文学与新南方写作关联起来讨论的建议:"大湾区与更广义的南方构成了什么关系? 是不是可以将大湾区文学纳入一种更广泛意义上的'新南方写作'中去?"②实际上,批评界对"南方"的关注由来已久,比如张燕玲,她不仅自己的写作颇有南方特色,同时也对黄锦树、葛亮等新南方作家情有独钟。

四

　　经过上述的铺垫陈述之后,我对"新南方写作"的理想特质大致作如下界定。

　　第一,地理性。这里的地理性指的是"新南方写作"的地理范围以

　　① 记得当天讨论完毕我立即打电话给《青年文学》的主编张菁女士,商量开设相关专栏的事宜,张菁表示很感兴趣,该计划后来因各种原因搁置。其时陈培浩已经在一篇评论陈崇正小说的文章末尾使用了"新南方写作"这个说法,他的界定主要以地理为依据。在这篇文章的结尾,陈培浩以地理为依据对新南方作了一个界定:"之所以说陈崇正是新南方写作,主要指的是南方以南。"参见陈培浩:《新南方写作的可能性——评陈崇正的小说之旅》,《文艺报》,2018年11月9日。
　　② 该主题发言以"在大湾区有没有出现粤语经典文学和未来文学的可能"为题发表于凤凰新闻网。

及在此基础上形成的文化地理特色。我将"新南方写作"的地理范围界定为中国的广东、广西、海南、福建、香港、澳门、台湾等地以及马来西亚、新加坡、泰国等东南亚国家。进而言之，因为这些地区本来就有丰富多元的文化遗存和文化族群，比如岭南文化、潮汕文化、客家文化、闽南文化、马来文化，等等，现代汉语写作与这些文化和族群相结合，由此产生了多样性的脉络。

第二，海洋性。这一点与地理性密切相关。上述地区最大的特点就是大部分地区都与海洋相接，福建、台湾、香港与东海相接，广东、香港、澳门、海南及东南亚一带与南海相接。沿着这两条漫长的海岸线向外延展，则是广袤无边的太平洋。海与洋在此结合，内陆的视线由此导向广阔的纵深。在中国的文学传统中，海洋书写——关于海洋的书写和具有海洋性的书写都是缺席的。一个形象的说法是，即使有关海洋的书写，也基本是"海岸书写"，即站在陆地上远眺海洋，而从未真正进入海洋的腹地。对此有种种的解释①，无论如何，一个基本的事实是，在中国经典的古代汉语书写和现代汉语的书写中，以海洋性为显著标志的作品几乎缺席。在现代汉语写作中，书写的一大重心是人与土地的关系，如《平凡的世界》《白鹿原》《平原客》等，即使在近些年流行的"城市文学"书写中，依然不过是"人与土地"关系的变种，不过是从"农村土地"转移到了"城市土地"，在这个意义上现代文学几乎是一种"土地文学"，即使有对湖泊、河流的书写，如《北方的河》《大淖纪事》等，这些江河湖泊也在陆地之内。这一基于土地的叙事几乎必然是"现实主义"或"新写实主义"式的。因此，"新南方写作"的海洋性指的就是这样一种摆脱"陆地"限制的叙事，海洋不仅仅构成对象、背景（如林森的

---

①　我最近看到的一个解释来自作家张炜，他认为："从世界文学的版图来看，中国的海洋文学可能是最不发达的之一……中国文学的海洋意识是比较欠缺的。整体来看，中国文学作为农耕文化的载体，它所呈现的还是一种封闭的性格。"张炜的解释代表了一种基本的认识论。见张炜：《文学：八个关键词》，桂林：广西师范大学出版社 2021 年版。

《岛》、葛亮的《浣熊》),同时也构成一种美学风格(如黄锦树的《雨》)和想象空间(如陈春成的《夜晚的潜水艇》)。与泛现实主义相区别,"新南方写作"在总体气质上更带有泛浪漫主义和现代主义色彩。

第三,临界性。这里的临界性有几方面的所指,首先是地理的临界,尤其是陆地与海洋的临界,这一点前已论述,不再赘言。其次是文化上的临界,新南方的一大特点是文化的杂糅性,因此"新南方写作"也就要处理不同的文化生态,这些文化生态最具体形象的临界点就是方言,因此,对多样的南方方言语系的使用构成了"新南方写作"的一大特质,如何处理好这些方言与以北方方言为基础的标准通用汉语之间的关系,构成了一个挑战。最后是美学风格的临界,这里的临界不仅仅是指总体气质上泛现实写作与现代主义写作的临界;同时也指在具体的文本中呈现多种类型的风格并能形成相对完整的有机性,比如王威廉的作品就有诸多科幻的元素;而陈春成的一些作品则带有玄幻色彩。

第四,经典性。从文学史的经典谱系来看,现代汉语关于内陆的书写已经具有相对完整的经典性,关于江南的书写也具有较为鲜明的经典性,前者如柳青、路遥、莫言等,后者如汪曾祺、王安忆等。但是就新南方的广大区域来说,现代汉语书写的经典性还相对缺失。比如,吴语小说前有韩邦庆的《海上花列传》,近有金宇澄的《繁花》,但是在粤语区,却一直没有特别经典的粤语小说。① "新南方写作"的一种重要向度就是要通过持续有效的书写来建构经典性,目前的创作还不足以证明这一经典性已经完全建构起来,而"新南方写作"概念的提出,也是对这一经典性的召唤和形塑。

---

① 二十世纪五十年代欧阳山的《三家巷》是以广州为书写背景的,当时被称为"南中国的大观园"。但是严格来说,《三家巷》是非南方的,不过是以风土习俗的方式呈现当时统一的意识形态,这方面的另外一个典型例子是电影《刘三姐》,同样是以风景的方式传递意识形态的内容。

五

放眼于世界文学谱系来讨论的话，"新南方写作"的提出还涉及现代汉语写作的主体和主权问题。上文提到的内陆书写和江南书写的经典性如果从世界文学的视野来看，基本上也属于"短经典"。一个基本的事实是，在"世界文学共和国"里，现代汉语写作所占的份额还比较少，其象征资本的积累还比较薄弱，也就是说，在"世界文学"的流通、阅读和买卖市场上，现代汉语写作还不是"通用货币"，也没有获得可以与英语、法语、德语、西班牙语等语种写作相匹敌的赋值。造成这种情况有复杂的历史和文化原因，卡萨诺瓦论述过这一"世界文学空间"产生的过程：

第一阶段为形成的初期阶段，这是本尼迪克·安德森称作的"通俗语言革命的时代"：产生于十五至十六世纪，见证了文人圈中拉丁语垄断性使用阶段向通俗语言在知识分子中广泛使用的阶段，随后又见证了其他各类文学对抗古代辉煌文学的年代。第二阶段是文学版图扩大阶段，这一阶段对应的是本尼迪克·安德森所描述的"词典学革命"（或者"语史学革命"）阶段：这一阶段始于十八世纪末，运行于整个十九世纪，这个时代还见证了欧洲民族主义的产生，按照埃里克·霍布斯鲍姆的说法，新民族主义的产生和民族语言的"创造"和"再创造"紧密相连。所谓"平民"文学在那个时期被用来服务于民族理念，并赋予它所缺失的象征依据。最后，去殖民化阶段开启了文学世界最新阶段，标志着世界竞争中出现了一直被排除在文学概念本身之外的主角们。①

关键在于,这一过程并非"自由""平等"地展开,同时也是一个象征资本和语言货币重新分配,并产生了不平等结构的过程:

因此不必将始于欧洲十六世纪的文学地图设想为文学信仰或者文学观念简单地逐步延伸的产物。借用费尔南·布罗代尔的话,这一地图是文学空间"不平等结构"的描摹,也就是说,是不同民族文学空间之间文学资源的不平等分布。在相互的较量过程中,它们逐步建立了不同的等级及依附关系,这些关系随着时光不断演变,但还是形成了一个持久的结构。②

现代汉语写作诞生于"世界文学空间"形成的第二阶段,它在一开始就陷于不平等结构的负端,现代汉语写作对"翻译"的严重依赖即是这方面的一个最直接的明证。只有从第三阶段开始,现代汉语写作才借助"解/去殖民"的历史势能努力打破这种不公正的世界文学格局。在这一过程中,歌德对"世界文学"的理想期待变成了卡萨诺瓦典型的"二重确认"方法论:"所以当人们尝试形容一个作家时,必须将其定位两次:一次是根据他所处的民族文学空间在世界文学空间中所处的地位来定;另一次是根据他在世界文学空间本身中的地位来定。"③

因此,包括"新南方写作"在内的现代汉语写作,必须不停地在这种民族性/世界性、政治性/文学性、地方性/普遍性等逻辑里反复搏击,一步步获得并强化其主体位置。实际上,从现代汉语写作的起源开始,这种努力就一直没有中断过,竹内好认为鲁迅写作和思想中最核心的要义在于"回心"——即有抵抗的转向——恰好是这种主体性努力

---

① 帕斯卡尔·卡萨诺瓦:《文学共和国》,罗国祥等译,北京:北京大学出版社2015年版,第49—50页。

② 同上,第92页。

③ 同上,第43页。

的生动实践。而在"新南方写作"这里，因为现代汉语写作版图的扩大，它不仅仅面对单一民族国家，而是在不同的民族和区域间进行语言的旅行、流通和增殖，因此，它的主权实际上已经超越了单一性民族国家的限制，在这个意义上，政治（主权）无法抵达的地方，汉语的主权却可以预先书写和确认。我认为这是"新南方写作"最有意味之处。

<h1 style="text-align:center">六</h1>

2019 年，黄锦树在位于中国最南端的杂志《天涯》上发表了短篇小说《迟到的青年》①，这篇小说融谍战、魔幻、侦探等元素于一体，其核心主旨，却契合我在上文提到的在世界（文学）空间里寻找并建构主体性自我的问题。只不过黄锦树以悬置的方式凸显了这一寻找建构的高难度。在历史关节点的不断"迟到"导致了青年的流浪和离散，但是也正因此，他得以在世界（文学）空间里汲取不同的养分，最后，这个会讲马来语、粤语、闽南语的南方青年又开始了漫无方向的浪迹——而他最开始的目的，是要去赶一趟开往"中国的慢船"。这个青年虽然迟到了，却因迟到而丰富，他虽然没有去成向往的中国，却以东方的形象加入对世界（文学）地图的绘制。

与这篇小说互文的是陈春成的短篇小说《夜晚的潜水艇》②，小说以奇崛的故事开始，为了寻找博尔赫斯丢在海洋里的一枚银币，一艘获

---

　　① 黄锦树：《迟到的青年》，《天涯》2019 年第 5 期。我认为这是黄锦树近年来最好的作品，也是 2019 年汉语短篇小说的杰作，在 2019 年的收获文学排行榜评选中，我受托撰写了授奖词如下："他讲述弃子的一生，在无根的大地和海洋上飘零，时间褶皱如掌纹，一次次的迟到是对现代和国族的反讽。他的哀告有泪，变形中又镌刻着汉语的密码，这是他华丽而隐秘的纹身，在回旋和反复中成就为动人的故事。"

　　② 陈春成：《夜晚的潜水艇》，上海：上海三联书店 2020 年版。

得巨额资助的潜艇"阿莱夫"号开始了在海底十年如一日的考察。1998 年"阿莱夫"号穿过一个海底珊瑚群时,因为船员错误的判断,潜艇被卡在了两座礁石中间,就在即将船毁人亡之际,一艘陌生的蓝色潜水艇向礁石发射了两枚鱼雷,成功解救了"阿莱夫"号然后消失于远海……随着小说的叙述,我们才慢慢知道,这艘神秘的蓝色潜水艇原来是一位中国少年的,这位少年在中国南方的一座小城里生活,每到夜晚,他就启动其超凡的想象力,化身为艇长,驾驶着一艘完全属于他自己意念中的潜水艇漫游于全世界的海洋,在一次无意的相遇中,他拯救了以博尔赫斯小说命名的"阿莱夫"号——我们不禁会产生这样一种疑问,这同时也是在试图拯救世界文学吗?

这两篇小说都具有强烈的象征色彩和寓言气息。出发与行走不仅是个人的生命故事,也不可避免地被投射在世界(文学)空间里的双重确认。这是现代汉语的宿命吗? 不管我们如何命名——自认或者他认,也不管这一命名是"新南方写作"还是其他风格的写作,也许关键问题还是不停出发,因为

——"时间开始了!"①

杨庆祥　北京文艺评论家协会理事,中国人民大学文学院副院长、教授、博士生导师。

---

① 黄锦树的《迟到的青年》中有这样一句话:"'时间开始了',风一般的回声沙沙地说。"而在二十世纪五十年代,七月派著名诗人胡风曾经写下政治抒情长诗《时间开始了!》,这一诗歌被视作五十年代意识形态的集大成之作。

青春与作家的年轮

周晓枫

中年之后,感觉时间是以加速度流逝的。我还记得,自己作为年轻写作者面对前辈的心态;怎么恍惚之间,当青年作家聚集,对比之下,我发现自己早成面目沧桑的大妈。当然,与那些德高望重的长者相比,我根本没有什么资格抒怀,但感慨一下写作者的青春和能量,也许恰逢其时。

年少敏感时,许多人想过当作家,一场热恋或失恋都会拿起笔,写上数年翻江倒海的情诗。天才无需漫长训练,但作为多数且平凡的我们,最初只有强烈的倾诉渴望,情感汹涌,表达技术欠佳,像劣质烧酒的力道在青春的喉头留下划痕。莽撞并非无益,相反,有种特别珍贵的东西:写作的胆气。年轻人没有什么额外需要维护和捍卫的,心怀悍勇,因而能驰骋远方去探索。"鲜衣怒马"这样的词儿与少年形象结合,才赏心悦目——因为他们的爱意或怒意,都因真挚而纯粹。青春有脆弱的一面,也有坚强的一面,因为拥有能够承压的旺盛体能和充分自信。初写者所需无多,可以被一个善意而廉价的褒义词喂饱,在被忽视和被贬损的情况下,也可以仅凭内心的骄傲向前。没有经验和名誉,反而让他们更具写作的勇敢。

成长,预示着梦想会变成现实,有些则成了泡沫。这让我想起中学物理课上的实验,想起那辆从斜面滑下的小车。作家梦从饱满的向往开始,高速俯冲……然后,道路会有摩擦的阻力,会减缓你的前进速度,会消耗你的惯性,会改变你的方向,会使你的动能丧失。如果没有找到新的蓄力和助力方式,物理小车容易停下来,甚至倾翻途中。所以越过青春期的写作者,笔力和嗓音一样都会发生变化,有些渐成气象,有些走向衰竭。

我曾特别喜欢一个国外小说家,他的叙事技术极为高超,在想象奇诡的同时,保持机械般无情又无懈可击的准确。他的某些段落太精湛,让我很难保持一个读者的尊严——我觉得自己并非丧失理智而正因为具备理智,才会产生膜拜之感。这位小说家一直像钟表走时那样持续写作,但后来我不知道是他的情感上淡漠了,或什么样的内驱力变弱了,总之,他的技术还在,我的迷恋余温还在,但小说家的魔法就像荷尔蒙一样流失了。他活得好好的,只是作品里没有往日的凶猛,熟悉的技术味儿不至于令人反感,但确实令人略感遗憾和失落。小说家只要出书,我还是会买,还是会看……是拿把花束放在墓碑上那样地看。

不用远观,身边也有才华横溢的人逐渐偃旗息鼓。这是写作可能出现的处境,是人到中年常见的问题。有人不写,是因为找到其他的寄托方式。有人不写,是因为越上年纪,越珍惜文字,越发爱惜自己已经开始掉秃了的羽毛,不再盲目飞行。有人年轻时写得很成熟,老了写得很幼稚,很难相信是同一人所为。有人在旷野可以放歌,等聚光灯打在脸上,表情和姿态都不自然,进入摆拍状态——其实行动不便,但又有点自得,因为戴着黄金脚镣;可惜黄金脚镣再珍贵,也是给自由带来的限制。我由此想起卡森·麦卡勒斯的一段话:"当你说你不自由时,不是指你失去了做什么的自由,而是你想做的事得不到别人足够的认同,那带给你精神或道德上的压力,于是你觉得被压迫、被妨碍、被剥夺。翅膀长在你的肩上,太在乎别人对于飞行姿势的批评,所以你飞不起来。"

　　更为可怕的,不是不写或写得很差,而是丧失自我判断——写得不好,却自以为由弱变强,自以为得道成仙,在泥潭里打滚却自以为是在云层里飞翔。总之想得离谱,原来以为他只是体力不足,没想到,也没有余额为智商充值。不再年轻的作家急于把自己塑造为大师,坚称自己写作是为了追求成为经典——这当然是伟大的理想,但若时时处处盘算,那他就像活着把自己当成了雕塑,这是否意味着……作家容易丧失呼吸、心跳和血肉? 美梦成真当然好,如果不呢……自己洗澡的时候有如擦洗雕像,写作有如在史册上留名、在墓碑上刻字?

　　不错,成熟者务实;尽管这些曾经的年轻人也曾经喜欢悬浮半空,那里似乎是他们唯一愿意待的地方。他们似乎在某一天想明白了,总有一天要安全着陆,所以必须在大地上有所安排和准备……随着坠落,他们等于给自己挖坑。

　　有一天,散步经过我家附近的水渠。不宽的水流,平常让两岸风景优美,但我赶上开始清淤,水抽干了,完全暴露出了河床。拥有水量和水速的时候,我从来不知道水流之下有那么多泡沫塑料箱、那么多轮胎废铁和那么多辨别不出材质的垃圾沉积着,真难看。我们年轻时代的跑动中,都是流畅和优美,等我们奔流的速度慢了,水分蒸发干了,等我们停顿下来,等我们到了需要清淤的时候,问题也会集中彰显……我们看到那么多难以降解的垃圾存在和沉淀在年轮之中。

　　然而,那些厉害的作家存在,他们根本无视生理年龄的提示和警告。他们年轻时脚力飞快,走向成熟之路,却锐意不减。青春呼啸而过,百米只是马拉松的开端,他们均衡自己的爆发力与耐受力,持续向前。有人把热情灌注在整个生命途中,甚至老年的指腕不能支撑写作,他们也坚持到最后一刻,甚至临终都在口述,直至在秘书听写的打字噼啪声中离世。这样的作家毫无暮气,经验和荣誉都不能阻止其探索,他们赤手空拳挑战极限,从未丧失勇气,就像不停经过青春的颠簸和洗礼而获得成长……因此,他们拥有无数次甚至是一生都不退场的青春。好作家既天真又沧桑,能够终生发育,甚至在晚年……依然生长。

年龄并非限制,作品是三十五岁写的还是五十三岁写的,并无区别。只从纯粹的水准来做判断,年龄不是参考条件,美貌也不是加分项目。是不是青春年纪并不重要,因为作品成熟期未必与生理年龄相符,一个老英雄可以锐不可当,一个少年郎可以老气横秋。

那些越来越有力量的作家,无论他们处于什么样的年纪,都让人感觉是年轻的、虎虎有生气的。他们常常具备某些共性,使他们即使少作乏善可陈,也能在岁月淬炼之后脱胎换骨。

他们不贪恋往昔。我想起在正式放映电影之前,电影院总要播放一段短短的观影须知,大意是说:"如发生火灾等意外情况,请尽快撤离,勿贪恋财物。"贪恋财物,对艺术创作来说同样是致命的。熟悉的题材和风格,会让写作者产生安全感,甚至是驾轻就熟的自信——这些看似是隐形财富的,其实是明显的包袱。那些保持创作活力的作家,从不贪恋既有题材、风格和荣誉,每次都敢于把自己作为孤注,一掷千里。贪恋财物者或对黑暗中的灾难一无所知,或被照耀的火光围困,无法脱身开展新探索。

作家捕捉题材,就像豹子捕捉猎物,根本不需要携带自身之外的工具……假设为了增加捕猎信心,豹子还要带上曾经的战利品,岂不滑稽又碍事?这种情况下,除了死去的残体,豹子根本无法"逼近"任何猎物。其实英国文艺批评家约翰·伯格表达绘画中的"逼近"概念,也可广泛应用于整个艺术创作领域:"逼近即意味着忘记成法、声名、理性、等级和自我。"

好作家勇于向新生事物学习,因此不惧未来。他们承认局限,不认为自己的资历就是炫耀的资格,不会热衷为别人指点迷津而沾沾自喜。创作上奄奄一息的作家,却动辄教育年轻人:"我吃过的盐比你吃过的饭都多。"即使如此,又如何?关键是否还有强劲的消化能力。老年人好谈养生，年少者听来觉得浪费时间——因为油多对中老年人是毒，偶尔一顿，我们都在设想体内堆积的所谓垃圾食品；而从少年的代谢来说，同样是偶尔一顿，他们根本不在话下，只是一顿快餐，一顿唾手可得的正常食材罢了。

苏格拉底被阿里斯托芬讥讽为"智术师"，但"智术师"的确是曾经存在的职业，他们精通雄辩之术，到处漫游，指导年轻人学习公共演说技巧，专门贩卖智慧……哦，那是公元前数世纪的事情了。问题是今天的技术更新，使许多时候老年人被迫要向年轻人请教。不仅科技是重重考验和折磨，甚至在文学艺术方面同样，对比新生代的胎教、牙牙学语期、青春成长阶段乃至此时此刻……老作家的视野未必就比今天的青年作家更辽阔。不居功自傲，不好为人师，好作家珍惜青春，知道创作也要抗衰——如同女性越上年纪越在意抗衰一样，无论是采用医美还是运动，最为重要的，是以健康的心态和方式来保持活力。

老作家可以向青年作家学习，并且不强求青年作家的尊重和理解，因为他们也曾年轻并任性过。年轻人呢，一直以为老了是威胁，只有他老了以后才知道老了也包含深沉的祝福。这些认识，这些挫折，不需要老年人的言传，年轻人有一天变老的时候会信赖自己的身教。这让我想起一位音乐人的话："别跟年轻人吵了，你不可能赢的。因为等到有一天，他知道你赢了，那表示他也不年轻了。所以，你不可能吵赢真正的年轻人。"不过，归根到底，作家是一种根据自己的创作而创造自己年龄的人。百岁老人的作品可能比青葱少年的作品还要蓬勃，所以很难说谁才是真正的年轻。

作家可以衰老，但作品永远拥有新生蝴蝶那样闪光的颤抖，如此脆弱，又如此有力。其实，蝴蝶看不到自己的美，我觉得这正是它如此之美并且死后无损的秘密所在。拥有生死不灭的美，你不会觉得蝴蝶是一只昆虫的老年形态，相反，你会觉得它的一生都在成长，都在青春里。对蝴蝶来说，它的老年比它的幼年更漂亮、更轻盈、更自由、更有力量，因为它可以穿越云雾和海峡。所以,蝴蝶的晚年没有什么可怕,它意味着更为强烈的闪耀。

作品,是作家为自己画下的年轮。作家可以像老树般果实繁多,繁如星空……而古老星空每个夜晚都晴朗干净,每颗星都像一个刚刚写下的发光的字。

周晓枫 北京作家协会副主席、北京老舍文学院专业作家。

北京气场滋养的青春

乔　叶

今天的主题是谈青年写作,方向是面向未来的。但其实向前看的同时也需要向后看。我今天说的可能就是个老生常谈又常谈常新的一个话题。

前些时参加北京评论协会主办的"坊间对话"活动,和孙郁、张莉、徐则臣几位老师一起回顾和梳理了北京文学的传统。在对话中,几位老师非常精彩地界定了北京文学的概念。孙郁老师有一个特别好的说法,说北京作家首先其实就是生活在北京的作家,在北京生活、写作的作家,都应该算是北京作家。这个概念的界定充分考虑到了作家的流动性。因而是很有弹性的,但也有特殊性。不具备普遍适用性。比如一个山东作家到郑州写作,可能就很难认定他是郑州作家。而北京太特殊了。作为"大北京"文学的地理概念,有好几个层次:一是作为地方城市的北京,二是作为首都的北京,首都的北京就是全国人民的北京,三就是全球化语境里国际化的北京。所以流动到北京和流动到别的地方,还是很不一样的。

老师们还谈到了北京的气场,谈到构成这个气场的多种来源。比如北京有一个绵长且丰富的文脉在里面,从元明清延续到现在。北京高校多,能够碰撞和刺激出很丰富的话题,如文化话题、文学话题、艺术话题等。出版,新闻,政治话语,思想浪潮,国际视野,古典和现当代交融,新旧气息的交融,国内与国际交融,这些都是气场的来源,是母体,会让作家思考和审视。对于很多在北京生活的作家而言,这种思考和审视特别重要。这也能够说明,为什么很多外地作家在北京,写的是故土的家乡的作品,但我们依然要把他们视为北京作家,把他们写的作品视为北京文学的组成部分。沈从文、汪曾祺、浩然、莫言、周大新、刘震云、刘庆邦、李洱等都是这样,名单非常长。因为他们写的虽然是故乡,但是是在北京写故乡。他哪怕没有写北京一个字,但北京的气场回荡在字里行间。在他们的写作中,北京作为精神场域的参照,是故乡背景后的深背景。甚至正因为在北京写故乡,故乡更成为故乡。

北京的气场就是这样玄妙、神秘、无形且强烈,能够提供出一种重要的滋养。这种气场也吸引着一代代青年作家。事实上我在梳理北京这些前辈的经典之作时发现他们写出代表作时都非常年轻。老舍先生1926年在《小说月报》上连载长篇小说《老张的哲学》时二十七岁,1932年创作《猫城记》时三十三岁。刘绍棠1952年发表小说《青枝绿叶》时才十六岁,浩然《艳阳天》第一卷1964年出版时三十二岁。莫言写出《红高粱》是1986年,三十一岁。刘恒1986年发表小说《狗日的粮食》时三十二岁。王蒙、张洁、王朔都是这样,在非常年轻时就写出了他们的重要作品。这些前辈在最风华正茂的青年时期就树立了写作标高,他们带着各自的鲜明特质构建了北京文学的经典传统,我们可以上溯出知识分子气息浓厚的京派传统,以老舍为代表的京味传统,由左翼文学转变过来的革命文学传统,以浩然、刘绍棠为代表的乡土传统,以及后来的新京派等。如百川归海,蔚为大观。

这个传统赓续至今。由宁肯、邱华栋、周晓枫、徐则臣、石一枫等,更新到更年轻些的马小淘、文珍、刘汀、双雪涛、淡豹等,盘点一下就会发现,如果北京文学是一个大森林,青年作家们就是最具生长性的树木群落。而这些作家构成的生态有着一种天然的丰富和完整。无论哪种文体，无论男作家女作家，北京青年作家群里都有很好的样本。这些青年作家虽然在同一个大场域中，但因为树种不同，生长速度、生长态势也各有不同。树木各自生长，同时又以自然的状态相聚在一起，源源不断的新树又在其中杂花生树，或者说是杂树生花，使得这个森林的边际越来越开阔，如林如海，充满了可能性，青年作家们也因此特别值得期待。当然，话说回来，青年写作就本质而言更重要的是状态而非年龄。所以归根结底还是要用作品来证明你写作的黄金岁月能续航多久，这才是最有意义的。

乔　叶　北京作家协会驻会副主席、北京老舍文学院专业作家。

"倒退着走进未来"

——当代青年文化中的一种感觉结构

胡疆锋

各位老师下午好！我今天讲的题目是"倒退着走进未来"，围绕当代青年文化中的一种感觉结构展开。

我想先解释一下感觉结构（structure of feeling）这个概念。感觉结构来自雷蒙·威廉斯 1954 年出版的《电影导论》一书。雷蒙·威廉斯在后来的写作中不断地修订这个概念，所以感觉结构没有一个固定的定义。大致上可以把它理解为是一种在溶解流动中的活生生的社会经验。它大概有这么几个要点：

第一，它既是个人的特殊的经验，但同时又非常稳固和明确，所以感觉结构这四个字本身就具有一种张力。

第二，和同时代的官方思想、普遍接受的思想相比，感觉结构的出现时间更早，它在很多方面是处于边缘状态，与一种新兴的文化秩序有关。

第三，感觉结构是可以共享的，每一代人，比如〇〇后、九〇后和七〇后可以共享一种感觉结构，每一代人也可以有不同的感觉结构。

如果按照这几个特点来理解，此前谢有顺老师讲的"南方经验中的底层书写",还有邵燕君老师谈到的"网络文学中的小众写作",和感觉结构的设定可能距离更近一些。

下面,我想从 2014 年的一部纪录片《我的诗篇》说起。《我的诗篇》这部纪录片,我不知道看过多少遍,每次都有不同的感动和收获。这部纪录片最大的特点就是它通过纪录片的形式关注了工人诗歌。诗歌、工人、纪录片这三个元素,在当代文化中很多时候处于边缘。它们组合到一块儿,就构成了一种非常奇异的、边缘的文化形态。这部纪录片我每次看都会有一种特殊的感受,都可以发现一些特别的地方,注意到其中细微的符号含义,比如片头出现的乌鸟鸟这个诗人在朗读他的《大雪压境狂想曲》,这首诗的风格非常狂放,充满了气势磅礴的想象力。但片尾出现了一首杏黄天创作的《最后》:

> 我沉默的诗篇原是机器的喧哗,
>
> 机器喧哗,那是金属相撞
>
> 金属的相撞却是手在动作
>
> 而手,手的动作似梦一般
>
> 梦啊,梦的疾驰改变了一切
>
> 一切却如未曾发生一样沉默。

从起初的狂放到最后的沉默,这里面显然有一种微妙的态度转变。这种转变更明显地体现在纪录片的两首歌曲当中。在纪录片开头出现的一首歌是《生活就是一种战斗》,这是北京的新工人乐团的歌手许多作词作曲和演唱的,带有一种摇滚的激昂风格。第二首歌是纪录片的片尾曲:蒋山演唱的民谣歌曲《退着回到故乡》(词:唐以洪、秦晓宇,曲:蒋山),我们看它的歌词:

> 从北京退到南京

从东莞退到西宁

从拥挤退到空阔

从轰鸣退到寂静

退到泥土　草木

从工厂退到工地

从机器退到螺丝

从工号退到名字

从衰老退到年少

从衰老退到青春年少

从衰老退到青春年少

故乡　依然　很远

是一只走失的草鞋

再从年少继续后退

退　继续退

退　继续退

退到母亲的身体里

那里没有荣辱

那里没有贵贱

那里没有城乡

没有泪水

那里没有贫穷

那里没有富贵

相遇的　都是亲人

　　我们在歌中看到一个不断后退的形象：从北京退到南京，从东莞退到西宁，从工号退到名字，从轰鸣退到寂静，退到泥土、草木，从工厂退到工地，然后继续退，衰老退到年少，最后无处可退了，退到母亲的身体里,那里没有荣辱,没有贵贱,没有城乡,没有泪水,没有贫穷,没有富贵。这种不断后退的结果,这种姿态,可以说是高歌猛进的工业化、城市化过程的一种杂音或者一种逃避——如果再往后退,只能退到深圳街头的三和大神和都市流浪人群中了。

这种后退的姿态,以及其中的一种特殊的感觉结构,在当代文学的其他文本中也能找到。大概有以下几种文本:

第一种是无望的悲伤叙事,代表作就是方方在 2013 年写的《涂自强的个人悲伤》,还有石一枫在 2016 年写的《世上再无陈金芳》,此前乔叶老师也提到了这个作品。方方和石一枫这两部作品的主人公分别是涂自强和陈金芳,他们一北一南、一男一女,一个在武汉,一个在北京。他们有非常多相似之处:起初都来自农村,后来都到了大都市,一个到了武汉,一个到了北京。但他们也有很多不同的地方:陈金芳特别爱折腾;涂自强不爱折腾,永远都是循规蹈矩、一条路走到黑地不断奋斗。但不管怎样他们的结局非常相似:都是生活的惨败者。涂自强和陈金芳,如果拿小说中的文学形象来比喻,他们大致相当于进城后走投无路的高加林和孙少平。不管他们怎么折腾,最后他们的结局是一样的。陈金芳因为诈骗罪被关进了监狱,涂自强积劳成疾,在非常年轻的时候就去世了,他们都是受尽屈辱,历尽沧桑,走向末路。穆旦在1976 年写下了一首《冥想》,诗中写道:"这才知道我全部的努力 / 不过完成了普通的生活。"但是涂自强和陈金芳他们连普通的生活也没有完成! 这种悲伤叙事我把它概括为"不进则退"。

第二类文本是网络文学中非常兴盛的系统文。系统文在网络文学中已经到了"无系统,不网文"的地步。什么叫系统文呢? 就是在网络文学中主人公被赋予一种金手指的功能,一种开挂的本事,或者是一种作弊的本领,让他能够通过各种特异功能,或者特殊的装置,来获得一种未卜先知的本领。这里我列的几个文本:《大医凌然》《医路坦途》《我的塑料花男友们》,这三部小说中的主人公,凌然、张凡等分别具有非常特殊的系统,在系统中可以不断地操练医术,不断地学到知识。这其实是对漫长而艰难的医学晋级制度和中医传统的一种怀疑和放弃。《我的塑料花男友们》中设计了一个非常特别的功能,让主人公有一种功能,就是见到任何一个男性,一眼就能发现他什么时候会出轨,会劈腿,这其实也就是对爱情和信任的失望和离弃。邵燕君教授在《破壁书》里提到:除了外挂,网络小说的作者和读者很难想象也无法相信单纯依靠个人智慧与奋斗就能获得超凡的成就。我把系统文这种状态概括为一种"且进且退":一边在前进,一边在后退。

第三种是重生文。我把它概括为"明进暗退"。这一点受到了南开大学周志强教授的启发,他在分析重生文《重生之一世枭龙》的时候提到过一个概念:剩余快感。这个概念指的是这样一种状态:主人公通过重生后的先知先觉,趋利避害,然后置换了所有的勤奋和努力。这种不断的逃避,或者说是成功,其实是一种非常典型的后退,我把它叫"明进暗退"。

以上这几种其实属于同一种感觉结构,都是不断地后退或者放弃、逃避。和当代青年亚文化构成了一种合奏,比如彩虹合唱团的丧文化,还有佛系青年,以及 985 废物,还有 2021 年席卷全国及华人世界的"躺平即正义"这个流行词。

作为一种亚文化,我觉得这种后退的感觉结构有很多的成因。此处给大家稍微介绍一下,大概有三种解释方法能阐明为什么会出现这种退的感觉结构?第一种是结构功能主义的范式,我们社会结构中哪里有问题,哪里就会出现"退"的感觉结构;第二种是冲突论的范式,社会不断地变迁,永远会发生冲突,比如阶级冲突、文化冲突、代际冲突,所以这种不断往后退的感觉结构永远会出现;第三种是符号互动论的范式,这种不断往后退的现象,其实并不是社会解组和冲突的后果,而是一种互动的产物,是被媒体夸张、恐慌建构出来的,先有这种标签,后有这种痛苦状态。

最后，做一个小结，我们如何面对这种"退"？或者我们如何看待"退"这种感觉结构？雷蒙·威廉斯在 1985 年的一次演讲中关注到了英国青年当时的状态，当时很多人都在不断地失去对传统的希望，在一种恐怖、恐惧和冷漠中放弃了希望。但是威廉斯认为：他觉得这种状态并不可怕，因为倒退可以让我们真正地了解自己，能够让我们从生活实践中获取真正灵活性、精力和信心。

"后退"在很多时候是一种辩证法的存在。裴多菲曾经有一句诗被鲁迅先生改译成："绝望之为虚妄，正与希望相同。"这也正是退的辩证法的体现。本雅明在《单行道》中也提到过这样一句话："只是因为有了那些不抱希望的人，希望才赐予了我们。"不断后退的感觉结构，其实很大程度上让我们感觉到：我们在高歌猛进之中，我们在追赶的过程中，其实失去了很多我们原来稳定的，或者原本拥有的这些东西。这种后退的状态、绝望的状态，有时候可能会让我们在绝望中获得更多的希望。

以上是我对当代青年文化中关于"退的感觉结构"一些不成熟的思考，向各位老师汇报和请教，我的发言就到这里。

（本文根据作者发言整理，经本人审阅）

胡疆锋　北京市文联 2021 年度签约评论家，首都师范大学文学院教授、博士生导师。

年轻深宅学历高?

——从《2021 网络文学作家画像》看网文写作群体与青年文化构成的变化*

许苗苗

日前,阅文集团发布《2021 网络文学作家画像》,以数据支撑、图文并茂的方式勾勒出网络写作群体形象。由于阅文集团拥有最庞大的作者资源,此数据可视作当前网络写作整体面貌。这份画像提供的"九五后""75% 以上大学学历"等数据令人印象深刻,媒体报道也据此得出网络作家年纪轻、学历高,有众多"隐藏学霸"的结论。网络作家在青年群体中拥有强大影响力和号召力,强调他们学习好、正能量、多才多艺,似乎能为当今网络文化的品质提供保障。在"画像"中,这些高素质的理工科青年,不仅热爱在线书写,还钟情"现实题材",这不仅鼓舞人心,还颇符合近年来文化宣传领域的扶植和导向。

* 本文系国家社科基金艺术学重大项目"'微时代'文艺批评研究"(项目编号:19ZD02)阶段性成果。

一、告别亚文化、打造新主流

仔细思忖"画像"中被称为"网络文学作家"群体形象，不难发现其中隐含悖论。

网络文学一向自诩"草根"，以低门槛、开放性吸引大批青年加入，并标榜自身与精英文学的差异。我国印刷媒体时代的文学强调思想性、推崇厚重品格，严格的审核体系和准入机制成为塑造文学身份的标准，资历和师承使"作家"称号与精英绑定。而即写即发的网络文学，只要情节过硬，便英雄不问出处。唯其如此，缺乏传统意义文化资本的年轻人才能毫无顾忌地投入其中，借力新媒体争取新型文化资本。以往网络作家是起点低却接地气的不羁少年，"从修车厂学徒到月入百万""因伤退役后终成网文大神"……凡此种种强调"草根性"的表述中彰显网络写作与传统文学机制的不同。而如今发布的"画像"中，新的网络作家却资源丰厚，在媒体中坐拥"大神"封号，在产业里占尽 IP 风光；同时也是脑力竞争的获胜者，年纪轻轻的人生赢家……对先天优越性和后天竞争力的赞许，通过一套完全符合文化体制要求的，淡化并消解了网络最初所强调的突破性和革新力。

仔细解读"画像"，会发现看似科学的数据背后，隐含着表述的陷阱。原文说的是"九五后"占"新增群体最大比例"，"白金大神作家超75% 为大学以上学历"，低龄和学霸两个宣传点，所指是不同群体。由此以为网络作家都是"年轻学霸"，完全源于媒体表述导致的印象偏差。公众被有意混淆对象、突出部分结论的宣传策略误导，得出了失实的结论。

从宣传角度看,突出网络作者年纪轻、学历高,强调其专业素质,无疑有益于行业形象的整体提升。对群体身份进行再表述,与低门槛的野蛮生长划清界限,积极向主流评判标准靠拢,标志着网络文化产业总体的转向。这一方面是2021年我国宣传部门加强网络文艺领域监管整改的结果;另一方面也反映出网络文学产业已不满于量大、粗疏的亚文化潮流,试图塑造高端、精品的新主流形象。

二、媒介升级中的精英对决

在"画像"中,"九五后"占"新增群体最大比例","白金大神作家超75%为大学以上学历"。考虑到"高学历"对应网络作家中的高收入顶尖群体,而"九五后"人数虽多却是新增注册即无收入群体,其结构性差异不言而喻。网络作家确实存在高学历和低年龄两个特色群体,但重合度不高。总体"收入越高学历越高,年纪越小人数越多",金字塔结构不仅更忠实表述了数据,且同样符合产业宣传目的。因为,这种结构一方面说明产业持续繁荣,并保持对新一代青年的吸引力,大量新人即潜在"劳动力"积极涌入;另一方面则证明新媒体领域新的文化生产模式成型后,以传统精英文化为参照对象的,有针对性的文化管理制度和人才培养模式已初现成效,在高质量、正能量的导向下,以往的草根青年正向文化精英靠拢。

诞生于2000年前后的"Z世代"青年群体,对于网络与报刊、电视等媒介的话语权序列更替并不敏感,比起年长者,他们新媒介应用能力和文化适应性极强。网络在他们眼中不再与书刊相对,网文和传统文学面貌也不以严肃/通俗区别。网络写作是上网的自然结果,是生活、社交和自我表达的屏幕延伸,注册网络写作、直播、游戏账号成为这一代网民日常文化活动的一部分。因此,总有新人源源不断地注册网络写作账号。但实际上,这些年轻人无论在写作目的还是产出性质方面,均不可与早些年的网络写作者类比。前些年的网络作者同样惊人地年轻并有创造力,但常常不适应体制内的规定性竞争。网络赋予他们扭转人生的自信,在高考失利或中途退学的情况下,坚持写作不断更,最终磨砺成财富榜上的神话。最终,他们被塑造成凭借一己之力成功跳脱体制束缚的英雄。

如今网络写作虽不乏新人,但成功的网文源自多方合力的培育:作者提供创意和写作细节;编辑发现热点并策划推荐;行业资本、文化政策等外部因素,均对作品的表现有所影响。虽然媒介开放依旧,但网络文学早期自由发布的红利消耗殆尽,已不能继续依靠猎奇的故事和熟悉的套路取胜。与短视频的画面和弹幕的图文并茂比较,文学作品的长处在于以文字调动读者自身的幻想并引发共鸣。因此,无论从参与者、IP 开发者或是国家文化管理角度看,都需要网络文学远离野蛮生长的草创阶段,从简单的感官刺激和瞬间快感跳出来,走向文字和创意领域。在网络写作领域内,考验已不仅是更新速度和数量,还强调想象的原创性,结构的逻辑性和整体性,以及对社会群体情绪的感应力和宏观文化局面的领会力。这对作者能力有了更高要求,顶尖白金大神作者层级所面临的挑战自然更为严峻。因此,网文顶端难免成为学霸精英的竞技场。

如今的互联网已不再只是个人发声的自媒体,还在意识形态和文化宣传领域发挥重要的作用。虽然网络写作的日常化吸引大量新人作者不断涌入,但另一方面,仅有毅力和天才已不足以支撑作者进入顶尖行列,高文化素质和社会阅历也成为必备的条件。"网文作家中隐藏着不少学霸"的说法,印证了新媒体领域内拥有话语权群体的素质不断上升。

三、大数据支撑下的行业格局突破

年轻一代成为新增网络创作主体时,恰逢大数据技术应用的拓展,新的兴趣点与数据算法结盟,带动整个行业呈现新的面貌。

原本文学网站中主流作品形式是 VIP 订阅的超长文本,而新一代创作者的兴趣点则在于短篇、二次元、轻小说等。在"九〇后"作者会说话的肘子、"九五后"作者枯玄等人的作品中,轻松搞笑、吐槽自黑和二次元风格十分明显。这些作品采取类似短视频的即时感官刺激,不厌其烦地反复演绎同一套路,以稳定的结构、集中的笑点和离谱的情节取胜。这些特点的根源,在于大数据对网民兴趣点的统计、总结和化约。在基于算法的爽点上套写、摹写适合不够专注的新人上手;这种新的、笑点多而整体松散的网文模式也与低龄群体非理性思维和相对短暂的注意力分配相匹配。

新人写作风格的这种转变,无形中促进网络文学行业格局的变化。尽管当前网络小说类型模式、作者层级和优质资源等,已被几个大网站垄断并日趋固化,但作为一个有发展前景的新兴行业,这一领域永远不乏觊觎者,其格局也就总是存在变数。2020 年以来兴起的"免费阅读"潮流,以点击和流量替代付费订阅,表明不断涌入的新人以其新鲜视野和基于代际的兴趣点,博得资本的支持,成为新资本探索突破原有市场格局过程中的同盟军。免费网文站点热门的赘婿、打脸和多宝文等,再度弱化文学对原创、逻辑甚至完整性的要求,而是散点式的、段子式的,它们不惮于消耗读者的兴趣和热情,谋求反复刺激敏感点以在短时间内获得最大关注。

在大多数上网写作和阅读的年轻人眼中,网文读写已不再是一项专门行为。随着财富榜"大神"越来越遥不可及,写网文挣大钱也越来越等同于痴人说梦。因此,新一代年轻作者不再将其看作常规职业外另辟蹊径、改变命运的方式,而仅仅看作现实生活和交往娱乐的延伸。网文行业持续扩张和核心部位的竞争,导致新进写作者避开以往网络类型文中成熟的玄幻修仙等题材,转而创作直面生活的现实题材行业文。年轻作者笔下的现实题材与传统追求的深沉、厚重、批判性不同,而是洋溢着乐观的正能量。如《苗家少女脱贫记》《毕业后我回家养猪了》等,以诙谐幽默的网络语言描摹生活,以昂扬向上的心态面对困难,显示出时代赋予年轻人的自信和勇气。

四、受众精准定位驱动题材精细化

当下网文作者将更开阔的媒介视野、整体提升的受教育经历以及相对匮乏的生活经验,折射到网络作品中,呈现为写作题材的精细化和小众化。而在作者与写作题材变化的背后,是数据技术和市场进一步细分的支撑。

如今网络文学已不再是传统意义上笼统的通俗小说,一些以往乏人问津的话题也变得常见起来。正是网络作者鲜活的文笔使之从生僻转为广泛流布。如近年兴起的"学霸文"代表长洱的《天才基本法》,主角的兴趣和追求都在奥数,境遇改变的根本在于解题。这一类型作品将升级文中的武力碾压转化为智力比拼,通过做题和竞赛实现主角成就。类似作品《学霸的黑科技系统》《我只想当一个安静的学霸》则更专业,号称"不是学霸不敢点开""物理系硕士都追得自惭形秽"……尽管如此,其难度和挑战性反而激发公众阅读和学习的兴趣。还有一些行业文,如医疗题材《大医凌然》、海关题材《吾辈当关》、体育题材《跑步之王：从高中开始的奥运冠军》等，也存在类似以密集专业知识、术语入文的趋势。这些学霸文、行业文，有时因过于强调权威和实录性，夹杂大量行业资料而显得枯燥。它们虽然面向大众，却以专业术语和学科壁垒构筑阅读屏障，显然并非面向所有人群，而是适当提升难度，以此细分阅读群体。当然，它们也可看作网民群体素质提高之后，网络文学内部升级的差异化产物。

网络文学试图逐步摆脱低端通俗的印象，在文本和形式等方面贴近主流的意愿也很明显。除以上行业文以题材的细化塑造拥有专业背景和高技能的新角色外，作品文本自身的学术化和文献化倾向也日益突出。大神作家天瑞说符的科幻作品《死在火星上》在文前"洋洋洒洒罗列了近万字的参考文献"，囊括当时国内外多家高校和科研院所研究成果以及四页各类参考书目。小说夹带大量专业论文注释的做法，可以说是互联网超链接特性的体现，但也暴露出作者无法将专业知识与故事情节糅合，迫不得已借助外部链接延伸文本的弱项。对"为什么要列那么多参考文献"的疑问，天瑞说符解释是"主要目的就是防杠"。这也说明当前社交化的网络语境中，作者始终将自己置于阅读群体之中。网络写作需要拓展想象力，这要求作者突破熟悉日常。借助文献帮助，作家可以将故事蔓延到不同专业，在不熟悉的领域内驰骋想象。同时，日趋严密的学科划分以及网络聚光灯效应，也容易使公众目光凝聚在文本某个弱点上并无限夸大。以日常领域为背景的作品，更容易受专业读者质疑，这也是以往写作多纯粹架空的玄幻而较少现实指涉的缘故。更具体到"科幻"题材，科学的前缀要求幻想部分也能够基于技术和推理，特别容易被指摘文本"硬伤"。科幻作品以密密麻麻的参考书拓展阅读，纯幻想虚构作品也通过加注释、附说明的方法规避IP改编时可能遇到的抄袭、融梗等争议，是日趋商业化的网文明晰产权的预防措施。

自网络文学诞生，其写作群体就没有脱开被贴标签的命运：早期是有学识、懂技术的精英叛逆者、先锋挑战者;后来是懒散内向的网瘾深宅和故事讲述者;加入 IP 产业后,网络作家又成为财富榜上耀眼的富豪……无论如何变化,这一群体始终特点鲜明,具备话题性和示范性。作为社会新阶层,网络作家身份的变化不仅标志青年文化热点和生活重心的转移,也显示出不同阶层群体在青年文化和审美趣味形成过程中所占的比重与权力的角逐。

许苗苗　首都师范大学美育研究中心研究员。

城市与小说的双向召唤

丛治辰

我现在非常焦虑，因为我搞错了会议的议题。我一直以为今天要谈城市，刚刚才明白有两场讨论，一场谈城市，一场谈青年写作，我应该谈后面这个主题。让我的焦虑更雪上加霜的是，刚才我的一个初中同学在微信上跟我讨论他孩子的学习问题，一直讨论到现在。我听他谈这个，有种恍惚的感觉：这小子自己初中时候也天天玩，不学习，现在忧虑他孩子天天玩，不学习？我后来实在忍无可忍，我说你自己知道读书重要吗？你要是不知道的话，干吗要求你孩子知道呢？你现在不也挺好嘛。这种代代相传的焦虑，跟咱们关于青年的发言混杂在一起，让我感触良多。

刚才很多老师的发言，在我听来不仅仅是针对文学，而且是关乎社会现象。我们今天讨论城市和青年，本身可能也是一种焦虑，这是今天我的第三重焦虑。我们为什么一再讨论城市？因为城市实际上是一个新的话题。对于城市的书写当然很早就有了，甚至都不是近一百年的事情，中国当代文学对城市文学的呼唤最晚从二十世纪八十年代也在学术界自觉地发生了，但城市题材文学创作压倒农村题材是近十年之内的事情。今天年轻的作者已经很少写农村了，或许也丧失了书写农村的可能性。至于青年文学，那是一个永恒的新话题。批评界和研究界对于城市文学、青年写作这样常谈常新的话题永远怀有一种焦虑。有时候我搞不清楚，这到底是创作者的焦虑还是研究者的焦虑，是真实的焦虑还是想象的焦虑？也许我们如此频繁地讨论这些议题，正是在不断地发明和强化焦虑，而恰恰是这种焦虑造成了青年感、青春感的丧失。

刚刚乔叶老师历数了一些从青年时代就开始写作的名家，这个名单还可以更长，甚至可以说，这是个普遍性的现象。按照学术界最极端的说法，王勃在二十岁之前就去世了，也就是说《滕王阁序》可能是十几岁的孩子写出来的，这多少有点耸人听闻。不仅仅如此，可能在二十世纪五十年代到七十年代，青年作家才是被激励的对象。对《红楼梦研究》进行批判的时候毛泽东同志不就表示，不要总听名家的，听听年轻人怎么说。新时期文学之初，文学界几代同堂，有归来的作家，也有年轻作家，但纵观整个八十年代，那些令人印象深刻的文学潮流其实主要是靠青年作家来推动的。所以不仅仅是王蒙老爷子，今天活跃在一线的中国作家，其实大都在二十岁出头就写下了他们的代表作品。

所以按道理来说，我们一提起青年写作就觉得那是一种稚嫩状态的写作，是有待进步的，这可能是一种偏见。一个作家在青年时代的创作可能的确未臻于成熟，但是不成熟未必不好，成熟未必就好，往往正是那种毛糙的具有穿透力的青春锐气推动了一个时代的文学变革。不过确实要承认，就我个人的感觉，今天阅读青年作家的创作时，的确没有特别满意。我们可能也普遍不大信任今天的青年作家能像二三十年前他们的前辈那样，一出手就撼动文学史。甚至很多时候——如刚才有老师谈到过的——青年显得比前辈们更老。今天我们的社会在日新月异地发展，但是新的语境、新的社会结构、新的社会背景，甚至新的技术所造成的新人和新现象，有很多未必是新的，而不过是古老、腐朽灵魂的一种转世投胎。

那些古老的腐朽的灵魂，凝结成种种规矩，种种已经固定的僵化的意识形态，种种关于文学应该怎样的成见，化入我们的焦虑中，在我们今天的研讨会以及无数研讨会上，由我们向青年提出来，给青年指出方向，这大概反而使青年更压抑。当然，类似这样批评家、前辈对作家、青年的指导，以及指导带来的压抑，每一代一定都有。但是今天最年轻的那批作家似乎前所未有地乖巧。所谓乖巧，未必意味着他们心中信服，但至少外在表现上是非常符合规矩的。这意味着我们的压抑可能已经形成了某种无法挣脱的结构，这就不仅仅与文学相关了。青年作家能够激荡风云的时代，其社会结构往往具有相当大的空隙，文学因此得以刺破而出，青年人也因此有力量去撞破固有的审美框架。而今天包括学术体制、经济压力、社会认同在内的种种压抑，让青年作家不得不如此乖巧，同时也那么精明，对于如何在一个固定的规则中寻找自己的位置、扮演自己的角色极为熟练。表现在文学上，就是青年作家对前辈和权威喜欢什么样的文学心知肚明，制作起这样的文学来同样极为熟练。而恰恰是这样的精巧和精明，导致了青春感的丧失。

从这里我想谈回我原来准备要谈的城市文学。我本来打算谈的是城市和文学的双向召唤，这个话题是从我最近写的一篇有关须一瓜小说结尾的论文引发的。比较起小说开头，小说的结尾不大被人重视，但须一瓜的结尾很有趣，她的结尾超越了伊索寓言式和欧·亨利式的结尾，不仅只是给读者一种震惊体验，也不仅只是为了让故事显得完整。须一瓜被认为是二十一世纪最早写城市文学的作者之一，这跟她独特的城市经验是有关系的。她是一个法政记者，接触到很多城市当中诡异的、一般人所不了解的刑事案件，这也使她的小说中充塞着不少推理案件。推理案件往往是欧·亨利式结尾，可是须一瓜的小说结尾却更加耐人寻味，在小说结尾处她不但把此前的故事彻底颠覆，而且让此前故事中的人物陡然呈现出不同的面貌。原来被指作凶手的,突然呈现出情有可原的一面,原来认为是正面的角色,却也有不可告人的隐秘。之所以能够有如此辩证的结尾和认识视角,和须一瓜的城市经验密不可分。须一瓜之所以是一个好小说家,写出城市中人的多个面貌、城市生活的丰富层次,恰恰是因为她对城市复杂肌理的认识。

事实上,小说这一文体本身就是伴随着城市的繁荣发展起来的。在农业社会,大概我们只需要八卦、趣闻、神话来传递一些亘古不变的道理,或讲述简单的传奇,而并不需要小说这么精密的一种文体。但现代城市这一复杂系统所衍生的交错复杂的社会关系,以及由此产生的震惊体验,使一切古老的、单一的对世界的认知都失效了。城市这一系统对人是有压抑的,这种压抑使人变得更加有效,必须龟缩在规矩之中,但同时激发了人的观察力,促发文体的生成。身在社会结构的不同位置,看待这个世界的眼光是不一样的,认识到的城市也是不一样的,这才召唤出小说复杂的结构,小说应运而生。在此意义上,小说所呼唤的,和我们对青年作家的书写所要求的一样,都是某种复杂的认知,而非单一的书写;是创新的眼光,而非同质化的书写;是一种不守规矩的突围,而非乖巧的书写。

规矩无处不在,有时候是传统的文学观念,有时候是已成定见的对世界的认识。今天我们的青年作家学习能力很强,西方关于城市的理论中所显现的一切认识城市的范式,在当下青年作家的笔下都呈现过了。比如对特定城市景观的再现,比如今天很多老师都谈到的对城市病的书写。但是跟在列斐伏尔、本雅明、福柯后面用小说的方式去表达城市经验是远远不够的。作家们如果只是根据社会学的既定范式去认识城市,恰恰是文学面对社会学的失败,是一种偷懒,是躺平。其实,发明出"躺平"这样的词来简单指涉今天城市中人们的精神状态,本来就是一种偷懒。这个简单动作背后的复杂机制并没有被作家们形象地书写出来。我更希望作家们在富有压抑力量的社会里,如同须一瓜的结尾那样,细致地去呈现城市的褶皱,城市的不同角度,城市的各个方面——而今天所谓的"城市"在相当程度上就是世界本身。

(本文根据作者发言整理,经本人审阅)

　　丛治辰　北京文艺评论家协会理事,北京大学中文系副教授,中国当代文学研究会副秘书长。

北京影视艺术新突破与文化中心建设新契机

王一川

2021 年,应当是北京影视艺术在以往基础上更进一步并且取得新突破的一年,想必能够给北京正在进行的全国文化中心建设带来新契机。

一、北京影视艺术新突破

北京影视艺术新突破显著地表现在,涌现了电视剧《觉醒年代》和影片《革命者》《长津湖》等力作。《革命者》引发了红色文化的敬仰浪潮,《觉醒年代》更是引来网民有关 YYDS(永远的神)的热烈礼赞,《长津湖》甚至登上 2021 年度票房中国和世界双第一的历史新高度等。这些方面确实值得我们认真总结。简要地看,这种新突破主要表现在以下几个方面。

首先是大历史观的展示。《觉醒年代》《革命者》和《长津湖》都自觉地站在建党百年宏阔历史视野上,重新回望当年重大革命历史事件,从而获得了以往同类创作无法比拟的更加清晰和更加透彻的历史领悟。由此,新文化运动、"五四"运动、建党运动以及抗美援朝战争等,就在这种大历史观视野里显示了前所未有的重大历史意义和深远的启迪价值。

其次是历史正义的重新书写及其审美化宣示。像《长津湖》《觉醒年代》《革命者》都触及当代中国这一现代新型国家制度的历史正义性如何书写的问题。正是通过这些影视作品,这个国家制度所蕴含的一切为了人民和最终为了人民的历史正义性获得新的成功书写。这应当是这些年来影视艺术创作所取得的特别重要的实绩。而这种历史正义性的重新书写,恰恰是通过大历史观下面的典型化、细节深描和代入感等手法表现出来并得到强化的。

再就是艺术典型化再构型。这一年中,无论是电视还是电影,都涌现了一批典型环境中的典型性格。《觉醒年代》表现得特别突出,例如陈独秀、李大钊、蔡元培、鲁迅、毛泽东、辜鸿铭、陈延年等,《革命者》中的李大钊、徐阿晨、庆子等,《长津湖》中的连长伍千里、战士伍万里、老兵雷睢生、指导员梅生、神枪手平河等人物形象,都不同程度地具备了典型性,产生了栩栩如生的效果。

还可以看到,以细节深描去强化表现力。像《觉醒年代》里,蔡元培以"三顾茅庐"的姿态诚挚地邀请陈独秀出山执掌北大文科,如何在楼道里虔诚地等待见面,还有鲁迅写《狂人日记》时全身心热烈而酣畅的场面以及写完后该小说被《新青年》同仁集体朗诵时的场面,都颇为精彩而又传神。《革命者》开头墓碑红字渲染和演化出红色的海洋,令人想到五星红旗上红色的来历。李大钊临刑前细致的心理描写,李大钊和毛泽东在景山公园分别时幻化出的红色海洋图景等,这些细节都很有表现力。更有像《长津湖》里的若干细节刻画,例如指战员们在列车上看见长城,独特的七连花名册,战士们血染乱石岗,毛岸英舍身救地图,还有"冰雕连"的可歌可泣镜头等,这一个个细节以深描的超强力度凸显出故事感人肺腑的表现力。

最后,设置青年代入感。《觉醒年代》重点通过陈延年和陈乔年兄弟的青春朝气、叛逆性格、筹办工读互助社及全力献身革命等开创性性格和豪情壮志,对当代青少年观众产生出深深地引导进去和投身其中的感召力或召唤性,让他们仿佛身临其境地自动对号入座,从而特别具有代入感。

二、助推北京文化中心建设

随着《觉醒年代》《革命者》的热播及热议,以北大红楼旧址为突出代表,这一年北京影视创作有力地拉动了红色文化旅游热潮。正是在百年党史学习活动中,北大红楼等地成为一批又一批党员、群众以及外地游客竞相前往打卡的红色文化旅游胜地。

不过,当前北京市政府制定了"四个文化"建设规划(古都文化、红色文化、京味文化、创新文化)以及"一核、一城、三带、两区"建设目标。从这一点来看,2021年北京影视业界的建设成绩更多地体现在红色文化建设上。而相比红色文化建设以及过去几年京味文化建设上的突出成绩,古都文化和创新文化两方面的标志性成果都还不够突出,还存在一些不足。

由此看来,北京在文化中心建设需要借助这次影视艺术新突破,在"四个文化"建设上同时付出更多的努力。

三、探寻"四个文化"建设新契机

就文艺发展对于北京文化中心建设的促进作用来看,北京需要加大力度同时推进与红色文化建设相互交融的古都文化、京味文化、创新文化建设。

比较而言,展现古都文化建设方面的文艺作品相对缺少。过去若干年来,《大宅门》《正阳门下小女人》《情满四合院》等在古都文化建设方面都是属于间接表达,而直接的古都文化开掘显得远远不够。

京味文化方面的成绩相对突出,但是新时代的新京味还需要加紧探索。

在创新文化方面,也就是在现代北京创新文化因子发掘上,无论是二十世纪九十年代的《编辑部的故事》《北京人在纽约》等,还是十年前的《中国合伙人》以及2021年的《觉醒年代》,都体现出北京所具有的得天独厚的首都特有的文化创新资源优势。例如,《编辑部的故事》中《人间指南》编辑部的开放式办刊方式及其表现出来的都市新生活方式的前沿信息,《中国合伙人》表现出来的敢于探索社会办学道路、企业突破阻碍奋勇"上市"等新型企业家精神(尽管在今天"双减"政策下遭遇新困境),在今天看来无一例外的都是当时时代条件下创新精神的表现。相对而言,间接表达的较多,而直接表达的偏少。

所以,目前真正需要予以直接探索的重点在于两个方面:一是老北京古都文化建设,例如明清时期的老北京故事叙述能力,尤其需要加强。二是新北京创新文化建设更需要探索和探险的精神。进入二十一世纪以来新北京发生的新型故事,需要加紧探索。这虽然主要是文艺创作界的事,但文艺评论界还是应该发声予以助推。

面向未来新时代新征程,在北京"四个文化"建设中,北京文艺创作完全可以在总结2021年影视艺术创作新突破带来的新经验上,进行新的开拓。在这方面,上面说的历史正义的重新书写及其审美化宣示、艺术典型再构型、细节深描、青年代入感等,都可以像运用在红色文化建设中那样,推行到古都文化、京味文化、创新文化建设中。

不过,在具体的文艺作品中,北京的"四个文化"建设实际上相互交融而难以分开。古都文化就是故都的遗韵,包含京味文化。红色文化是现代革命文化,也包含创新文化,因为红色文化就是创新文化,二者紧密交融。京味文化,是现代北京的特征,又包含古都文化、京味文化。

还要注意的是,当代北京文艺具有多层的双生话语特性。比如说北京地方话语,极具京味儿,还有中国国家话语,代表国家;北京地方话语与中国国家话语呈交融态。北京很多都是外地人,还有北京地方话语与外地话语的交融,还有中国国家话语和外来话语等。还有北京古典性的传统与北京现代性的传统,就是老北京和新北京,以及北京古典性传统与北京现代性传统之间的交融态,这些都值得我们注意。

文艺作品中当代多元的北京人形象。有学者谈到北京之子、北京养子,给我诸多启发。作品中可以有北京之子,有老北京人和新北京人之分,诸如《贫嘴张大民的幸福生活》《我爱我家》《情满四合院》。还有北京养子,比如《阳光灿烂的日子》里一群部队大院的孩子,他们属于北京,还是属于外地? 有可能是北京养子。还有北京过客,匆匆过客,漂泊的异乡人。《觉醒年代》的陈独秀、李大钊,他们属于北京人吗? 他们可能属于在北京的异乡人,毛泽东也是从外地来的,还有《我在他乡挺好的》,讲述了一群安徽姑娘在北京的故事。总之,北京的异乡人很多。还有一种可以称为异乡北京人,即北京人在外地和外国的形象,如《北京人在纽约》和《长津湖》,毛岸英当时应该算北京人了,但是又牺牲在朝鲜战场,也是异乡的北京人。北京人形象可谓多种多样,林林总总,千姿百态,确实值得我们认真思考。所以,新时代正给北京人形象创造提供更多的可能性和契机。

抓住北京影视新突破带来的新契机,推进北京文化中心建设,恰逢其时。

王一川 北京文艺评论家协会主席,北京师范大学文艺学研究中心暨文学院教授。

北京影视发展的"优"与"忧"

胡智锋

　　北京影视是整个中国影视的极为重要,有举足轻重地位的存在,它有巨大优势,当然面向未来也有值得深思与忧虑的地方。

　　关于 2021 年度北京影视创作,我从数量和质量两个方面来谈。2021 年度的北京影视创作在数量上绝对规模宏大,在整个中国影视创作当中占到六七成之多,尤其在重大主题性创作上占有绝对明显优势地位;同时像《觉醒年代》《你好,李焕英》《我和我的父辈》,也有电影和电视同名的《跨过鸭绿江》,尤其是《长津湖》等,这些影视精品不仅在数量上支撑了中国影视的六七成之多,而且在品质上都是现象级作品,具有高收视率、高票房、强社会影响力、强艺术创作水准等特点,因此不论是数量、规模,还是品质,2021 年度的北京影视创作都是令人欣喜与骄傲的!

　　从发展优势来看,我个人感觉北京影视创作突出的优势至少体现在以下四个方面:

　　第一,人才优势。北京汇集了中国最优秀的影视人才,所以拥有极强盛的创作活力,全国最好的、一流的影视人才都聚集在北京,这个人才优势确实独一无二。

第二，平台优势。无论国有电影和电视机构，还是大量的影视制作平台、播放平台，从生产、制作，到发行、放映、传播，在全国都是名列榜首的。

第三，资源优势。我们拥有文化中心的资源，拥有政策的资源，拥有综合性的各种资源，比如说拍摄场地和条件保障，都是其他地方无法比拟的。北京电影学院正在投拍的电影《追月》，本来在浙江外景地拍摄，由于疫情原因临时调整，转了一圈发现最便宜、最方便、最丰富的拍摄场地却在北京，电影拍摄所需要的各种各样场景，医院、学校、街区、古城以及现代城市，应有尽有，这种资源优势也是得天独厚的。

第四，组织优势。其中包括政府、企业、社会方方面面的组织。像《长津湖》拍摄期间遇上了疫情，摄制组在东北有几千个工作人员，其中很多外国人的护照都过期了，这个时候亟需外交部门与政府各个方面的协调，宣传部门协调外交部门和有关方面很快做出了特殊安排，包括军队，又是宣传部门协调军委，等等。一声令下数千名将士就悉数到场，这种组织优势也是别的地方无法比拟的。

正是北京影视发展拥有的人才优势、平台优势、资源优势、组织优势等让北京影视一路领先，这些优势理应不断巩固，以此来支撑北京影视保持其竞争力。

优势显而易见，但从未来发展来讲，是不是我们就能高枕无忧了？在我看来，也不能过于乐观，在激烈的影视业竞争中，我们也需要居安思危，看到优势背后存在的值得忧虑之处。

第一，格局结构不尽合理。比如说主题创作，重大题材创作比较突出，但是其他创作可能不一定丰富充实，在创作格局方面各种类型、各种品种的丰富性、多样性不足、欠缺。从题材来看，我们的重大主题题材较为突出，但是其他题材就相对不够。再从人才结构来看，我们创作型人才突出，但是中末端的制作类人才相对短缺，比如与浙江横店相比，他们的群众演员或者其他中末端的制作人才又便宜又好用，在北京大腕多,但是中末端人才相当不足,其他经营、运营类人才比如说制片管理、项目经理等也相对不够。所以从格局、结构来看,我们不乏顶流、顶端,但是中末端布局还远远不够,整个格局结构仍存在不合理的地方。

第二,区域特色不够突出。北京就是中国,这一点没有疑问,某种意义上来讲北京影视、北京制造,就意味着中国影视、中国制造,但是我们是不是过多考虑了国家的形象,而区域的特色,比如说老北京的地方特色,还有古城的特色等,具有高辨识度、高认知度的区域特色上还要更加凸显。

第三,品种类型不够均衡。在影视的各种品种类型上,存在强弱不均的情形。比如说电影故事片强、电视剧强,相比而言纪录片尤其电影纪录片较弱,其他品质类型如动画片、科教片、儿童片、戏曲片等相对更弱,各种类型品种还不够均衡。再比如说重大主题创作突出,商业类创作也还不错,但是各具特色的艺术片创作就相对较弱。要保持北京影视的稳固的竞争力与影响力,我们在格局结构上、区域特色上、品种类型上要更加合理、更加凸显、更加均衡。

北京影视不仅担负着首都的宣传重任,也是中国影视的核心构成,担负着中国影视整体实力战略性提升的重要使命,所以未来北京影视应当发挥自身优势,补齐发展短板,为健全和提升中国影视的原创力、竞争力、传播力、影响力和引领力,以及自身的综合能力,继续做出自己独特而重要的贡献!

（本文根据作者发言整理,经本人审阅）

胡智锋 北京文艺评论家协会副主席,北京电影学院党委副书记、副校长、教授、博士生导师。

京味电视剧刍议

高小立

之前报给会务组的"城市电视剧发展之京味电视剧的变迁"这个题目很大,要做深入的研究,时间有限可能说不清楚,所以我把我的题目改成"京味电视剧刍议"。

有一部特别火爆的韩剧叫《冬季恋歌》,这个电视剧不是在首尔拍的,是在韩国类似于我们国家的小镇拍的,后来这个在电视剧中真实命名的小镇成了打卡地,旅游人数几十倍地增长,而且很多年轻恋人都到那里谈恋爱,包括世界各地的年轻人。反观我们的电视剧创作都习惯用一个虚构的地名作为故事发生地。我们中国地大物博,这么多的城镇,其地域文化需要通过影视剧这种大众传播方式广而告之,也需要以这种传播方式走向世界。现在除了大都市,还有很多小城市、小镇,我们在这里拍的电影电视剧为什么不能用真实的地名去讲述,电视剧和电影所带来的影响力和传播力是其他艺术不能企及的。

说到城市电视剧,所谓城市电视剧的发展鼻祖应该在广东,从电视剧诞生以来很强的符号就是城市的地域性,二十世纪电视剧创作中的城市特点尤其突出,比如农民进城打工最早在广东,广东出品了《外来妹》,同样作为改革开放桥头堡的广东接下来拍出了《公关小姐》《情满珠江》等热播剧,这些剧为传播地域文化,解密地域文化密码做出了成功引领,之后京味电视剧、海派电视剧层出不穷,很多电视剧作品成为经典载入电视剧史册。

提到京味电视剧,什么才是京味?说一说京味的内涵,其外在表象特质就是极具北京地域特色的风土人情,涵盖了皇城根的高宅大院、市井烟火的四合院、胡同、原汁原味的京腔京韵,北京人独有的幽默风趣、海纳百川的性格,以及家事国事天下事事事关心的家国情怀。比如我们坐出租车的时候,出租车司机可以和你聊一路,北京的出租车司机和别的地方真的不一样,这就是北京人的性情所致。而京味内在的气质则是北京作为六朝古都深厚的历史文化底蕴,这种底蕴与北京朱棣迁都,满清入关到鸦片战争以后,中国百年风韵激荡的中华民族命运兴衰息息相关。

北京作为数百年以来中国的政治文化中心,犹如中华民族十四亿同胞的大脑和心脏,它的每一次思考、每一次选择、每一次决断无不牵一发而动全身,清朝覆灭、新文化运动、中华人民共和国成立、改革开放,这些重大历史变革,无不从这座城市走来,并深刻改变和影响着中华民族的命运,正因为北京这样的内在、外在特质,京味电视剧在中国国产电视剧艺术创作中占有重要位置。

京味电视剧有以下几个特点:

第一,从《四世同堂》《骆驼祥子》《茶馆》《大宅门》《五月桂花香》《琉璃厂》《正阳门下小女人》《幸福里的故事》等剧的热播来看,年代剧一直是京味电视剧最受观众喜爱的类型之一。此类型年代剧大多数从清末一直贯穿到中华人民共和国成立,京味年代剧展现了北京丰富的历史文化元素,跌宕起伏的人物命运沉浮,强烈的文学性所折射的文学精神内涵。我们只有在京味年代大剧中才能看到,上到封建帝王,下到市井百姓在时代年轮中前进的命运变化,这使京味年代剧具有强烈的戏剧冲突,而这些角色的人设、家族命运、剧情内容与大时代变迁紧密勾连。尤其根据老舍文学名著改编的电视剧,这是北京最独有的文化,具有浓郁的人文底蕴和北京文化特色。老舍文学作品中浓郁的人文底蕴和北京文化特色成为二十世纪八九十年代京味电视剧最重要的选材,老舍文学改编电视剧作品基本成为经典流传至今。

第二,如果说京味年代剧更多将目光锁定北京为代表的中国近现代百年沧桑巨变,那北京都市类型题材剧则将艺术创作对准北京普通人的日常生活,从《渴望》《空镜子》《贫嘴张大民的幸福生活》《情满四合院》这些现象级的京味都市类型剧来看,我们看到了改革开放对普通百姓从物质生活到精神生活的巨大改变。同时反映了在社会转型期间普通百姓的苦辣酸甜,以及对于真善美,对于美好幸福生活乐观向上的精神。或许在京味都市题材电视剧中还缺乏像《外来妹》《鸡毛飞上天》这些南方反映改革开放、普通人敢于打拼、创业等励志成功元素,但这要从北京特殊的政治文化中心的角度,从北京人如何看待生活本质的站位上分析,而不是简单用保守和开创去界定。《渴望》《过把瘾》《贫嘴张大民的幸福生活》等之所以能获得观众认可,就在其浓浓的人情味,其中反映了老百姓苦中作乐积极向上的乐观精神;而北京人对生活特有的后现代结构主义的幽默自嘲,又从京味都市题材延伸到了大型室内情景喜剧的开创。比如《我爱我家》《编辑部的故事》《家有儿女》,这些剧数十年后在视频网站等流媒体点击率依然非常高,其原因是剧中金句频出的黑色幽默桥段,人物摒弃了传统电视剧人物塑造的善恶二元对立,通过夸张、反讽等艺术手段,再现老百姓真实生活的多重性和人物内心世界的复杂性。优秀的影视作品不是简单追随潮流和时代步伐,而是要敢于突破性地引领时代审美,从这个角度来看,京味大型室内情景剧做到了这一点。

第三,近几年,随着《觉醒年代》《香山叶正红》等重大革命历史题材的热播,北京对重大革命历史历史事件的揭秘和重新解读,对革命领袖更加人性化的人物塑造、艺术呈现的创新性与主旋律的年轻化表达,让革命历史题材电视剧告别叫好不叫座的窘境,得到了众多年轻人的喜爱。

下面我要谈几点问题:

第一,广受观众喜爱的京味题材后继乏力,例如大型室内情景喜剧,像《候车室的故事》等作品,从艺术性、现实批判性、观赏性、收视率,与《我爱我家》《编辑部的故事》这样颠覆之作相比质量不尽如人意。近些年观众已经无法从荧屏看到优秀的室内情景喜剧了,究其原因,随着脱口秀等新的喜剧艺术门类的崛起,加上碎片化观赏的新特征,这种带有解压性质的情景剧已有了替代品。此外,大量优秀编剧人才的流失,失去文学性的室内情景喜剧只剩下了搞笑和桥段,缺乏很高级的幽默,使作品趋向段子化、小品化。

第二,北京都市题材电视剧的创作出现窄化倾向,将接地气、烟火味等同于胡同文化,似乎一提京味就是胡同、四合院、大杂院,就是家长里短,这种题材不是不好,而是在艺术创作上忽略了北京这座国际化大都市同时具有的现代化气质,尤其体现北京科技、金融、文化上的成就,所谓一些反映职场精英的电视剧也往往架空角色职业背景,缺乏深度挖掘,依然逃不开婚恋情感戏的俗套。北京不仅厚德包容、海纳百川,更加具有开放性的国际化视野,比如说《北京人在纽约》这样的反映北京人在海外打拼的电视剧也少了,京味电视剧的发展不能将眼光局限于四城九门,需要更加放眼走向世界的新京味作品。

第三,对反映近千万新北京人题材的创作乏力,"北漂"对北京人做出的贡献,他们生活工作中遇到的诸如住房、交通、子女教育等一系列的问题,他们的苦辣酸甜同样是京味电视剧创作所需要关注的对象。

以上这些问题集中体现在当下都市题材电视剧中,因为在都市的观众对生活工作状态具有最直观的感受,一些电视剧人物从居住、工作、生活、情感层面游离于现实,这些被诟病的槽点是国产电视剧的共性问题,而京味电视剧在题材挖掘、创新,在更好展现北京文化厚重质感和与时俱进的时代审美层面,需要从剧本的文学性,从主创现实主义站位视角,艺术呈现手法的多样性、创新性上多做思考。

北京是电视剧题材挖掘的富矿,最后谈一下北京应该出现更多民族大团结题材的电视剧作品。北京具有多民族共生的丰富文化资源,历史上契丹族、女真人、蒙古族、满族、汉族都在北京建都立业,在党和政府关心下各民族在宗教信仰、事业生活等方方面面都得到了保障和尊重,不仅历史悠久,更满足了多民族同胞宗教和文化精神活动的需求。我们看到当今世界的很多冲突来自宗教民族冲突,为什么在北京五十六个民族可以融洽地生活在一起,就是党和国家民族宗教政策的有力保障,多民族丰富多彩的特有文化已融入中华民族整体文化血脉,我们的历史题材电视剧大都反映封建王朝、帝王将相、权谋争斗,很少反映多民族共生下北京拥有的丰富历史文化资源,这个题材挖掘不仅有可探性,更是向世界宣传了中国在民族大团结、人权事业方面取得的伟大成就。

(本文根据作者发言整理,经本人审阅)

高小立 北京文艺评论家协会理事,北京市文联 2021 年度签约评论家,《文艺报》艺术部主任、编审。

当下影视剧中的"共情"

赵卫防

共情是心理学的概念，是人本主义创始人罗杰斯提出的，是指体验别人内心世界的能力。其为现代精神分析与人本主义的融合搭起了一座桥梁。完成和观众之间的共情，成为当下影视作品获得社会效益和经济效益的重要手段。

《长津湖》《我和我的父辈》等电影和《跨过鸭绿江》《觉醒年代》《山海情》等电视剧之所以能够吸引观众，主要原因之一正在于共情。共情是让人与人之间从情绪、认知、观念等建立"连接"，达成共鸣，让沟通更有效。同时也是正确了解他人的感受和情绪，进而做到相互理解、关怀和情感上的融洽。当下，中国大国崛起，面临着外交局势、新冠肺炎疫情等百年未有之大变局的挑战；同时每个个体也面临生存、发展、提升的问题；我们需要用集体的力量迎接挑战，在这样的大环境下，体现集体力量、家国情怀又能融入个体情感的作品，确能和观众们产生情感联结，再加上影片质量过硬，就能赢得观众。目前将主流价值观深度和多元化书写如以人为本的个体关注、青春中国、中国化等与类型美学进行充分对接的新主流大片便是主要体现。

在诸多国产电影的艺术呈现中，《长津湖》的家国情怀最为凸显，志愿军战士保家卫国的英雄气概与当下观众的内心诉求特别吻合，伍千里、伍万里兄弟以及穿插连官兵们排长雷公、指导员梅生、排长余从戎等人的个体情感更凸显了对个体的关注，凸显了人本，更能和观众建立起情感的连接。这种共情在国庆这个特殊的时空里被放大，无疑会蜕变为文化事件。

影片内外，都有各种的联动，截至 2021 年 10 月 8 日，《长津湖》映后热搜登榜超 105 次，如果把话题阅读量直接相加，数据将超 1200 亿。十一期间，《长津湖》视频播放量超 6 亿、《我和我的父辈》视频播放量超 5 亿、近 200 个国庆档电影相关话题登上微博热搜榜。观众不仅在微博上聊电影，也关注电影背后真实的历史。"长津湖 3 个冰雕连仅 2 人生还""杨根思烈士墓前多了架歼 15 模型""抗美援朝烈士墓前摆满先进装备照片""长津湖幸存老战士回忆战场吃树皮"等历史向、现实向话题均登上热搜榜，《长津湖》的意义已经不仅是电影本身，更是观众了解历史的通道，这便是共情所产生的文化力量。

近期的国产电视剧更是达成了共情。如《觉醒年代》中对前述的李大钊等人以及章士钊、刘半农、钱玄同、周作人、辜鸿铭、黄侃等各个历史人物的展现，以及各种历史事件的叙述均未脱离《新青年》及思想启蒙这一角度。这种以思想、文化视角讲述建党前史的叙事，能够让生活在今天并对文化强国建设有着强烈诉求的年轻观众找到共鸣，引发追剧的激情。此外还有陈独秀和儿子的父子情感等也能联系其与观众之间的情感。现实题材的《山海情》中随着剧情的起伏，大家为他们的艰难着急，为他们的辛酸落泪，通电、用水、娃娃上学、打工挣钱，一桩一件都令人揪心，无时无刻不想亲自跳进去帮他们一把。是因为这部剧引发了观众的共情，调动了我们积极的情绪，我们为之感动，引发了精神共鸣。

而表现革命战争题材的电视剧也较好地实现了共情，如《大决战》不仅极具创新性，更完成了契合时代审美的年轻化表达，充分满足了年轻人对影视作品高品质、强共情的诉求。如该剧于宏大历史背景下,运用小人物的视角审视大时代,更容易引发共情。《跨过鸭绿江》以讲格局、讲谋略、讲信仰、讲人性的叙事策略深深抓住了年轻人的眼球。其凭借的是最真实的史、最崇高的情、最深重的义、最热忱的心,青年、国家、时代,是永远形影相随的铁三角,将年轻人的自我价值、社会价值、民族价值和国家价值有机统一在一起,并鼓舞我们去反思自己在中华民族伟大复兴中主体责任的作用。

其他现实题材的涉案剧如《隐秘的角落》《扫黑风暴》等也具有共情的力量。前者紧跟时代来创作,传递温暖,关怀社会,传递阳光和正能量;同时让人物真实,刻画出人物之后,还能够寻找到落地的人物情感,让剧中体现的情感具有共通性,让观众产生共情和共鸣。《扫黑风暴》所表现的扫除黑恶势力,更重要的是打掉保护伞,让普通人的生存有一种幸福和安宁,这便产生了更大的共情。

赵卫防　北京文艺评论家协会理事,中国艺术研究院影视所副所长、研究员,中国电影评论学会副会长。

观念突破与美学拓展

——重大主题影视创作的多维思考[*]

戴　清

2018 年以来,围绕重要历史节点的重大主题影视剧创作日趋繁盛。2009 年《建国大业》开启了"新主流大片"序列创作,其他如《战狼Ⅱ》《红海行动》《我和我的祖国》《中国机长》《中国医生》《长津湖》等都有上好口碑,也不断创造着票房新高。电视剧的重大革命历史题材创作开始得更早,其创作水平、制作规模获得较大提升则是以二十一世纪之初的《长征》和《延安颂》为代表,二十年来一直保持着此类创作的独特影响力。近几年的《彭德怀元帅》《海棠依旧》《外交风云》,以及"三绝"系列(《绝命后卫师》《绝境铸剑》《绝密使命》)等都有着较好口碑与反响。根据中央电视台"一套""八套"以及北京卫视、东方卫视、浙江卫视、江苏卫视、湖南卫视五家一线卫视黄金时间播出剧集的不完全统计,2018 年至 2021 年有近 20 部该类主题创作电视剧先后播出。其中,《觉醒年代》《跨过鸭绿江》《大决战》《光荣与梦想》是影响最大、

---

* 本文系 2021 年度国家广播电视总局部级社科研究项目"重大现实题材电视剧质量提升策略研究"(项目编号:GD2105)阶段性成果。

评分较高的作品。从电视剧创作的"三重大"题材布局来看,重大现实题材剧创作领域也收获颇丰,近四年此类创作数量已接近60部。①其中,《山海情》《大江大河》《大江大河Ⅱ》《理想照耀中国》《功勋》《最美的青春》口碑最佳,《黄土高天》《在一起》《在远方》《江山如此多娇》《温暖的味道》《经山历海》等也较受观众欢迎。

突出的创作成绩总是能够表现出观念的突破与超越意识,也展现了创作美学的进步与拓展,同时进一步昭示着未来的发展空间与方向。

一、国家、地方/行业与个人需要的同频共振

"重大主题"电视剧创作与"新主流大片"在媒介特质、题材名称、内涵及外延等方面都不尽一致,两者之间又存在极大的相似性,即在表现内容与题材定位上都聚焦党史、革命史、社会主义建设史、改革开放史以及新时代几个时期的重大历史事件与人物,表现重心为历史风云、时代潮动、国计民生等"重大主题",与时代社会的发展常常是同频共振的。因此,在回望历史、对话时代、观照社会现实上,重大主题创作比其他题材类型更为直接,更有力度与广度,书写的是最有分量的中国故事,也是表现中国精神、传达中国声音最有力、最有效的艺术载体,更是创造史诗性艺术精品、抵达艺术高峰最有可能、最有优势的题材内容。

进入新时代以来,影视创作一方面直接对标趋于强化的主流审美意识形态诉求,另一方面深受融媒环境、粉丝、资本的塑形与影响,在政

---

① 截至2021年11月上旬,本文以"中国视听大数据"、CSM提供的信息统计了2018年至今近四年来(未包括11月中下旬和12月的剧目)在中央电视台"一套""八套"以及北京卫视、东方卫视、浙江卫视、江苏卫视、湖南卫视五家一线卫视晚上黄金时间播出的两类重大题材电视剧作品剧目及数量。

策引领、技术进步、资本支持、创作创新、产业化提升等合力推动下,重大主题创作产生了跨越式提升,也因此拉开了与此前主旋律影视剧创作的距离,极大地拓展了重大主题创作的市场传播力与受众影响力,进而实现了主流价值观与网络受众主流人群的"双主流"对接。

首先,重大主题创作来自国家层面的强烈需要。一方面,近年来国际关系更趋复杂,国际环境中不确定不稳定因素明显加剧;另一方面,疫情所带来的国家之间相互隔绝、中外抗疫效果反差强烈等因素都造成新世纪初浩浩荡荡的全球化进程拐入"逆全球化"的淤泥浅滩。在此大形势下,传播中国声音、讲述中国故事、提升中国话语权比任何时候都更加迫切。回望改革开放、社会转型、全球化进程再到新时代几个历史阶段,中国的影视创作一直在积极向国外(主要是欧美)学习,欧美的理论话语、好莱坞讲述的美国故事在全世界占据着主导地位。正如有关专家指出的:"现在国际舆论格局总体是西强我弱,我们往往有理说不出,或者说了传不开,这表明我国发展优势和综合实力还没有转化为话语优势。"①这一现状决定了我国在国家层面坚定"四个自信"、讲好"中国故事"、提升国际影响力的迫切需要。

其次,重大主题创作也是一个省市、一方水土的文化名片,是创造了无数奇迹的中国大地上各个地域的文化标识。并且,这种奇迹还体现在中国基础设施建设、高科技领域、制造业等众多行业取得的举世瞩目的巨大成就上。讲述"中国故事"必定要细化为讲述全国各地、不同行业/集团的故事,不仅要向世界讲述,同时也需要让每一个中国人熟悉、体认,激发人民的爱国主义情怀,提振中国人的底气、志气与豪情。在这方面,中华大地上多姿多彩的地域文化与形式纷呈的行业故事都为重大主题创作储备了开掘不尽的创作富矿。

① 中共中央宣传部编:《习近平新时代中国特色社会主义思想三十讲》,北京:学习出版社2018年版,第210页。

最后,近年来,以"九〇后""〇〇后"为主体的新一代年轻人的爱国热情不断提升,爱国主义情绪在 B 站、抖音等网络社会／群落中都有着鲜明体现。① 特别是抗疫期间海内外境况的强烈对比,也让中国年轻人对自己的国家体制、政府责任感、社会组织力,以及中国医生、解放军等的职业素养、献身精神感同身受,让年轻人不只是从历史教科书、宣传教育中,而是通过个人的亲身体验生发出真切的爱国情感与强烈的民族自豪感。"无论觉醒百年后青年们面临的时代背景和践行爱国情怀的方式如何变化,践行爱国情怀的目标都是一致的,都是为了实现中华民族的伟大复兴。"② 以上多重因素都使得重大主题创作的国家需要成为一种全民需要,一种"艺术公赏",即"跨越不同身份的欣赏趣味上的融合"③,在国家、地方／行业与个体之间形成一种有力的同频共振。

二、重大主题创作的观念突破

影视创作是道-艺-技的纵向贯通,也是创制、播出、营销全流程各环节的综合实力呈现。成功之作一般符合强强合作的规律,任何一处短板都会增加失利风险。而在艺术创作中,观念的突破总是关键一环,它往往融会了创作者的深层思考,体现着创作者对"道"的参悟与超越,既为作品提供深厚的文化背景,也流淌在作品的艺术流程与技术环节之中。

---

① 参见《我们这代人是如何爱国的?》,微信公众号"广东共青团",2019 年 9 月 15 日。
② 《"新时代·新青年"——中国青年与爱国主义》,微信公众号"民智国际研究院",2021 年 7 月 26 日。
③ 王一川:《艺术公赏力:艺术公共性研究》,北京:北京大学出版社 2016 年版,第 31 页。

首先，"深扎"不仅仅是一种需要提倡的精神，还是一种沉潜于生活的过程和"四力"的落实，通过情感与认识的深化，进而获得思想与审美的新发现。2014年，习近平总书记《在文艺工作座谈会上的讲话》发表以来，远离生活、创作悬浮等不良风气受到大力纠偏。从艺术创作的动力机制来看，审美发现虽有灵感作用，但并非一蹴而就。柳青当年毅然迁回老家、毕十四年之功完成的现实主义史诗巨作《创业史》即是最好的证明，生动见证了新的审美发现与创作者深扎生活的关系。在近期的重大主题创作中，编剧龙平平投入六年时间创作的《觉醒年代》剧本再次提供了一个有力范例，也提示人们原创剧本的写作，尤其是重大主题创作需要提早布局，早做项目策划。编剧对陈独秀、李大钊的思想形成过程的细腻表现，对陈独秀父子关系、陈延年陈乔年兄弟的社会实践探索正是这种新的思想发现，在此基础上进行恰当的艺术提炼、转化与导演二度创作，形成了作品凝重深沉的思想深度与审美新意。此后陆续播出的《大浪淘沙》《中流击水》《光荣与梦想》等同类创作虽各有千秋，但在思想深度与审美新意上无法与《觉醒年代》相颉颃。

其次，关于剧作原创力的提升问题。重大主题影视创作和其他题材的电视剧创作一样，剧本从来都是影视原创力的重要保障。如果剧本不扎实，无论导演怎样花样翻新、十八般武艺悉数使尽，也难以点石成金，这方面的失败例证不在少数。在原创剧本之外，积极发现、借助优秀的严肃文学作品、报告文学的精英思考与创作积淀对提高改编的"继创""再创"水平是重要途径，这或许也是未来电视剧提高改编母本的思想含量与艺术品质的重要路径。这一点在《白鹿原》《装台》《小别离》《小欢喜》等其他题材类型剧的成功中颇多佐证。当然，善于发现、挖掘优质网文IP，对吸收新锐观察与创作活力、提升改编二度创作水平也有着积极作用，如由阿耐的网络小说《大江东去》改编的《大江大河》《大江大河Ⅱ》的成功即是例证，也因此极大提升了现实题材网文改编在影视创作中的地位与影响。

　　再次,重大主题创作确实有着题材与主题的天然优势,但直奔主题、空洞的观念演绎则是创作大忌。这方面的教训实在不少,如二十世纪"红色三十年代"的"革命+爱情"的模式化书写、中华人民共和国成立后"十七年"中的一些概念化创作至今让人记忆犹新。[①] 要超越观念演绎与模式化窠臼,重大主题创作需要描摹展现重大历史事件与时代风云,所谓"知其然"。有时历史真相与生活真实看似就在那里,为人们所口口相传、习以为常。但这种真相与真实有时又是经不起追问的,或含糊不清、缺少细节,或充斥刻板印象,不乏局限与遮蔽,甚至还有着诸多悖谬与扭曲。此时"知其然"——揭示历史真相与生活真实并不像表面看起来那么轻而易举;同时,创作者还需要揭示重大事件／主题背后的社会脉动与文化肌理,即"知其所以然",由此提供更为深邃的思想认知与生活发现,抵达"历史真相"与"生活真实";同时,作品只有跳出常识化感知与模式化书写,才能提供自己独特的审美发现与艺术真实。要达到这一境界,创作者不能贴伏在事物表面去简单地就事论事,而是要拉开一定的历史距离去透视事物的深层律动。这一点不仅符合艺术创作总是深沉思考与体验沉淀的结果这一规律;同时,拉开距离,才能使历史事件、现实状况产生一种"陌生化效果",赋予事物以新鲜的审美冲击力,使作品避免直奔主题的硬性图解与简单讴歌的粗疏浅陋,才可能表现出主题性创作得天独厚的历史质感与醇厚丰饶的生活实感。

　　这一特色应该说已经为近期的优秀作品所证明。例如,《觉醒年代》即跳出了此类创作容易落入的"主题先行"窠臼,将视角前移到1915年《青年杂志》创刊初始,聚焦建党前纷繁复杂的社会思潮,艺术

---

　　① 陶东风、和磊在《当代中国文艺学研究(1949—2019)》(中国社会科学出版社,2019年)一书第八章《关于题材问题的讨论》、第九章《关于写真实和真实性问题的讨论》中,对中华人民共和国成立后"十七年"文艺、新时期文艺中的"题材差别论""题材决定论""反题材决定论""超越题材"以及"写真实写阴暗面"等不同文艺思想观念进行了细致辨析。

地再现了新文化运动新旧思想的较量,揭示出了中国共产党成立的深厚历史背景。作品以陈延年、陈乔年兄弟俩从无政府主义实验到最终转向信仰追求马克思主义,巧妙地将家庭父子冲突与思想文化交锋、社会改造与民族出路等家国大事结合起来,有力地揭示了中国人民选择社会主义的历史必然性。《山海情》的创作突破则表现在它没有像一般的脱贫攻坚剧那样普遍聚焦于第一书记下乡的两三年或政府号召"打赢脱贫攻坚战"的近几年的故事,而是从二十世纪九十年代初期宁夏西海固的吊庄移民写起,把创作根脉深深探入生活的泥土之中;在空间地域上也不局限于一村一镇,从而让西海固的脱贫攻坚拥有了一种全景感与历史纵深感,揭示出当地从脱贫走向富裕的深层社会背景。

最后,重大主题创作表现伟人、英雄、英模,在作品风格上,崇高颂歌和英雄礼赞是主调。同时,这种颂歌和礼赞理应保持开放丰富的美学品格,必定是植根现实生活、揭示生活真实与社会真相、具有"艺术公信度"的深厚诚意之作,才能更好地激发、引领大众的审美共情。这方面在现实题材剧《人民的名义》《破冰行动》《三叉戟》《巡回检察组》《扫黑风暴》《突围》等优秀作品中都有着丰富表现,也获得了良好的社会反响。重大主题创作是对革命史和革命先辈的致敬,也是对现实的直面与正视。对历史 / 时代纷繁复杂的社会事件加以表现,不仅需要历史唯物主义的烛照,需要革命浪漫主义的精神鼓舞与喜剧化表现的乐观激励,也同样需要现实主义创作原则、美学精神直面现实、对话现实的揭示力度与震撼力量。只有这样,重大主题创作的表现内容与题材布局才是真实丰富的,创作风格才能多姿多彩,充满变化,也必将充满不竭的创作源泉与创新动力。诚然,重大主题创作需要表现伟人、英雄的精神亮色,作品基调需要光亮而非晦暗。但并不是越亮越好,这方面文艺创作史上失败的教训也有很多,"文革"中的激进美学表现即是突出例证。近年来脱贫攻坚剧创作繁盛,有个别作品在改编时将原作中纷繁复杂的社会生活和基层矛盾过滤得十分干净,基层党支部被定位为优秀坚强的战斗堡垒,作品的亮度确实提高了,却损害了作品的真实感与可信度。同时,也不再葆有原作中五味杂陈的生活原生态和错综复杂的时代丰富性,而是趋于简单直露,最终无益于激发观众的审美共情,反而会适得其反。

三、重大主题创作的美学拓展

从创作观念到美学境界,落脚点首先是人物形象。重大主题创作的人物如伟人、英雄、英模,大多带有神话-原型批评理论代表人物弗莱所说的"高摹仿"模式下的人物特征,即在思想或行动上高于普通人的伟人或英雄。[①] 伟大的国家、时代与民族,离不开伟人与英雄的历史贡献,更少不了英模力量对大众的精神感召与引领。在当下大众文化的整体氛围中,如何表现和把握这些"高摹仿"人物,使其走近百姓、深入人心,不仅需要艺术诚意,同样也检验着创作者的艺术手法。当下创作在书写伟人、英雄、英模时,较多地强调要表现他们亲民的一面;在艺术手法上,从电影《建国大业》开始,就十分注重选择年轻演员进行"青春化表达";在艺术处理上,注重挖掘人物作为年轻人、普通人的情感。应该说,这些创作探索都取得了较好的艺术成绩。

同时,表现伟人、英雄,还应注重对其"不普通"处的精神高度进行丰富细腻的揭示,而不是为了亲民过多地、私密化地去表现伟人与英雄,或者一味地让这些其实不普通的人与普通人同格化,最终也无法揭示他们的卓越付出与精神质量,难以鲜活生动地塑造出真正的"大写

---

① 诺思罗普·弗莱:《批评的剖析》,陈慧、袁宪军、吴伟仁译,天津:百花文艺出版社1998年版,第4-5页。

的人"、不平凡的人。而"青春化表达"也不应只有青春的面孔、体魄和形象魅力，更应展现这些民族脊梁的青春抱负与伟岸情怀。在人物塑造上，形神之间，"神"始终是第一位的。书写伟人、英雄，可能会涉及他们动人的爱情，也有他们成长过程的艰辛与疼痛，但这些个人叙事都应统摄在对历史／现实宏大叙事的框架中，融会在主人公对社会历史的深思与体悟中，体现在他们的价值追求／理想信念与革命行动、勇于奉献之中。因此，写情感、写成长，表现"亲民化""青春态"是重要的，但更重要的还是要开掘、揭示人物精神内蕴的肌理、缘由及其深度。

重大主题创作中的普通人形象塑造同样是重要的，不应将他们处理为伟人、英雄、英模身边的陪衬或背景，也需要揭示普通人的性格与精神主体性。因为次要人物的真实真切，往往会为主要人物形象提供真实可信的生活世界，有着不可替代的叙事功能，这一点在致敬塞罕坝第一代植树人的优秀电视剧《最美的青春》中即有证明。作品中的配角人物——老革命、干部家属，以及以真实人物为原型的"六女上坝"等并没有被处理为简单的过场人物或模糊的集合名词，他们同样有着各自的性格与丰富的层次，与男女主人公、先遣队成员一道，建构起了一个生动活泼的典型环境。在某些脱贫攻坚剧中，村主任、第一书记的形象虽然鲜活，但当地农民形象却总是以贴标签的方式简单处理，每部剧都有几个懒汉、混子，"等、靠、要"思想严重，总是有着贬义感鲜明的外号。而《山海情》却不同凡响地自觉呈现了农民的精神主体性，如开篇表现得宝、麦苗这些半大孩子对大山外世界的渴望，年轻人的自主与朝气在小提琴圆舞曲的衬托中、在奔向火车的青春身影里得到了十分生动的表现。创作者对所谓的落后农民也没有刻意丑化，而是曲折地表现出人物的各自变化：大有叔的"人心不能黑，人心不能亏"；水花丈夫永富从伤残后坐在地上自暴自弃，到坐上轮椅勉强度日，再到最终装上假肢站了起来，每一笔都不着痕迹，但又触动人心，细腻传达了农民的自尊自立。美学拓展归根到底源自一种真挚的人文关怀，同时也彰显出创作者的文化自觉。

单元剧集锦、单元电影集锦是当下重大主题创作流行的体裁样式，如《我和我的祖国》系列电影、电视剧《在一起》《理想照耀中国》《功勋》等，其热映热播为人们所瞩目，大多为"以小见大"的成功之作。由于每一个单元叙事容量的限制，单元剧也容易被解析为部分与整体的关联，即由一个个横切面小故事共同构成事件整体，进而衍生为一种平铺的调研报告，落入电影《柳青》中作家柳青所批评的那种典型的反面，即"量的叠加"。事实上，无论平铺的横切面再增加多少个"面"，也并不能通向典型创造，典型的产生从来都代表着一种向生活纵深开掘、从个性中彰显共性的创作路径。

电视剧的戏剧情境由人物关系与事件构成，重大主题创作的历史叙事、现实叙事都遵循着特定的历史逻辑与事理逻辑，这方面同样是创作者观念、艺术美学功力驰骋的重要天地。以重大现实题材创作来说，事理逻辑与现实题材要表现的行业叙事无法分开，人物塑造追求"熟悉的陌生人"，而事理表现则需要将"陌生事件熟悉化"。其一需要将其深入浅出地加以形象化表现，专业性表达并不等于照搬科技中、现实中的复杂事理，过多展现不仅会流于琐屑，还会让不懂的人还是不懂，了解的人仍觉浅显；其二需要将事理／专业逻辑与人物性格、思想理念进行勾连，找到彼此的联结点；其三还需要将事理逻辑与人物情感心理逻辑加以结合，这往往涉及与情感叙事的相互关系。优秀的事理表达总是与情感、性格紧密联系，而不是"两张皮"。无论是情感叙事过强，压过了事理表达力度，还是语焉不详、事理不通，都难以实现事理情理的水乳交融。

通过高水平的影像语言来讲述重大主题的影视故事也是影视工业水平跨越式提升的具体体现，这不仅体现在广受好评的《战狼Ⅱ》《红海行动》《我和我的祖国》《中国机长》《金刚川》《长津湖》《峰爆》等电影的拍摄水平与特效运用上，也在一批影像水平较高的重大革命历史题材剧和重大现实题材剧中多有表现。这方面的创作成就主要体现在三个层面：其一是以《山海情》为代表，通过方言运用、人物妆造等鲜明地表现出一种"身体美学的转向"①，将生活气息、人物的鲜活、地域特色进行了全方位的美学转化，让现实主义变得可触可感、朴实逼真；其二是以《觉醒年代》为代表，导演通过调动镜像语言积极参与叙事，极大地丰富了意象表达的艺术手法。此前同类题材创作也广泛地运用意象营造表达作品的象征意蕴，但意象营造较为单一，《觉醒年代》中"意象群"繁复丰饶，象征意蕴绚烂深厚、耐人寻味；其三是体现在电视剧《光荣与梦想》《跨过鸭绿江》《大决战》以及电影《金刚川》《长津湖》等重大革命历史题材创作的战争影像表达中，主创团队注重视听特效的运用，营造出真切可感、沉浸式的视听奇观，广受观众好评。但同时也须注意，影视剧对战争场面的表现绝不是越激烈劲爆越好，而是要看其是否能够还原当年战争的历史感、构建起艺术的真实感，这无疑是检验重大主题创作的现实主义精神是否扎实的重要支点。

四、重大主题创作的局限与挑战

2018 年以来的重大主题创作尽管成绩突出，但也存在着特别优秀的作品数量不多、题材撞车等不足与挑战。综合来看，重大主题创作面对的挑战既有来自创作本身的压力，也有复杂的融媒环境中制播推广、大众审美偏好等多方面因素的影响，主要表现在以下几个方面：

第一，重大主题创作容易造成题材撞车、重复创作的现象，如以脱

---

① 戴清：《山海携手绘就脱贫史诗——电视剧〈山海情〉创作理念的突破与启示》，《艺术评论》2021 年第 7 期，第 94–97 页。

贫攻坚为表现内容的电视剧在 2020 年就集中出现了 20 部左右,短时间创作蜂拥而至,很容易陷入同质化、模式化窠臼,观众产生审美疲劳也就在所难免。同时,这种题材撞车还常常是跨媒介发生的。事实上,脱贫攻坚、抗疫、庆祝建党百年等主题创作,不只是电影、电视剧的表现重心,也是一众电视文化节目、广播节目、短视频的重点表达内容。应该说,这种相似性、重复性很好地营造了一种庆祝、献礼氛围,有力地引领着时代审美风尚。但是,由于大众接受媒介信息的时间有限,每一个受众事实上的"可支配注意力"都是"有限的",受众的这种"有限可支配注意力"正是媒介影响力建构的核心与前提,由此形成观赏竞争,带来审美疲劳则难以避免。有时宣传效果不是叠加,而是存在程度不同的相互抵消。① 同时,"掐尖儿式"观赏只能成就极个别作品的票房、收视率/播放量,也多少成为当下重大主题影视市场的一种常态,大多数同类型作品最终淹没在信息海洋之中,难以达到宣传效应,也造成了较大浪费。"掐尖儿式"观赏不只显示了受众在金钱、时间投入上的不足,表现出选择的不均衡与趋同性,也在很大程度上反映了重大主题影视创作在整体质量上仍有较大的提升空间。②

第二,重大主题创作因其重要性与特殊性,面对审查时也会相对严格。如重大革命历史题材剧创作不仅要求"大事不虚、小事不拘",对创作中可能会涉及的伟人生活习惯、细节、戏剧情境发生的场景等也有严格要求,即有时"小事也拘",因此,艺术虚构的空间比较有限。再如某些剧作以反腐为表现内容,其表现的尺度、深浅、是否会引发舆情等考虑也难免会使相关的审查趋紧。由此,重大主题创作必须符合时代

---

① "有限可支配注意力"引自《传媒经济学教程》(喻国明、丁汉青、支庭荣、陈端编著,北京:中国人民大学出版社 2009 年版)一书的第二章第四节,该节专门论述了受众"有限可支配注意力"与媒介影响力建构的相互关系及其具体表现。

② 据"中国视听大数据"、CSM、豆瓣评分等不完全统计,2018 年至 2021 年 11 月上旬在央视以及五家一线卫视播出的 18 部重大革命历史题材剧中,有 3 部评分在 8 分以上,占比 16.7%;同时段播出的 58 部重大现实题材剧中,有 8 部评分在 8 分以上,占比 13.8%。

和人民提出的更高要求,若要创作出更加精妙的旋律,必定需要克服巨大的困难和挑战。

第三,重大主题创作的成功与影响力对行政资源、资本投入的要求都更高,这块创作富矿上的竞争既是国家、省、市等各级宣传部门思想站位与姿态的比较,同时也是高规格、大体量的人财物的比拼。不确定因素、不可抗力因素都更多、更复杂,重大主题创作同样依赖天时地利人和。一部电影一旦档期不对,很可能携雷霆之势而来,却黯然而去,近年来这样的献礼之作不在少数。事实上,如何在同类题材创作中胜出,真正实现艺术创作对广大观众的影响与教化功能,实现社会效益与经济效益的统一,对重大主题创作而言,从来都是创作观念、政治／行政规格、创制阵容、播出／档期以及营销推广的全流程较量。

重大主题创作在今后的中国文艺创作园地中将始终占据重要地位,因为它是中国不断崛起、向世界讲述中国故事的需要,也是以艺术的方式呈现中华民族在党领导下取得百年奋斗重大成就、回溯历史、观照现实、凝聚国族力量的重要需要。相信重大主题创作会不断突破文化观念、加强美学拓展、夯实艺术根基,创造出新时代雄奇瑰丽的艺术高峰。

戴　清　北京文艺评论家协会理事,中国传媒大学戏剧影视学院教授、博士生导师。

城市文化生产与北京题材影视剧创作

张慧瑜

非常荣幸能参加北京文艺论坛,也非常感谢这一年来北京文联和北京文艺评论家协会对我的帮助和指导,很荣幸2021年成为签约评论家,在一年的学习和工作当中,参加文艺评论家协会的工作对我来说非常有收获。刚才听到几位前辈、老师的发言非常受益,因为时间关系我简单谈一个非常小的想法。

2021年论坛的主题是"百年新文艺与当代城市文化"。我就在想怎么理解百年,怎么理解当代。从2012年以来,可以感受到文艺、思想领域发生了一些新的变化,怎么理解这十年的变化,当然可以有很多的角度。在文学创作领域,重新讨论小说形象、内容和主题创作的问题;在文艺理论领域,讨论典型、现实主义等话题;在文学史领域,研究赵树理、丁玲、柳青等当代文学的经典作家是热点;在思想史领域,讨论中国模式、中国道路和中华文明等。这些文艺、思想领域的变化发生在2010年之后,意味着一种新的文艺、文化意识的兴起。我把这种新的文艺思想的变化命名为新的当代性和当代意识。下面谈三个问题。

第一个问题,如何理解二十世纪中国的三个关键词:现代、革命和当代。

2021年是建党百年,一百年来中国发生了翻天覆地的变化,从落后、贫穷的国家变成了现代化的大国,实现了救亡图存和国家现代化的双重任务。百年中国有三个关键词,一是现代,二是革命,三是当代。

现代指的是现代化和现代性,现代化强调的是国家、经济、社会等现代化、工业化的硬指标,现代性强调的是一种现代精神、现代文化,如个人、自由、民主等都是现代价值观,还有对现代化所带来的弊端的批判是一种反现代的现代性精神。一百年来,中国追求现代化、从传统国家变成现代国家是其基本任务,这涉及国家独立、民族解放、人民过上现代化的生活等各个层面的问题。辛亥革命是现代中国的政治开端,五四新文化运动是现代中国的文化开端。

革命主要指的是中国共产党领导的革命道路。从五四新文化运动中传播马克思主义到中国共产党创立,再到1927年大革命失败后,走出农村包围城市、武装夺取政权的中国革命之路,是一条马克思主义普遍真理与中国经验相结合的具有中国特色的革命道路。革命的特征是列宁主义先锋队与群众运动相结合,创造了土地革命、人民战争等中国革命模式。革命的实践也有两部分,一是1949年之前创建中华人民共和国的过程,二是1949年之后,如何建设社会主义的问题。在革命实践中产生了革命文化,如以工农兵为核心的人民文艺、全心全意为人民服务的共产主义精神,还有集体主义、大公无私、劳动者文化等革命文化。在革命文化的视角中,现代文化有着清晰的阶级属性,是资产阶级文化和资本主义意识形态。

相比现代和革命,当代的概念略微特殊。当代作为概念是1949年中华人民共和国成立之后出现的。1949年之后要建立社会主义制度和社会主义文化。通过把1949年之前的五四新文学称为现代文学,1949年之后的文学被命名为当代文学。当代文学就是建立一种社会主义文化,以现实主义社会主义为基础的人民文艺。当代文学以及当代性被认为是以1942年毛泽东《在延安文艺座谈会上的讲话》为基础的文学形态。在这个意义上,当代文化与革命文化有相通之处。1966年,"文化大革命"爆发,革命文化走向更加激进化的路线,把1949年到1966年的"十七年"作为批判的对象。

第二个问题,"现代"压倒"当代":改革开放以来的文化意识。

第二次当代意识兴起,是七十年代末"拨乱反正"时期,通过反思革命文化,重提当代性。文学刊物《当代》杂志创刊于1979年,第四代导演黄蜀芹1982年拍摄电影《当代人》。八十年代的"当代性"追求的是一种现代文化和启蒙意识。八十年代以来,当代意识逐渐转化为现代意识,重新回到"五四"时代的启蒙文化,革命文化被批判,现代性、现代意识重新兴起。

八十年代出现了"二十世纪中国文学"和"重写文学史"的思潮。二十世纪中国文学把现代文学与当代文学合并为二十世纪现代文学,剔除了革命文学,划定了以五四新文学为起点到八十年代重新追求现代化、现代意识的新时期文学。重写文学史也是把革命文学所压抑的通俗文学、现代主义文学重新评价,包括"五四"之前的晚清文学以及二十世纪三四十年代的中国现代主义文学(主要是诗歌)重新发掘为被遗忘的思想资源。这种从当代文学重回现代文学的意识带来三重文化后果:一是确立了以现代主义、审美化、回到文学自身等"纯文学"作为评价文学的标准,与此相关则是形式主义的文艺评论方法;二是现代文学压倒当代文学,现代文学成为学术研究的"显学";三是现代性取代当代性,现代中国与当代中国合并变成二十世纪现代中国。在这种现代压倒当代的过程中,革命文学被"再解读"为一种反现代的现代性,也就是说,革命文学并不自外于现代和现代性,是一种反思现代的现代文化。在革命文化向现代文化转型的过程中,文化思想领域出现了两种思潮:一是文学、文化与政治的对抗关系,形成了去政治化的文学观念,政治性是外在的、干预性的力量;二是九十年代大众文化的兴起,通俗文化、流行文化开始重写二十世纪中国历史,也借助古装剧抹除古代中国与现代中国的差异。

第三个问题,新的当代意识的兴起。

五十年代的当代性,走向了更加激进化的革命文化;八十年代的当代性,走向了现代文化和现代意识,变成了九十年代的市场化改革,直到 2008 年北京奥运会、2010 年中国经济成为第二大经济体。2012 年以来,当代性和当代意识开始了第三次兴起。这种新的当代意识与革命文化、现代文化形成了更为复杂和辩证的关系。一是创造了一种既现代又反思西方模式、西方道路的现代性;二是继承革命文化,但又反思激进革命的红色文化;三是把当代放在历史和文明史的事业中,建立中国主体,讲述中国故事。

这种新的当代性体现在以下几个方面。一是学术界关于中国道路、中国经验的讨论,一方面从国家工业化的角度解释中国经济崛起,重新把五十年代到七十年代纳入中国现代化发展的不同历史阶段,另一方面从文明论的角度阐释中国模式的特殊性和独特性;二是当代文学或者四十年代到七十年代当代文学研究成为"显学",从社会史、革命史、实践史的角度阐释革命文化的独特性。与八十年代现代文学压抑当代文学不同,当代文学开始压抑现代文学,阐释社会主义时代的作家如赵树理、丁玲、柳青、周立波等创作与社会主义实践之间的辩证关系,把中国特色社会主义经验重新从反现代的现代性变成一种有中国特色的中国性;三是在文学创作领域重提人民文学、现实主义文学,不再关注现代文学的议题,重新讨论文学与时代、形象与典型、人物与中国故事的关系等问题;四是在一些主流电视剧作品中用当代性重新解读现代性,如 2021 年的热播电视剧《觉醒年代》把"五四"讲述为从文化革命走向社会革命,再到政治革命的过程,又如扶贫题材电视剧《山海情》重回乡土经验,讲述中国故事;五是黑色电影、黑色文化的流行,如呈现现代性的腹黑化和黑暗化的一面。在电影领域,一些偏文艺、小众的电影中,出现了黑色电影的美学风格,从《浮城谜事》(2012)、《白日焰火》(2014)开始的国产黑色电影,延续到《暴裂无声》(2017)、《引爆者》(2017)、《暴雪将至》(2017)、《风中有朵雨做的云》(2018)、《地球最后的夜晚》(2018)、《少年的你》(2019)、《南方车站的聚会》(2019)等;在电视剧领域,带有黑色风格的犯罪剧成为流行的文化类型,如《无证之罪》(2017)、《白夜追凶》(2017)、《隐秘的角落》(2020)、《沉默的真相》(2020)等网剧,这涉及警察剧、公安剧向网剧的转变。这种"黑色"的文化,反映了2021年初期中国经济高速崛起时期,社会的焦虑与隐秘的征候。

党的十八大以来,中国经历百年未有之变局。从2008年席卷世界的经济危机到2020年蔓延全球的新冠肺炎疫情,面临全球性社会灾难和公共卫生危机,中国主动由高速增长阶段转向高质量发展阶段,形成以国内大循环为主体、国内国际双循环相互促进的新发展格局,使得中国经济和社会发展更有韧劲、更可持续。在这个过程中,新时代文艺也面临机遇与挑战。一是,随着中国经济崛起,文艺创作更有文化自觉和制度自信,改变了现代化焦虑和东方主义式的自我想象,开始自主性地理解中国历史和更平等地看待西方现代文明的优劣;二是,讲述以人民为中心的中国故事。中国经济发展和社会建设紧紧围绕着提升人民的生活质量,这体现在脱贫攻坚路上"一个也不能少"的决心,在疫情防控中以人民生命安全和身体健康为第一位,以及不断建设均等化和普惠式的公共群众文化服务体系;三是,构建全人类共同价值和人类命运共同体,这体现在"一带一路"合作共赢的发展倡议上,中国文艺作品也开始从民族、国家叙事转向人类视角,如电影《流浪地球》是一部带有全球视野的中国故事。新时代的中国文艺不仅仅是关于中国的、民族的叙事,也携带着世界性的普遍价值。

(本文根据作者发言整理,经本人审阅)

张慧瑜 北京文艺评论家协会理事,北京市文联2021年度签约评论家,北京大学新闻与传播学院研究员、博士生导师。

致敬先贤：中央美术学院著名艺术家作品与文献研究展的想法和做法

曹庆晖

　　中央美术学院美术馆近十年来不断推出已故著名艺术家诞辰纪念展和著名老艺术家作品捐赠展，在美术界取得积极反响，也引起社会较多关注。其中，已故著名艺术家诞辰纪念展的人选，都是诞辰 100、110、120 周年的画史人物，而举办作品捐赠的著名老艺术家，也都是耄耋之年的老教授。他们中有些人在 1949 年前即身处北京画坛，或加入国立北平艺术专科学校（中央美术学院前身之一）教书育人和从事创作，而有些本身就是中央美术学院在二十世纪五六十年代培养的杰出艺术人才。这批艺术家出生于二十世纪上半叶，有些还是留学生，他们对新中国、新北京的文艺事业发展和繁荣做出了积极的贡献，对于首都城市文化的发展和繁荣都尽过力，在他们的干部履历表上每个人都清楚地标记了自己与北京这个文化中枢的关系以及曾经贡献的力量和发挥的作用。

　　据初步统计，中央美术学院美术馆已落地实施的老艺术家和已故著名艺术家展大概有五六十个，如参与北京作为全国政治经济文化中心城市建设的著名雕塑家滑田友、王临乙等，如以北京街景公园和日常生活写生入画的著名画家戴泽、宋步云等，都有较大规模的专题展览落地，部分展览还巡展到其他城市，直接带动和活跃了当地的创研和美育工作。过去对于这些已故著名艺术家和老艺术家的展览策划和推动，主要是基于各种条件和机缘巧合，在比较自发的情况下展开。

但自2014年、2015年以来，由于中央美术学院启动了"百年辉煌·中央美术学院艺术名家"工作，文化和旅游部印发了《国家美术作品收藏和捐赠奖励项目实施办法（暂行）》，中央美术学院美术馆逐渐从自发走向自觉，将已故著名艺术家诞辰展和老艺术家捐赠展纳入常规展览工作，进行有计划地落实，由此带动了对出生于二十世纪上半叶的艺术家的作品与文献研究展的实施，并且随着实施持续不断地开展，美术馆的展览策划意识、学术研究意识、作品征集意识、展览宣传意识、部门协调作战意识明显提高。而值得注意的是，随着网络技术日新月异，过去无法想象的展览保存工作在VR技术支持下，实现了其线上永不闭幕的理想。中央美术学院美术馆及时借助网络革命，密切与相应技术领域的倡导者合作，自2011年以来，将诞辰展捐赠展以数字展览的方式系统地保留在中央美术学院美术馆官方网站，为今天了解中央美术学院十年来的展览历程和工作倾向提供了扎实的基础。

在得到项目管理和推进的有力支持后，中央美术学院美术馆逐渐自觉启动或积极配合老艺术家资料整理工作，在物料更新方面出现和以往美术馆征集收藏大不一样的变化，这种物料更新——历史学界近十几年讨论中有一个与之相关的词汇为"史料革命"——直接影响到展览的策划，带来了令人耳目一新的策展理念和视觉美学，其中的基本核心我以为是"以人为本"。因为强调以人为本，重视一手材料的挖掘和编辑，历史共情和人的温度自然也就由展览使用的作品与文献传达出来，人的情感、时代观念、社会思潮等均由此而打开，很多过去对艺术家某一时期的创作和活动习以为常或自以为是的认识，因而需要重新看待和讨论。

在梳理中央美术学院美术馆这十年的展览过程中，可以注意到在2011 年策划实施的百年江丰文献展——"发现"。江丰是美术界具有历史研究价值的重要代表，该展览开始比较有意识地处理作品和文献的关系，遴选和编排了大量一手材料和作品，自觉尝试以混合媒介的布展方式沟通"博物馆美术史"与"大学美术史"对于物品和文本进行交集的可能性，作为一个代表性艺术家的个展案例，它的实施由此拉开中央美术学院美术馆策划艺术家作品与文献的学术研究帷幕。

此后，引起社会较广泛关注的是王临乙王合内夫妇作品文献展。王临乙夫妇在世时和许多艺术家一样，鲜有机会做大型回顾展览，但他们毕生从事艺术创作，他们百年后的艺术遗产由中央美术学院美术馆保存。这批艺术遗产中比较珍贵的有一处，即王临乙夫妇的十几本影集。通过这些影集，不仅可以勾勒他们的个人史和家庭史，还连带出与他们有亲密交往的美术界师友从民国到中华人民共和国的历程，因此我们在策划《至爱之塑——雕塑家王临乙王合内夫妇作品文献纪念展》当中专门有这样一个"身影"版块，即通过这些影影绰绰的照片，讲述一批人的社会交往和人生故事，引起观众极大的关注。

同时，在策划实施展览过程中，我们也越来越注意到艺术家家属对于艺术家材料的准备和保存虽然程度不一样，但是在保存整理意识方面都有所提高，其中一些比较有热情和条件投入保存和研究工作的家属对于策划展览带来了直接的帮助，这方面比如中央美术学院美术馆策划实施的《站在人生的前线——胡一川艺术与文献展》就直接得益于胡一川家属的收藏和保存支持。胡一川和江丰一样，也是从新兴木刻运动成长以及从延安过来的革命干部，是中华人民共和国高等美术教育创建者之一。为了让大家了解这个人，我们从家属那里获取了他们辛勤采录的许多口述影像，并从国家博物馆借用了胡一川捐赠的鲁艺木刻工作团宣传画、胡一川参加延安文艺座谈会请柬等珍贵材料，同时我们非常看重他当年作为领导干部在中央美术学院初建时保留下来的工作文件和笔记,由此可以了解到在建设初期,从解放区来的革命干部如何接管过去旧社会的学校,有些什么样的问题产生,有些什么样的工作方法,有些什么样的工作效果,等等。此外,我们也很关注他的家庭和感情的逻辑,他和他夫人在抗战年代的通信带给我们极大的内心触动。

最近我们在中央美术学院策划的展览是雕塑家滑田友的展览,他是人民英雄纪念碑浮雕的主要创作者之一。对于这个展览,我们比较关心在一些方面能够取得新的材料突破,比较看重他在二十世纪五六十年代在华北、西北、西南进行传统雕塑调研的情况,比较看重他在法国学习和生活十五年带回的外版藏书,通过这两方面的资料处理,主要是向美术界展示一位雕塑家在他所处的历史年代中能够接触到怎样的艺术资源以及形成怎样的艺术世界观,因为过去我们在这方面搜集和了解都比较苍白。还有一位艺术家是雕塑家刘士铭,他的作品直接切入民生,以平视角度看百姓众生,非常令人感动,因此我们为之策划了情景体验式的展陈。他的雕塑不是纪念碑式的,全是案头式的,这里也带来一个我们到底以什么样的工作逻辑发现不同人的脉络,而不仅是用一种逻辑来框定所有艺术家。

百年文艺可以从不同领域讨论,我这里提供的是从美术展览的策划角度,在这个角度之下,我比较关注的是以人为本的策划和研究逻辑,比较关心通过展览呈现具体情境中的艺术家的思想生成和艺术变化,而不仅仅停留在一般的艺术审美层面。我们应该更多从人的角度讨论美术的问题,同时也对他们所从事的事业和取得的成绩致以敬意。

曹庆晖　北京文艺评论家协会副主席,中央美术学院人文学院教授、博士生导师。

新世纪以来中国青年雕塑家创作现象分析

刘礼宾

　　新世纪以来,雕塑专业出身的"青年雕塑家"成为中国当代艺术界一个重要的创作群体,这一方面是由于中国专业美术院校雕塑教学改革的原因,另一方面,"雕塑界"的各种预设界限逐渐被内在驱动和外在影响所突破。不容忽视的是,二十年来中国青年雕塑家的发展历程,的确构成了中国当代艺术界一个充满生命力的场域。市场接受的后置,工作室创作和公共雕塑的隔离,反而为青年雕塑家的创作提供了契机。这种"真空"的存在,却成为青年雕塑家恣意的自由之地。

　　大浪淘沙天天在发生,聚沙成塔依然在过程中。留待时日,既是岁月静好的前提,也是避免拔苗助长的最好方法。因此,本文主要对新世纪以来中国青年雕塑家创作的各种现象做个列举,避免过多的价值判断,从而为未来的历史书写奠定更切实的基础。

一、"雕塑"装置化倾向明显

　　相较于雕塑主要是以形体造型为核心的艺术形式,那么装置则主要是一种空间艺术。2008年中国雕塑学会年会的一个重点议题便是"雕塑和装置之间的区别",此前中国当代艺术界一个重要现象就是大型装置作品展览在各地纷纷出现。相对于大型装置作品的空间张力,展览或者作品所携带的事件性和新闻效应,雕塑作品显然处于劣势。雕塑家显然是感觉到了创作空间和展示空间的挤压。2007年范伟明的《关于泛雕塑及文化创意产业》和唐尧《也说"泛雕塑"》以及同年在上海举办的"泛雕塑艺术展"可以视为对此类艺术现象的一个正面反应。

罗丹在创作《加莱义民》群雕作品的时候,有一个愿望便是消除雕塑的基座,使其和城市空间形成更为强烈的呼应关系。遗憾的是,由于订件方的坚持,他的这个愿望并没有实现。二十世纪九十年代初,展望在亚运村的雕塑项目中,以"北京人"为雕塑对象的群雕作品,实现了这一期许。这些单体无基座人物雕塑作品被放在了新兴城市空间之中。

空间,可以分为很多层级。展览空间是青年雕塑家所最早能够感受到的,如何在一个展览空间中放大作品的张力,这是青年艺术家进入职业化所面临的第一个问题。第二个空间便是物理性的城市空间,"被发现"的乡村空间。前者在上文已经谈及,时下更多的青年雕塑家在介入城市中做了诸多探索,比如武汉华侨城青年雕塑家项目。后者激发了新进的一些青年雕塑家创作现象。比如中央美术学院雕塑系雨补鲁村雕塑营、西安美术学院石节子村雕塑营、四川美术学院雕塑系羊蹬艺术合作社等。

除了空间之外,在近几年青年雕塑家的艺术创作中,很多作品甚至制造出或宏大,或相对收敛的"剧场感",单件艺术作品则成为构成最终艺术表达的基本元素,这也是新世纪青年雕塑家创作的一个重要现象。比如2018年曾竹韶奖学金提名奖作品《有人问我关于自由的问题》(中央美术学院毕业生崔施雨)、《荒诞剧场》(中央美术学院毕业生吕相勃)、《倒下的维纳斯》(四川美术学院毕业生王韦)等作品均表现出强烈的"剧场感"。这种剧场感显然不同于迈克尔·弗雷德(Michael Fried)所提出的美术展览空间本身所营造出的"剧场"。

二、关注"物性"问题雕塑大量出现

装置不同于传统雕塑之处,是其所使用的艺术材质的多样性、艺术品制作手段的丰富性。如此一来,青年雕塑家的作品是否就和"问题导向式"的当代艺术作品没有什么区别呢? 据笔者观察,其中的重要区别在于前者对"物性"的关注。

笔者曾在 2008 年策划的《雕／塑》展"前言"中写道:"雕"(carve),"塑"(model)可以视为"加""减"这样的数学术语,也可以视为艺术技法的最基本操作。当一种艺术形式被压缩到最原始层面时,是否有重新激发它的可能性? 当一种艺术形式最基本的手工手段被重新彰显时,是否能摧枯拉朽式地剥离其演变过程中所受到的遮蔽? 是否能激发艺术家所用材质的"物性"? 这一"物性"既具有冲破学院雕塑限制的沉默和强悍,也具有直视艺术界喧嚣和浮躁的镇定和冷静。

当时这个展览是针对中央美术学院雕塑系教授隋建国以及他的学生的创作现状策划的。参展艺术家有隋建国、琴嘎、梁硕、卢征远、杨心广、王思顺、胡庆雁、康靖、刁伟、卓凡。回头看来,这个展览的确预示了这些批评艺术家此后的创作指向。近几年,宋建树、孙醉、于洋、王洪博等更年轻的艺术家的创作理路也是沿着这个问题展开的。

当"极简主义"走向"绝对实在",面对一张白布,要求观众做出肯定时,迈克尔·弗雷德指出:极简主义者利用"剧场"为其作品的"物性"营造了一个虚假的情境,去除"剧场",这些作品没有价值。"极简主义"对"物性"的强调是"现代主义"对"形式"价值肯定走到极致的结果,当"形式"成为"极简"的时候,对这些形式作品"物性"的强调是必然的。但从逻辑上讲,这样的"物性"能不能使"作品成为艺术作品"?这正是弗雷德所怀疑的。

"物"是什么?当"物"被披上"实在"这层外衣的同时,它其实处于真空状态。当"极简主义"进行极致的"物"展示,企图以"实在"凸显物性,只是停留于物质的物理外表层面,并配合剧场化的情境从视觉上对观者进行"欺骗"。"形式"只是物质的形貌。即使"极简主义"艺术家参与了"形貌"的制作,但这样的"介入"并没有将"艺术家"揉入作品之中。艺术家还是"物质"的"观望者",其背景仍然是主客体对立关系的世界观以及"再现论"的认知观。

关注"物我相融"关系,不仅表现在中国传统文化的各种文本中,作为哲学,抑或玄学,缺少与当下衔接的土壤。但这一关系,在日常生活层面,依然影响着人们对物我关系的理解,也影响着艺术家在创作过程中对材质的感受方式和介入方式。

"主体"感知方式的特殊性,会导致作品艺术语言的差异性。受弗雷德所质疑的"剧场"中的"物性",因中国艺术家对"物质"特殊理解与感知,再加上其身体所承载的历史记忆,在创作过程中将这一感受揉入作品材质之中,反而使作品具备了相对的"自足性"和彪悍的张力——没有剧场,这些作品依然可以成立。

三、新科学技术的应用

进入新世纪以后,与传统雕塑创作密切相关的一些新科学技术得到发展的同时,一些以往与雕塑创作并无直接关系的科学技术也被艺术家选用来进行雕塑创作。这些技术除了附加在传统雕塑作品形体上的一些辅助技术手段之外，有些技术本身变成了雕塑创作的核心要素。后者以展望在龙美术馆展出的《隐形》系列作品最为显著。该作品出现经由二维的镜像，至三维发展，与科学家合作，首次运用计算流体力学算法和 3D 立体输出最终把作品呈现出来。不同于往日工作中的物理化实践，此次展望将"形"投入虚拟环境中让两者互相融合和产生变化，生成了一个虚拟与现实并存、能量与物质相互转化、同时具备具体形态和变化可能性的世界，在艺术家手工参与程度被降低的同时，创造的可能性被无限打开。

新科学技术涵盖面非常广泛，比如自动机械、影像剪辑、光电投射技术、虚拟场景营造、有机物（微生物、动植物）培植技术、3D 打印技术、电脑造型技术、人工智能技术、全息投影技术等。基于这些新技术创作的雕塑作品可以分为以下几种类型。

（一）机械运动类雕塑。这类雕塑作品仍然是以形体为主，辅助以电动机械，制造出迥异于传统静态雕塑的现场效果。此类作品在时下青年雕塑家的创作中已然形成一种重要现象。比较出色的作品如《愿你永远是个小女孩》（中央美术学院毕业生朱仲鱼）、《盛夏》（湖北美术学院毕业生余康）等。

（二）影像剪辑植入或总控作品的雕塑。此类作品中，艺术家多拍摄与作品相关的个人或者日常生活场景视频，在恰当的位置或植入作品之中，或成为总控作品的主要元素，从而延展作品的感染力和表现力。此类作品如青年雕塑家高晶的《我们！》、吴盛杰的《杭州路 492 弄104 号》等。

（三）光效应作品。艺术家借助电脑编程控制镭射激光的形状、路线，再辅助以雾、寒冰等弥漫性气体进行场景营造。近些年雕塑家李晖在这方面的探索引人注目。他在北京现在画廊展出的作品《不可预期的……》中，经纬交错的 LED 镭射激光整齐分隔出方形组合的地面在眼前铺展,烟雾弥漫中升腾着幽幽绿色荧光。进入现场,观众会迅速被艺术家所营造的奇异幻境所触动。

（四）3D 打印技术的应用。成熟的 3D 打印技术自新世纪问世以来,因为和雕塑艺术本身的诸多契合之处,迅速成为备受雕塑家关注的造型手段。这和摄影术的发明对绘画的冲击有诸多类似之处。近些年,在这方面孜孜不倦进行探索的艺术家是中央美术学院教授隋建国。他从《盲人系列》作品开始,一直在寻找借助 3D 打印技术保留身体造型痕迹的方法。2017 年他在北京佩斯画廊的展览《肉身成道》基本实现了他的这一诉求,完成了传统造型方法和现代技术的深层次融合。

（五）数码雕塑和 VR 技术的应用。根据理论家唐尧的论述,艺术家借助传统 3D 建模软件做成的雕塑作品,"可以直接输入与电脑连接的雕塑设备。这种设备目前有两种基本类型:一种是电脑数字控制雕刻机 computer numerical control milling,简称 CNC;另一种是快速原型制作机 rapid prototyping,简称 RP。前者是在三维空间中对一块材料进行类似传统的雕刻;后者则是通过一层一层用粘接的方式叠加,有点像套圈放大那样,最终完成整个雕塑的立体模型。不难想象依靠后一种方法,应该可以完成非常复杂的,依靠人的手工难以完成或无法完成的多层空间形态"。由此看来,此类创作已经基本脱离了传统实物造型的方法,后期输出（或者不进行输出）主要再次借用 3D 打印技术。在这个技术上,再叠加人体信息输入,VR 技术的还原,更增强了最终作品的复杂性。近几年青年雕塑家杨熹的创作在这方面尤其突出,他的作品《Untitled》是直接借助自制的脑电波感应器,进行虚拟场景中的影像塑形。

总体来讲,新科学技术的运用是新世纪雕塑创作的一个重要现象,但是正如每次新材料、新技术的出现,其对艺术创作都是一把"双刃剑"。新技术的消化吸收需要一个相对长期的过程,才能解决新技术植入的不适应感和生硬感,这需要假以时日。相信未来的新技术类型雕塑发展会是一个重要的方向,和其他相关领域的合作互动会激发出更多的创作生长点,乃至产业生长点。

四、雕塑创作"民族化倾向"彰显

传统如何转型? 一直是二十世纪乃至当下中国文化领域面对的重大课题。从"形式"到"语言",再到现在的"主体",是中国当代艺术界所关注问题不断深入的呈现。

"雕塑"的概念界定来源于西方,但在上古中国,作为工匠身份的艺术家已开始了对石块、泥土、木头等天然物质材料"雕"与"塑"的摸索。跨越数千年,当我们面对二十一世纪当代中国的雕塑创作,在二十世纪大量引入西方艺术观念造成的影响之后,该以怎样的面貌承接历史的沉积、融合当下的艺术与社会思考进行有效深入的传统转型?

这个问题,从雕塑领域延伸开来,其实适用于整个艺术界的创作。自十九世纪中叶以来,面对国家救亡的迫切任务,"美术"等各个艺术门类被赋予"现实实用性"的工具化意义,自此,艺术与政治的服务对象紧密挂钩。二十世纪八十年代后,解放思想的口号伴随着对于"现代"与"后现代"等西方社会哲学理论的狂热崇拜,同时无可否认的是,相应的还有百年来民族屈辱与科技落后等劣势带来的"崇洋媚外"心理。有的艺术家、评论家会不约而同地向西方思想体系靠拢,依靠借鉴、模仿、照搬,在西方的话语体系中寻找自身地位。而传统一脉被长期忽视。

当中国艺术家开始发现西方对东方中国的想象可成为创作捷径时,缺乏深厚积累的创作大批呈现,仍然是在西方"再现论"背景下对于传统符号的照搬挪用,或是一味仿古之作。当下中国艺术界的创作面貌,仍有大批作品流于形式、一味追求西方标准化的"当代感",认为传统即是迷信、传统均是糟粕的惯有思维仍然存在,而这种对于自我传统的质疑,一方面体现出艺术从业者极度缺乏对传统内蕴的深入认识和研究;另一方面,也显露出对自身民族文化的自卑心理。在这种情况下,中国艺术仍然以西方为标尺,失去独立的意味。而其实回望传统,中国传统艺术有其自身无可替代的分量与内涵,对此发掘与转化的尝试始于二十世纪初,时至今日,愈显迫切。

不同于以往面对"传统"这一问题时简单的符号挪用、材料转换、图像拼接,或是现在仍较流行的、局限于传统的创作样式等,现如今出现的一批艺术家的创作面貌革除旧有习气,开始从自身心性入手,从材料的物性入手,将长时间浸润在传统中的自我体验,在深刻的思考之后呈现于作品中,在对传统文化内涵、传统艺术形式的领悟中得到提炼与加工。当艺术创作从艺术家主动的自我培养到作品的最后呈现,都朴素地追寻着传统的脉络时,这股传统的底蕴会从作品内在自然生发而出,不再借助于浮于表面的各类符号堆砌,也不再依赖于牵强附会的文字阐释。无论是当代的形式还是传统的样式,不变甚至加深的,是作品内在的传统文化穿透力。

当下这一深入的传统转型现象的出现,伴随着时代造就的机缘,如今成熟的艺术家与逐渐完备的艺术教育机制面对不再如前十年令人迷茫、新鲜狂热的商业市场,具备了清醒冷静的分析,并主动保持一定距离,做清晰的自我定位,并且终于可以静心近距离深入研究艺术本体。而当下信息社会的高速发展也让人们拥有了大量以往难以见到的优质艺术资源,如高清的宋元名画,在手机上就能清晰地浏览;大量普及的传统文化信息,上网即可随时获得。在民族复兴的时代重任之下,发掘传统以适应当代国家文化软实力发展需求也是当下艺术领域亟需思考的问题。触手可及的传统资源、先进的媒介技术、当今文化发展趋势营造出良好的传统文化氛围。使艺术家可从传统生根,将传统的气息

"养"出来,艺术作品也会自然"流"出传统意味,而非像以前的艺术创作,为了传统而生搬硬套将"传统"元素"挤"出来、"拧"出来、"抠"出来。

在深入理解传统、利用传统,进行传统转型的过程中,艺术家结合自身对于时代的反思,积极回应传统与当下多元化的艺术思潮如何共生,传统如何焕发新的生命力,如何立足于传统创作中国的当代艺术的问题。

2017年笔者在苏州金鸡湖美术馆策划《敲山震虎——中国青年雕塑家邀请展》,便是将目光聚焦于部分在当下雕塑语言的传统转型方面具备一定品质的艺术家与作品。参展的八位艺术家(黄智涛、刘戎路、仇越、杨淞、尹朝阳、曾健勇、张伟、郅敏)对于自己心性的修炼,是其作品进行有效传统转化的基石。无论是在自身宗教信仰中或是长期临摹宗教壁画的影响下,还是对传统山水画论的研究,以及对文人画的借鉴,或是对民间传统雕塑工艺的复兴,他们均能从传统中汲取营养,转化为自身雕塑语言。不仅在师承方面有着深厚的传统功力,在对于中国传统文化的传承上,他们也能结合自身状态、经验与思考,摒除浮躁之气,将传统与当代艺术融合,超越对于当代艺术的西方单一定义,也超越将传统看作民俗艺术或是迷信思想的简单思维模式。展览呈现的作品,在空间上具备更多的可能性,每一位艺术家的作品,都形成一个独特的"场域",将艺术家对于传统与当代的理解贯穿其中。除了作品的本身意味,观者在观展时,或许更能发现作品与传统文化碰撞生成的多重含义。八位艺术家除了在传统文化引导下对自我心性的磨炼之外,其艺术创作还探究了雕塑语言的"物性",在对材料物质性的阐释中,引入传统一脉的观念与方法,将物性与心性、传统相交融,呈现出一种气韵贯通但有别于当下西方类型雕塑或是传统雕塑的独特面貌。

虽然当今对于传统的普遍认知还有待继续深入,在尚未明确中国当代艺术的前提下如何定义传统与当代的界限、何为评价两者的融合的优劣标准也悬而未决。但新的传统转型趋势已无法被忽视,只是怎样增强对自身传统的自信、真正进入传统、沉静下来领悟传统内涵。可能还需要时间的磨砺。这无疑是个需要慢下来的过程,中国传统文人画家在"慢"中品味天地自然、品味俯仰之间的一招一式。当今的艺术创作,期望也能在缓慢中激发出超越日常经验的全新状态。

除上述参展艺术家之外,最近几年,耿雪、董琳、张有魁、宋赫等青年艺术家在这个维度上的探索也可圈可点。现如今,"传统转化"类雕塑创作已然成为中国当代艺术界一个极为重要的现象。

五、雕塑作品材质的拓展

新世纪以来,雕塑创作所使用的材质范围获得了很大的拓展。通观中外雕塑史,雕塑家所使用的材质主要集中于石、土、木、铜。新世纪以后,这些材质仍然是中国青年雕塑家雕塑创作的主要部分,但明显不限于此。

西方雕塑家较早摆脱了雕塑材料的限制。从现代主义到后现代主义,杜尚的"现成品"雕塑,"极少主义"和"后极少主义"对于材质"物性"的挖掘,博伊斯所倡导的"社会雕塑"以及他对"油脂""毛毡"的使用,意大利贫困艺术对于废旧物的利用,"波普艺术""后波普艺术"对于流行文化图像以及媒介的借用……都促使雕塑创作到了"没有什么不可用作雕塑创作"的当下。

进入新世纪以来,这些艺术史知识都已经是中国青年雕塑家耳熟能详的。西方雕塑历时性的发展脉络,其实对这些中国青年雕塑家来讲已具有共时性特征。这一转化赋予青年雕塑家雕塑创作极大的自由度,其中一个影响就是雕塑创作选择材料的限制被破除。从理论意义上讲,此时,任何材质都可以用来创作雕塑作品。但在实际中,回观这二十年的雕塑创作,青年雕塑家对于新雕塑材质的选择并非没有边际,而是集中表现在以下几个方面。

(一)"着色雕塑"的大量出现,主要集中于青铜着色、玻璃钢着色、树脂着色、木雕着色四种类型。"着色"目的主要有两种,一种是再现性着色,另外一种为象征性着色。前者比如新世纪初于凡的《王荣国》、姜杰以儿童为表现对象的作品《在》、向京的《保持沉默》系列、焦兴涛的《物语》系列、梁硕的《时尚农民八兄弟》、曹晖的《揭开你》系列、牟柏岩的《胖子》系列、李占洋的《新收租院》、王钟的《32平米》等作品。后者比如隋建国的《恐龙》、陈文令的《红孩儿》等作品。除此之外,"着色木雕"在近十年的雕塑专业毕业生作品中所占比重越来越大,这一方面是由于此前青年雕塑家获奖经历的刺激(比如青年雕塑家李展),另一方面也是由于木材容易获得、价格低廉、运输方便等特征造成的。近二十年来,"着色雕塑"的数量大幅上升。尤其是"再现性"着色作品大量增加。这和图像时代的到来,人们感知模式、观看方式的改变密切相关。

(二)金属焊接雕塑的大量出现。二十世纪九十年代以来,各大美术学院雕塑系相继设立金属焊接专业,聘请相关艺术家进行雕塑教学,比如中央美术学院聘请了香港雕塑家文楼。金属焊接专业的教学工作一定程度上推进了新世纪青年雕塑家的金属焊接雕塑创作。另外,中国产业转型使一大批工厂倒闭转型,这为金属焊接的艺术创作提供了相对充分的创作空间。中央美术学院自2011年以来和大同市煤气厂、太原市太化集团相关企业合作,邀请以学生为主体的国内外艺术家参与这个项目,成功推出八届"钢铁之夏——现代金属雕塑创作营",极大地促进了国内金属焊接创作活动的兴起。

(三)除上述两个集中现象之外,各种新材质的发现和使用在雕塑界也层出不穷。比如展望对"不锈钢"的使用,梁绍基对"蚕丝"的使用,蔡国强对"火药"的使用,徐冰(作品《凤凰》)对"建筑废弃物"的使用,何岸对"霓虹灯"的使用,梁硕对"生活日用品"的使用、戴耘对"红砖"的使用,等等。尽管这些艺术家中,有些并非传统意义上的"雕塑家",但作为信息辐射,很大程度上拓展了雕塑材质的范围。

值得一提的是,新世纪以来,各类推介项目的出现和艺术市场的推动对中国青年雕塑家的创作起到了非常重要的推波助澜的作用。

雕塑专业的推介项目有"曾竹韶雕塑奖学金"评奖和展览项目、"明天雕塑奖"评奖和展览项目、"中国雕塑学会沙龙青年推介计划"(现已停办)等。艺术类的推介项目有"千里之行——中国重点美术院校优秀毕业生作品展"、"青年艺术100"、武汉美术馆的"江汉繁星计划"、今日美术馆大学生提名展(现已停办)、"关注未来英才计划"等。这些项目的进行,对刚毕业的雕塑专业学生来讲,无疑有很大的助推力,成为连接校园工作室创作和自主创作的重要桥梁。

艺术市场方面,近年资深经纪人伍劲所主持的"Hi艺术小店"举办的展览和艺术品买卖为青年雕塑家的市场开拓贡献了重要的力量,这在雕塑作品普遍不受市场关注的当下非常引人瞩目。当然,其选择的作品多为"具象着色小型雕塑",这在推动此类作品的创作方面起到了一定的激发作用。

以点带面,本文列举分析了新世纪以来中国青年雕塑家的主要创作现象,当然,一篇论文难以面面俱到,无法涵盖二十年中国青年雕塑家的方方面面,提纲挈领式的分析和列举是为了明确青年雕塑家所处的艺术创作语境,使其在艺术创作道路上的意识更加明确。

刘礼宾 北京文艺评论家协会理事、中央美术学院艺术管理与教育学院教授、江西省政府"井冈学者"特聘教授(景德镇陶瓷大学)。

"十七年"时期女性主题的中国画创作[*]

王鹏澂

本文所定义的"女性主题中国画"是指以女性形象、女性活动和女性生存状态为主要表现内容,通过对女性情感、女性精神的传达来表现特定核心思想的中国画作品。在中国人物画的发展历程中,女性主题的作品是贯穿始终与之紧密相连的。1949 年至 1966 年间(本文称为"十七年"时期),接受改造的中国画以新年画、宣传画、新连环画为形式载体飞入寻常百姓家,虽然这些作品中单以女性为主题的创作数量尚且不多,但是它们作为画家在不同时期根据不同现实需要来整合的符码,凝结着社会利益群体的集体想象,体现了女性社会地位的变化,体现了画家对于女性生存状态的现实关怀和对于社会变迁的绘画思考。这些作品以更符合时代要求,更贴近观众情感共鸣的方式进入大众视野,建构着观众对主流文化的认识和接受,具有重要的研究价值。

观照这些女性主题中国画创作应从如下两个维度:

第一个维度是新生社会主义国家对女性形象的接纳、修正与期望。

---

　* 本文系 2016 北京市青年骨干人才项目;2017 北京社科基金青年项目(17YTC024)的阶段性研究成果。

1949 年中华人民共和国成立,中国社会终于结束了列强侵略、连年战乱,走上了和平、自主的发展之路,这是中国历史上的划时代巨变,直接导致中国社会从经济基础到上层建筑的一系列深刻变革,这些变革对文艺作品都有一个单纯的要求:为政治服务。绘画作品作为团结人民、教育人民、动员人民的工具,从此面向新对象——工农兵大众,表现新题材——革命历史题材和社会主义建设题材,使用新技法——糅合西方写实绘画技巧和写生,呈现新格调——故事性强,通俗易懂,视觉效果明朗。女性主题的中国画创作有三个明确的功能指向:1. 把女性融入"人民大众"的含义,塑造新中国的主人和社会主义国家的劳动者"当家做主"、勤劳幸福的姿态;2. 宣传新中国"男女平等"的理念;3. 宣传如"抗美援朝""三反五反""大跃进""农业合作化""新壁画运动"等社会、国家重要事件。女性主题成为宣传新中国政策与理念的符号载体,也是那一段火热的生产建设年代的符号载体。

第二个维度是中国画近现代变革的大趋势。中国近现代绘画的发展就是传统文人画与西洋画不断交锋、并存和融合的历史。鸦片战争之后西方的自然科学、政治体制、文化艺术都不断涌入,打破了中国封闭的国门,对于绘画,不论是中国大众对视觉"真实"、色彩明丽的西画的追捧喜爱,是画家们主动融合借鉴,还是中国社会战争动员等现实环境的需要,传统中国画艺术借助西方绘画(主要是写实风格绘画)改良自身深层调整,将西方绘画语言体系植入传统中国画语言体系是近代中国画坛的重要现象。中华人民共和国成立以后这种中西融合的绘画路线以表现其社会现实的内容一直继续实践不断磨合,只不过吸收以"欧美"为代表的"西方"变为了吸收以苏联为代表的"西方",这两种"西方"的写实主义对于中国画家来说是不期而遇又不谋而合,其实并没有根本区别,都带来了中国画观察表现世界的全新视角和能力。人物画的变革尤其突出,在这种大规模的"写实化""大众化"过程中出现了创作的繁荣局面,改变了宋元之后一直颓败的气运,获得更多的关注和生命活力。而从整个中国画发展脉络来看,人物画在这一时期的繁荣正如高明潞所说:"中国画的历史正是由表现人的空间宇宙意识而逐渐走向人格化(道德伦理化)和性情化的历程。这与罗素为我们所勾画的科学发展历程大致吻合:'各门科学发展的次序同人们原来可能预料的相反。离我们本身最远的东西最先置于规律的支配之下然后才逐渐及于离我们较近的东西:首先是天,其次是地,接着是动、植物,然后是人体,而最后(迄今还远未完成)是人的思维。'"①

　　基于上述两个维度的观照可以得出,对于女性主题中国画的梳理既包括社会主义中国的政治含义,也包括对中国画这一画种艺术演变轨迹的把握,将其置于近现代中国画发展的大脉络下研究。传统中国画中的女性主题绘画被称为"仕女画",多表现年轻的上层社会女子,在东晋顾恺之的笔下仕女画已经较为成熟,到唐五代时期,出现了吴道子、张萱、周昉、顾闳中等画家笔下雍容多姿、精致细丽的仕女画,但在宋以后,人物画渐渐衰落,观察方法和造型能力受限,人物画格局渐小,题材狭窄气息萎靡,仕女形象病弱清瘦流于程式化,体现的依旧是封建伦理和传统士人对女性的病态审美,画法上陈陈相因,不断摹古。从明代开始至清代中期,人物画出现了新的变化:一是借鉴西方传教士带来的圣像画影响在描绘仕女面部时融入一定的凹凸渲染使之具有一定体积感;二是格调上人物画开始脱离传统绘画清冷超逸的精神格调和对内在"气韵"的追求,转向轻松、通俗、色彩丰富的趣味;三是题材有所拓展,出现了一些表现社会底层劳动女性形象的作品。到了二十世纪,中国画得益于西方写实绘画的刺激,恢复了写生的传统,邵大箴指出:"写实主义作为强大的潮流,给中国画的发展产生了深远的影响……推动了中国画重新面向生活,面向现实,重新获得赖以生存的土

---

① 高明潞:《中国画的历史与未来》,邵琦、孙海燕编著,《二十世纪中国画讨论集》,上海:上海书画出版社 2018 年版,第 188 页。

壤。西洋写实造型技法的引进也丰富了中国画的表现技法。'笔墨当随时代'的主张,为画家们普遍接受……"①在众多画家中,徐悲鸿的人物画创作实践最为引人瞩目。当抗日战争爆发中华民族面临深重灾难之际,女性形象在蒋兆和、关山月、黄少强、张安治等画家笔下以苦难的母亲形象出现,记录下同胞的疾苦,传递出悲天悯人的人道主义情怀,控诉着侵略、饥饿、苦难、不公。但是也应看到,由于当时画家对写实造型、现实题材和中国画语言之间的结合尚不够成熟,除了像徐悲鸿《山鬼》与《泰戈尔像》、蒋兆和《流民图》等作品外,大部分画家尚不能拿出足够有说服力的探索形式和作品,从对人物形体的理解,性格塑造和精神气质的表现,笔墨语言的熟练和特色,到空间布局,人物与环境的关系,人物群像处理等方面都显得稚拙和简单。

　　中华人民共和国成立之后的"十七年"时期和平稳定的社会环境,使得中国画的艺术探索相对从容,"同时代人民大众的新生活的赞歌,必然地成为新国画的第一主题。这种主题的转变对于中国画的特殊性在于如何解决赖于保持中国画民族性的传统笔墨内涵与现代人物形象、生活氛围的变异关系……"②这时女性主题中国画创作需要解决的三个问题就是:1.如何重新塑造"当家做主"的工农兵大众的全新面貌,为当下人物"传神写照";2.如何通过选材和设计,用女性主题记录和反映社会变迁和重大事件;3.如何把"仕女画"的绘画模式语言移植改造到现代女性的塑造中,从而推动中国人物画语言的深入发展和艺术表现力的提高。当然,画家们是在主流意识形态的规范下,沿着"革命现实主义与革命浪漫主义相结合"的创作路线进行的。

---

　　① 邵大箴:《写实主义和二十世纪中国画》,邵琦、孙海燕编著,《二十世纪中国画讨论集》,第236页。

　　② 刘曦林:《二十世纪中国画史》,上海:上海人民美术出版社2012年版,第283页。

一、革命历史题材的创作

　　这一时期革命历史题材绘画中的女性形象,是以苦难者、反抗者或革命者姿态出现的——"新中国的形象的创造要求对与新中国的革命有关系的历史给予肯定性的、歌颂性的评价"①。这些女性形象被要求有正义性、英雄主义气概,即使是被压迫者也不再积贫积弱,而是表现出对敌人的愤恨和反抗。这些作品以强烈的爱憎观念,以积极向上的价值取向和唯物的史观,肯定了无产阶级在过去革命和新中国建设上的伟大贡献及成就。

　　冯仲云将军在《东北抗日联军十四年苦斗简史》中记载了这样一段:

　　　"一九三八年的秋天,佳木斯的一个小学校女教员冷云同志,她也加入了游击队工作,一天,随着一个小队游击队员,休息在牡丹江岸上。这里尚有其他妇女七人,大家在举火做饭的当儿,忽然被敌人三面包围上来,前面是江,只有这队的男游击员会泅水的,都泅过去了。但是所余下的她和七名妇女全都望洋而叹,况且那时又当牡丹江秋水泛滥的时候,水势又非常底急,她们八人宁死不肯被敌所俘,她们一同视死如归地,投入了牡丹江的怒涛中去了。"②

　　1949 年冯仲云在一次抗联斗争报告会上讲述了"八女投江"的

① 邹跃进:《新中国美术史:1949-2000》,长沙:湖南美术出版社 2002 年版,第 74 页。
② 冯仲云:《东北抗日联军十四年苦斗简史》,北京:青年出版社 1946 年版,第 50 页。

王盛烈,《八女投江》(1957)

故事,当时身在鲁艺的画家王盛烈将之铭记在心,经过了八年的反复揣摩研绘,在 1957 年用水墨手法完成了这件大尺幅的创作《八女投江》。此画成为五十年代东北抗联主题性绘画的代表作,在"纪念中国人民解放军建军 30 周年美展"和 1959 年在苏联莫斯科举办的"社会主义国家造型展览会"上展出后产生了巨大的反响。画中描绘的是冷云、胡秀芝、杨贵珍、郭桂琴、黄桂清、王惠民、李凤善、安顺福八位抗联女英雄英勇不屈、慷慨就义的场面。画面人物分为两大组,前方三个女战士牵着手走进浩荡的江水,另一组五个人物在岸上边战边退,她们两人开枪向追来的敌人射击,冷云和另一位女战士抬起已经牺牲的战友,冷云的形象是几个人物的最高点,也是画面的核心,塑造得最为成功,她回头向敌人怒目而视,被风吹起的发梢更增添了悲壮的气氛。

　　用水墨表现如此大尺幅的革命题材作品在王盛烈之前是少有先例的,我们不妨把这件《八女投江》和另一件大型水墨人物画蒋兆和的《流民图》来做一下对比:首先在题材立意上,《流民图》的主旨是"苦难",通过对日寇侵略战争肆虐下同胞的悲惨状况的集中描绘流露出人道主义的悲悯,由此引发对历史和现实的沉痛思考,《八女投江》则立意为英雄主义,它的悲剧性情节凸显了抗联战士在抗日战争中的"崇高"精神,是一种积极的以振奋民族精神、彰显民族气概为主旨的寓意。其次在场景处理上,《流民图》是用打破时空界限的长卷形式,背景空白,极为严谨的写实人物安排在一个传统中国画散点透视的时空中,虚实关系靠人物大小的错落和刻画的详略来区分,居于前方的人物刻画得非常详尽真实,次要人物则单用线勾出轮廓,在这张画里我们尚看不出此时期水墨人物与背景处理的关系。《八女投江》则营造了一个固定的时空场景——牡丹江边的抗战前线,岸边的礁石、峭壁、滔滔江水、惨淡的阴云都营造出一个极具戏剧冲突的场景,云水茫茫似也象征着英雄故事的可歌可泣。王盛烈将传统山水画中山石的皴法和云水的勾染法适当变化,明确形体结构使之与人物协调统一,浑然一体。最后在单独人物的塑造上,若论水墨语言描绘人物形体的准确、深刻和笔墨韵味的生动,《八女投江》不及《流民图》,但是《八女投江》中人物外轮廓线用笔方折劲健,使两组人物形体结实厚重,与山石的用笔统一,形成了群像的雕塑感,这样的处理方法让人联想到油画领域的詹建俊的《狼牙山五壮士》,英雄人物与山峰浑然一体,人就是山,暗示出"丰碑"的意义,这种象征性的运用其实是一种浪漫主义的处理方法,不同于蒋兆和《流民图》力图对现实的真实还原,而是对现实材料进行凝练概括后再通过合理化艺术想象使主题升华。我们从《八女投江》这张画的戏剧化冲突、场景构置和象征性的运用不难看出苏联历史题材油画的影响,人物安排按照近实远虚近大远小的焦点透视原则,并分组归纳,突出视觉重心和主要人物,构图讲究整体的"势"。在创作空间比较狭窄的当时,王盛烈的《八女投江》无疑为中国人物画打开一个新的路子,为此后中国画表现革命历史题材和水墨画大场景人物群像提供了宝贵的探索经验,这件作品也成为"关东画派"的重要作品并为画派奠定了面向现实、雄阔沉郁的风格基调。

二、社会主义建设中的劳动女性题材创作

随着社会主义建设热潮的到来,革命历史题材渐渐让位给现实生活题材,画面的基调开始向明朗乐观转变。中华人民共和国成立后,妇女获得解放,"男女平等"的新思想得以广泛宣传,妇女在一定程度上摆脱了封建家庭的束缚,获得了更广阔的生存活动空间。这一时期年画的女性塑造较之无产阶级革命时期的宣传画、国画中的女性形象,贫困变成幸福、愁苦变成愉悦、挣扎变成满足,与以往最根本的差别就是:女性是作为国家和社会的主人姿态出现的,社会主人应该有怎样的精神风貌呢——健康、爽朗、质朴、勤劳。这一时期的中国画描绘的是女性在生产劳动、学习生活过程的诸多方面。这些形象精神饱满热情,形态质朴真实,不再受剥削和压迫,这是对新中国、新生活的乐观反映。妇女的美德也得以表现:善良、勇敢、勤劳、敬业、专业。画家深入劳动现场,与劳动大众一起生活体验交流,一起参与新中国的建设,画面中的形象是以生活中人物为原型加工而成的,具有真实感人的力量。这一时期中国画中表现的劳动女性的类型有农民(牧民)、女志愿军战士、勘探队员、山村医生、教师、下乡知青、护士、演员、保育员、民兵、民警、红军、小学生、兽医、纺织工人等,其中对女农民的表现占了绝大多数。

李润章和陈白一合作的《喜丰收》(1959)表现了热火朝天的农忙景象,画家用三角形构图,处在画面中心的是一名站在谷堆上筛谷的女农民,她身子倾斜,略微吃力地拉着农具的动态形成画面的主动势;单应桂的《当代英雄》(1960)用动态人物表现了开山引水的女劳动者的勤劳肯干和魄力,女性也可以当英雄,与此立意相近的是王盛烈的

单应桂,《当代英雄》(1960)

杨之光,《一辈子第一回》(1954)

《海风》(1962)表现海上女民兵的飒爽英姿和乐观精神;杨之光的《一辈子第一回》(1954)是作者亲历当选民之后的有感而发,画面中一位朴实的老大娘把刚拿到手的选民证小心翼翼地用手帕包好,突出了"一辈子第一回"的格外珍惜,用一个小的角度反映人民群众在新社会获得民主权利的重大主题,作者用中锋浓墨勾形,再用水墨皴染出素描关系来塑造体积关系,语言平实;魏紫熙于1960年所作《大地回春》表现一群年轻女农民劳作间隙休息理装,乡间盛开的花树与绿油油的田禾相衬映,美好的春光与年轻的劳动女性相衬映,表现一派新农村景象,富有浪漫抒情的效果。魏紫熙擅长山水画,他把山水画技巧应用于表现新农村,再加上人物活动,这件《大地回春》和《风雪无阻》(1958)也透露出当时文艺界对中国画改造的一些情况,山水画家也需要调整绘画内容以适应服务工农兵的要求。冯国琳表现教师题材的《耕读育新人》色调淡雅清新、线条准确灵活,多人物透视关系显得自然,画家用略带俯视的视角,这样席地而坐的小学生和站着讲课的女老师身高的差别就不会显得突兀;《下地之前》(1965)是河北农民甘长林的作品,这幅画出现在专业的展览上体现出组织者对工农兵作者的重视。而这件作品也体现出较高的美术水平,暖色为主调,女农民造型准确,体格健硕,桌上打开的书本和正在装进挎包的报纸表示她爱学习,小黑板上写着的"天下大事"表明她关心国家大事、思想开放,窗台上摆放的小植物体现着她热爱生活,窗外盛开的花树提示着好的年景和女农民的青春气息。在这件作品中每一个道具的安排似都有特别的含义,色彩构成保留了传统年画的图式和喜庆气息,人物塑造则在写实方面进一步推进,显得成熟。

陈履生在《新中国美术图史(1949-1966)》中写道:"各画种的画家都创作新年画,除了能造成社会声势体现政治运动的威力,并不可能完全融汇各画种的技巧带来年画艺术上的突破,相反使许多画家发挥不了专业所长,处于进退两难的境地。"①这时候基于"百花齐放、百家争鸣"的文艺思路,许多画家笔下的人物形象渐渐脱离年画样式的束缚,更多用自己熟悉的语言表现现实内容,较多尊重绘画创作规律使艺术语言精致化。早年留学日本的盛此君于1961年作的《稻香千里飘,人人逞英豪》色彩装饰性强,用女农民紫红色的上衣和金色的谷穗形成强烈的色彩对比,工致细丽,透露出受日本美人画影响的痕迹;徐启雄于1959年所作《山林的早晨》描绘进山的勘探队员和山民相遇交谈,用淡花青色和水墨渲染出的晨雾弥漫的山景。方人定于1955年所作《初生的小牛》并没有使用鲜艳厚重的颜色,农妇造型处理有"拙"味,勾染轻细使用淡彩颇为清雅单纯,牛的处理也有岭南画派画法的独到之处,整个画面显得清新干净有水墨的趣味。

《山村医生》是1963年王玉珏在校学习时完成的,和她1964年创作的《农场新兵》都受到广泛赞誉。《山村医生》的成功主要体现在塑造现实人物方面工笔画语言的成熟和表现力的提高。

画家用简单的勾皴体现出这是一个用木板搭建的简陋的屋子,大面积渲染提示出昏黄的灯光使背景朦胧化,衬托了主体人物。竹桌简陋,但是玻璃器皿、药瓶、医用箱等陈设摆放得非常有序,表现出女医生平时生活的勤快干净。墙上挂着一个斗笠,上插一支娇艳的山茶花,表现出了女医生热爱生活的性格,这些都在观众联想中补充了主人公的性格特点。侧身而坐的女医生在马灯下专心地搓着棉棒,她披着平日穿的白大褂,既表明这是处在个人的空间显得随意,也指出夜风已凉她仍在加班工作的敬业。女医生乌黑的头发和姣好的面容表明她很年轻,专注的神情和搓棉棒熟练的动作说明了她的专业。安静微凉的山村之夜,爱工作、爱生活的年轻女医生独自在灯下劳作的身影成为一尊最美的雕像。

---

① 陈履生:《新中国美术图史(1949-1966)》,北京:中国青年出版社2000年版,第166页。

甘长林,《下地之前》(1965)

王玉珏,《山村医生》(1963)

　　将西方写实绘画语言植入传统中国画语言的实践,由于对人物造型的理解和工笔画语言的理解两方面的不足,都导致成功的人物画作品并不多。中华人民共和国成立之后的新年画中虽然人物造型、人物动态整体上较为舒服,但画中人物体量较小,如果一旦把人物放大或者表现单个人物,画家对人物形体理解的薄弱就暴露了出来,五官刻画整体还显得比较简单,造型也缺乏归纳处理比较自然化,比如姜燕的《前方来信》《草原上的早晨》等作品就是如此。另外像杨文秀《好婆媳》这样形体较为成熟准确的作品,强化明暗渲染烘托出体积,工笔画线条被淡化,即使如林岗《群英会上的赵桂兰》这样广泛受到欢迎,被认为传达出工笔画古典、工整特点的作品,我们也能发现其形体处理和线条比较简单和自然化。

　　关于王玉珏的《山村医生》,第一,线条已经能够表现出准确的富有虚实变化和质感变化的形体关系,所以只需要在脸颊、上眼皮、鼻翼处稍加渲染就使形体丰满起来;第二,注意人物形体整体上的节奏变化,女医生身形舒展自然,衣纹用线流畅绵长,显得放纵洒脱,白大褂颇具写意笔法的用线起承转合具有书法的书写性,比较密集准确的线条和精准的染色都安排在了人物面部和手部,成为"画眼"吸引观众的主要注意。头发的"黑",大褂的"白"和面部、蓝衬衣、道具背景的有层次的"灰"形成黑白灰明快对比。

　　传统工笔画的表现力很大程度上体现在中国画书写式的线条处理,这也就是古代工笔画"白描"可以独立成科的原因,中国画以线造型,线条运用的水平几乎对工笔画的成败起到决定作用,依照中国人的审美习惯和对中国画的要求,对"线条"的认识和表现的突破提高才决定着中国画是否有发展,凡是动摇线条主体地位的尝试也许一定时期内会取得成功,却很少能被当作对中国画有发展意义的作品。当工笔画表现现实内容和题材,由之而来的问题就是如何用中国式的线条表现出西方式的造型,所以"中西融合"首要问题就是中国画的"线"和西方式的"形"之间的连接。"线"不但要塑形,要塑造出西方造型观念改良后的人物造型,同时还要传达出中国工笔画线描的语言美感表现力,其实一直是工笔人物画家近一个世纪都在解决的课题,徐悲鸿的《泰戈尔像》《李印泉像》已经达到相当高水平的中西融合,并且突破性地创作出了表现女性人体的《山鬼》和男性人体的《愚公移山》,此后相当一段时间,不谈政治内容和社会影响,从工笔画发展角度其实并没有代表性人物画作品出现。王玉珏的《山村医生》给工笔人物画表现单独人物再添一个成功的范例,人物形体的准确和工笔画的语言美感之间找到了一个平衡点,使人物画在新年画形式约束下风格整体趋同的情况下让人耳目一新。

三、女性家庭生活题材的创作

家庭生活题材的绘画中女性角色是母亲、妻子、姐妹、女儿、恋人,从数量上来看"十七年"时期表现家庭生活的作品远远少于生产建设题材作品,而这其中有相当多是反映女性学文化内容的。女性受教育程度是衡量一个国家、一个民族发展水平的重要标志。在中国漫长的封建时代,女性被剥夺了受教育的权利。近代鸦片战争以来,在西方"民主"思想的启蒙下中国才开始出现女学,民国初年女性教育有一定发展,尽管如此在中华人民共和国成立之前受过教育的女性比例极低,因为教育的不均等,女性文盲占到90%以上。中华人民共和国成立后国家从法律上赋予女性接受学校教育的权利,国家积极组织文化扫盲,鼓励并推动农村女性受教育工作,以此改变中国农村妇女千百年来"目不识丁"的状况,帮助妇女解放,新年画和连环画的流行都对文化"扫盲"起到积极作用。蒋兆和的《给志愿军叔叔写信》(1953)表现了两个小学生放学归来把学习成绩写信告诉"最可爱的人"志愿军叔叔,反映了后方群众对抗美援朝军事行动的支持;白雪石的《有空就学》(1960)表现的是劳作间隙一个女农民给大家读书的场景;甘长林的《下地之前》女农民把报纸装进背包也点明了积极学习的主题。

冯国琳,《耕读育新人》(1965)

蒋兆和,《给志愿军叔叔写信》(1953)

　　而最有代表性的两件作品是姜燕的工笔画《考考妈妈》(1953)和汤文选的写意画《婆媳上冬学》(1954),这是用家庭中母女、婆媳两组关系来表现的女性学文化内容。《考考妈妈》场景设定在一个北方家庭的炕边。画面左侧的女儿身边放着绿色书包和书本,提示着她是一名学生,也许刚刚放学回来,她拿着一本书给妈妈听写,点出"考考妈妈"的主题。女儿转过脸去望向妈妈,似乎在盯着妈妈的反应,而拿着书本的手却转向另一边,用身体挡住书的内容生怕被妈妈看见,警惕的神情刻画得很生动。妈妈坐在炕上,神情专注,右手执笔在本上听写左手则抱着婴儿哺乳,这一情节安排暗示出这位妈妈平时由于承担生产劳动和家庭劳动,是没有机会去学校接受教育的,但是她如此专注,哺乳同时坚持学习,突出了求知的意愿。画面从环境营造、器物刻画上都表现出这是一个平凡农户家,而正因为平凡才具有普遍性和典型性。《婆媳上冬学》描绘了一对婆媳顶风冒雪去上补习班,她们手拿课本,面带微笑急匆匆地赶路,突出了为了求知的意愿不惧严寒的乐观,婆媳关系的融洽也可见一斑,传达了新社会、新气象、新风尚。这两件作品情节安排合理巧妙,"小带大"的学文化模式生活化、活泼,避免了说教式的生硬与僵化,从温馨的、有趣的日常情节出发,具有说服力和感染力。

　　表现婚姻主题的作品有姜燕的《新婚宣传》,是宣传1950年颁布的《中华人民共和国婚姻法》实行之后新中国男女在婚姻中的自由、平等、幸福。画面中一对男女从区政府办理完登记手续走出,《结婚证书》他们各执一份表明双方的平等,有法律保护。这对男女面庞朴实憨厚,他们相互对望,面带微笑,表明对婚姻的满意和此刻的幸福,男子是工人形象,女子是农民形象,也暗示出最佳的婚姻模式——工农联盟。姜燕用半身像的形式表现这对新婚男女,这种构图在之前的工笔画中是很罕见的。在杨文秀的《好婆媳》(1957)中我们能看到新中国对家庭中理想婆媳关系的描述和提倡。儿媳妇和丈夫刚从外劳动回来,她脚上的鞋在劳动中被磨开了口,她的婆婆拿出一只鞋给她换上,并韧线准备缝补那只

姜燕,《考考妈妈》(1953)

杨文秀,《好婆媳》(1957)

磨坏的鞋。作为画面主人公的儿媳妇伸出右手和娃娃呼应,但姿态和眼神一直向着婆婆这边。媳妇尊敬婆婆,和婆婆亲密,婆婆为媳妇缝衣缝鞋,这种关系完全改变了封建家庭中婆婆凶悍媳妇委屈的状况。画面一方面点出作为劳动者婆婆和媳妇在家庭中是平等的,另一方面又点出"敬老"的主题。从画法上看此画运用焦点透视的写实空间,人物比例动态、人物和环境处理比较协调自然,但是弱化勾线用渲染塑造人物的体积感。女性以男性恋人身份出现的作品很少,顾生岳用兼工带写手法完成的《送未婚夫入伍》(1958)表现了年轻女子与即将参军的未婚夫依依惜别的场景,以大面积虚实相间的竹林为背景,人物不舍的表情刻画得比较鲜活。

四、少数民族女性题材的创作

中华人民共和国是一个统一的多民族团结的国家,对少数民族人物的描绘是绘画的重要内容,"十七年"时期有大量的少数民族人物形象出现在具有"大团结"意义的群像画里,象征着新中国的繁荣、进步,以及民族、人民的团结,尤其是少数民族地区的妇女,在中华人民共和国成立之前地位极为低下,她们的形象出现在象征民族团结的绘画中其进步、平等的意义就更为突出了。陆鸿年的《草原上的婚礼》(1957)是一张反映少数民族风俗的画,通过对色彩鲜艳华美的民族服饰的描绘和人们在婚庆礼仪中的喜悦反映了幸福的生活;姜燕的《远方来客》(1958)是一张反映蒙汉友好的新年画,画家把故事发生的情境设定在草原上一户蒙古族家庭的蒙古包里,大家围坐在地毯上聚会欢迎汉族的一家三口,老人家拉起马头琴,盛装的蒙古族小姑娘是画面的中心,正翩翩起舞,锅里热气飘香的奶茶、人们欢快轻松的表情都营造出温馨愉悦的画面氛围。少数

吴性清,《我们热爱毛主席》(1960)

民族题材的年画反映的是中华人民共和国成立后在中国共产党的领导下多民族国家团结进步同乐的主题,符合政策性要求,用以展现社会主义优越性和中国共产党少数民族政策的先进性,并反映了各民族的共同进步。"少数民族的服饰一般比较鲜艳,符合民间年画'好看'的要求,这给画家的创作扩展了表现的领域。"①"新年画中这类题材层出不穷反映了社会的需求,另一方面,这一题材富有表现性,通过罕见的风情引发了审美的意义,使新年画向一个更为宽阔的领域表现出独特的社会价值。"②

　　工笔画中单以少数民族女性为内容的作品并不多,吴性清于1960年所作《我们热爱毛主席》描绘了身穿藏族、维吾尔族、朝鲜族、彝族、苗族、蒙古族、汉族等九个民族服装的女子手捧毛主席画像欢庆赞美,这件作品并非日常生活状态下的人物,女子姿态曼妙生动、服装华美飘逸,而更像是穿着民族服装的演员出现在舞台上,带着象征意义表现出对领袖的

① 　陈履生:《新中国美术图史(1949-1966)》,第166页。
② 　同上。

徐启雄,《苗寨新嫁娘》(1962)

拥护。徐启雄于 1962 年作《苗寨新嫁娘》被誉为"现代美人画",画中女孩头像端庄静雅、含情脉脉,沉醉于新婚的甜蜜,具有剪纸一样的装饰感。

　　写意画表现少数民族女性的作品取得题材和绘画语言两方面的突破。黄胄曾有过从军的经历,也曾到新疆等地写生,1955 年他从兰州回到北京之后艺术厚积薄发,视野更加开阔自由,这一时期其代表作有《洪荒风雪》(1955)、《苹果花开的时候》(1955)、《赶集》(1958)、《载歌行》(1963)以及大量以新疆少数民族女性为主题的水墨画。在黄胄笔下似乎看不到学院派画家对于把素描和中国画笔墨如何结合的踌躇,他用苍辣的速写式用笔作为沟通生活和笔墨的纽带,将速写直接用在创作中,"在生活中起草稿"。黄胄表现新疆地区少数民族女性,往往选择载歌载舞、裙摆飘扬的动态入画,行笔很快,不纠结每一笔的完美而多用复笔,中侧锋转化、线条长短方圆变化随心,色彩浓重艳丽与墨色相得益彰,这都使黄胄笔下的人物生活气息浓郁,重动感,重神态。新疆地区少数民

黄胄,《维吾尔舞》(1961)

周昌谷,《两个羊羔》(1954)

族女性高鼻深目的五官特征也非常适合画家的笔法表现,复笔的使用丰富了笔墨效果,在保障线条灵活多变的同时也实现了形体的厚度。浙江画家周昌谷的《两个羊羔》(1954)在1955年获“第五届世界青年与学生和平友谊联欢节”金质奖,画中一个藏族女孩悠闲地看着两只羊羔亲昵,温润干净的墨色,精巧的用笔,都使画面平和温馨。上海画家程十发的作品如《牧归图》(1969)是强化提按转折的纵阔相间的笔法,笔墨趣味和生活趣味兼具。

五、其他女性主题的创作

“十七年”时期,有一类作品内容虽然不是只表现了女性,不能归为女性主题的创作,但是女性是作为画面的核心人物出现并影响较大,这类作品中如黄胄的《赶集》《载歌行》,程十发的《欢乐的泼水节》(1957),姜燕的《远方来客》,徐启雄的《下战表》(1960)等。还有两幅新年画的作品很有代表性,邓澍的《保卫和平》(1951)反映的是抗美援朝,描绘了一个农村村民集体在“保卫世界和平签名”的长卷上签名的场景,书写请愿的“万人书”,更突出国内后方群众对“抗美援朝、保家卫国”军事行动的支持。全画情节的核心、视觉的聚焦点是一名正在落笔签名的农妇,其他农民聚在她周围或注视或攀谈。农妇怀抱小娃娃,干净的白色衣袄和头巾表明她的年轻干练,平静的表情和姣好的面容说明她的善良和单纯,聚精会神签字的姿态也表明内心的坚定。女性和孩子象征着家庭,也象征着家庭的理解与包容、支持,这样对前线作战的男子是一种鼓舞,使他们内心没有牵挂和顾虑,这样的形象出现在作为动员和宣传“抗美援朝”军事行动的作品中是一种很巧妙的艺术构思。另一件作品是林岗的《群英会上的赵桂兰》(1951),原名《党的好女儿赵桂兰》。赵桂兰是大连市一家化工厂的工人,1949年12月19日抱病上班。下班时,手持雷汞送配置室,途中突然头晕腿软,为保护工厂财产不受损伤,她紧握雷汞,跌倒时雷汞爆炸致残。1950年9月25日,"全国工农兵劳动模范代表会议"和"全国战斗英雄代表会议"在北京召开,赵桂兰作为劳动模范代表出席了会议,会议期间许多画家都借此机会为英模画像或搜集创作素材,林岗在会议的两个月后完成了线描稿,并于1951年1月发表在《人民日报》的"人民画刊"上,在全国第二届年画评奖中获得一等奖。画面里华灯高挂,整个会场笼罩在温暖的光线中,冷暖色的合理配比营造着祥和安宁的气氛,领导人和来自各地的劳动模范攀谈、交流,其乐融融。画面的最中心是毛主席和赵桂兰在交谈,主席面露关切,赵桂兰左手戴着白手套表示着伤还未愈,她面容朴实,专心聆听着毛主席的询问和关怀,女性模范人物形象首次出现在中国画创作中。赵桂兰身上的蓝色服装是调和过的矿物颜料石青色,在暖色基调的映衬下很突出。此后此画多次参加国内外展出,印刷量达到百万。《群英会上的赵桂兰》以作品内容和艺术语言的高度融合被视为"延安时代以来新年画的进一步发展的一件具有代表性的作品"①。

在女性为主题的肖像画中李斛的两件作品比较突出,李斛曾在中央美术学院教授水彩、素描,他的《女民警》(1960)和《印度妇女像》(1956)都将水墨、水彩、素描技巧融汇,达到人物传神、墨色通透自然的艺术效果。《印度妇女像》成就更高,他用水墨糅合淡彩给人物作体面效果,精准严谨之外笔触巧妙地融合光影效果,水、色、墨浑然一体,画面节奏明快响亮。叶浅予和黄胄一样借用速写来完成创作,但是有着截然不同的艺术面貌。叶浅予做了大量舞台舞蹈人物速写,再选择合适的动态加工入画,他用笔肯定而轻快,线条少有一波三折式的变化而透露出一种"拙"味,人物华丽的舞姿、妆容、动态和流畅稚拙的线条相映成趣,这一时期的作品有《献花舞》(1943)、《于阗装》(1979)和《夏河装》(1977)等。

---

① 何溶:《群英会上的赵桂兰》,《美术》1960年第1期,第18—19页。

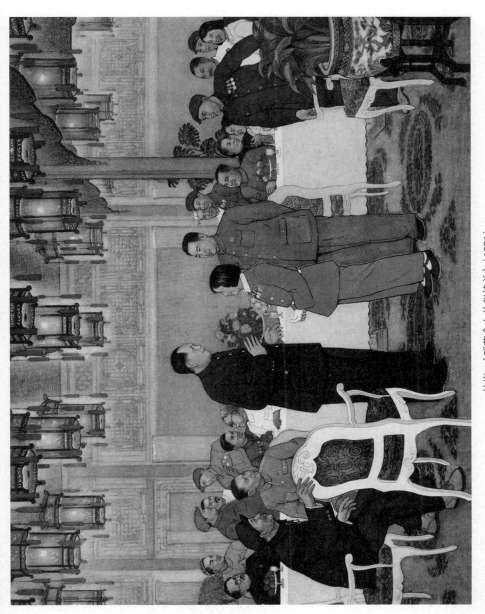

林岗，《群英会上的赵桂兰》(1951)

李斛,《印度妇女像》(1956)

　　我们不能忽略林风眠在这一时期在人物画方面的探索,尽管他是极少的在这方面不涉及政治和现实题材的画家,他本着"调和吾人内部情绪上的需求,而实现中国艺术之复兴"的宗旨,从西方印象派、后印象派和表现主义中吸收养分获得启发,以放松的、优雅抒情的笔调和色彩描绘出古典仕女,营造出宁静、神秘的具有东方意蕴的画面效果。他不追求人物形象性格特征的典型性,仕女在他笔下是统一面貌的符号,林风眠更关心的是人物形象、环境以及画面抽象出的形、线、色以及意境,走出了中西融合的另一种道路。此外关良也创作出了不少形态天真幽默、寓巧于拙的戏曲水墨人物画作品。

六、结语

　　这一时期女性主题的中国画在表现现代人的趣味、思想、主旨等方面各有不同的功能和侧重,选材丰富,视角多样,能够涉及社会生活的许多方面。总体说来这些作品又有三点共性:

　　一是主题明确,以正确的"世界观"保障艺术创作实践,以写生手法和写实主义画风完成"歌颂光明"、歌颂新生活和人民大众新面貌的作品,在"唯物"史观的引导下也强化了政治性,因为"正确地表现政策和真实地描写生活两者必须完全统一起来。而生活描写的真实性则是现实主义的最高原则"。①

　　二是画面情节的叙事性,大部分的作品都要完成典型人物、典型场景和典型情节的建构,从人物的样貌打扮、精神面貌、动作动态、人物关系、背景道具,都有很明确的设计,绘画以讲故事的方式教育、动员广大

---

　　① 周扬:《为创造更多的优秀的文学艺术作品而奋斗》,《人民日报》1953 年第 19 期。

群众,通过这些设计,也客观上使传统人物画"传神写照"的原则得以激活。

三是理想化设计,"以颂扬'时代新人'为目标的'社会主义现实主义'创作观,则强调艺术作品所塑造的形象应该比现实生活'更高''更强烈''更典型''更理想',因为追求理想的美,是为了教育、鼓舞人民而能够起到教育、鼓舞人民作用的艺术,才是真正具有了'现实意义'的艺术"。① 当时的创作者们坚持现实中的真实必须升华为理想化的美才能够"更带普遍性",才能够真正体现出"时代的本质"。

"十七年"时期单纯女性主题的中国画创作一方面显得小心翼翼,数量极少,大部分的女性形象出现在群像画中,体现着"人民大众"的含义,因为如果单独表现女性并过分描绘女性外在的样貌之美会被认为"本质上与文人画没有什么区别"或者"宣扬资产阶级情调",一个真实的事例就是徐启雄因为画"现代美人画"而受到大众欢迎,但也因为画美人在1965年被说成"宣扬资产阶级情调""毒害人民群众"而被调离北京回到老家温州。另一方面画家们通过对"社会主义现实主义"的提倡、理解和实践,从社会生活的真实状况中发掘提炼素材,也使中国画获得了前所未有的表现空间和受众群体,众多画家秉持"革命现实主义与革命浪漫主义相结合"的原则创作,客观上催化了中国画写实主义手法的完善和深入推进,中国画一百多年的"中西融合"之路在"十七年"时期由于国家提倡、社会环境安定、画家共同努力攻克课题大量实践等原因经历了重要的磨合时期,这其中许多作品实现了主题正确、构思巧妙、中国画艺术语言发挥和画家艺术个性发挥四方面相统一,为中国人物画的现代发展走出扎实的步伐。另外许多情况下画家和人民群众"同吃""同住""同劳动",一起体验生活发掘现实生活中的典型人和事,使工农兵大众

---

① 孔新苗:《二十世纪中国绘画美学》,济南:山东美术出版社2000年版,第296页。

不仅是绘画服务的对象还是绘画表现的对象,也让这些作品充满了生活气息和感人力量。

王鹏澂　原名王鹏,北京美术家协会理事、北京师范大学艺术与传媒学院教授。

当代大众书法审美鉴赏力缺失刍议

虞晓勇

社会文化发展的状况体现在大众文化与精英文化两方面。所谓大众文化是指以大众传播媒介为手段，使大量普通民众获得感性愉悦的日常文化形态。在中国古代，书法作为典型的汉文化形态，呈现出明显的精英引领大众、两者相互融合推动的样态。但时至当下，大众书法审美鉴赏力的缺失已是不争的事实，这种缺失已蔓延到社会的不同群体与空间。在自媒体极为发达的今天，种种匪夷所思的现象与事件令人瞠目结舌，可以毫不夸张地说，当今大众在书法审美鉴赏力方面的缺失，已近历史谷底。

何为审美鉴赏力？它是指人们对于艺术品进行欣赏、鉴别、判断、评价和审美创造时，表现出的一种综合能力，是人们长期的生活实践、文化积累、审美经历和艺术实践相综合的结果。大众要养成较高的书法审美鉴赏力，不能缺少精英文化的引领与培育。但令人遗憾的是，当前不少具有高学历与社会地位的精英，在书法修养上并没有优于普通民众，也就更谈不上引领大众审美了。例如，2005 年，清华大学的一位教授在代表校方向宋楚瑜赠送张钫的小篆书法作品时，竟脱口而出"小隶"。连极常见的字体尚且不能区分，如若让他评价这件"小隶"的艺术风格,真不知道还会有什么惊人之语。这个刷屏事件并非孤证,其足以说明一个问题,我们所谓大众书法审美鉴赏力中的"大众",并不是指刨除高知等精英之外的普通民众,而是涉及社会的各类群体。

书法审美鉴赏力的缺失也绝不局限于专业展厅之内,在日常生活的许多场景中,这种遗憾随处可见。比如,2019年上海静安区常德路街道上几家餐馆的牌匾被统一改造成黑底白字的样式,此图片一经网络贴发,即引起热议,有人将此种牌匾调侃为墓地风格。这个事件看似未涉及书法艺术,却折射出设计者是一个书写文化盲。自古以来,汉字书写在文法、章法、色调上都有严格的规定,其深层次原因源于书写礼仪的约束。所以,提升大众书法审美鉴赏力,既要关注高雅的展厅,更要落实到与百姓息息相关的生活空间。

那么,当下的大众书法审美鉴赏力究竟出现了哪些问题?我们的思路又应作何调整?以下从三个方面加以阐论。

第一,对于书法的价值,缺乏清晰的认识与定位。自从书法成为中国文化的一种重要形式以来,人们对于书法的功用反复进行了探讨。早在汉末,受时代环境所限,赵壹即从政治功利的角度完全否定了书法(以草书为例)的艺术价值。而孙过庭则较全面地阐释了书法的功用,其归结为"功宣礼乐,妙拟神仙"。书法源于汉字的日常书写,进而升华为具有独特审美意味的国粹艺术,实用与审美是它的两大基本功能。在中国书法发展的历程中,这两大功能柜互交映,互为支撑,既奠定了书法在中国文化中的地位,也丰富了书法的内涵。当下,受到经济飞速发展、西方文化剧烈冲击、人际交流模式全新变化,以及大众审美能力衰弱等多重因素影响,人们对于书法功能的认识显露了迷失的危机。不少人以价格为指标,去衡量书法水准的高下;也有人从实用主义的角度出发,鄙夷书法的价值,以为书法不能"经世致用"。高等书法教育发展至今已逾半个世纪,尤其是近二十多年来,其对于当代书法事业的推动,效果显著,但我们依然可以在不同场合听到这样的声音:"书法也能够成为一个专业?"解读这些现象,值得反思的问题不少,但最令人担忧的是,许多人对于书法价值的认识带有强烈的、狭隘功利主义的色彩。

对于价值问题,朱光潜在《谈美》中曾列举了三种人对待古松的态度,即实用、科学与审美,这三种态度均从不同的角度,肯定了事物的价值。在信息技术大面积普及运用之前,书法具有强大的书写实用功能,人们对于汉字书写的依赖性极强,也正是由于这种实用功能,书法具有了丰富的社会性与文化性。但处于当下的环境,人们对汉字书写的依赖日益减小,是否也意味着书法的实用性越来越弱?时代潮流,浩浩汤汤,书法实用性的体现也会随之变化发展。

近年来,文化软实力概念的提出,即重新赋予了书法艺术新的社会功用。相较于经济、科技、军备等有形的"硬实力",书法是植根于汉字书写的文化软实力,是传播当代中国文化价值观念,展示中华文化独特魅力的一种重要方式,在国人中开展深入的书法美育,无疑是增强文化软实力的必要之举。美育的核心在于改变人们的精神境界,一百年以前,蔡元培就提出了著名的"以美育代宗教"说,认为"纯粹之美育,所以陶冶吾人之感情,使有高尚纯洁之习惯"。纯粹的书法审美活动,可以陶冶人们的精神境界,对于提升民族素养更有重要的作用。

近期,中共中央、国务院印发了《深化新时代教育评价改革总体方案》,其中专门提到了"改进美育评价"的问题,建议把书法等艺术类课程纳入中小学生学业之中,增强学生的艺术素养,全面提升学生感受美、表现美、鉴赏美、创造美的能力。所以从这个大格局着眼,书法艺术在当代的价值并没有萎缩,没有像有些专家评述的那样:书法已逐渐脱离实用,成为一门局限于展厅的纯艺术。相反,在大力探索书法艺术性的同时,我们应清晰地看到,其实用性与艺术性更紧密地结合在了一起,这种新的社会服务功能也将为书法艺术的发展拓出更大的空间。

第二,汉字素养的缺失。启功在谈及书法学习时,曾用过一个十分通俗的概念——"猪跑学"，所谓"猪跑学"源自坊间俗语："没吃过猪肉，还没见过猪跑?"言下之意，这是应该具备的常识。与书法审美鉴赏力有关的文史常识很多，其中最要紧的是汉字素养。汉字素养是书法鉴赏的基础，包括字体类别与释读、字体风格及运用、书写内容与礼仪等方面，而对待汉字的态度则是素养培育的起点。曾有人将郭沫若题写的行草书牌匾"山东博物馆"戏读成"山东情妇馆"，此类笑话还有不少，网民的观点也是五花八门。网络调侃本不可避免，这也是大众文化的一部分，但让人难以理解的是，神圣的汉字居然成了大众嘲讽的对象，这种情形恐怕亘古未有。

所以，培育汉字素养之先，须学会敬重汉字。在网络上我们还可以看到这样的影像——所谓的"草书家"在抽风式地涂抹着鬼画符，这种变态书写表演背后隐含的文化信号，不仅是丑化书法家形象的不堪，同时更影射了书者对待汉字的不敬。由于应试教育的原因，本该作为语文课重点讲解内容的汉字构形、汉字历史与汉字审美，或被压缩课时量，或被省略不授，由此导致的汉字素养缺失问题，或许在较长一个时期都会存在。但这些内容实在是缩减不得，通过字体基础知识的传授，学生可以了解汉字书写包含着礼仪的约束，可以知道草书规则严密，不可妄为，还可以明白字体的运用，有章程可循。

自古以来，人们就有因需求不同而择用字体的传统。晚唐的韦续在著述中曾记载了五十六种字体，这些字体并不都是书法艺术表现的素材，有相当一部分属于花体字（类似于今天的设计类字体）。即便是花体字，其运用也有章程定则，不能随意乱用。某字库中有一种某巍体，在当今媒介中的使用频率极高。曾有专业人士批评该字体张狂鄙陋，不合书法规则，字体方则以"此属字体设计范畴，大众接受度高"等理由加以回驳。但我们需要明确的是，汉字书写有基本的礼仪规范，作为大众文化之一的字体设计也应有审美的约束。以某巍体书写的社会主义核心价值观居然能展示在若干个庄重的公众场合，就很能说明一个问题——精英阶层对于大众书法审美的引导出现了方向性的错误，这是基础教育长期忽视汉字素养培育的结果。

书写礼仪是书写文化的重要组成部分，也是书法鉴赏的一把密钥。书写内容的撰写、字体风格的择用、章法的排布、纸张与印章颜色的选定等，自古以来均有较严格的规定。无论是书法艺术，还是字体设计，恐怕都须谨慎而行，作为引领大众文化的精英阶层，更不能让已然迷失的大众书法审美牵着鼻子走。

第三，书法评判标准的混乱。毋庸讳言，在当今大众眼中，书法的门槛很低，似乎谁都能写上几笔。这种情况很像摄影，只要有照相器材，拍出来的就是艺术品。人们常常质问：书法艺术与普通汉字书写如何区分，区分的标准又是什么？这是影响大众书法审美鉴赏的一道重要屏障。

在传统主流观点看来，两者区分的标准很明确。张怀瓘在《书议》中就说："阐《典》《坟》之大猷，成国家之盛业者，莫近乎书。其后能者，加之以玄妙，故有翰墨之道生焉。"书法是在实用书写基础上的"玄妙"升华。汉字实用书写除了要求构型准确外，还有追求美观的潜在意识，包含诸如力量、重心、匀称、流动等方面，如果达不到基本的书写美感要求，书写者便有愧色。如在敦煌发现的北朝写经卷尾中，就可以看到"手拙用愧，见者但念其义，莫笑其字"的措辞。但是，我们却不能把具备了某些美化因素的书迹，都升格为书法艺术。书法是"能者"（古代书法精英）所为，是对汉字美化书写的形式提炼与艺术升华。这种艺术性体现在个性神采、情趣韵味、多样变化等方面，其与汉字美化书写之间是一种交互融合、递进延伸的关系。"能者"的书迹之所以被尊为具有示范意义的法书，是由于其引领着实用汉字书写的方向。比如，唐代洛阳墓志中有些书迹书刻水平很一般，甚至较为拙陋，但其中却夹杂着王羲之或是褚遂良的风格，此类墓志与经典法书之间自然属于被引领的关系。区分普通汉字书写与书法艺术的关系，我们还须充分认识到，以知识分子为主体的书法精英的作用，他们是书法审美思想的探索者，也是形式美新规则的创立者。

　　书法是一门追求多元审美的艺术，并不像竞技体育一样只有唯一的标准，同时随着时代的发展，书法审美标准也处于动态的发展之中。比如清代碑学兴起以来，北朝朴拙的石刻书迹成了新的学书取法对象，依照以往的审美标准，不少书迹书刻粗悍，并不精美，但由于书法精英的发掘与倡导，雄强与奇宕的碑派书法蔚然成风，成为一种新的书法审美标准。此外，在书法审美中还存在着精英阶层的探索性现象。基于与众不同、不可复制的个人文化背景，有的探索带有极强的个性色彩，与主流书法审美之间也有很大不同。例如，徐渭晚年的书法狂怪恣肆，满纸狼藉；"书鬼"井上有一则采用超常规的创作形式，去探索书法的现代性。但这些只是书法审美中的特例个案，在肯定探索者创新思路的同时，我们还应看到他们个性强烈的书法风格并不足以作为普遍意义上的书法审美标准，更不能引领大众书法审美。

　　由于对书法性质认识的偏差，大众评判书法作品往往有两种倾向：或僵化地看待汉字美化书写中的规则，甚至将规范汉字书写等同于书法艺术；或将肆意放纵个性的胡涂乱抹视作书法。

　　书法艺术产生于汉字实用书写，其以富于生命律动、千变万幻的笔墨形式展现了汉字书写之美。而规范汉字书写则是当代语文教育中的概念，讲求规范、整洁、端正与美观。实际上，近现代以来，有些书家的书写风格已趋于规范汉字书写的样式。例如黄自元的欧楷，字迹秀雅，工整停匀，在结构处理上，甚至精准到了笔画之间的对应位置，任政的《中楷字帖》也属于此类风格。毫无疑问，规范汉字书写由于形态美观，工整雅洁，在大众书法审美中赢得了极高的评价。从文字应用的角度来看，推广规范汉字书写，对于汉字的稳定发展也是切时之举。但若以规范汉字书写的审美标准评判书法艺术，则有问题了。从审美层面看，规范汉字书写尽管美观，但它最大的不足在于僵化与板滞，缺失了书法艺术应该具备的生气、变化与韵律。如黄自元《间架结构九十二法》中第三十七条提道:"马齿法,其挈钩之锋注射四点之半。"意思是说,书写"马""鸟"等字的钩画,必须对着二、三点中间,否则就不够美观。不可否认,从视觉角度看,"马齿法"的运用可以使笔画分布产生停匀的效果,但此法却不能成为该类笔画处理的唯一法则。书法之妙在于出奇笔,生奇势。传颜真卿《述张长史笔法十二意》云:"欲书,先预想字形布置,令其平稳,或意外生体,令有异势。"如果钩画的出锋只有这个固定的方向,那么不同书家的个性与审美追求如何得以体现?一部中国书法史恐怕也只有若干了无生趣的单一样式了。

在大众书法审美中还有一种倾向,即将毫无节制地发挥书写个性,甚至是胡涂乱抹,视为书法艺术——其中多半涉及草书,或是碑派书法创作。草书创作严谨而富有情性,张芝之所以被尊为"草圣",最重要的原因在于他创立了草法规矩(体现在草书字符的准确与形式美基本标准两方面)。尽管草书经常出现在当今大众的视野中,但由于文字释读的障碍,事实上人们对于草书字体是陌生的。因为看不懂,进而不知如何去欣赏,这才造成了当今草书易成,瞬间成家,胡涂乱抹的混乱局面。质言之,汉字素养是进入真正意义上的书法审美的基石。狂放拙朴的碑派书法也很复杂,如果没有专业人士的引导,普通大众很难甄别出高低优劣。有些所谓的"碑派书法"笔墨功底卑弱,甚至连重心都把握不住,但往往凭借着唬人的气势,铺天盖地的宣传,博得了社会的眼球。此外,还有一类碑派书法,出自功底深厚的书家之手。书家从民间书迹中汲取养分,加以雅化写意处理,匠心独运,具有较高的书法审美价值。由于曲高和寡,这些作品往往得不到大众认可,被视为肆意胡作的"另类"。之所以存此偏见,恐怕多与审美隔阂有关。审美是一个复杂的问题,尽管美与丑存在着相对性,但从根本上说,美是一种客观存在,人们不能凭借主观意愿与好恶,偏执地加以否认,更不能因为自身审美鉴赏力的局限而妄加批斥。

　　书法是国粹艺术,其具有艺术性、人文性和社会性特征,研究与发展书法,必须将这些因素加以综合考量。要使这门古老的艺术在当代展现新的价值与功能,使之具有长足的发展动力,我们须重视大众书法审美鉴赏力这个关键性的问题。把握文脉,正面普及,积极引导,相信书法艺术一定会在当代大众的精神生活中发挥应有的作用。

虞晓勇　北京文艺评论家协会副主席,北京师范大学艺术与传媒学院书法系系主任、教授、博士生导师。

再谈摄影的出路

——不断生成中的摄影与摄影人的文化身份转变

唐东平

　　各位专家、各位老师好！我的演讲题目是"再谈摄影的出路"，为什么是再谈？因为十多年前，我曾经在中国摄影理论年会上谈过一次关于摄影的出路，但那是十多年前的事了，现在摄影的状况已经发生了特别大的变化，所以我今天再和大家分享一下我近几年来的一些观察与思考。

　　我们许多人都觉得摄影已经不用再谈了，因为摄影容易得已经不能再容易了，大家看我题图上的这张用手机拍摄的全景图，这种全景摄影，在传统摄影时代，其技术含量是非常高的，不是一般的爱好者可以随意操作的。但是，现在我们用手机就可以轻松地拍出这样的照片来

用手机拍摄的全景照片

了。现在的摄影器材已经进步了很多很多,与过去相比,变化非常明显,如我们经常能够看到的运动型相机,它既可以拍视频,也可以拍照片,更重要的是,照片能够从视频文件中来截屏获取了,比如拍摄特别精彩的运动画面,我们可以直接从高清影像中截屏。从 8K 的运动影像中截取静帧的画面,你的图片的质量,经过优化处理,在展览馆展出是没有问题的。还有一个例子,就是高科技的热感成像的相机,原来用于军事领域,现在民用也很广泛,如用于森林消防、城市安保的夜间巡视,包括对叛乱分子的监控,等等。

摄影的概念、观念和价值追求,尚处在不断的生成和变革之中。银盐时代,传统的摄影追求,是文献与“文献之上”的追求,作为图像文本,这已经算是很高的追求了。但是,随着技术的不断进步和发展,进入数字摄影时代之后,又出现了“热成像摄影”“计算机摄影”“360 技术”以及 AR、MR 和 VR 等影像技术,还有全新的“融媒体”和“元影像”等概念,以及 AI 人工智能时代语境下的摄影新拓展,最近比较火的还有“NFT 摄影”。其实,就在这一系列新名词概念之中蕴含了摄影观念动态化的承袭、建构与变革。这些琳琅满目的新名词不断袭来,令我们一时招架不住,来不及有效应对,所以需要冷静下来认真梳理,仔细思考,我们现在的处境以及对策。

运动型相机　　　　大疆小灵眸　　　　热感成像相机

新型摄影工具举例

《伊多梅尼》理查德·莫斯"热感地图"系列,2016

　　《伊多梅尼》这幅作品出自理查德·莫斯的"热感地图"系列。艺术家利用热成像摄影技术,记录难民在今天的困难处境。他从高处拍摄了多个难民营,以及这场难民危机中的多个标志性地点,然后再将数百张图拼接在一起。这些热感全景图中,有着无数的焦点与灭点,极为细节地勾勒出难民营的情景。这幅作品中的伊多梅尼难民营,位于希腊靠近马其顿的边境地区。欧洲国家开始关闭边境之后,超过一万名移民滞留在这里,由此形成了这个非官方的营地。政府对这里的援助比较分散,之后这个临时聚集点也遭到关闭,居住在这里的人随之被转移到其他地方。通过这个系列的作品,莫斯希望人们能看到这些难民为了生活所付出的艰苦抗争。

　　这是理查德·莫斯拍摄的《难民》系列中的一张照片,采用的是热成像技术。乍一看好像有点神秘,这里前景位置中的一部分,感觉有点像马奈的《草地上的午餐》,但是,颇具讽刺意味的是,这里拍的却是难民,可见,摄影师在这个热成像高科技摄影当中,也隐晦地调用了艺术史与图像志里面的学问。当然,其目的是便于引发人们更深层次的想象与思考。

　　需要明确的是,我们在这里谈的是专业摄影方面的出路。业余摄影,无论如何,它仍然将一如既往地随着潮流的变化发展而变化发展,你一时奈何它不得,所以不在本次论题的探讨范围之内,我们需要真正引导的是专业摄影创作。我们现在已经完全置身于这样一个全新的历史时期了，那么，我们专业摄影的道路在哪里？其未来又将如何？

要找准自己的方向，我们首先得从摄影的根源来谈。

摄影是一种用光线来做描绘的（当然，热成像技术则是以热量替代光，以热量的分布状况来成就其影像描绘的）表达手段，是科学技术的结晶，是人眼视觉的延伸与拓宽，是一种关于"看"的学问，它是用镜头去观察和提炼，用胶片、CCD 和 CMOS，或热感成像仪，来感受与记录，用图像来表达与思考的，一种尚处在不断生成之中的新语言工具。其中这个关键词——新的语言工具，是一种区别于传统绘画的新的视觉语言工具。

我们进行深度的思考，来反思一下传统的认知，看看这里会不会有问题？摄影显而易见地继承了绘画的视觉表现传统，但是，摄影从来没有仅仅局限于绘画式的表达，摄影随着科学技术的进步而发展，尚处于不断生成之中，摄影最后的清晰边界还远远没有显现出来，从摄影发展的面向，及其可能性的视野，加以逻辑性地推演，是难以获取其清晰边界的，更为明智的做法，恐怕还得从"什么不是摄影"的反向角度，来进行考量与审视其边界与范畴。

摄影的学问，说到底，只有两个部分：一个是影像的获取，另一个是影像的呈现。影像的获取方式可以有 N 种，同样，影像的呈现方式也可以有 N 种，摄影的乐趣，摄影的评价体系，及其较为成体系的理论研究探索，都不可能偏离这两个最为核心的环节。然而，这两个环节终究还是在视知觉的感受方面打转，终究没有跳脱出这个仅限于视知觉的"观看维度"。

照相机的"看"，是不是真正超越了"人眼的看"的局限，还是将我们带入了另一个更具迷思的"坑"？让我们在迷恋"新视觉奇观"的"毒瘾"中一点点地失去了自己的判断?！可以肯定的是，没有思想维度的观看，只能是一种简单的动物欲望的刺激追求，终将无法成为智慧的传递与启迪，娱乐自然也就成了"愚乐"。

其实,我们完全可以反过来以摄影的"看",来质疑人眼观看体验的不可靠,既而再反向推断出摄影观看的相对性和局限性,进而让人脑在认知上保持对"观看"这一"迷魂阵"的超越与警醒,真正摆脱一切来自视觉表象的纠缠,在对美、对理性以及对自然等各类祛魅中,超越"镜像"的欲望认知,超越二元结构的思维认知,超越身份的建构,超越文化的建构,乃至超越人类中心主义的语言建构,令人类的智慧上升到一个更高的维度,这便是当代摄影语境下,摄影人应该具备的一种新的文化姿态。

从摄影之"体",到摄影之"用",无不体现了摄影自身,同时也就是我们人类自身的局限性。如果我们能够反思这种局限性的存在,并且有意识地加以突破,就会发现其中的一个最为重要的环节——"物的影像化生成"里所隐藏着的种种玄机,我们可以从中获得发掘智慧的一种契机,有望通过从这种"物"(即拍摄对象)到"影像化生成"(影像化的物,即能够沉浸于或关联于人类图像志的视觉识别系统中的符号)之间的独特转换过程当中,经过摄影创作者与欣赏者对于包括艺术史、摄影史、图像志、社会现象观察、自我反思和日常生活之中的随机形成的感性认识等各类知识经验的调用,来打通或建立"心"与"物"的秘密通道,令"心"与"物"相关联、相沟通、相交融,从这层意义来讲,摄影是有望成为"心"与"物"之间的桥梁与纽带的。设想一下,当年王阳明先生如果有摄影这么一个工具,讲心学,就不会那么费劲了。而摄影人以文化自觉的精神,在当代摄影创作过程当中,如果真正能够对此做出系统而深入的探索研究,中国的当代摄影创作必将进入与优秀的中国传统文化智慧进行融合的重要方面,同时这也将是我们许多摄影人完成文化身份转变的一次重要机会。

那么,在新场域、新语境下的摄影出路究竟是怎样的呢?我将逐一阐述:

首先,说一下"围墙的隐喻"。过去的中国人,从上到下,从普通的百姓到皇上,心里都有会一道围墙。当了皇上的,就坐紫禁城;当地主的,就打一个院墙;做一个不起眼的小农民,就打一道篱笆墙。总的来说,我们中国文化中,有一种很顽劣的自我封闭思想的固化结构,我称之为"围墙模式",每个人心中都有一道围墙,有形的围墙被推倒了,但是无形的围墙仍旧不断被筑起,非常顽固,坚不可摧。所以,我们现在需要有一种真正意义上的思维转变:一是从原来的自定义与被定义,转变为特定语境下的意义自动生成,摄影家只是提供一个能够自动生成意义的框架,而不是生硬地赋予意义;二是依循艺术史学、图像学的历史语境线索,突破原来创作图式关于被塑造与自我塑造的旧逻辑,转变成新场域与新语境文化氛围下超越性与延伸性的新图式(或反图式)。

其次,图像志与艺术学完全是两种不一样的路径,单纯地从艺术学切入,无法真正建立起良好的视觉教养,视觉教养十分依赖于美术场馆的现场教育,即图像志的教育,我国目前在图像志方面的视觉教养有意识地培育,无论是其理念,还是其公共展馆场所的数量与展示的质量及原作等硬件设施,都还比较滞后,与西方的差距非常大,无论是世界级的图像志,还是中国本身的图像志的储备、呈现与研究,都还是非常薄弱的,还需要国家级项目的大量扶持与不断投入,这也是着眼于"百年与当代北京创新文化"而言的一种期盼与呼吁。从这个角度来看,曹庆晖老师负责的"数字智能美术馆"项目研究意义巨大,对我们的后人在广泛而具有深度的视觉教养方面的培育,将提供非常切实有效的场所与路径。

我今天这么一个延伸性的讲述,实际上就是为了让我们的摄影创作走向一个更加开放、更加丰富、更加有突破性的全新维度。目标是:推倒"围墙",跳出框框,卸除包袱,解放思想,学会用自己的身心去真切地感受周遭的世界,在探索世界中,发现世界,了解自我,脑洞大开,令创作过程变得更加具有智慧,令摄影作品更具有启智的作用,不再在原先的不断模仿的怪圈之中打转,令摄影创作真正进入具有严肃意义的独创阶段。

不同摄影人将呈现不同的世界层面。表面看来,我们所有的人都活在同一个世界里,实际上则不然,活在什么样的世界里,完全是人生智慧等级的不同体现,所以说,摄影对不同世界的呈现,会使启智成为可能。

综上所述,摄影出路的探寻,从意义最大化与最优化的角度而言,就是要在这个时代呼唤"影像作家"出场。摄影家再也不能满足于组词造句式的拍摄,满足于只言片语式的赞美表达,摄影人应该把自己定义成为一个新时期的作家——"影像作家",一个以视觉表达的方式进行书写的作家。摄影艺术更深层的奥秘,是以有形表达无形,从可见的世界导向不可见的世界,而"影像作家"的智慧,就是照向不可见世界的一道亮光!

谢谢大家!

(本文根据作者发言整理,经本人审阅)

唐东平 北京文艺评论家协会副主席,北京电影学院摄影学院教授。

当代中国电子媒介中的神话主义 *

杨利慧

一、研究缘起

长期以来,世界神话学领域着力研究的主要是古代文献中以文字形式记录下来的"典籍神话",也有部分学者关注到了在原住民或者村民中以口耳相传形式传承的"口承神话"。② 但是,一个毋庸置疑的新社会事实是:随着电子媒介时代的到来,神话的传承和传播方式正变得日渐多样化,尤其在当代青年人中,电子媒介的传播起着越来越显著的作用。

2000 年至 2010 年,我与所指导的四位研究生一道,完成了一项教

 ＊ 本文曾发表于《云南师范大学学报》2014 年第 4 期。

 ② 对于相关神话学史的梳理,可参见杨利慧:《现代口承神话的民族志研究——以四个汉族社区为个案》第一章"总论",杨利慧、张霞、徐芳、李红武、仝云丽:《现代口承神话的民族志研究——以四个汉族社区为个案》,西安:陕西师范大学出版社 2011 年版;杨利慧:《神话与神话学》,北京:北京师范大学出版社 2009 年版,第 130-135 页。

育部课题"现代口承神话的传承与变异"。① 在该课题的田野调查中，我们发现——这是以往的神话研究较少关注的——神话的传播方式正日益多样化，一种新的趋势正在出现——书面传承和电子媒介传承正日益成为青年人知晓神话传统的主要方式。比如，李红武在陕西安康伏羲山女娲山地区的个案研究中发现：书面传承和电子媒介传承在口承叙事传承中占的比重越来越大，他进而预测：随着乡村现代化步伐的加快和教育水平的提高，现代口承神话的传承将越来越多元化，现代媒体在传承神话方面将起着越来越重要的作用（详见该书第三章）。仝云丽在河南淮阳人祖神话的个案研究也有类似的发现：广播、电视、电脑等正逐渐进入人们的日常生活，为口承神话提供了更为快捷、辐射范围更广的传播方式，尤其是庙会期间，越来越多的青年人和中老年人可以从电视中便捷地获知地方政府和媒体所大力宣传的地方掌故和人祖神话，这些知识反过来影响着他们对人祖神话的接受和传承（第五章）。

　　这些个案研究的结果在笔者对北京师范大学文学院本科生的调查中也进一步得到证实。2010 年，面对"你主要是通过哪些途径（比如读书、观看电影电视、听广播、听老师讲课、听长辈或朋友讲述、听导游讲述、网络浏览等）了解到神话的?"的问题（允许多项选择），参与调查的103 名中国学生中，选择"读书"方式的约占总数的 96%（99 人）；选择"听老师讲课"方式的约占 93%（96 人）；选择"观看电影电视"方式的约占 82% 的人（84 人）；选择"听长辈或朋友讲述"的约占 73%（75 人）；选择"听导游讲述"的占 41%（42 人）；选择"网络浏览"方式的约占 40%（37 人）；选择"听广播"方式的约占 3%（3 人），另有 13 人选择了"其他方式"。很显然，在这些"九〇后"的大学生中，神话的传

---

　　① 该课题的最终成果即为《现代口承神话的民族志研究——以四个汉族社区为个案》一书的出版。

播方式多种多样,其中,书面阅读与面对面的口头交流(包括教师授课、长辈或朋友讲述、导游讲述等)无疑是这些当代大学生了解神话的最主要的两条途径,而观看电影电视则成为他们知晓神话传统的第三种主要方式。

多元媒介的影响显然为当下和今后的神话研究提出了挑战——迄今为止,神话学界显然对当代社会尤其是青年人当中多样化的神话存在和传播形态缺乏足够的关注,对那些通过电影电视、网络、电子游戏以及书本、教师的课堂和导游的宣介等途径传播的神话传统未予充分重视,这不仅加剧了神话学在当今社会中的封闭、狭隘情势,也减弱了神话学对于青年人的吸引力。未来的神话学研究,应当在这一方面有所加强。[①] 有鉴于此,2011年我申请了国家社科基金课题"当代中国的神话传承——以遗产旅游和电子媒介的考察为中心",力图从民俗学和神话学的视角,对中国神话传统在当代社会——尤其是在遗产旅游和电子媒介领域——的利用与重建状况展开更细致的民族志考察。与前一个课题相比,该课题更加关注青年人,关注现代和后现代社会中的大众消费文化、都市文化和青年亚文化。

我把在遗产旅游以及电子媒介(包括互联网、电影电视以及电子游戏)等新语境中对神话的挪用和重建称为"神话主义"(Mythologism)[②]。这一概念的提出,意在使学者探究的目光从社区日常生活的语境扩展到正在我们身边越来越频繁地出现、各种新的语境中被展现(represent)和重述的神话,进而把该现象自觉地纳入学术研究的范畴之中并从理论上加以深入的研究。

[①] 《现代口承神话的民族志研究——以四个汉族社区为个案》,第29–31页。
[②] 对于这一概念诞生的学术史渊源及其与"新神话主义"的联系与区别,拙文《遗产旅游语境中的神话主义——以导游词底本与导游的叙事表演为中心》有较详细的梳理,此处从略。该文见《民俗研究》2014年第1期。

　　具体地说,本课题创造性地使用"神话主义"这一概念①,用来指现当代社会中对神话的挪用和重新建构,神话从其原本生存的社区日常生活语境被移入新的语境中,呈现给不同的观众,并被赋予了新的功能和意义。将神话作为地区、族群或者国家的文化象征而对之进行政治性、商业性或文化性的整合运用,是神话主义的常见形态。

　　这里还应该界定一下本文的两个核心概念:"神话"和"电子媒介"。"神话"的含义和范畴一直众说纷纭,见仁见智。本文所谓的"神话",是人类表达文化(expressive culture)的诸文类之一,通常具有这样一些特点:它是有关神祇、始祖、文化英雄或神圣动物及其活动的叙事(narrative),通过叙述一个或者一系列有关创造时刻(the moment of creation)以及这一时刻之前的故事,解释宇宙、人类(包括神祇与特定族群)和文化的最初起源,以及现时世间秩序的最初奠定。② 神话在社区日常生活中的讲述,可以发生在任何需要的场合,但很多是在庄严神圣的宗教仪式场合中。

　　"电子媒介"一般是指运用电子技术和电子设备进行信息传播的媒介,包括广播、电影、电视、电子游戏、因特网等。限于篇幅,本文将以电影、电视和电子游戏为考察对象,对中国神话在其中呈现的主要形式、文本类型、生产特点以及艺术魅力等,进行总体上的梳理和归纳,意

---

　　① "神话主义"一词,已有学者使用过,例如苏联神话学家叶·莫·梅列金斯基在《神话的诗学》一书中,将作家汲取神话传统而创作文学作品的现象称为"神话主义",认为"它既是一种艺术手法,又是为这一手法所系的世界感知",见《神话的诗学》,魏庆征译,北京:商务印书馆1990年版,第三编;张碧在《现代神话:从神话主义到新神话主义》一文中,借用了梅列金斯基的概念,将"神话主义"界定为"借助古典神话因素进行创作的现代文艺手法"(《求索》2010年第5期)。本文使用的"神话主义"更多地参考了"民俗主义"(folklorism)以及"民俗化"(folklorization)等概念的界定,强调的是神话从其原本生存的社区日常生活语境中抽取出来,在新的语境呈现给不同的观众,并被赋予了新的功能和意义。神话主义显然并不限于文学和艺术创作范畴,而是广泛存在于现当代社会的诸多领域。详见拙文《遗产旅游语境中的神话主义——以导游词底本与导游的叙事表演为中心》。
　　② 杨利慧、张霞等:《现代口承神话的民族志研究——以四个汉族社区为个案》,西安:陕西师范大学出版社2011年版,"总论",第1页。

在为中国的神话主义研究奠定初步的基础,并为其将来的探索提供一些努力的方向。

二、当代中国电子媒介中神话主义的呈现

尽管中国早期的电子媒介——电影——诞生于二十世纪初叶,不过以电影和电视为传播媒介来展现中国神话,则直至二十世纪八十年代才出现。1985 年,上海美术电影制片厂拍出了一部水墨动画电影《女娲补天》,片长 10 分钟。该片几乎没有台词,而是以简洁凝练的画面,生动直观地展现了女娲造人和补天的神话事件的全过程。上古时代,没有人烟,女娲感到很孤独。于是仿照自己映在水中的模样,用泥巴做成了小人。小人们男女结合,不断繁衍,过着幸福快乐的生活。忽然有一天,火神和水神打了起来,世间到处是烈焰和洪水。水神和火神还把天撞出了巨大的裂缝,碎石不断落下,砸伤了许多小人。女娲焦急万分,她炼出五彩巨石,将之托上天空,填补一个个漏洞。然而大风吹来,石头又从漏洞纷纷落下。最终,女娲把自己的身体嵌进裂缝中,渐渐与石缝融为一体。世界从此恢复了宁静。女娲补在天空的五彩石化为了璀璨明亮的星辰。动画片中洋溢着生动清新的气息,给人以美的启迪,同时又十分注重教化意义。本片于 1986 年获法国圣罗马国际儿童电影节特别奖。

从此以后,随着电视的日益普及,中国神话开始在电视媒介上更普遍地出现——直至今日,电视一直是展现中国神话最多的电子媒介之一。1999 年,由中华五千年促进会、央视动画部共同出品的一部 14 集动画电视剧《中华五千年历史故事动画系列——小太极》,算是中国神话在电视媒介中较早、较集中的呈现。该系列电视剧以人首鸟身的精

卫鸟以及虚构人物小太极和大龙为主人公,不断穿越神话传说时代的中国历史,每集讲述一个神话故事,依次呈现了盘古开天辟地、女娲炼石补天、仓颉造字、仪狄造酒、神农尝百草、炎黄战蚩尤、后羿射日、嫦娥奔月、夸父追日、燧人氏钻木取火、大禹治水等神话故事。该片在"九〇后"以及部分"八〇后"的青年人中产生了较大影响,成为他们了解中国神话世界的重要来源。

再往后,电子媒介对神话的表现越来越多,形式也更加多样。其中最为常见的承载形式有如下三种:

第一种是动画片。这一类形式主要针对的观众是少年儿童,拍摄目的主要是传播中华历史文化传统、弘扬优秀的民族精神和品德,"寓教于乐"的特点十分突出,神话往往被注入比较浓厚的教化色彩。其中比较优秀的作品,比如52集大型国产动画片《哪吒传奇》(2003)以哪吒的故事为线索,糅合了诸多神话传说中的叙事情节和人物形象,例如女娲、盘古、祝融、共工、夸父、后羿、三足乌等,或简要或详尽地讲述了盘古开天、女娲造人补天、夸父追日、三足乌载日等神话故事。《中华五千年》(2010)是中国第一部动画历史纪录片,其中第二集以动画再现和播音员讲解相结合的方式,讲述了盘古开天辟地、女娲造人补天的神话。其他,《故事中国》(2012)中讲述了《大禹治水》《神农尝百草》《精卫填海》等神话故事;而10集动画片《精卫填海》(2007)则融汇了共工怒触不周山、女娲补天、西王母与不死药、夸父追日、精卫填海等神话故事,讲述了一个新版本的、高度系统化的精卫神话。

第二种形式是真人版的影视剧。与动画片相比,由演员饰演的影视剧主要针对的是成年观众,所讲述的故事在整体上往往更为曲折、复杂。例如23集电视连续剧《天地传奇》(2008),主要依据流传在河南淮阳地区的伏羲、女娲创世神话,讲述了华族始祖艰难曲折的创业历程,在一波三折的情节进程中,编织进了伏羲和女娲洪水后兄妹成亲、抟土造人、定姓氏、正人伦,以及伏羲发明八卦、结网捕鱼、兴庖厨、肇农耕、女娲炼石补天等一系列神话。伏羲女娲的创世过程及其忠贞、曲折的爱情故事成为该剧的主线。《仙剑奇侠传三》(2008)是根据同名RPG电子游戏改编成的真人版电视连续剧,讲述的主要是武侠世界爱恨情仇的故事,其中的一条主线是女娲神族的后人紫萱和长卿纠缠三世的爱情故事,剧中通过紫萱和卖面具的小贩之口,生动地讲述了女娲七日创世以及伏羲女娲在昆仑山上兄妹结亲的神话。

　　第三种形式是更晚近出现的电子游戏。电子游戏常利用各种传统文化元素来建构游戏世界,其中一些也有意识地利用神话来营造游戏背景、氛围和叙事线索。例如,台湾大宇资讯股份有限公司制作发行的电脑游戏《仙剑奇侠传》,以中国神话传说为背景,以武侠和仙侠为题材,是当代传播和重建神话的重要网络游戏。该游戏系列首款作品发行于1995年,迄今已发行7代单机角色扮演游戏、1款经营模拟游戏、1款网络游戏,曾荣获无数的游戏奖项,被众多玩家誉为"旷世奇作",初代及三代还相继于2004年和2008年被改编成了电视连续剧。

　　《仙剑奇侠传》以女娲神话作为游戏的基本叙事框架:女娲抟土造人、炼石补天后,人间洪水泛滥,女娲又下凡诛杀恶神,平定洪水。但是此事令天帝大为震怒,将女娲逐出神籍。从此女娲留在了苗疆,成为苗族人民的守护神。女娲的后世子孙被称作"女娲神族",她们每代只生一个女儿,拥有绝世美貌和至高无上的灵力,秉承女娲的遗志,守护着天下苍生,却背负着最终要为天下苍生牺牲的宿命。

　　除此基本叙事框架外,游戏还大量运用其他中国神话元素,塑造出"六界"的世界观。例如,盘古于混沌中垂死化生,其精、气、神分化为伏羲、神农、女娲"三皇",其体内的"灵力"逸散,分解为水、火、雷、风、土"五灵",散于天地之间。而盘古之心悬于天地之间成为连接天地的纽带,因清浊交汇而生"神树",成为天界生命之源。"三皇"分别以不同形式创造生灵。伏羲以神树吸收神界清气所结的果实为躯体,注入自己强大的精力,创造出"神",居于天,形成"神界"。神农以大地土石草木为体,灌注自身气力,创造出"兽"(包括走兽昆虫)。女娲以土、水混合,附以自身血液和灵力,用杨柳枝条点化,依自己模样塑造,造出"人"。另有"鬼界"作为人、兽等生灵的轮回中转之所。蚩尤残部在异界逐渐修炼成魔,"魔界"也逐渐形成。在游戏中,玩家扮演着求仙问道、济世救民的仙侠和剑客等角色,与六界之中的各类角色发生关联,女娲的后代是玩家的同伴,神农、蚩尤等神话人物或其遗留在世间的宝物也不时出现,陪伴着玩家的游戏历程。

除《仙剑奇侠传》外,《轩辕剑》《天下贰》《古剑奇谭:琴心剑魄今何在》等电子游戏也都在故事情节设置、角色设置、场景设置、道具及装备设置等方面,大量利用中国神话元素,使电子游戏成为传播中国神话的一种重要媒介。①

三、神话主义的文本类型

美国民俗学家马克·本德尔(Mark Bender)在《怎样看〈梅葛〉:"以传统为取向"的楚雄彝族文学文本》一文中,曾参照美国古典学者约翰·迈尔斯·弗里(John Miles Foley)和芬兰民俗学家劳里·杭柯(Lauri Honko)等人的观点,依据创作与传播中的文本的特质和语境,将彝族史诗划分为三种类型:1. 口头文本(Oral Text),即倚赖口头而非依凭书写(writing)来传承的民俗文本;2. 源于口头的文本(Oral-Connected Text),或称"与口传有关的文本(Oral-Related Text)",是指某一社区中那些跟口头传统有密切关联的书面文本;3. 以传统为取向的文本(Tradition-Oriented Text),这类文本是由编辑者根据某一传统中

---

① 关于神话在电子游戏中呈现的具体形式及其特点和作用,可参见包媛媛的文章。

的口头文本或与口传有关的文本进行汇编后创作出来的。通常所见的情形是,将若干文本中的组成部分或主题内容汇集在一起,经过编辑、加工和修改,以呈现这种传统的某些方面,常常带有民族性或国家主义取向。它们正处于从地方传统(包括口头和书面两种样式)迻译到"他文化"空间的呈现(representation)与接受(reception)的民俗过程(Folklore Process)中。①

　　尽管本德尔等人所谓的"以传统为取向的文本"主要限于书面文本,但是对研究电子媒介中神话主义的文本类型不无启示。在我看来,电子媒介制造的神话主义的文本,总体上亦属于"以传统为取向的文本",它们往往是由编剧和制作者根据中国神话的口头文本或与口传有关的书面文本进行汇编后,加工、创作出来,以呈现该传统的某些方面。但是,就电子媒介中的神话主义而言,"以传统为取向的文本"的提法显然过于笼统——如果细查不同作品对神话传统的利用情况,会发现实际情形比这更加复杂多样,值得对之做进一步的细分。笔者认为,依据电子媒介对神话传统的采纳和改动的方式和程度,可以将其文本类型分为三类:援引传统的文本(Tradition-quoted Text)、融汇传统的文本(Tradition-gathered Text)、重铸传统的文本(Tradition-rebuilt Text)。

　　援引传统的文本,是指编剧和制作者直接援引神话的口头文本或与口传有关的书面文本而创作出来的电子媒介文本。这类文本与口头文本或者与口传有关的书面文本十分贴近,神话传统在此一般变动不大。例如电视剧《仙剑奇侠传三》中,紫萱面对小贩和围观的听众,娓娓讲述了一段伏羲女娲兄妹婚的神话:

　　　　伏羲和女娲呢,他们原本是一对兄妹,可是,宇宙初开的时候,

　　① 马克·本德尔:《怎样看〈梅葛〉:"以传统为取向"的楚雄彝族文学文本》,付卫译,《民俗研究》2002年第4期。

只有他们兄妹两个人,他们住在昆仑山底下。当时没有其他的子民。他们俩就想结为夫妻,可是他们又很害羞。那怎么办呢?(观众议论纷纷,仿佛被难住了。)(紫萱一拍手,流露出事情被解决了的畅快之情。)于是,他们就爬到昆仑山上,问上天:"上天啊,如果你愿意我们俩结为夫妻的话,就把天上的云合成一团吧;如果你不愿意我们俩结为夫妻的话,就把云散开吧。"结果你们猜,怎么样了? 哇,天上的云真的已经结合在一起了! 于是,他们俩就结为了夫妻,生了好——多好——多的孩子。现在我们大家都是他们的子孙后代啊!(观众热烈鼓掌:"好啊,好啊!")

这一段故事,完全出自唐代李冗《独异志》卷下所记载的同类型故事,是对该文献记录的精确白话文转译:

> 昔宇宙初开之时,有女娲兄妹二人,在昆仑山,而天下未有人民。议以为夫妻,又自羞耻。兄即与妹上昆仑山,咒曰:"天若遣我兄妹二人为夫妻,而烟悉合;若不,使烟散。"于烟即合。其妹即来就兄。

融汇传统的文本,是指编剧和制作者将若干"援引传统的文本"贯穿、连缀起来,融汇成一个情节更长、内容更丰富、色彩更斑斓的电子媒介文本。这类文本的结构好像"糖葫芦",每一个单独的神话故事大体还是它自己的模样——与口头传统和书面文献中的神话相去不远。原本片段、零散的中国神话传统在这样的文本中,往往呈现出更为"系统化"(systematization)的特点。例如上海美术电影制片厂的动画电影《女娲补天》,汇集了《风俗通义》有关女娲抟土造人、力不暇供,乃用绳索蘸泥土举以为人的神话,《淮南子·天文训》中关于共工与颛顼争为帝、怒而触不周之山,以及《淮南子·览冥训》中女娲熔炼五色石以补天缺等书面文字记录,同时也广泛吸纳了民间口承神话里关于女娲造出了女人和男人,令其自相婚配、繁衍人类,以及用自己的身体填补了天空的漏洞、其补天的五彩石化为天上星空的说法……①融汇成为一个更为系统化的女娲造人补天神话。14集动画电视剧《中华五千年历史故事动画系列——小太极》,总体上也属于这种文本类型,精卫鸟、小太极和大龙组成了故事的线索——好比糖葫芦的"棒儿",贯穿起了盘古开天、女娲补天、仓颉造字、仪狄造酒、神农尝百草、炎黄战蚩尤、后羿射日、嫦娥奔月、夸父追日、燧人氏钻木取火、大禹治水等神话故事的"果儿",每一个单独的神话故事都基本有据可循,它们汇聚在一起,最终形成了一个关于中国上古神话传统的系统化叙事。

重铸传统的文本,则是指编剧和制作者利用神话的口头文本或与口传有关的书面文本,大力糅合、改编后,重新创作出新的人物形象、"于史无征"的故事情节。神话传统在此常会发生较大的改变。比如电子游戏《仙剑奇侠传》中运用中国神话元素塑造其"六界"世界观时,盘古的精、气、神分化为伏羲、神农、女娲"三皇";"三皇"分别以不同形式创造生灵并形成了最主要的三界——"神界""人界"和"兽界"。这样的神祇谱系关系以及叙事情节,不见于以往的口头文本或与口传有关的书面文本,是制作方的全新创造,但又与神话传统存在一定的关联,它们在新的叙事结构系统中被重新糅合,铸就了新的故事。动画电视连续剧《哪吒传奇》《精卫填海》,真人版电视连续剧《天地传奇》《远古的传说》《仙剑奇侠传》,以及电子游戏《轩辕剑》《天下贰》《古剑奇谭:琴心剑魄今何在》等,总体上制作出的大都是这一类型的文本。

需要指出的是,上述三种文本类型各有特点,但也彼此关联,尤其是融汇传统的文本,往往不免牵涉神话的改动和重编,不过总体说来,

---

① 有关女娲神话在口头和书写传统中的流播状况,可参见拙著《女娲的神话和信仰》,第一章和第二章,北京:中国社会科学出版社1997年版。

与重铸传统的文本相比,其改动程度较小,整体上更贴近传统。有时在一个特定的电子媒介作品中,例如《仙剑奇侠传三》中,同时存在这三种文本类型。

四、神话主义的生产

神话主义不应仅被视为技术发展、媒介变迁的产物。作为当代大众媒介制造和传播的对象,它更是由当下中国的社会形势、意识形态、文化策略以及市场经济等因素共同作用而产生的一种社会文化现象,其生产过程往往牵涉复杂的政治、经济和社会文化动因。换句话说,神话主义的生产在本质上是"借古人之酒杯,浇今人之块垒",是"一种以过去为资源的当下新型文化生产模式"。①

比如在大型国产动画片《哪吒传奇》中,以往传统里不相关联的三足乌和夸父追日神话被串联、复合起来,出现了三足乌被缚、夸父救日、夸父追日的系列神话事件。由于这样的串联、复合和重新建构,夸父的故事更加丰富,他的一系列行为(包括追日)的动机变得非常清晰——为了解救被缚的三足金乌,以恢复世间正常的自然和社会生活秩序,所以夸父救日;为了阻止太阳自沉,不使人类和万物落入永远的黑暗和死亡当中,所以夸父追日。他为此付出了生命的代价,即使死后也要化成一片绿洲,继续泽被人间。在这一新神话的讲述中,夸父的形象显得前所未有地崇高:他不再是"珥两黄蛇,把两黄蛇"(《山海经·大荒北经》)的"异类",不是不自量力或者"好奇"的"小我",而是一个大公无

---

① Babara Kirshenblatt-Gimblett, "Theorizing Heritage." In *Ethnomusicology*, Fall 1995, pp. 369-370.

私、富有自我牺牲精神、坚韧不拔的伟大英雄,是善良、正义、勇猛、无私的化身。这使他的形象以及追日神话被赋予了浓厚的道德教化色彩。为什么该剧要如此演绎夸父和三足乌神话呢? 仔细考察其制作背景以及制作方对自己生产动机的宣称,会发现这种对神话传统的重构与中国近三十年来的社会经济和文化政治语境紧密相关,具体地说,造成上述重构的一个重要因素,与目前国产动画在全球化浪潮的冲击下面临的外来文化的压力以及由此激发起来的民族主义情绪和反全球化思潮有关,符合当前社会语境下拍出"富有民族性","讲述中华民族的优良传统,弘扬民族精神"的优秀动画片目的和需要。此外,与国外动画片争夺国内的消费市场,也是该剧生产的一个主要动机。①

　　而10集动画电视剧《精卫填海》的制作,也突出体现了神话主义生产过程中主流意识形态和文化价值观、地方主义以及市场经济等因素彼此裹挟、协作共谋的复杂关系。该剧由中共山西省长治市委、长治市人民政府出品,北京动漫乐园国际电视传媒有限公司承制,山西省动画艺术协会、中国传媒大学动画学院联合制作。据主创方称,该片以发生于山西长治地区的精卫填海神话传说为蓝本,糅合了共工怒触不周山、女娲补天、西王母与不死药、夸父追日、精卫填海等神话创作而成,意在"通过丰富而极具想象的创作手法,揭示了正义必将战胜邪恶这一亘古不变的人类主题,是一部紧跟时代潮流与主旋律、弘扬中华民族灿烂文化、宣传社会主义精神文明主题的经典动画片"。对此,该片的策划制片人兼美术总设计王冀中的话道出了其生产动机的复杂性:

　　　　长治素来就有"神话之乡"之称,作为中国十大魅力城市,"神话"是长治的特色资源。这是我们之所以会想到做《精卫填海》动

---

① 关于该片的生产及其对神话传统的重构与当下中国社会中全球化和反全球化思潮之间相互关联的更详尽分析,可参见拙文《全球化、反全球化与中国民间传统的重构——以大型国产动画片〈哪吒传奇〉为例》,《北京师范大学学报》2009年第1期。

画的动因,也是一个城市走特色之路的探索……

　　在国际上,动漫产业是非常发达的,拿日本来说,动漫产业的产值位居全国第三,甚至超过了汽车、钢铁。从《精卫填海》来说,我们也想到了后续开发,但现在显然还不成熟,如果这个片子可以从今天的10集变成50集,它的影响力增强之后,后续的开发我们一定会做。

　　上述两个案例有力地表明:神话主义绝不仅仅是借由新技术将古老的神话传统在新媒介上简单地加以再现,相反,神话主义是当下的一种文化生产模式,其生产动因往往与当代中国的政治、经济和社会文化语境密不可分①,其生产过程折射出当代大众文化生产和再生产的复杂图景。

五、神话主义的光晕

　　德国文化批评家瓦尔特·本雅明(Walter Benjamin)曾经针对机械复制时代复制艺术对传统艺术的冲击,提出了著名的"光晕消逝"理论。在他看来,传统艺术具有膜拜价值、本真性和独一无二的特性,因而具有无法复制的"光晕"(aura,又译为"灵晕")。用他充满诗意和暗喻的风格说,如果当一个夏日的午后,你歇息时眺望地平线上的山脉或

----

① 陈汝静在《中国当代影视媒介中的神话主义》一文中,比较详细地讨论了影视媒介生产神话主义的四种动机:民族主义、在地化、艺术性与商业化。北京师范大学硕士学位论文,2014年。该研究属于笔者主持的国家社科基金课题"中国神话的当代传承:以遗产旅游和电子传媒的考察为中心"的阶段性成果。

注视那在你身上投下阴影的树枝,你便能体会到那山脉或树枝的灵晕。①

本雅明用光晕艺术泛指整个传统艺术,光晕可以体现在讲故事的艺术中,也可以体现在戏剧舞台上的生动表演和独特氛围里。② 与传统艺术不同,机械复制时代的复制艺术只具有展示价值,其本真性和独一无二性不复存在,因而随着技术复制艺术的崛起,传统艺术的光晕便逐渐衰微。本雅明把对古典艺术和现代艺术的接受方式,区分为"专注凝神的方式"和"消遣的方式","消遣与专心构成一个两极化的对立"。③ 随着机械复制时代的到来,艺术的消费方式也发生了变化:传统中占主导地位的对艺术品的"专注凝神""全神贯注"的接受,越来越被"消遣的方式"所取代。

对本雅明的光晕消逝理论,不少学者表示了相反的意见,例如阿多诺(Theodor W. Adorno)认为光晕正是当代艺术(例如电影)的基本组成部分。④

如何认识电子媒介所展示的神话主义的艺术性? 我认为神话主义的叙事艺术尽管与传统的口耳相传方式的讲故事艺术具有不同的特点,但是它也富有与传统艺术不同的光晕。在这里,电子媒介能够在多大层面上激起观众"专注凝神"的审美体验是其是否拥有光晕的关键。

口头讲述的神话,运用的是口语媒介,主要诉诸听众的听觉,通过讲述人在特定情境中的现场表演,借助其辅助性的表达手段如表情、动作、语域高低、声调变换等,激发听众的想象,使之领会到神话所描绘的远古祖先、神祇和宇宙创造的过程。讲述者的言语,仿佛"长翅膀的语

---

① 本雅明:《机械复制时代的艺术作品》,见汉娜·阿伦特编:《启迪:本雅明文选》,张旭东、王斑译,北京:三联书店2012年版(第2版),第237页。
② 方维规:《本雅明"光晕"概念考释》,《社会科学论坛》2008年第9期。
③ 本雅明:《机械复制时代的艺术作品》,见汉娜·阿伦特编:《启迪:本雅明文选》,第260–262页。
④ 参见方维规:《本雅明"光晕"概念考释》,《社会科学论坛》2008年第9期。

词"（winged words），出口即逝，但又富有力量、自由无羁，使人摆脱平凡、粗俗、沉重和"客观"的世界。① 文字媒介确立了"脱离情境"的语言②，建立起一个视觉的崭新感知世界，"印刷术把语词从声音世界里迁移出来，送进一个视觉平面，并利用视觉空间来管理知识，促使人把自己内心有意识或无意识的资源想象为类似物体的、无个性的、极端中性的东西"。③ 电子媒介则是在上述两种媒介的基础上生成的，它强调视觉和听觉等感官的整合功能，从而改变观众对世界的感知方式。

以电子媒介形式展现的神话主义，其优秀作品往往能通过精细的人物形象描绘、生动逼真的画面、富有感染力的音响效果，立体、直观地再现远古的神话，打破横亘在现代人和古老洪荒年代之间的时间和空间距离，令人产生身临其境的逼真效果，令观众在"专注凝神"的接受中领略神话的魅力。

2014年年初，笔者在为北京师范大学文学院2011级本科生（都是"九〇"后）讲授"民间文学概论"课程时，曾询问学生对于民间文学在当代社会中（例如民俗旅游、电子媒介等领域）被重新利用和建构的看法。对这个问题学生们各抒己见。有不少学生在回答中专门谈到电影、电视和电子游戏在再现神话上所具有的特殊感染力。一位吴姓同学以电子游戏《仙剑奇侠传》为例，谈到她所感受到的电子媒介传达出的无与伦比的神话魅力：

> 神话人物的无所不能、洪荒年代的神秘与壮美、仙侠生活的惊心动魄与荡气回肠，在电脑游戏的画面与音效的双重烘托下得到了极好的表现。电脑游戏对神话的重构产生的作用是其他形式不

① 沃尔特·翁：《口语文化与书面文化：语词的技术化》，何道宽译，北京：北京大学出版社2008年版，第58页。
② 同上，第59页。
③ 同上，第100页。

可替代的。人们不仅从游戏中了解、传承了神话,更重要的是,还亲身参与到了本来遥不可及的神话中去,沉浸式体验了令人心驰神往的神话世界。

电视和电影在再现神话场景、营造艺术魅力方面,也产生了同样的效果。2014 年夏,笔者在为北京师范大学文学院本科生讲授"神话学"课程时,曾请学生记述其生活中印象最深的一次听／看神话的事件。一位姓张的同学回想起小时候看过的动画电视剧《中华五千年历史故事动画系列——小太极》,称至今记忆犹新,特别是对其中的《后羿射日》和《夸父追日》两集故事:

> 这两集的情节简直历历在目。如今我脑海里还会清晰地浮现当年那个夸父的模样……画面上就见在一轮大太阳前面,肤色黝黑的壮汉夸父一直追着太阳奔跑,沿路挥洒了好多汗水……最终他在马上要接近太阳的一刹那倒地不起了,但太阳的光辉十足地照耀着他,照着他躺在大地上,看着他的眼睛变成明月,身体变成森林、山岭、海洋,成为一幅生机勃勃的景象……

一位网友在谈到动画电影《女娲补天》对自己的触动时说:

> 这个动画片不到十分钟的样子,但是在我的记忆中占了很重要的位置,很感人的,记得看到激动之时我都快哭了……再后来,不管在什么节目里出现女娲,都觉得这是最感人的形象。①

可见,电子媒介所传达的神话魅力与以往的讲故事艺术虽然不同,

---

① 《我们小时候的国产动画电影不垃圾》,http://www.u148.net/article/6562.html

但是,利用视觉-听觉等感官综合作用的新技术手段,也能(如果不是更容易的话)激起观众全身心地投入观影体验中,感受那种令人"专注凝神"接受的审美体验,激发其对神话及其所代表的洪荒年代的"心驰神往"。从这一点上说,大众媒介时代所产生的神话主义,富有特殊的艺术光晕。

结　语

一百多年前,思想家卡尔·马克思曾经预言:随着科技的发展,神话必将成为明日黄花:"在罗伯茨公司面前,武尔坎又在哪里?在避雷针面前,丘必特又在哪里?在动产信用公司面前,海尔梅斯又在哪里?"①如今一个多世纪过去了,相信科学魅力的人们并没能见到神话的消亡,相反,随着科学技术的发展,特别是电子和数字技术日新月异的推进,神话借助大众媒介的力量,传播得更加广泛、迅捷。

本文以中国神话为考察对象,分析了神话主义在当代电子媒介中的三种主要承载形式——动画片、真人版影视剧和电子游戏,并将神话主义的文本类型划分为三类:援引传统的文本、融汇传统的文本与重铸传统的文本。论文指出:神话主义不应仅被视为技术发展、媒介变迁的产物,作为当代大众媒介制造和传播的对象,它的生产与中国当下的政治、经济和社会文化语境密切相关;神话主义尽管与以往的讲故事

---

① 马克思:《〈政治经济学批判〉导言》,见《马克思恩格斯选集》,第2卷,中央编译局译,北京:人民出版社1995年版,第28、29页。其中罗伯茨公司是十九世纪英国的一家著名机器制造公司,武尔坎为古罗马神话中冶炼金属的神,能制造各种精良武器和盾牌,在古希腊神话中叫作赫准斯托斯;丘必特是古罗马神话中的雷神,具有最高的权威,相当于古希腊神话中的宙斯;动产信用公司是十九世纪法国的一家大股份银行,海尔梅斯为古希腊神话中的商业之神。

艺术不同,但也富有特殊的艺术光晕。

在梳理电子媒介中呈现的神话主义时,一个值得注意的现象是神话的顽强生命力:诸多神话形象、神话母题和类型,反复出现在口语媒介、文字媒介和电子媒介之中,形成"超媒介"形态的文化传统。透过新媒介的形式,观察这些既古老又年轻的神话主义现象,既可以看到根本性的人类观念的重复出现,也可以洞见当代大众文化生产和再生产的复杂图景。

马克·本德尔在谈到"以传统为取向的文本"时,主张对此类文本不应该"弃之如敝履",而应该将之作为航柯所谓的"民俗过程(folklore process)"的材料,置入整体的表达传统中加以研究。对待神话主义的态度也应如此。神话主义无疑是神话传统整体的一部分,其产生与口头传统和书写传统密切相关,其传播也对口头和书写传统产生着不同程度的影响。因此,神话学者同样不应该轻视神话主义,而应将之纳入神话传统的整体脉络,置于神话完整的生命史过程中,加以细致的考察和研究。

杨利慧 北京民间文艺家协会副主席,北京师范大学文学院副院长、教授。

史观重建：从主旋律到新主流文艺

陶庆梅

2021年以来，《觉醒年代》《山海情》《功勋》《长津湖》等一系列文艺影视作品，在大众文化中脱颖而出，在观众尤其是青年观众中，引发了自下而上的高度关注。文化界对于这类作品的讨论，多是置于"主旋律""红色题材""主题创作""革命历史题材"的解释框架内，从艺术性如何提高的角度来解释这些作品如何"破圈"。也有研究者尝试用"新主流"替换"主旋律"这样的概念，认为这些电影是"通过商业化策略，包括大投资、明星策略、大营销等，来弥补主旋律电影一向缺失的'市场'之翼"。①

本文认为，我们确实不能局限在"主旋律"的认识框架内，简单地认为，2021年这些作品的破圈仅仅是艺术水平的提高；但我们又不能停留在现象层面上，仅仅从制作方式的转型去理解"新主流"。我们要看到，这些作品之所以给人耳目一新的感觉，带有"新主流"文艺的气象，在于它们是通过艺术的方式呈现出全新的思想内容。

---

① 陈旭光：《绘制近年中国电影版图：新格局、新拓展、新态势》，《中国文艺评论》2021年第12期。

一、主旋律与新主流：从被动防御到主动建构

"主旋律"这一概念出现于二十世纪八十年代末。二十世纪八十年代以来，伴随着市场化在社会领域的纵深发展，文艺领域的市场化倾向也越来越严重。面对商业、娱乐对于主流意识形态的冲击，当时电影局的领导遂提出了"主旋律"的概念。"主旋律"的概念虽然很早就被提出，但是从二十世纪九十年代到二十一世纪初，除去少数作品之外，大部分置身于市场化浪潮中的"主旋律"作品都默默无闻。到了二十一世纪，文化生产更是在类型化、流量化的道路上越走越远。文化主管部门逐渐意识到市场化进程对于文艺生产的深刻改变，尝试以市场化方式推动"主旋律"的文艺创作，出现了如《建国大业》《建军大业》这样的作品；尝试借助当时通用的市场操作模式启用流量明星，既争取票房收益，也吸引舆论热点。但这种市场化的操作方式，使得这类作品与其他商业作品的区别并不明显，在广大社会层面上也不太可能引发持续关注。

然而，当《觉醒年代》《山海情》《长津湖》等影视作品在2021年出现以后——它们也是在市场化环境中，运作模式也是采用政府引导、市场操作——引起的反响空前热烈。重要的是，这些作品并不太渲染其市场化、流量化的运作；而对这些作品的讨论，也不仅仅局限在影视圈、文化圈，它带动了历史、社会史各个方面的讨论。这种自下而上的反响与面向丰富的讨论，显现出这类作品与原来的"主旋律"创作有着很大不同：一种带有不同历史观、价值观的新主流文艺，正在悄然生长。

"新主流"，在这些作品中最明显的体现是一种新的史观。

任何一个社会的主政者，都必须建立对自身历史的叙事。主流文

艺，其根底就是通过对这个国家与社会的历史发展进程的叙事，呈现这个社会的主流价值观，辨明未来的发展方向，凝聚民心。二十世纪八十年代的改革开放，在当时的历史语境中呈现出某种意识形态的断裂——为了推动市场化的进程，需要"告别革命"。在当时，这有经济与社会发展的必然性；而经济与社会的市场化转型，势必影响到文艺。市场化所内含的"告别革命"的意识形态，终究会在文艺作品中显现出来——二十世纪九十年代初期的《编辑部的故事》是其中的典型代表。虽然此后涌现了许多娱乐化的作品，本身可能并不带有自觉消解革命意识形态的意图，但过度商业化的娱乐文化，必然是对于理想、革命等宏大主题的偏离。告别"革命"的宏大叙事，是二十世纪九十年代以来一直到二十一世纪的大众文化的主题。

在市场化氛围中出现的"主旋律"文艺，在现象上是要对过度发展的商业文化做出反应。这种反应的实质内容，并不只是针对商业文化带来的市场乱象（如同我们今天在粉丝文化中看到的一样），而是商业文化内含着的历史观与价值观的转向。某种意义上，"主旋律"是在市场化的条件下，面对娱乐与商业对文化的快速侵袭，面对大众文化复杂意识形态对于革命意识形态的解构，力图通过对题材、艺术风格的要求，来维护社会主义革命史的正当性和主流意识形态的合法性。但在市场化进程摧枯拉朽的状态中，或者说在市场化改革是二十世纪九十年代经济政策核心命题的情况下，"主旋律"的提出者也只能在推动市场经济的潮流中，为"革命"的宏大叙事保留一席基本阵地。在这种政策的推动之下，《大决战》《开国大典》《长征》等革命历史题材的优秀影视剧，也引起了人们的关注，但总的来说，这些作品对于过去革命历史的叙述偏向一种静态的回望，是对于某种形成于革命时期的历史叙事的简单重复。

因而，我们可以说，出现在二十世纪八十年代末的"主旋律"概念，在意识形态上更多带有一种保守性的"守势"——守护住社会主义革命的正当性与社会主义意识形态的主流地位。这种"主旋律"作品，从二十世纪九十年代以来，一直是中国特色文艺的一个独特组成部分。一方面，文艺市场化一直是加速推进，民营影视机构逐渐在文化市场主体中占据越来越高的比重；大众文化不断迭代、快速推进，大众文化内在的个人主义、拜金主义等价值观，也与中国市场化的进程同步推进。另一方面，在"主旋律"的政策引导下，国有或者民营机构也会不断推出"主旋律"作品。"主旋律"与市场化文艺有点"井水不犯河水"，各有各的路径，只是，"主旋律"在市场上总体占有的份额很低；更重要的是所谓的"主旋律"其实在意识形态与价值观上早已处于市场社会的边缘地带。而2021年《觉醒年代》《山海情》等作品的出现，不但打破了"主旋律"与大众文化之间的界限，在市场上创造出良好的口碑，更重要的是，它们通过开辟一种新的历史叙事方式，呼应了这个时代被掩藏着的某种社会情绪，带动更多年轻观众的情感，造就了属于这个时代的主流价值。

二、史观重建：讲述历史是为了争取未来

《觉醒年代》《山海情》是"新主流"文艺中最具代表性的影视剧作品。本文即以这两部作品为例展开讨论。

（一）构建革命史与改革史的连续性

《觉醒年代》是一部全景式呈现新文化运动思想发展过程的电视连续剧。这部作品通过人物的行动与时代的变化，呈现出的是思想动态发展的过程，探讨五四运动为什么催生了中国共产党，以及中国为什

么要走社会主义道路。虽然思想界对于《觉醒年代》对思想场域的还原是否"真实"有着争议，但这并不妨碍它对新文化运动的全景式展现在当下有着特别"真实"的意义。这种"真实"是它在当前的历史时刻，面对对于历史、社会、现实有着独特认知的新一代青年观众的崛起，重新讲述中国百年来的主流历史。

二十世纪五十年代，由于受众大多对于社会主义革命有感同身受的经验，对于观众进行社会主义教育是相对容易的；而今天新一代的观众，对于主流历史，如果不是刻意反叛，也带着些挑剔的眼神。他们的知识面是非常丰富而庞杂的。对于"历史为什么会选择共产党"、"中国为什么要走社会主义道路"这类宏大政治问题，如果和他们的知识体系不匹配就会很难接受。《觉醒年代》就是迎着这挑剔的、审视的目光而去的。

《觉醒年代》最为有力之处，是它将共产党的成立与中国的社会主义道路选择，一直置于当时的历史大势与思想论辩中。在这方面，《觉醒年代》可谓有真正的"文化自信"。它并不回避在新文化运动中的不同思潮都有着某种程度的合理性，它站在今天的视角，对这一历史进程中不同思潮的竞争，也都给予充分的尊重。在电视剧中，文化保守主义也好，自由主义也好，无政府主义也好……都是在为中国寻找一条道路。不同思想立场的个体，寻找的答案并不相同，但我们站在今天的立场上，都给他们充分的表达与充分的尊重——剧中每每出现的鞠躬场景，可以看作后辈的我们在致敬那些为中国寻找道路的先贤。

如果说在二十世纪五十年代，因为革命的紧迫性，我们会不自觉地对于保守主义、自由主义有刻意的批评，将这些思想选择置于反方立场；那么在二十世纪八十年代，在"告别革命"的思潮中，对于保守主义与自由主义又存在刻意的抬高，仿佛中国无须经过一场革命，就能够实现民族解放。《觉醒年代》则是清晰地站在今天的历史时刻，站在中华民族接近完成民族复兴的历史时刻，对于历史一次长远的回望；是对于为什么在民族最危亡的时刻，要寻找共产主义道路的一次崭新回答。《觉醒年代》里，虽然不同思想倾向得到了充分表达，但这些思想倾向并不是在观念的真空里辩论，而是被清晰地置于"倒袁""巴黎和会""五四运动"的历史进展中呈现的。思想本身也许并无对错，但是历史本身的进程，以及在这样的进程中如何判定中国当时在历史与国际社会当中所处的位置，决定了什么样的选择是正确的、什么样的道路是错误的。李大钊、陈独秀等人从知识分子同仁群体中走出来，走向建立革命性政党，推动中国的革命，正是他们深刻意识到：中国的发展"不能寄希望于先进者与启蒙者的善意，而应该对帝国主义秩序提出自觉性的挑战"。[①] 也正是在这样动态辨析中，今天的观众更容易理解，也更容易接受，中国为什么要走上一条社会主义革命的道路，理解革命在那个历史关头的必要性与紧迫性。

如果说《觉醒年代》对于革命的重新认识，确立了革命在百年历史叙事中的正当性，明确了革命不是必须告别，而是要重新理解；那么，《山海情》历史叙事最重要的特点，就是建立了社会主义革命史与改革开放历史的连续性叙事。

《山海情》讲述的扶贫故事，是过去改革开放叙述中一个经常被忽略的历史进程。《山海情》里涌泉村所在的西海固地区，是中国最不发达的地区之一；而解决这个最不发达地区人民的生活问题，是电视剧所塑造的基层干部形象——无论是涌泉村的村主任马得福、白老师，还是来自福建帮扶的教授凌一龙、干部陈金山等人的一生志业。在电视剧中，我们看到，从易地搬迁到对口帮扶，国家从来没有忘记偏远地区的人民，一直在用各种社会主义的政策手段，通过调动基层干部的积极性，带领当地人民走上发展的道路。

以往大众文化中对于改革开放的历史叙述，更多侧重讲述以十一

---

① 董牧孜：《回归革命史观——〈觉醒年代〉的史观转向》，《文化纵横》2021 年第 3 期。

届三中全会为标志的历史的一次转弯改道：从以阶级斗争为纲到以经济建设为纲。过去关于改革开放的历史叙事，更多突出的是改革开放以后，中国如何融入以英美为主导的世界体系，而忽视了改革开放虽然在某些意义上是一次中国发展进程中的重大调整，但改革开放之后的中国发展仍然延续着社会主义革命的政治议程——扶贫是其中最具代表性的。在改革开放之初，共产党"系统地关注贫困问题，如在二十世纪八十年代初就实施了'三西'地区的扶贫开发以及'八七扶贫攻坚'等一系列扶贫行动"；十八大以来，更是以社会主义国家的制度优势，在全国范围内开展了大规模扶贫攻坚战。正如李小云所说："在全球化扩张的时代，革命党治理下的国家依然面临未完成的革命使命的挑战。"[1]解决最穷困人口的基本收入，使得最贫苦、最偏远地区、最缺少发展机会的大众，和这个社会大多数民众一样进入小康，是中国共产党社会主义革命的承诺。《山海情》就是通过讲述在中国大地上这样一群人艰苦奋斗、带领群众奔小康的故事，来讲述中国特色社会主义没有中断的革命议程，讲述改革开放历史与社会主义革命历史的有机联系。

（二）重建以共同体为核心的理想与信念

在这种史观的推动下，这两部电视剧通过重建以共同体为核心的价值观，将革命的理想信念重新带入当下。

市场经济对于社会主义意识形态的消解，主要是通过建立以个人为主体的叙述框架与叙述方式。二十世纪九十年代的娱乐文化，在价值观上，一方面以"人性论"解构英雄，摆脱"革命"的宏大叙事；另一方面推动个人奋斗，解构共同体意识。这种思想倾向的根底，是个人主义的意识形态。如果说，原来讲"个体"和"个人主义"，更多地带有哲学

---

① 李小云、杨程雪：《脱贫攻坚：后革命时代的革命实践》，《文化纵横》2020 年 6 月刊。

意味，那么，在改革开放四十年后的今天，伴随着中国社会工业化进程的全面完成，"个体"则更多意味着城市里公司工位里的实实在在的"打工人"。这种真实存在着的个体状态，使得个人主义意识对于年轻人来说，近乎是某种自然而然。但"躺平""佛系"等网络热词的出现说明，不同于二十世纪八十年代对于个人主义的浪漫想象，今天的年轻人已经在市场化快速发展的导向中看到了个人主义的无力；在个人主义对于共同体的解构中，感受到了个体的孤独。靠个人奋斗致富的"中国合伙人"故事，在今天只能是二十世纪八十年代的神话。市场不再是一个只要努力就能致富的场域，而是充满着残酷竞争的无情战场。

如果说"资产社会导致的底层感让年轻世代渴望找到一个足够强大的外部力量，以打破资产决定生活机遇的逻辑……而丰裕一代不再将家庭或者集体作为生活意义的来源，他们需要寻找一个更加抽象、宏大的对象以获取意义感，对抗个体化导致的价值贫瘠和意义空洞"①，那么，民族国家共同体也就必然再次出场。只是，这个共同体的再次出场必然带有新的内容：它必然要直面个人主义意识形态的挑战，也必须回答，改革开放以后的中国是一个什么样的共同体。

《觉醒年代》《山海情》是对于家国叙事的一次重构。《觉醒年代》以其宽广而厚重的历史叙事，重塑了新文化运动那一代人的英雄群像：从陈独秀、李大钊这些早期的革命志士，到陈延年、陈乔年等年轻一代的爱国青年，无不是在救民族于苦难的大叙事中寻找自己的人生道路。如果说这其中陈独秀、李大钊这些父辈的追求是一种过去常见的叙事，而陈延年、陈乔年兄弟两人对于人生道路的选择，更容易让今天的年轻人感同身受。延年与乔年兄弟，在某种程度上也有着强烈的个人主义思想。虽然同样都是要"救中国"，但他们并不会自然而然地相信父辈的选择，而是在"工读主义""互助主义""无政府主义"等带有个人主

---

① 付宇、桂勇：《当丰裕一代遭遇资产社会》，《文化纵横》2022 年 4 月刊。

义思想底色的各种思潮中徘徊,并在徘徊中不断与父辈产生冲突。但是,当他们发现,种种带有个人主义色彩的思想实验,都无法实现"救中国"的伟大理想,他们便毅然决然地投入社会主义运动的潮流中,并不惜为此牺牲自己年轻的生命。

只有在现实的无情逼迫之下,过去四十年市场经济所塑造的关于个人主义的神话才会不断消解,对于共同体的追求才会成为一种内在的动力。《觉醒年代》《山海情》正是直接面对今天个体在市场挤压之下的愤懑,重新塑造一种共同体意识,书写新时代的理想与信念。

在大众文化作品中,这种对于超越个人主义的集体意识的呼唤,从《士兵突击》《我的团长我的团》开始,就一直是一条潜藏的情感线索。而《觉醒年代》《山海情》则是将这种情感动力转化成了对于民族-国家的共同体叙事。《觉醒年代》展现的是在民族危亡时期,以民族国家为单位的整体动员。在《山海情》中,这种共同体意识,不仅在于有分析者已经指出的:解决贫困问题是依靠集体与组织的力量①,更为重要的是,《山海情》呈现出的是当代中国的共同体意识。

改革开放以来,东部沿海地区在市场经济的推动下,走上了率先发展的道路;但在中国这样一个幅员辽阔的国家,内部发展是极其不平衡的。像宁夏这样的中西部不发达地区,很难走与东部沿海地区相同的发展道路。从二十世纪九十年代以来的"对口帮扶"到今天的"共同富裕",都是在直面当代中国发展不平衡、贫富差距仍然过大的问题,通过国家动员的方式,推动社会的整体发展。《山海情》这样一部"扶贫"作品,还原了"对口帮扶"政策的内在逻辑——只有在"国家是个共同体"的认识之下,才会出现当代中国的扶贫场景。只有在国家强有力的组织动员之下,福建的教授、工程师、基层干部等普通群众,才会不远万里前往青海,与当地的马得福、白老师这样的基层干部一起,面对现

---

① 叶青:《〈山海情〉中的集体视野与国家叙事》,《文艺理论与批评》2021 年第 5 期。

实中的种种困难，不屈不挠，推动边远地区人民努力过上与发达地区一样的现代生活。

今天，我们为什么仍然不能告别革命？那是因为，革命不仅是中国近代百年历史的开端，也会催生新的奋斗——"延乔路"上的鲜花，是这一革命理想在今天的延续；白老师指挥着青海的娃儿唱一曲《春天在哪里》，也是革命信念在今天的回声。

由此，我们大致可以这样描述"新主流"：与"主旋律"侧重于题材、风格等具体方面不同的是，这些带有"新主流"特色的新文艺作品，在面对历史问题时，不再静态地重复历史是如何过来的，而是直面当代青年的现实问题，在讲述历史的动态过程中，激发青年人对过去百年道路的理解，在大历史的格局中，思考中国为什么要走社会主义道路，重建社会主义建设新时期的理想与信念，探索未来中国发展的目标。

三、在大众文化结构中突围

我们今天讨论"新主流"文艺，这个"新"，在于它和二十世纪五十年代带有鲜明意识形态的主流文艺有着根本不同之处：这些文艺作品都是在中国市场经济相对成熟的环境中、在文化工业的生产流水线下出现的。大众文化总的来说是一种以消费为导向、个人主义为基本意识形态的工业文化。大众文化的这种性质，决定了大众文化中的绝大部分"产品"，都不可避免会被资本的意志所左右。2021年"新主流"文艺在大众文化中的出现，在某种意义上，是中国特色社会主义的文化建设对于大众文化生产的一次超越。这或许说明，近年来，虽然我们总体上对于文艺发展中种种乱象感到悲观，对于个人主义意识形态对共同体的消解感到无奈，但是我们也要看到，中国毕竟是有着强大文化传统和社会主义革命伟大传统的国家。正因为我们的文化中积淀着这两种传统,当国家层面试图借用社会资本的力量推动文化革新时,虽然会面对文化工业的种种冲击,但总会有力量自下而上承接着国家意志,突破看似强大的文艺工业,突破看似成功的商业配方,创造出新的具有鲜明时代特点的文艺作品。

从目前来看,这种带有鲜明价值属性的"新主流"文艺作品并不算多;而且,在现有国家推动的制作模式下出现的很多新作,并不一定具有如此明确的史观,但是,这些带有崭新艺术气息的作品的出现,至少说明,在社会主义中国,在市场经济的进程中,文化不会被市场经济的意识形态全面绑架。中国对社会主义道路的探索不会停止,新主流文艺的创新也不会停止。

陶庆梅　北京文艺评论家协会副主席、中国社会科学院文学研究所研究员。

中国当代话剧导演的民族化美学追求

宋宝珍

构建中国戏剧导演体系，的确是一个关乎理论与实践的重大课题。

众所周知，话剧是一种外来的艺术样式，但是在一百一十多年的历史进程中，它已经深植于中华民族的文化土壤，显示了民族化的艺术取向和审美理想。

话剧的民族化探索，从其诞生之日就已开始，这条路径不是一条直线，而是一个曲折过程，大致说来，它经历了文明戏的兴衰、新旧剧的论争、欧化剧的演出诸如《华奶奶的职业》《赵阎王》的失败、中国现代导演制的建立、民族化演出样式《少奶奶的扇子》的成功、国剧运动的发生；直至抗日战争时期，话剧艺术从都市走向乡村，走向人民大众，在一定层面上实现了在普及基础上的提高、在提高指导下的普及。

1938 年，张庚先生在延安鲁迅艺术学院做了一个讲座；1939 年，这个讲座内容以"话剧民族化与旧剧现代化"为题，发表在《理论与实践》第一卷第三期上，他指出，"话剧必须向一切民族传统的形式学习，在这学习中间一变过去对于旧东西轻视漠视的态度。这种转变在原则上并不难，而且往往还会有过之无不及的，但是在实际上做起来的时候，这个原则可以运用到什么程度，那就很难说了。因为话剧工作者也不能没有一种习惯的惰性,只有事实的逼迫才能使得它改变,所以这工作只有在工作的实践中才能够进步并且完成"。中华人民共和国成立之后,在话剧导演方面,"南黄北焦"的舞台艺术实践、新时期关于戏剧观、舞台假定性、史诗剧场、诗化现实主义、探索剧、小剧场,直到中国话剧走出去、进入全球化的戏剧发展新格局,都显现出话剧民族化不断推进的趋势。

　　新世纪以来,话剧对于传统戏曲精神的融通表现得更加充分,我觉得这一点我们话剧从业者和研究者已经有了一个共识,就是谈到话剧借鉴优秀传统戏曲时,话剧导演往往以懂一点戏曲或者正在努力学习戏曲为荣。但是戏曲界的专家经常将一些不太好的、有问题的戏曲说成"你看,这是'话剧加唱'"。或许一个不理想的戏曲演出,确实存在着以话剧思维代替戏曲思维、以话剧动作取代程式表演、以一般叙事代替抒情写意等问题,但是笼统地称之为"话剧加唱",而不去细致地考察两种不同艺术样式的边界,不去细究具体演出中的细节问题,而是把"话剧加唱"当成一系列不成功戏曲的判词,恐怕无益于解决新世纪的话剧问题。正如罗怀臻先生所言,有些戏曲如滩簧戏,尤其是二十世纪以后发展起来的新剧种,它们本身就有"话剧加唱"的性质。

　　中国话剧经过一个多世纪的探索,出现了一大批优秀的导演艺术家,第一代导演主要是留日戏剧家如陆镜若、田汉、欧阳予倩等,留美戏剧家如洪深、张彭春、熊佛西、于上沅等,他们在中国现代戏剧的发展历程中起到重要的推进作用。第二代导演主要是以焦菊隐、黄佐临、孙维世、朱端钧、欧阳山尊、舒强、夏淳、胡导等为代表的一批人,他们在新中国戏剧发展中筚路蓝缕,功勋卓著。第三代导演从新时期开始崭露头角,形成了独特的创作风格,如陈颙、徐晓钟、张奇虹、胡伟民、林兆华、陈薪伊、陈明正、顾威等。第四代导演基本上是1977年恢复高考制度之后进入艺术院校,于二十世纪九十年代以后在各个话剧院团发挥了主导作用、导演了一大批优秀剧作的人,如王晓鹰、任鸣、查明哲、胡宗琪、黄定山、傅勇凡、廖向红、丁如如、田沁鑫、孟京辉、李六乙、王延松、牟森等,他们对新时期探索剧、小剧场戏剧、主流话剧的发展,乃至戏剧多元化态势的形成功不可没。第五代导演的艺术功力以及为人瞩目的话剧作品,主要呈现于新世纪乃至新时代的话剧舞台上,如李伯男、卢昂、徐昂、何念、白皓天、王剑男、马俊丰、王潮歌、黄盈、赵淼、邵泽辉、李建军、姬佩等。本文关于中国导演的代际划分,可能不够精准,所列导演也不甚完备,仅为说明中国导演艺术家的梯队建构已经形成了一定的体系和规模,中国话剧导演艺术的基本传统业已形成。应当说,中国话剧拥有了一大批优秀的导演艺术工作者,他们创造了一大批优秀的具有经典潜质的艺术作品,形成了各自的导演风格,这些风格汇聚在一起,已经具有了中国话剧导演体系的基本美学架构,当然,中国导演体系的完善仍然在路上,需要一代又一代的人不断努力。

中国剧协书记陈彦在"第17届中国戏剧节导演高峰论坛开幕式"的讲话中指出,要构建中国戏剧导演体系,一是要开拓视野,寻找目标;二是要兼容并包,强化自我;三是要守正创新,持续推进。没有国际视野和奋斗目标,妄自尊大,闭门造车,无法形成完整格局和发展体系;没有艺术胸襟和生长潜力,也不可能具有艺术探索的持续性动力;在世界文化交流日益广泛的时代背景下,中国的导演艺术要保持民族文化的优势,要创造兼具民族性、现代性、全球性的舞台艺术作品,必须立足本来,吸收外来,面向未来。

新时期以来,中国话剧走过了改革开放初期的复苏期、探索期,对于中国话剧的艺术本体有了比较清晰的认知,对传统艺术精神和文化意蕴更加注重,在艺术实践中,话剧艺术根植于民族文化的土壤,努力创造具有中国作风、中国气派、民族风格、民族神韵的艺术精品。其具体表现是:

其一,中国导演的文化眼界不断扩大,文化自信逐渐增强。继1919年五四新文化运动、二十世纪五十年代斯氏体系引进——"两度西潮"之后,新时期以来的中国话剧又经历了"两度西潮":一是改革开放之初的西方现代主义的引入,二是新世纪以后中西戏剧频繁的交流与合作,新时期第一度西潮,让国外的现代派艺术、意识流、荒诞派戏剧、质朴戏剧、残酷戏剧等涌入国门;新世纪之后,国外一流的导演,如英国彼得·布鲁克、俄罗斯列夫·多金、波兰克里斯蒂安·陆帕、以色列雅伊尔·舍曼等人导演的戏剧登上中国舞台,中国戏剧也陆续走出国门,开始以中国艺术的姿态彰显中国文化的软实力。

合作与交流总是相伴而生,"请进来"与"走出去"相辅相成。新时期以来,仅以北京人民艺术剧院(后文简称"北京人艺")为例,1980年北京人艺的《茶馆》赴欧演出,让人们认识了导演焦菊隐和北京人艺的价值。北京人艺先后邀请多位国际一流导演,来华进行艺术交流与合作,打造了多部优秀戏剧:1981年英国托比·罗伯森导演了莎士比亚的戏剧《请君入瓮》,1983年美国阿瑟·米勒导演了《推销员之死》,1988年美国查尔顿·赫斯顿导演了《哗变》,1991年俄罗斯奥列格·叶甫列莫夫导演了《海鸥》,2013年俄罗斯彼得·罗夫导演了《六个寻找剧作家的剧中人》……2017年立陶宛拉姆尼·库兹马奈特为央华国际文化公司导演了《新原野》,2019年波兰克里斯蒂安·陆帕为驱动传媒有限公司导演了《酗酒者莫非》,2021年他又导演了根据鲁迅小说改编的《狂人日记》……

与此同时,中国话剧的对外影响力逐渐增强,曹禺的剧作被译成多国文字,在英、法、美、日、韩、蒙等国多次演出。俄罗斯契诃夫戏剧节、法国阿维尼翁戏剧节、英国爱丁堡戏剧节、德国柏林戏剧节、西班牙欧洲儿童戏剧节上,也逐渐显现出中国话剧、儿童剧的光彩形象。仅以儿童剧为例,2018年《三个和尚》在塞尔维亚第25届苏博蒂察国际儿童戏剧节上获最佳提名奖、《鹬·蚌·鱼》在罗马尼亚第14届布加勒斯特国际动画戏剧节上获最佳舞台美术奖,2019年《木又寸》在罗马尼亚第15届布加勒斯特国际动画戏剧节上获最佳当代戏剧剧本奖……

其二，新时代以来，中国导演把曾经瞩望西方的视线收回来，回望、审辨、吸纳民族传统中的优秀文化资源，在中国人物形象的审美创造、舞台艺术的意象化表达、民族人文情怀的自觉抒发、诗化现实主义的创作方法等方面，都有了长足的进步。

尽管话剧与戏曲在五四时期有过激烈的交锋和对峙，但是在新世纪以来，陈薪伊、王晓鹰、查明哲、王延松、田沁鑫、李六乙等国内一流导演都以自己的话剧中融入了传统戏曲的表现手段为荣，并且在优秀民族艺术资源中找到了适合现代话剧发展的因素。导演用演员来表达自己的艺术思想，以舞台形象画面展现自己的美学追求，因此，对于戏曲艺术元素的吸纳和借鉴，显现着当代导演艺术的新特点。导演查明哲在《中华士兵》中让吼着秦腔的中国人在与日寇搏斗到日暮途穷时英勇地跳入滚滚黄河。导演王延松干脆用黄梅戏演员韩再芬扮演话剧《白门柳》中的柳如是，以河北梆子演员刘凤岭主演话剧《成兆才》，他们的表演不是戏曲式的照搬，而是有新质、有意味、有创意的艺术呈现。

导演田沁鑫在话剧《北京法源寺》中，不仅探讨了非线性化、跳进跳出、自由灵活、叙事体与再现体结合的演出方式，而且让中国封建的宫廷政治和朝野轮替，以一排排椅子的聚散挪移，凸显出刻板、空虚的王朝行将覆灭的内在本质。

北京人民艺术剧院演出的革命历史题材话剧《香山之夜》在尊重历史真实的前提下，导演任鸣力求做到客观物象的意象化、诗意化、象征化。摆在天幕附近的两个衣架上，分别挂着毛泽东的中山服和蒋介石的军装，对比性的导演手法被具象化为舞台空间的符号化装饰。大屏幕上播放的真实影像和历史图片，让革命征程具有了还原性和真切感。《香山之夜》谨遵历史事实，描画这一个春天，这一个夜晚。而剧中的天气顺应着心境，是香山与溪口的同夜不同天，是毛泽东与蒋介石内心情感的外化，也是东风压倒西风的政治意象的诗化。

其三，中华民族化的剧场艺术实践迈入新时代，戏剧表现形式愈加多元、丰富,一方面是对身体作为行动主体、情绪载体、生命属性的重要性愈加重视,另一方面是对技术与艺术的有机融合进行新的探索。2012年在伦敦奥运会期间召开的环球莎士比亚戏剧节,王晓鹰导演的中国版《理查三世》中,融合了书法、呼麦、打击乐和戏曲的新颖表演。当理查三世陷入绝境之时,天幕上巨大的宣纸背板上的书法字迹,被不断流淌的血色遮蔽,绝望的理查三世以扭曲的身体姿态发出呐喊:"用我的王国换一匹马",此时此刻,乖僻、邪恶、暴戾的国王理查三世尽显可怜、可恨、可鄙,这是中国式的事理人情在莎士比亚戏剧中投射的哲思。

2011年中国青年导演黄盈的话剧《黄粱一梦》在阿维尼翁戏剧节连演24场。它讲述的是书生卢氏在旅店邂逅道士吕翁,吕翁给了他一个神奇的枕头,让他做了一场春秋大梦,在梦中,他度过了中举、升官、发财、春风得意的一生,醒来时,店主烹煮的黍饭还没有熟。剧中吸纳了传统戏曲的写意方法,寻找中国式的身体表达。简约的布景、中国戏曲式服装、台口上电饭锅煮饭的热气、讲述人娓娓道来的唐代传奇,充满着人生反思的哲理意味。法国观众说,他们看懂了这个中国故事,它在思考现代人生的快与慢,人们往往因为太在乎未来,反而忽略了当下。此后的十年中,此剧在欧亚五国上演了近百场。

自2012年起,赵淼和他的三拓旗剧社连续六年参加法国阿维尼翁戏剧节,演出了《水生》《署雷公》《失歌》《吾爱至斯》等,在导演方法中,为了解决语言障碍,赵淼有意采用肢体戏剧形式,结合传统的傩戏、戏曲、面具、音乐、舞蹈、仪式等,表达具有中国特色的文化意象。

这些中国话剧在国外的演出,赓续了中华优秀文化传统,创作者注重从民族艺术资源中寻找创作灵感,以传统与现代相结合的艺术手法,创造既是中国的又是世界的崭新艺术形式,彰显东方美学的卓越性和独特性,开创文化融通、文明互鉴的美好前景。

2018年年末,希腊国家剧院上演了王晓鹰导演的《赵氏孤儿》,这是两国演员共同参演、各自运用自己的民族语言完成的戏剧演出。此剧重新解读了《赵氏孤儿》中"仇恨"与"复仇"的艺术内涵和文化价值。在演出风格上,力争展现中国气派和中国意象,舞台上的一桌二椅、背景中篆刻的"孤"字、《千里江山图》的青绿山水、"新古典主义"的服装,以及古老傩戏中古朴又诡异的面具,凸显了中国古典戏剧的幽玄之美和神秘气息。

其四,新世纪以来,随着对艺术本体的注重和创新意识的提升,人们更为重视的也许不是简单化用戏曲手段,而是力图彰显民族的传统人文精神和优秀的伦理规范。比如《此心光明》以王阳明为主人公,展现了这位明代哲人知行合一的心学理念和人生高超境界。《徽商传奇》以古代徽商行走江湖不改心性的儒商姿态,展现了诚信为上、道义为先的民族文化品格。广东话剧院的《深海》表现的是核潜艇专家黄旭华的丰功伟绩,当他以六十岁的高龄跟随核潜艇做极限下潜之时,随着下潜深度的增加,舞台上多媒体设计、冰屏显示的潜艇内的实验数据不断变换,金属挤压的声响,潜艇变形的现象,营造出令人揪心的紧迫感,使戏剧张力不断加强。导演黄定山让装置技术在表现性艺术中,具有了创造艺术情境的魅力。

近年来,随着文旅融合演出的增多,浸没式戏剧广受关注,中国话剧大有创造新的演出空间、新的观演模式、新的呈现方式的趋势。正如汉斯-蒂斯·雷曼在他的《后戏剧剧场》一书中指出的:"文本不再是整个戏剧活动的中心,只是整个戏剧统一的一个组成部分,与音乐、舞蹈、动作、美术等其他戏剧手段平起平坐。"当代剧场的戏剧话语越来越趋于将自身从文学话语中解放出来。尤其是近些年肢体剧、文献剧、戏剧电影、浸没式戏剧、偶剧等艺术新样式的频频出现,新技术、新媒体的不断涌现,让人们看到,戏剧对文本的解读开始有意让位于戏剧与视觉、听觉、身体、空间、环境、建筑、影像、多媒体等方面的结合,使当代剧场艺术中很大一部分在戏剧符号的使用上发生了深刻变化。

爱德华兹则在《戏剧发展的趋势：浸没式戏剧》一文中指出了浸没式戏剧较之于传统戏剧的缺点,他认为:"浸没式戏剧面对的最大的挑战是它的故事线。表面上来看,浸没式戏剧和其他传统戏剧一样有着共同点:演员、布景、灯光、音效设计以及前台工作人员。但重点是,如果一个浸没式戏剧作品无法上演一个连贯的故事,整个作品缺乏戏剧性,那么也就将减少观众情感的带入甚至于对故事基本的理解。"①"人们喜爱浸没式戏剧,是心底深处某种对亲密和危险的向往在作怪。"② 一些文化和旅游融合的演出样式,比如王潮歌导演的"又见"系列、"只有"系列,显现出溢出传统剧场空间,探索戏剧演出的产业化、大众化、流行化的新特点。其中《又见平遥》中对族姓血脉的注重,对文化寻根的热衷,对乡梓情怀的认同,通过一座城与一群人表现出来;《又见五台山》则充分运用戏剧的仪式性氛围的营造,在一个可以移动的场域里,带着众人感受佛教文化,参悟内心,解读轮回;《又见敦煌》则重点表现被层层黄沙覆盖的中华民族的灿烂文化、吾土吾民的忠义品格;《又见马六甲》作为文化输出项目,进入马来西亚,表现的是当地的华族文化在异域土壤中的生根开花。

话剧的民族化,与中国导演艺术的不断进步密切相关,这牵涉到演员的安排、场面的设置,戏剧意象的表达、美学风格的追求等方方面面,这是一个值得深入探讨的理论命题,更是一个在实践中不断探索的现实课题。

宋宝珍　北京戏剧家协会副主席,中国艺术研究院话剧研究所所长、研究员、博士生导师。

---

① 爱德华兹:《戏剧发展的趋势:浸没式戏剧》,《新剧本》2017年第2期。
② 安妮:《戏剧浸入梦境,谁的不眠之夜?》,《新剧本》2017年第2期。

一道城市文化风景

——为什么是北京人艺

解玺璋

2021 年论坛题目是"百年新文艺与当代城市文化"。放眼望去,当代城市文化与百年新文艺一脉相承,绵延不绝的,非北京人艺莫属。

北京人艺不仅是北京乃至全国的一道城市文化风景,还是了解、观赏百年新文艺的一个窗口。放眼全国,还有哪个剧院、剧团可以做到这一点? 只有北京人艺。

2021 年,北京国际戏剧中心落成,其中曹禺剧场连续上演了新版《雷雨》《日出》《原野》三部百年戏剧史上的名剧,2022 年还要上演《北京人》,是不是只有北京人艺才有这样的传承和实力?

俄罗斯有一家莫斯科艺术剧院,一直是北京人艺人所向往的。他们自建院时就立下了一个志向,要把北京人艺办成中国的莫斯科艺术剧院。这个愿望现在应该是实现了。莫斯科艺术剧院已有一百二十多年的历史,而北京人艺 2022 年也要庆祝建院七十周年了。时间上虽不及莫斯科艺术剧院久远,但是,从北京人艺与百年新文艺的关系而言,他们应该还有二三十年的前史。如果不从前史看后七十年,后七十年恐怕也是看不清的。因为,前史包含着北京人艺的来路和出处,要了解北京人艺艺术风格的传承,不能不了解它的前史。

从人事上说,北京人艺建院伊始,就有"四巨头"(曹禺、焦菊隐、欧阳山尊、赵起扬)担纲领衔。这四位,个个都和百年新文艺有着很深的渊源。副院长欧阳山尊出身戏剧世家,父亲欧阳予倩是早期中国戏剧运动的缔造者,他本人自学生时代起就投身抗日救亡活动,参加了共产党领导的五月花剧社,和舒绣文一起演过戏。上海沦陷后,他加入上海救亡演剧队一队,奔赴陇海前线,后辗转来到延安,担任八路军 120 师战斗剧社社长。书记兼秘书长赵起扬不仅在延安时期就有在文化部门工作的经历,还在鲁迅艺术学院读过研究生,上过舞台演过戏,《白毛女》中赵大叔这个角色最初就是属于他的。至于曹禺和焦菊隐,前者早已是享誉全国,对中国现代戏剧发展做出过杰出贡献的剧作家,拥有《雷雨》《日出》《原野》《北京人》等堪称经典的话剧作品;后者三十年代初就在北平创办了中华戏曲专科学校,后留学法国,专攻戏剧,获法国巴黎大学文学博士学位。回国后,曾在广西、四川参加救亡戏剧活动。抗战胜利后,返回北平,创办北平艺术馆,多年来积累了丰富的戏剧导演经验。他还翻译了高尔基、契诃夫、丹钦科的大量作品,对斯坦尼斯拉夫斯基的戏剧表演体系有着相当深入的研究。

此外,北京人艺建院之初,是由两部分人组成的,一部分来自老北京人艺话剧队,另一部分来自中央戏剧学院话剧团。这里还须多说几句。所谓老北京人艺,即 1950 年 1 月 1 日成立的北京人民艺术剧院,是一个集歌剧、话剧、舞蹈、管弦乐队于一身的综合文艺团体。当时,正值北平和平解放不久,刚刚进城的部队文工团都面临着从战时体制向非战时体制的转型。在这种情况下,华北人民文艺工作团的建制被取消,成立了北京人民艺术剧院,年轻的老红军李伯钊也由团长改任院长。这时,华北大学文艺学院也和延安鲁艺、南京国立戏剧专科学校合到一起,成立了中央戏剧学院,并在华北大学文工团的基础上成立了中央戏剧学院话剧团、歌剧团。北京人艺"四巨头"之一的赵起扬，来北京人艺之前就曾担任歌剧团副团长。两年后，国家建设事业开始走上正轨，文化部提出了文艺团体也要专业化的要求，北京市市长彭真随即表示，北京只要一个话剧团，把老人艺的歌剧队、舞蹈队、管弦乐队全部交出去。于是，文化部决定将原北京人艺话剧队与中央戏剧学院话剧团合并，成立一个隶属于北京市的专业话剧院，仍沿用北京人民艺术剧院的名称。

现在，这两拨人马汇集在北京人艺这面大旗下。但如果向上溯源，我们不难发现，这两拨人马的"出身"其实只有一个，即他们都来自延安。华北人民文工团的前身是晋冀鲁豫人民文工团，再往前，它隶属于中央党校文艺工作研究室和延安中央管弦乐团，直至著名的延安鲁迅艺术学院；华北大学文艺学院如果一路追溯的话，也能经华北联大文艺部，发现延安鲁艺的身影，甚至可以远及西北战地服务团。事实上，从八年全面抗战至解放战争，十余年间，延安鲁艺为各个根据地和解放区培养与输送了大批文艺、戏剧骨干人才，帮助各地创建了许多文艺演出团体。组成北京人艺的这两拨人马，只是其中很少的一部分，他们的艺术观念和思想传统将不可避免地在北京人艺将要形成的新的历史传统中打上自己的烙印，尽管在未来的日子里，他们也不可避免地经历了深刻的变化，以适应新的形势和改变了的环境。

除了这两拨人马，新成立的北京人艺还聚集了大量不同"出身"的人才。比如朱琳、夏淳、刁光覃、石联星、田冲等就来自抗敌演剧二队，郑榕则来自重庆演剧十二队，梅阡、舒绣文更是活跃于上海电影界的明星，虽说叶子、于是之后来都加入了华北人民文工团，但前者是南京国立戏剧专科学校科班出身，后者最初启蒙却是在民间自办的祖国剧团，此外还有英若诚这样刚刚跨出学校大门、对戏剧舞台充满幻想的大学毕业生。赵起扬曾经说到北京人艺最初的人员构成，六十几个演员来自将近二十个戏剧团体，他们"有来自解放区的；有来自国统区党领导的演剧队和国民党部队的文工队;还有民间剧团的。他们在表演方法上五花八门,表演能力上高低悬殊,参差不齐"。①

无论如何,这样一笔宝贵遗产,都属于百年新文艺的范畴,现在是被北京人艺继承下来了。因此可以说,北京人艺的建立,不是平地起高楼,而是建在深厚的现代戏剧基础之上的。北京人艺和百年新文艺的关系,正是这样一种天然的、因果式的联系,百年新文艺是因,北京人艺是果,是百年新文艺结的一颗硕果。北京人艺的现实主义传统便直接来自这种因缘际会。《龙须沟》作为它的第一次亮相,就获得巨大成功,其原因就在于他们不是一张白纸,不是天外来客,不是空中楼阁,它的成功不是凭空产生的,只能产自固有的土壤,带着这片泥土的血脉和基因。

再看他们的剧目建设。他们从一开始就认识到,剧本不仅是一剧之本,同时也是一个剧院之本。他们的院长曹禺先生本就是现代戏剧史上最重要的剧作家之一,他的剧作自然成为剧院的宝贵财富。在剧院创建之初,他们就有意识地邀请作家为剧院写本子,五六十年代,我们看到的为北京人艺贡献过剧本的作家就有老舍、郭沫若、田汉、夏衍、丁西林、陈白尘、于伶、宋之的、吴祖光、杜宣、姚仲明、杜烽、骆宾基等,其中郭、老、曹最多。曾经流行过一种很有趣的说法,称北京人艺为"郭、老、曹剧院"。事实的确如此。"文革"前十五年积累的十七部保留剧目中,郭、老、曹就占了九部。从这个代表百年新文艺精英的名单中我们可以体会到,北京人艺和百年新文艺的关系是一种血脉相连的关系。百年新文艺就是北京人艺与生俱来的一块胎记,已经打上深深的烙印。在这个意义上,我们称北京人艺是百年新文艺滋养的一道当代城市文化的美丽风景,恐怕并不过分。

---

① 赵起扬著,卢山、石雅娟整理:《忆——起扬文艺工作回眸》,北京:北京图书馆出版社 2000 年版,第 11 页。

我们不妨看看他们自己是如何认识百年新文艺这个历史传统对北京人艺的成长是多么重要的。在 1952 年的那个夏天，北京人艺的先驱们，在史家胡同 56 号那个绿荫覆盖的院落，在那座高大明亮的北屋里，组织了一次决定北京人艺未来的谈话，"四巨头"聚集在一起，每天谈六个小时，上午三小时，下午三小时，谈了整整一周，算起来，六七四十二小时。对北京人艺来说，这次谈话的重要性如何估量都不算过分，甚至可以说，这四十二小时决定了北京人艺此后七十年的面貌和走向。而这个谈话恰恰是从回顾中国话剧发展的历史开始的：

当时，我们从文明戏谈到春柳社，谈到"五四"时期中国现代戏初期的实践和创作。以后又谈到左翼时期的南国社和剧联的成立。当然，谈得最多的是战争年代的话剧活动。谈到这个时期的话剧活动时，我们特别学习了毛主席《在延安文艺座谈会上的讲话》，认识了这是对马列主义文艺观作出最全面最系统阐述的经典文献，也是我们建设新中国话剧艺术的指南。我们亲身体会到这篇光辉著作在文艺界产生的三大作用。

八年抗战，四年解放战争，话剧在这十二年中得到了空前的普及和提高。我们谈到这个时期的许多剧团，如：联政宣传队、战斗剧社、火线剧社、群众剧社、先锋剧社、鲁艺工作团、西北战地服务团、在党领导下的十个演剧队和日本投降后的北平组织的祖国剧团。也谈到重庆时期应云卫主持的中华剧艺社、金山主持的中国剧艺社和官办的中电、中制剧团。还谈到中国旅行剧团和苦干剧团，等等。话剧在战争年代和国家、人民的命运息息相关，它和时代的脉搏扣得更紧了，它和群众的关系更加密切了，它在中国革命中发挥的作用更加显著了。它在现实斗争中，根据战争的需要创造了许多观众喜闻乐见的表现形式，所以现在已发展为全国性的大剧种了。

中国话剧的历史是一部革命的战斗的有创造性的光荣的历史,这是我们话剧工作者应引以自豪的。我们四个人都认为,不管北京人艺建成一个什么样的专业话剧院,中国话剧的优良传统总不应该丢掉,不但如此,还应发扬光大。不能因为现在是和平环境了,要走专业化的道路了,要建立剧场艺术了,就可以不和现实结合了,不向生活学习,不向群众学习,不要艰苦奋斗了。如果那样,那就大错特错了。①

不管他们对中国现代戏剧历史传统的描述是否存有偏见,至少,他们真诚地认为,这是他们在新形势下赖以进步的根基和出发点,一旦丢失了这个传统,他们将变得一无所有。不过,他们并不认为仅仅坚守传统就能满足新的社会变革所要求他们的,他们了解自己在哪些方面还有差距,还不完善,还需要向别人学习和借鉴。传统不是僵死的、固定不变的,如果一味地故步自封,不求进取,传统就会丧失活力,就可能被日新月异的历史发展所抛弃。于是,他们在讨论了种种可能性之后,最终提出了:"要把北京人民艺术剧院办成像莫斯科艺术剧院那样具有世界第一流水平,而又有民族特色和自己风格的话剧院"②的远大理想和宏伟目标。在这里,世界一流不过是个标志,如果"民族特色"和"自己风格"不能落实,再好的理想都只能是水中月、镜中花。但好在它毕竟实实在在指出了通向"世界第一流水平"的道路,这就是说,北京人民艺术剧院不能做莫斯科艺术剧院的翻版,它必须拥有中华民族的特色和自己的风格。这恐怕是"四十二小时谈话"对北京人艺所做的最大贡献,七十年来,尽管脚下的道路崎岖坎坷,并不平坦,艺术探索的艰难和随时可能遭遇的非议也使他们产生过犹豫彷徨,但由于理想高悬,

① 赵起扬著,卢山、石雅娟整理:《忆——起扬文艺工作回眸》,第7-8页。
② 同上,第10页。

目标明确,北京人艺从未放弃过对艺术创新的追求和探索。

当然,从更深一层的角度说,北京人艺与百年新文艺的关系,不仅表现在他们始终没有放弃曹禺、焦菊隐、欧阳山尊、于是之等老一辈艺术家所开创的现实主义道路和传统,复排、搬演传统经典剧目,虽已成为北京人艺的一大特色,也是他们培养新人的重要手段,但这并不意味着他们就是保守的,故步自封的,躺在祖宗身上,吃祖宗饭的。实际上,他们从来没有放弃过艺术的探索和创新。最近看了新版《雷雨》《日出》《原野》《榆树下的欲望》,以及《情人》等剧目演出,应当承认,每台戏都在不同程度上体现了新一代人艺人对艺术新的思考和表达。多年来,在北京人艺内外,一直存在着关于传统和创新的争论,有时甚至到了水火不相容的地步。但如果从延续百年新文艺的精神本质而言之,传统和创新恰好表现为百年新文艺精神本质的两面。百余年来,我们的新文艺无时无刻不在这两者之间纠缠。我们不妨把百年新文艺理解为一种传统,而创新精神何尝不是这种传统的一部分。

其实,传统首先意味着我们和过去的关系。过去没有消失,我们时时生活在过去的传统之中。它以种种方式和形态顽强地介入我们当下的生活,并成为当下的一部分,没有人可以拒绝传统,包括主张反传统的人。传统以干预现在的方式影响到我们的未来。

这样看来,传统的存在方式其实就是动态的,而非固态的。按照马克斯·韦伯的观点,传统将在无形的理性化进程中被消灭,而现代化恰恰是以理性化为其内核的。尽管如此,他的这个预言时至今日却从未在任何地方变为现实。这是因为,传统的动态意味着它是变化的、发展的,而并非消失的。任何一种传统的被破除,都必然同时伴随另一种更有活力的新传统的诞生。我们知道,传统是可以通过自我再生或自我完善获得新生的,只是这种自新的发生,却不能依靠传统自身。"只有活着的、求知的和有欲求的人类才能制定、重新制定和更改传统。传统之所以会发展,是因为那些获得并且继承了传统的人,希望创造出更真实、更完善,或更便利的东西。"①这就是我们在谈到传统时不能不谈到创新的原因,可见,两者并非矛盾的,而是统一的,以创新谈传统则传统生,以守旧谈传统则传统亡。在这个意义上我们不妨认为,北京人艺在坚守传统的同时,恰恰表现出一种创造传统的自觉。他们显然是把百年新文艺的这种精神发扬光大了。传统滋养了一代又一代北京人艺的艺术家,而他们的艺术创造也丰富了这种传统,使之更充实也更具活力。

解玺璋 北京文艺评论家协会原副主席,北京日报社高级编辑。

---

① 爱德华·希尔斯:《论传统》,傅铿、吕乐译,上海:上海人民出版社1991年版,第19页。

北京大戏的历史与现实书写

——以昆曲《林徽因》创作为例

颜全毅

　　"大戏看北京"是当今北京市文化发展的一个布局和动员,通过"北京历史和人文故事"的戏剧创演,打造京韵文化的现代解读。在这样的创作背景下,如何用现代作品呈现探求及寻找北京文化的谱系、探寻北京文化精神脉络,是戏剧创作者值得思考的问题。在此给大家做一个分享,在 2021 年 11 月刚刚首演,我为北方昆曲剧院创作的《林徽因》剧目的创作思考。

　　原创大型昆曲《林徽因》,创作缘起于北方昆曲剧院院长杨凤一的邀约创作,写一部和北京有关系,观众感兴趣的现代昆曲作品。北方昆曲剧院建立于 1957 年 6 月,是在周恩来、陈毅等国家领导人亲自关怀之下建立起来的剧院,作为古老剧种昆曲在北方唯一一所专业院团,北方昆曲剧院融合了昆曲、高腔等声腔特色,形成了自己苍劲、浑厚,又不失昆曲固有的细腻委婉审美的艺术风格。北方昆曲剧院既演出许多昆弋经典传统戏,又有很强的创新能力,新世纪以来就创作排演出《红楼梦》《董小宛》等有较大知名度的优秀作品。

　　当然,作为极具古典风韵的古老剧种,昆曲从剧种审美而言,最擅长演绎古代才子佳人、细腻委婉的选题,在现代题材编演上,有自己的短板。但近些年来,各地昆曲院团在现代戏编演上进行了许多成功的探索,例如江苏编演的《当年梅郎》《瞿秋白》,上海编演的《自有后来人》等都在昆曲现代戏探索上颇有收获。对于北昆而言,之所以选择林徽因这一题材,是这一人物性格具有强大感染力,其杰出成就与新中国、北京历史发展、时代特色都息息相关,她百折不挠的理想追求、颠沛流离的命运和矢志不渝的爱国情操极具有传奇性。对于编剧而言,创作一个戏不是这个人物有多么伟大,而是有没有可写性,她个性和魅力很有传奇性,林徽因对于北京传统文化保护的自觉意识难能可贵,在今天我觉得其人其事还可以引起强烈的共鸣,可为今天提供借鉴。

因而,昆曲《林徽因》的剧本创作在很多观众和读者的意料之外,没有大众想象中对林徽因爱情、婚姻传奇的津津乐道,没有对林徽因光彩照人的"太太客厅"主持人魅力进行渲染,却着重写了一个现代知识女性在时代巨变中,始终不懈地投身于建筑与美术设计事业的清醒与坚定。全剧用五个篇章,勾勒林徽因的人生"选择":无论是英国剑桥"不带走一片云彩"的爱情与婚姻选择,是五台山佛光寺与梁思成伟大的发现,是参与人民英雄纪念碑设计,还是对北京古城墙保护的文化自觉,都与以往传奇女性有着不一样的视野格局,具有独到的人格力量。同时,戏剧还想重点表现的是林徽因身上和这个剧种、和北京文化相称的地方:那种一往无前的独立自主精神、心怀家国的现代知识分子情怀。同时,要符合大戏看北京的基本诉求:写北京历史往事,演绎北京精神。

剧中塑造的林徽因这一代知识分子,注定与前人、后来者不同,时代巨变让他或她有了打通中外、链接以往与现代的知识与胸怀,刚刚起步的人生事业,却因内忧外患的战乱而中断,"爱国"成了他们胸中燃烧的烈火情怀。昆曲《林徽因》重点表现了女主人公这种情怀的真实性。五台山佛光寺的伟大发现喜悦之情尚未褪去,日寇战火硝烟升腾,柔弱女子与一家人苦苦挣扎在逃难路上,发烧、肺炎,命悬一线,随后栖止于烟雾缭绕的四川李庄一带,这里的气候让肺炎患者林徽因雪上加霜,又得知亲弟弟林恒从清华退学后参加空军,战死在成都上空。林徽因原可以避免身陷重围,剧中梁思成拿来美国友人费正清夫妇的来信,劝夫妻俩赴美任教,这是历史史实,而明知留下来生死难料、艰苦惨痛,林徽因却拒绝了,剧中台词:"我们这一代的知识分子,是一种不能移栽的植物。假使我必须死在敌人刺刀和炸弹下,我也要死在祖国土地上。绝不愿做中国的白俄。"这正是摘抄自林徽因当年书信中的原话,未曾藻饰,尽显这一代知识分子的高洁人格。整个戏有一个主题,就是提炼了一句台词"不愿意做盛满太阳光辉的月亮,愿意做一颗独自微光的星辰",这就是昆曲《林徽因》想要表现的,为什么没有选择徐志摩,为什么选择梁思成,从爱情到事业她都想独自发光。所以昆曲《林徽因》有一个很基本的定位,写一个在二十世纪发展的时代巨变中,一个独立女性的自觉追求,这成为整个戏的一条主线。

作为一个舞台剧,特别是戏曲,艺术追求上诗意灵动是主要特色,昆曲《林徽因》的创作秉承诗意灵动的原则,探求现代昆曲表达的可能性,例如五台山佛光寺一段,林徽因、梁思成巡访佛光寺是不是唐代古刹,在现实生活中这是很漫长、枯燥的过程,要足够的科学证据来证明佛光寺是千年古刹,而最终这个古刹被证明是林徽因和梁思成找到的一个历史遗迹,这是历史现实。在舞台上运用了如梦如幻的场景,进入佛光寺以后,偶遇了千年前捐建寺庙的人,两个人奇迹般的相遇了,一个谜底就此揭开,戏曲用一种很诗化的、很梦境化的处理,一个唐代仕女缓缓走来,两个人互相打量,慢慢地一段千年的谜底就此揭开,这是戏曲特有的抒情化和诗意化的表达方式。

昆曲《林徽因》的高潮是面对北京古城墙的拆与留,剧本没有正面写冲突,而是侧重写林徽因的内心感受,突出其文化自觉对于今天的意义。不论证其时代城墙去留的合适与否,而是从林徽因这样的文化清醒者的内心认知去剖析一个时代的文化两难。剧本用了三段【解三酲】曲牌去表现林徽因复杂的内心，【解三酲】在昆曲中常用来表现细腻、悠远的心情，曲调优美缓慢，对演员演唱的节奏气息要求很高，对剧场节奏也有较高要求，当然，对观众而言，昆曲有时候要慢慢地听、慢慢地体会。

三段【解三酲】其一："纷纷雨暮天沉重，芳草外故都如梦，前年旧尘顷刻涌，思往事恰如风。古城旧迹寻无踪，四眼门开抬眼空，为城病，无端心痛，百感歌咏"；这是林徽因远望见古老城墙、面对即将拆毁的城墙哀婉的叹息。其二，她近距离触摸北京古城墙，唱道："远望这角楼高耸，近触摸城墙石缝，金清元明身厚重，七百载笑谈中，眼前巷陌成纵横，往后相逢惜无踪，剜心痛，归来何处，莫非梦中？"这是从历史的厚重感去谈北京城墙的特有价值。第三段曲子则借用雨燕的出现来生发事务变迁的遗憾，因为雨燕是北京特有物种，栖息在中轴线上和一些高墙上。林徽因常年住在北京，对雨燕也是很有感情很熟悉的，她由城墙想到雨燕的归宿，拆了这些墙雨燕还可以回来吗？这是对文化故园的恋恋不舍："雨燕儿满怀惶恐，叫呖呖凭谁能懂？从此故檐何处登，人与物岂虚空，燕迹渺茫别西东，却问来年可相逢？惆怅涌，怕成追忆，雨燕声声"，托物喻人，在安静的场面中进入戏剧的高潮，这也是昆曲独具特色的静场抒情。

历史的书写是为触碰今天的感动，昆曲《林徽因》虽然展现的是一段并不久远的历史，但对人物内心文化自觉的强调，正是因为今天的北京，已经在新的历史与社会背景下对文化保护和历史遗产有了更新的认识，因而，也更容易对林徽因的遗憾和惋惜产生共情和理解。正如戏中引用古人语句："往事不可追，来者犹可鉴"，这也是戏剧现实书写的起因。

颜全毅　北京文艺评论家协会理事，中国戏曲学院戏文系主任、教授。

曲随时代 艺为人民

——传统曲艺艺术的"变"与"不变"

蒋慧明

　　曲艺,是中国各种说唱艺术的统称,历史悠久,底蕴深厚。它形式多样,风格各异,它源自民间,于中国老百姓而言有着天然的亲和力,在文艺百花园中始终有着不可替代的独特地位。正因其形式简便,通俗易懂,接地气,近民心,故而一直为人民群众所喜闻乐见,有着极为广泛的群众基础。

　　和民间戏曲、民间舞蹈及民间音乐的境遇一样,作为民间传统艺术形式之一的曲艺,长期以来虽然在整个文化传承的大格局内一直承担着极为重要的作用,但由于历史的积习,在正统的经史子集中鲜有关于民间文艺的文献记载,从而导致其一直被视作"小道""末技",未曾得到应有的重视和尊重。

　　百余年来,作为新文艺的重要组成部分之一,传统曲艺艺术一直和着时代的节拍调整着自己的步伐,以它的"变"和"不变"承载着文艺为时代而歌,文艺为人民所享的历史使命,也就是我们常说的"曲随时代,艺为人民"。

一、传统曲艺艺术之"变"

传统曲艺艺术植根于丰厚的中华传统文化土壤,以其顽强的生命力和自我调适能力,始终紧扣时代的脉搏,反映现实生活,传递民众心声,在流变和转型中实现其一以贯之的艺术理想。它的"变"主要体现在——表现形式和手段的不断丰富,思想内容的不断更新等方面。

(一)丰富性——表现形式和手段的不断丰富

根据相关部门的数次调查,流传至今的曲艺曲种多达几百种。不同地域、不同民族的各个曲种,在总体特征即"以口语说唱故事"的基础上,各自还有着不尽相同的呈现方式,曲调、音韵乃至表演手法都各具特色。就曲艺艺术的表现形式和表演手段而言,其可变因素最为直观。

以北京的代表性曲种北京琴书为例。它的前身是清代流行于河北安次县一带及北京郊区农村中的五音大鼓,又名单琴大鼓、扬琴大鼓,最早源于京南一种叫"犁铧调"的民间俗曲,清朝中后期发展成五音大鼓(演员的说唱,加上三弦、四胡、扬琴、鼓板四样乐器伴奏,故称"五音")。起初是在农村流行,是逢年过节、农闲茶余时农民自娱自乐的一种说唱形式。二十世纪二十年代,翟青山等人开始进入京城的茶馆演出,后经常受邀在电台演唱,因偶然因素改为只用扬琴一件乐器伴奏,结果大受欢迎,遂称"单琴大鼓",还灌录了唱片,影响渐广。此后,由于演唱内容不断丰富,他又与同伴改革了扬琴的形制,增加了四胡,不仅丰富了伴奏的特色,也更能烘托演员的演唱和表演,这时遂改称

"琴书"。

三十多岁时就被誉为"琴书泰斗"的关学曾，一生共创作、演唱了上千段作品，几乎每个历史时期都有令人难忘的作品问世。1952年夏天，北京前门箭楼上第一次挂出了"北京琴书"的牌子，由关学曾和琴师吴长宝长期合作、改革、创新的这一曲种正式定名，从此享誉全国。北京琴书的旋律简洁明了，唱腔自然圆润，在长期的艺术实践中，关学曾一直致力于北京琴书的演唱和发展，口语化的唱词、简洁明快的唱腔、丰富变化的板式，再加上他生动形象的表演，逐渐形成了"唱中有说，说中有唱，说唱变化水乳交融"的演唱风格。他善于揣摩观众心理，往往是一张嘴的头两句就能把观众"抓住"。像脍炙人口的小段《长寿村》，开门见山的几句话，就把观众带入了一个别有情趣的场景中，这也是他最受观众欢迎的保留曲目之一。尤其是他为张艺谋的电影《有话好好说》创作并配唱了主题曲，随着电影的放映，使北京琴书这别具一格的曲艺形式走进了更多人的欣赏视野。在广大曲艺迷的心目中，关学曾的名字几乎成了北京琴书的代名词，他以毕生的精力和才华使北京琴书这一曲种成为带有浓郁地方特色又被全国观众所喜爱的一种曲艺形式。

曲艺的传播途径历经撂地、茶馆、广播、电视乃至现今的网络，物理空间不断发生着变化，而且，随着时代的发展以及观众审美需求的变化，曲艺的舞台呈现方式较之以往也相应地发生着不小的变化。声、光、电以及多媒体的介入，令今天的曲艺演出展现出更多元更丰富的样貌。当然，不可否认的是，以上这些可见的形式上的或曰外观上的变化，往往也容易滑向"越界"的程度，产生本末倒置的反效果，需要引起我们所有曲艺从业者的高度重视。

这里不妨以一个新创曲艺作品《看今朝》为例。这个节目2018年登上国务院中央团拜会的舞台，随后在央视的元宵晚会上播出，因此在观众中的接受度比较高。《看今朝》突破了以往传统曲艺单线叙事的固有模式,创造性地将陕北说书与苏州弹词这两个风格迥异的曲种和谐统一地融合在一起,接地气的群众语言,主唱、对唱、轮唱、合唱的层层递进,在音乐调性和语言节奏方面相互适应尽量合拍,既保留了各自曲种传统唱腔流派的鲜明特征,又有所变化和发展,并将情感的交流、形式的碰撞糅合在口语化的唱词和情境化的表演中,演员们跳进跳出,转换自如,鲜活灵动,趣味盎然。可以说,《看今朝》之所以引人注目,正是在于这短短五分半钟的时长内,时代精神、地域特征与曲艺元素恰如其分地巧妙融合,既有曲种特色的传承与再创造,又展现了中华曲艺特有的雅俗共赏与和合之美、谐趣之美。

必须强调的是,正是这种尊重曲艺本体特征,遵循曲艺创作规律的严谨态度,才使得《看今朝》外在的形式新颖别致,内里的质感仍坚守传统,体现了艺术家们对曲艺所蕴含的深厚的民族民间文化传统的高度自信。

(二)适应性——思想内容的不断更新

在曲艺艺术的可变因素中,思想内容或曰题材可以说是最活跃的部分。"文变染乎世情,兴废系乎时序",从不同历史时期的曲艺作品中,我们很容易观察到那个时代的民风民情、时代风貌,包括特定年代的特定语汇,凡此种种,皆是最为生动鲜活的时代辙痕。

随着历史的变迁,社会生活的日益丰富,人们的审美情趣和欣赏口味也随之发生着很大的变化。作为积极反映时代特征,擅长描摹人间百态并最为广大民众喜闻乐见的曲艺艺术,亦须紧扣时代脉搏,传递民众心声,将原生态的社会生活现状予以高度提炼和再加工,使之成为艺术化的反映和再现,从而令观者欣赏之余仍有所共鸣和回味。

这里也简单举个例子。众所周知,二十世纪九十年代,姜昆和梁左合作的相声《虎口遐想》可谓家喻户晓,三十年后,姜昆续写了一段《新虎口遐想》，人物仍是《虎口遐想》中"我"的延续，事件仍是荒诞地"掉进了老虎洞"，但环境、氛围以及折射出的当下人们的心理特征，却已悄然发生了变化。这种由文本所产生的奇妙的"互文"现象，既是新鲜的，又是诚恳的，其中蕴含了创演者对三十年来相声行业一路走来的反思、反省与回归。

如果说，《新虎口遐想》的亮点是其中"苍蝇老虎一起打！"的警钟长鸣，莫如说，更有其中"我答应出去给你爸爸找只母老虎，哥诚信太差光顾着找对象了，把你爸爸这事儿给忘了……"，以及"姜大爷……万一救你上来你说是我给你推下去的，我跟我爸爸说不清楚……"这些貌似无关的闲扯，细微之处，皆有当下时代综合征的聚焦与放大。

相声是讽刺的，但绝不仅仅局限于针砭时弊；相声是引人发笑的，但绝不仅仅停留在感官层面上；相声里有的是善意的嘲讽、隐含的寓意，轻松但不随便，诙谐绝不庸俗。所谓"婉而多讽，谑而不虐"，既是相声艺术的美学旨趣，也是相声创演者的从艺指南。

重温三十年前的经典相声《虎口遐想》，细细品味有感而发的《新虎口遐想》，不难发现，贯穿其中的讽刺尽管犀利却不是粗暴的、武断的，而是自始至终有温度，有力度，又有态度。或许，这才是相声本应有的艺术感染力，它是让人发笑的，但又绝不是一笑了之的。

二、传统曲艺艺术之"不变"

传统曲艺艺术的"不变"大致体现在它贴近民众的精神气质、雅俗共赏的美学追求和独特的表演特质等几方面，因而传承至今，仍然深受广大群众的由衷喜爱。

（一）人民性——贴近民众的精神气质

今天我们在舞台上看到的许多曲种，真正定型为一个独立的曲种的时间大多也就百多年的时间，然而其中所蕴含的艺术元素和文化内涵却是和整个中华文脉相一致的。就曲艺艺术而言，它最大的特点就是通俗易懂，短小精悍，以及幽默风趣等。就像我们常说的——曲艺，是中国老百姓喜闻乐见的一种艺术形式。也因此，曲艺的人民性成为它最具吸引力的一个标签，它贴近民众的精神气质值得我们深入挖掘和大力弘扬。

仅以这一百余年来新文艺的发展历程来看，许多的经典曲艺名作无一例外都强烈地彰显着人民性的特点。

兹举一例。二十世纪初问世的《猛回头》，是革命志士陈天华用弹词的形式，以通俗易懂的群众语言创作的一篇唤醒世人反抗列强侵略的作品。该作写于 1903 年夏天，初刊于《湖南俗话报》，再刊于《游学译编》第 11 期，"是书以弹词写述异族欺凌之惨剧，唤醒国民迷梦，提倡独立精神，一字一泪，一语一血，诚普度世人之宝筏也……"在这部弹词作品的开篇，即有这样的语句："拿鼓板儿，弦索儿，在亚洲大陆清凉山下，唱几曲文明戏……"整部作品，有说有唱，散韵有致，结构完整，词曲生动形象，情感充沛热烈，是辛亥革命前夕宣传资产阶级民主革命最有影响力的文艺作品之一。用通俗活泼的大众形式来宣扬严肃的政治内容，弹词这种说唱形式的艺术价值和思想意义在《猛回头》这样的作品中得到了充分体现。据埃德加·斯诺的《西行漫记》里记述，和广大民众一样，当时还是青年学子的毛泽东投身革命事业，也受到过陈天华所著的弹词《猛回头》及《警世钟》的影响。

回顾这一百年来中国革命的每个历史阶段，我们不难发现，文艺的鼓舞感召力量随处可见,其中,运用曲艺这种形式的更是不胜枚举。丁玲在给《延安文艺丛书·第十四卷(舞蹈、曲艺、杂技卷)》一书所写的序言中就曾提道:

除了排练话剧、歌曲外,西战团设有杂耍组,组织团员学习采用大鼓、小调、相声、秧歌等群众喜闻乐见的形式,创造了许多新颖节目,如京韵大鼓《大战平型关》。在前方部队演唱时,每次都轰动全场,前方政治部还把它作为教材,印发给连队的每个战士……①

　　而从一名民间艺人成长为革命文艺工作者的韩起祥,更是以他脍炙人口的许多陕北说书作品如《刘巧团圆》《翻身记》《我给毛主席去说书》《怀念敬爱的周总理》等,成为新中国曲艺史上的杰出代表,而他的"要为人民说唱一辈子"的肺腑誓言,至今仍是曲艺界所有从业者学习的榜样。其他如快板书《立井架》、京韵大鼓《光荣的航行》、弹词开篇《蝶恋花·答李淑一》等,无不反映了不同历史时期的国运民心,艺术精湛,思想深远。而仔细考察这些优秀的曲艺作品,其中的人民性更是体现在每一个具体作品的细微之处,其思想的光芒迄今仍熠熠闪光。

(二) 艺术性——雅俗共赏的美学追求

　　在相当一部分的曲艺作品中,风趣幽默的喜剧性内涵是连接创作者和欣赏者之间的共情通道。

　　以我们最为熟悉的相声为例,举凡一段优秀的相声作品,主要体

---

① 迪之主编:《延安文艺丛书·第十四卷(舞蹈、曲艺、杂技卷)》,长沙:湖南文艺出版社1988年版。

现在它的叙事是运用通俗易懂、口语化的但又是经过一定艺术加工和提炼的群众语言,演员以"轻松愉快、沉着自然、谦虚亲切、认真严肃"的修养与态度和自然面貌出现在观众面前,表演的内容又是来源于真实生活中的方方面面,与观众之间没有隔阂,但又赋予其超乎生活真实的艺术真实的美,从而达到雅俗共赏的审美境界。它的雅绝非高深莫测,它的俗也绝非庸俗低级,而是以其生动明快的表演使观众在审美接受的过程中感受到一种耐人寻味的审美情趣。正所谓:"雅者得其深,俗者得其浅。"因此,一百多年来,无论是文化修养深厚的学者文人还是一般的普通百姓,地不分南北,人不分老幼,都被相声艺术独特的艺术魅力所征服,受众群体的范围之广亦可反证其雅俗共赏的审美特征。

再如2006年入选首批国家级非物质文化遗产项目名录、被誉为"最美的声音"的苏州评弹(苏州评话和苏州弹词两个曲种的合称),发源于江苏苏州地区,形成于明末清初,盛行于江、浙、沪的长三角一带。作为江南文化的一面镜子,江南人文精神的重要载体,苏州评弹兼具文学性、艺术性和娱乐性的多重特征,特别是经过四百多年的流传、发展,形成了以"说、噱、弹、唱"和"理、味、趣、细、奇"为主要特点的表演体系,产生了几十种风格各异的流派唱腔,积累了一大批堪称精品的传世书目。而苏州评弹的创作或表演,唱词典雅,说表通俗,细节生动,立意深远,追求的艺术效果同样正是雅俗共赏,也因此迄今仍是江南地区乃至全国范围内最具代表性的曲艺形式之一。

回顾整个文艺史我们不难发现,但凡能够传世的作品,无不是遵循了雅俗共赏的原则,而从创作者到欣赏者对雅俗共赏这一审美意境的追求与实践中,同样不难看出,雅俗共赏早已成为共识。其他诸多曲种亦是如此,追求的是雅俗共赏的美学意蕴,也因此能够在文艺百花园中占据一席之地。

（三）独特性——"说法现身"的表演特质

曲艺是一门独特的艺术形式,尤其是在舞台表演方面,更是具有与其他表演艺术不尽相同的特质。首先,曲艺艺术主要是通过演员用说唱的表演方式来讲述故事,刻画人物;其次,演员会综合运用各种艺术手段来辅助完成曲艺作品的最终舞台呈现;最后,演员在曲艺表演中几乎始终处于主导地位。

曲艺的表演既不同于戏曲的"以歌舞演故事",也不完全等同于西方戏剧表演体系中已有定论的"间离""表现"或"体验"。同时,曲艺艺术在长期的演变发展过程中,与同为民族艺术的中国戏曲之关系密切由来已久,特别是当代曲艺进程中与诸多现代艺术形式如戏剧、影视、歌舞等多方位融合与借鉴,但是,其独特的表演特质——"说法现身"——使得它始终活跃在百姓的舞台上,且不曾被替代。

在绝大多数的曲种中,曲艺演员一般都是以自身面貌出现在观众面前的,以说唱为主的表演手段来讲故事,从而与观众产生情感上的共鸣。正是因为曲艺的表演不是"代言体"式的角色装扮,曲艺演员的自身形象包括他(她)的着装、神情、语气以及说唱时运用的语言、节奏、韵律等,都直接呈现于观众面前,带有十分明显的个性色彩。同时,说唱过程中演员会模拟多个人物,故而曲艺的表演就有着我们称之为"跳进跳出"的特点。不过,曲艺表演中的"跳进跳出"并非简单的分离,而是你中有我我中有你的有机统一,尤其是角色与叙述者之间的瞬间转换十分自然、迅捷,无需额外的附加说明。

当下的曲艺创作演出实践中,我们能够看到许多曲艺作品的舞台呈现上出现了诸多有别于传统表演手法的借鉴与创新。然而,只有那些在坚持曲艺艺术本体特征上的适度创新,才能赢得观众的普遍认可和欢迎,这也是优秀曲艺作品能够立得住、传得远的前提条件。

　　综上所述,传统曲艺艺术作为百年新文艺中的一员,始终不曾隐退,始终以它的独特魅力赢得人民群众的青睐和关注,这其中,与其自身存在的"变"与"不变"的辩证统一有着直接关系。

　　因时而兴,乘势而变,随时代而行,与时代同频共振,这是古今中外文艺发展的必然规律。今天的曲艺从业者,理应具备充分的艺术自信和文化自觉,充分认识到曲艺艺术自始至终都与中华优秀传统文化一脉相承,坚持固本清源,守正创新,努力传承和创演出更多有筋骨、有道德、有温度、无愧于时代的优秀曲艺作品,将之奉献给人民!

　　蒋慧明　北京文艺评论家协会副主席,中国艺术研究院曲艺研究所副研究员。

从"傅氏幻术"看中国魔术的百年发展

徐　秋

　　很高兴参加这次论坛,此前我参加了国家级非物质文化遗产"傅氏幻术"的项目抢救工作,作为学术专员,我和"傅氏幻术"成员一起梳理他们的百年传承,在这个过程中,我对中国现代魔术的发展有了一些新的感触和认识。傅氏是一个传承百年的魔术世家,其特点是演出和研究并重。其表演将中国传统幻术和西洋现代魔术相结合,多有创新力作;演出之余他们汇集中外魔术资料,开展学术研究,出版杂技魔术类史论专著多种;其不懈奋斗、爱国自强的精神和我们论坛"百年新文艺"的主题在时间上、意义上都很契合,所以我想就傅氏幻术的角度阐述一下对于中国现代魔术的一些新认识。

　　关注魔术的人可能会听过一些有关魔术的矛盾说法,比如说魔术秘密,有的人就会说"魔术必须得保密,观众知道了还怎么演",也有人会说"魔术不需要保密,观众知道了才会有发展";再比如说入行,有的人会说"一定要拜师,不拜师没有表演的资格,魔术爱好者演出只能是票友式的,耗财露脸",但同时我们也看到,一些著名魔术师并没有拜过师,是自学成才的,到最后魔术界也认可他们。这些矛盾的说法实际上是表现了百年来中国魔术存在的两种系统,一种是中国流传千年的传统魔术,也叫幻术、戏法,他们有自己的规矩,还有一种是西方传入流传百年的现代魔术,他们也有自己的规矩,目前这两种系统已在历史长河中有所融合。

傅氏幻术第一代是非职业的魔术爱好者,曾留学日本,他对中外魔术都感兴趣,但是他能学到的更多的是外国魔术。这是因为中国魔术师相对保守,特别对于他这样不打算走职业道路的爱好者,更是多以"推送法"糊弄敷衍。"推送法"是魔术师对于想学魔术的富家子弟的一种"骗术",即不告诉他们真正的方法,只说"左门子",使他们在实践中很难成功,以便挣到他们的钱又保护了魔术的秘密。傅氏幻术第一代就因此吃了苦头,他和艺人学习《五色分沙》:五种颜色的沙撒入水中,捞出时,不仅干燥而且毫无混淆。艺人告知他沙必须和化学药物混一起在锅里炒,结果炼丹式的一顿操作把家中柴草引燃了,险些烧掉整个房子。这也成了家人将他送到日本留学的原因之一,他们想隔绝他和这些艺人的来往。后来这位傅氏幻术第一代在日本接触到西方现代魔术,这回他的感受大不相同。

由于明治维新,日本比中国更早接触到西方现代魔术,傅氏幻术第一代到达日本时,那里已形成了日本传统魔术与西方现代魔术相结合的现代东洋魔术,在傅氏幻术第一代的眼中,日本现代魔术有两点和中国传统魔术不同。中国魔术是在生活场域里表演的,比如说在人的家里、在街头、在茶馆里,这种环境下孕育的中国魔术大多四面能看,很像是一个通神的真事儿。而外国现代魔术是在舞台上、剧院里,这种环境中生成的魔术后边不能看,一看就全知道是怎么变的,不光和生活拉开距离,而且还把魔术给解构了,魔术成为一种虚拟化的艺术演出,和神神鬼鬼划清了界限,这使魔术看上去很有现代性,魔术的社会地位大大提高。

更让傅氏幻术第一代惊喜的是现代魔术还可以花钱学,日本有魔术商店、魔术学校。商业化社会中主要就是用花钱来筛选你到底是不是魔术爱好者,你肯花钱,魔术就对你敞开大门。当然这里会有西方强势传播自己理念以及商业倾销挣钱的成分,但是这种有商业伦理、童叟无欺、不会教你一部分保留一部分的方式还是让傅氏幻术第一代欣喜不已。

傅氏幻术第一代回国后,西方魔术的演出和教学也已经发展到中国的大都市,学外国魔术的人很多,包括社会上的魔术爱好者,也包括传统的戏法表演者。比如说傅氏幻术第二代拜的老师叫作韩秉谦的,就是传统戏法和西洋戏法表演双料名家,他在出国演出中演中国戏法,在国内演出中演西洋魔术,均大受欢迎。私下里他将两种魔术有所融合,中国现代魔术由此开端。

当时的中国人,是有强国梦的,他们学外国的东西就是为了把自己的魔术发展好,最终要超过外国人。从当时魔术团体的名字就可以听出来,志向非常宏大,如韩秉谦徒弟创办的亚细亚魔术团、傅氏幻术第二代创办的环球魔术团,等等。当时的演出方式已是舞台魔术,创演的框架、机制都是外国式的,但是也融入了中国人的思想感情以及审美风格,傅氏幻术第二代表演中,其背景、道具多装饰得颇有中国特色,服装多刺绣有龙凤图案。

中华人民共和国成立后,国家重视具有平民风尚趣味的杂技、魔术表演,出于工作需要和借鉴苏联艺术体制,国家在各省市成立了隶属当地的国营杂技团,将散于社会的杂技魔术艺人组织起来,建立起崭新的舞台杂技演出范式。魔术经受了去粗取精的艺术化历练,呈现了由多到少,又由少到多的发展历程。

改革开放前的三十年,魔术逐渐变少,一是体制将其局限于杂技团中,而杂技演出中魔术的比例又只占十分之一,使魔术的需求量大减,大批节目不再上演。二是"左"的氛围的影响,魔术表演有时需要有一个黑幕,有时灯光压得比较暗,有人就说这样幽暗神秘不健康,于是又有一批节目不能再演,魔术师队伍也持续缩减。当然这一期间也有部分节目因适应环境而发展了,更优美、更明朗,也更舞台艺术化了。到二十世纪九十年代,社会主义市场经济确立后,新的演出机构、新的演出人员持续增多,今天的魔术又恢复了曾有的活力和繁荣。

同大多数魔术师一样,傅氏幻术第二代、第三代、第四代都曾参加专业杂技团,以继续从事这项事业。他们以螺丝钉精神听从党的号召,响应国家的召唤,同时也葆有对艺术的热爱和执着。比如傅氏幻术第三代曾在"文革"期间遭遇所在团体解散、充实生产一线的变故,当时他被调到一所中学从事美术教学长达八年,二十世纪七十年代末听说团体恢复,又义无反顾回到团里,继续深爱的魔术事业;九十年代为了扩大艺术发展自主权,中年多病的他再次义无反顾,选择离开团体,自己创业,几度抉择中都将魔术的需要作为生活重心。此外傅氏幻术全家在业余时间坚持自学、潜心研究,相互鼓励、携手合作,写作、出版专业书籍二十余本。其好学上进、心系事业、拼搏不止也令同行敬佩称赞。

二十一世纪初和二十世纪初有一种轮回现象,就是西方魔术再度大范围影响了中国魔术界。同二十世纪初的轮船、火车、报纸杂志将西方舞台魔术带进中国不同,这次是电视、互联网把西方所有的魔术资源做成一个大盘子,整个进入中国。舞台之外的魔术给了我们很大新鲜感,比如大卫·科波菲尔、大卫·布莱恩表演的影视魔术,雷纳特·格林、舒特·欧嘎瓦表演的近景魔术,等等。

傅氏幻术第三代、第四代,在大小屏幕充斥的媒体时代也与时俱进,除了舞台上的演出,他们也参加很多电视的演出,比如说《综艺大观》《魔法训练营》;后来他们也专门为电视设计制作节目,像央视春晚《连年有鱼》《金玉满堂》,其中既包含近景也包含舞台,他们跟随时代的变化而变化。

他们也遇到影像魔术发展背离魔术的问题,现在的视频魔术里面加了很多影视特效,他们觉得这个拔高了观众对魔术的期待,观众再看魔术会不满足。但是现在一些导演、观众分不清楚什么是真的魔术,什么是影视魔术,在他们的眼中,屏上的魔术都是魔术。因为不是那么炫,所以,现在傅氏幻术再拿一些新创作的线下节目去春晚竞争已经有点难入围了,是否要坚持做现实当中能够演的真魔术,怎么处理魔术和视频的关系,不仅是他们的问题也是世界魔术界共有的问题。

中国的现代魔术已有百年,我想其发展的经验是,一坚持改革开放、中外交流,吸收先进理念;二让更多的人有机会学习魔术,形成艺术上的竞争;三学习前辈自强不息的精神,有主体性,有文化自信,勇攀魔术艺术高峰。

谢谢大家!

(本文根据作者发言整理,经本人审阅)

徐　秋　北京文艺评论家协会副主席,中国文联杂技艺术中心原副主任,《杂技与魔术》杂志原副主编。

中国传统民间舞蹈的社区演变与当代转化

许　锐　张晓梅

　　"社区舞蹈"对于中国舞蹈的发展而言是一个新概念,但并不是一个新生事物。

　　概念的"新"在于"社区"一词并非中国原生词汇。其源于拉丁语,十九世纪末德国社会学家斐迪南·滕尼斯在他的著作《社区与社会》(*Community and Society*)中开始把"community"应用到社会学研究中。二十世纪三十年代初,费孝通先生还在燕京大学读书,他和同学们在讨论如何翻译"community"一词时提出来将其译作"社区"。"想法说出,大家认同。再遇 community,即译'社区'。用者多了,时间长了,趋向约定俗成。燕大课上课下,创制出这个日后的通用术语。"① 由此,"社区"这个词作为西方社会学中的重要概念在中国翻译产生并得到广泛运用,意味着对人类社会研究的新角度与新方法。正如费孝通先生所说:"一个新名词的采用代表一种新的概念和新的研究……一个庞大的社会全面地研究起来是太困难了,于是挑这一较易于观察的较小地区去研究,这种研究就是社区研究。"② 这样一种社会学研究方法,对我

---

　　①　张冠生:《"听费孝通说'社区'一词来历"》,《书生去——杂忆费孝通》,深圳:深圳报业集团出版社 2016 年版。
　　②　费孝通:《二十年来之中国社区研究》,《社会研究》1948 年第 77 期。

们从更小的社会单位去观测舞蹈的存在与发展是很有益的。

　　而"社区舞蹈"概念的出现和演变还有另外一层含义,即在二十世纪五六十年代随着西方社区艺术而兴起,受到那个时代民权运动的明显影响。艺术家们在追求社会平等与公义当中拓展了舞蹈的社会价值,并把眼光从传统剧场投向了更为广阔的社会空间。其中的核心意涵在于破除艺术创造和欣赏的权威和等级意识,实现艺术参与的平等机会与多样性。美国社区艺术家玛莎·鲍尔斯(Martha Bowers)将其称为"看不见的舞蹈","艺术家和社区成员不期而遇,在共舞中成为朋友,发展人际关系,交流生活故事。这种交流对话对舞蹈作品产生了影响"。① 实际上这反映出高雅艺术和大众艺术之间互动影响的动态关系,而这种关系演变在漫长的人类历史中从未间断,因为比社区的空间和时间含义更重要的是组成和维系社区存在的人群。

　　因此和中国其他很多领域一样,"社区舞蹈"在某种意义上也是现代中国借用西方社会学的研究概念和角度,重新建构对中国舞蹈社会价值与功能的认知。但这并不意味着在此之前,中国古老悠长的历史中没有社区舞蹈的存在。"社区"一词的翻译本身已经体现出浓郁的中国文化传统与特色。

一、中国传统民间舞蹈社区意识与空间的演变

　　在中文里,"社"意味着土地或团体。"社"字右为"土",本义是土地神以及与祭祀土地神相关的地点与活动。"稷"是谷神,土地加上生

---

① 杰西卡·罗宾逊·罗芙:《究竟何为基于社区的舞蹈?》,《IN DANCE》,2007年10月1日(What Exactly is Community-Based Dance, By Jessica Robinson Love, Published by IN DANCE, OCTOBER 1, 2007)。

长其上的谷物构成"社稷",具有国家社会的意涵。"区"意味着地域或区域。"区"字的甲骨文,既指将物品区分开的容器,也指农田里土埂划分的区块。由此可见,无论"社"或"区"的称谓都具有强烈的农耕文化色彩,"社区"合在一起恰恰构成了组成农耕社会的两大内涵:居住的地域性和聚集的文化归属感。正是这两大内涵使"社区"成为农耕社会中具有现实意义的价值共同领域。因此,尽管西方社会学中的社区概念在近现代才传入中国,但中国传统社会中其实早已具备了朴素的社区意识,也具备了自我的社区空间。这在中国传统民间舞蹈中有着突出的体现。

在中国的传统农耕文化中,从来都少不了舞蹈的身影。例如"社火"与"社区"同有一个"社"字,是中国北方汉族民间常见的庆祝春节的狂欢活动。陕西社火在关中地区叫"耍社火",在陕北地区则叫"闹秧歌",从名称就可以看到歌舞在其中占据了很重要的地位,踩高跷、跑旱船、舞狮、龙灯等载歌载舞的舞蹈样式非常丰富。然而,在表面的歌舞背后,把人们聚集连接在一起的恰恰是汉族民间传统的社区意识——一年的辛苦劳作之后,人们在歌舞活动中增进联系,维系关系,释放情感。类似的社区意识在中国各个民族中的呈现虽然有一定的差异性,但都广泛存在于民间歌舞活动当中。

从共性而言,与今天的城市社会结构不同,中国传统民间舞蹈中的社区意识与社区空间深深根植于以农耕文化为主的土壤之中,呈现出若干特征。其一是由民族聚居而来的民族性。从大的区域划分来看,中国作为一个幅员辽阔的多民族国家,民族聚居形成了具有鲜明文化特征的民族区域。费孝通先生所提出的中华民族的"多元一体"格局理论已被学界广泛接受,其中"一体"是中华民族的自在实体,"多元"则是多语言、多文化的各民族实体,"它的主流是由许许多多分散孤立存在的民族单位,经过接触、混杂、联结和融合,同时也有分裂和消亡,形成一个你来我去、我来你去,我中有你、你中有我,而又各具个性的多元统一体"。① 在高度的中华民族认同之下,这些分散存在的民族单位又在文化上形成了各自的民族认同。其二是由地理限制而导致的地域性。从更小的区域划分来看,由于科技与交通手段的发展局限,中国早期的社区空间受到地理限制较大,往往由散落的聚居地而划分。最典型的社区空间莫过于村落或村寨这样的社会单位。这造成了即使是同一民族,也会出现不同分支,形成地域特征鲜明的舞蹈文化差异。例如彝族、苗族等聚居山区的民族,由于居住的自然环境复杂,常常支系分散繁多,形成很多不同的、地域特征明显的舞蹈样式。我们也常常看到在民族民间舞蹈名称中加入地名,以体现不同的分支和风格,例如舞蹈风格比较突出的凉山彝族的摆裙舞和石屏彝族的烟盒舞。可以说,"十里不同风,百里不同俗"的俗语生动描绘了传统民间舞蹈中的民族性与地域性。其三是人们的共同价值追求主要围绕着生产方式。在定居的村落或村寨文化中,承载着生存命题的土地成为突出的价值追求。日出而作、日落而息的劳作方式,安居乐业的生活态度,入土为安的生命观念,无不围绕着土地而展开。在传统民间舞蹈中大量祭天地、祈丰年的内容,就体现了强烈的农耕文化的土地意识。其四在于以家族血缘纽带为核心的社会结构。在传统的封建专制的社会结构中,家族观念成为维系村落社区共同价值的重要基础。人类进入父权社会后,在一个传统家庭中往往由一个男性占据支配地位,而在一个村落中也同样由一个男性作为权力中心,维系着家族或整个族群的联系。"有父系继嗣关系的男性在地缘社区取得了在居住上构筑的优势。父系制当然可以缘此而出也可以出自于其他文化渊源,但正是以相关男性为中心的居住方式成为日常乡土生活的社会性别化政治的决定性因素。"②与之相对应的,我们经常在传统民间歌舞表演中看到,会

---

① 费孝通:《中华民族多元一体格局》,北京:中央民族大学出版社1999年版。
② 朱爱岚:《中国北方村落的社会性别与权力》,胡玉坤译,南京:江苏人民出版社2010年版。

有一个男性的领舞或领唱角色,对应着家族与村落结构中的男性权力中心。例如满族和蒙古族中被称为"萨满"、彝族和哈尼族中被称为贝玛(毕摩)的男性巫师,汉族秧歌中被称为"伞头""乐大夫"等的男性领头人,等等。

然而,随着中国现代工业化和城镇化的推进,中国传统民间舞蹈中的社区意识和生存空间发生了巨大的变化,从相对限定的地域社会向着更加开放的社会组织和社会网络演变,原有的地域限制和族群界限不断被打破。

(一)相对限定的地域空间转化为开放的活动空间

原来以村落或村寨为中心的相对固定的舞蹈空间转化了,同时与特定的习俗时间也脱钩了。城市的社区空间更多地成为一种容纳个人爱好与日常行为的场所,如小区、街道、广场、公园等。因此,开放的活动空间和自由的参与时间共同构成了新的社区,不完全受限于居住与地理的限制。互联网视频社交平台的出现甚至已经在一定意义上超越了传统的物理空间,形成新型的虚拟社区空间。2020 年,人们在线上录制舞蹈视频,互相交流、模仿、传播,极大地扩展了这种新型虚拟空间的存在价值与意义。

(二)相对一致的群体性文化追求转化为容纳个性的类型化群体

由于工业化进程改变了单一的"面朝黄土背朝天"的生产劳作方式,围绕着农耕文化为中心的相对一致的群体性文化追求就难以强求。那种高于个体生命的群体性文化价值,如土地、丰收、族谱等都被削弱了。于是更多样的、容纳个性需求的类型化群体就出现了。如社区舞蹈中流行的街舞、国标舞、秧歌、健身舞蹈等,往往对应着社会不同类型的人群,与他们的年龄、职业等紧密联系,同时也对应着他们不同的兴趣与需求。

(三) 相对稳定的亲情关系转化为灵活松散的价值或兴趣共同体

由于工业化和城镇化打破了农业社会的结构方式,社区成员之间的纽带关系也随之改变了。因此前文所述村落社区中那种相对稳定的、无法割舍的亲情或族群关系不复存在。都市社区中舞蹈的人群不是以家族血缘关系聚集在一起,而是可以自由参与、自由组合,成为一种灵活松散的价值或兴趣共同体。其中值得关注的是,除了兴趣、交往等社会需求之外,舞蹈在都市社会中的功能价值得到了极大拓展,健身、塑形、治疗等有着明确指向的新型需求有着很大的增长空间。

通过观察这样的社区演变,我们可以回溯一下"community"的另外一个译法——"共同体"。斐迪南·滕尼斯所著的《社区与社会》一书也被译为《共同体与社会》,对应着他所提出的"共同体理论"。在滕尼斯所处的时代,恰恰也是欧洲快速工业化和城市化的时代。他敏感地捕捉到了社会的急剧变化,与工业化之前的"共同体"时代存在差异。滕尼斯描述的是一种"建立在自然情感一致基础上、紧密联系、排他的社会联系或共同生活方式,这种社会联系或共同生活方式产生关系亲密、守望相助、富有人情味的生活共同体"。[①] 此后美国的芝加哥学派对滕尼斯的共同体理论进行了进一步的具体研究,费孝通先生翻译"community"一词的时候,正是芝加哥学派的代表人物罗伯特·帕克教授在燕大授课。"社区"的译法在"共同体"概念之中加入了地理空间的元素,不仅具有中国社会结构特点且更加形象具体。前文所述中国传统民间舞蹈中的社区意识和社区空间恰恰就是一种依赖于土地和血

---

① 斐迪南·滕尼斯:《共同体与社会》,林荣远译,北京:商务印书馆1999年版。

缘纽带的生活共同体。但是工业社会的快速发展打破了这种富有农耕文化人情味的共同体,人们必然要在新的社区空间中寻找能够依赖的共同价值。由此我们看到,社区其实包含了抽象的"意识"与具体的"空间"两面。某种意义上,无论是传统的村落社区还是工业化催生的新型城市社区,抽象的精神和情感纽带往往具有更加强大的力量。因此中国传统民间舞蹈需要适应新的社会变化,超越地理空间和舞蹈形态,更加关注现代生活中人的利益关系和情感关系,建立相互影响、相互作用的认同感。这无疑是一个巨大的挑战。

二、中国传统民间舞蹈当代转化的巨大挑战

工业化进程中的社区演变显示了中国社会环境的变化及其对传统民间舞蹈传播的巨大影响。之所以在民间舞蹈之前冠以"传统"二字,是因为在我们的习惯性认知中,民间舞蹈就是根植于农耕文化,存在于村落等传统社区的舞蹈,故很少将其放置于城市的新型社区中去审视。对于当代社区舞蹈而言,个性化的趣味与情感联系已经愈发超越了地域限制与文化归属,成为社区价值共同体最重要的内涵。这对于传统民间舞蹈而言显然构成了当代转化的巨大挑战——舞蹈的情感样式与文化多样性如何适应当下大众的需求?面对挑战,我认为需要关注两个非常重要的问题。

(一)传统民间舞蹈自身如何完成真正的当代转化

前文谈到我们常常把民间舞蹈想象成为农业文明的舞蹈样式,容易忽略其在都市完成现代转化的可能。然而,在工业化和城镇化加剧

的背景下，如果不完成真正的现代转化，传统民间舞蹈的生存和延续将面临极大的问题。尽管近年来非物质文化遗产的保护成为热点，也像一剂强心针给传统民间舞蹈的传承和保护带来一线生机。但必须看到的是，非物质文化遗产保护的实质核心和难点在于活态传承。随着现代科技的进步，通过影像记录甚至虚拟仿真技术，我们已经可以对身体动态进行客观的原样记录和保存，但这并不能改变一个残酷的现实——并非所有的非物质文化遗产都能在现代生活中存活并延续下去。这不仅取决于其样式与内涵的生命力，也取决于其适应社会发展的转化能力。

我们可以看到，在世界范围内有一些传统舞蹈样式，例如阿根廷的探戈、西班牙的弗拉门戈、阿拉伯的肚皮舞以及欧美的街舞、国标舞等，正是因为完成了当代的转化，适应了城镇化的社区意识与空间，成功地在新的社会生态中延续并焕发生机。这种转化至少从四个维度提供了很好的参照。一是从情感方面满足了都市人群在社会交往上的复杂需求。城市聚居人群打破了单一的农业生产方式，按照职业分工形成碎片化的组合，因此在情感上既偏向于个体需求，又有着寻求交流的群体需求。特别是这些传统舞蹈的转化都相对剥离了传统的文化功能，专注于舞蹈中的两性关系和生命意识，从而简化并贴近了都市人群的情感需求。例如阿根廷探戈就在两性合舞的默契和沉浸中具有一种生命哲学的意味。例如弗拉门戈中有一个概念"杜恩德"，即人们在歌舞中达至的心灵相通的境界。这已经远远超越了传统的血缘与亲情关系。二是从空间方面把都市的酒吧、俱乐部等作为重要的社区空间。城市聚居人群的来源和成分非常复杂，酒吧、俱乐部等社会交往空间是人群交集之处，也是餐饮娱乐等综合性功能的集中之处。这些空间灵活分散在城市当中，容纳着人们情感的延伸交汇，舞蹈的交流方式恰恰成为提高这些空间文化与交往附加值的有效手段。三是从传播方面充分借助现代传媒与科技手段作为重要媒介。以好莱坞为代表的电影中的舞蹈影像就极大地提高了舞蹈的认知度，促成了广泛的传播。例如脍炙人口的经典电影《巴黎最后的探戈》《卡萨布兰卡》直接推动探戈和肚皮舞等传统的舞蹈样式演变成为都市流行的舞蹈。例如我们还可以看到年轻人在游戏机上街舞跳得非常棒，这说明传媒与科技时代转化的样式和途径是非常多样的。四是从竞技方面设置激发传播与交流的场景。在中国被人们熟知并流传度很广的国标舞，其实都是从欧洲和拉美的传统舞蹈转化而来的。这些传统舞蹈经过了"标准化"的体系改造，例如全部设定为两性合舞、建立身体动作规范、强化音乐节奏类型等，成为易于传播和评判的标准舞蹈样式。在此基础上形成大规模竞技的比赛体系，成为一个完备的，拥有巨大群体的传播体系。

这些传统舞蹈样式的当代转化带给我们很多启示。北京舞蹈学院中国民间舞曾在二十世纪九十年代进入北京著名的蓝岛俱乐部，"试水"都市的民间演艺形态。但这种尝试由于没有在舞蹈样式和传播形态上做出更多探索，并没有真正推动传统民间舞的当代转化——传统农耕文化中的审美形态和内涵如果没有向都市社交情感和个人需求转化，就很难在现代生活社区中延续下去。在今天中国的城市社区舞蹈中，我们可以看到比较明显的代际差异。社区舞蹈中传统民间舞蹈样式传播的人群以老年人为主，而中青年人多选择西方传入的流行舞蹈。随着时间的推移，现代转化比我们完成得早的西方流行舞蹈是否会逐渐占领社区舞蹈的需求空间呢？这个问题值得我们思考和关注，至少有两个方面需要特别注意。一是都市环境下的社会需求。今天人们跳舞的需求到底是什么？传统民间舞蹈不满足这种需求就不能真正完成转化。二是要重点关注年轻人群的需求。这是传统民间舞蹈转化的薄弱点，也是重点。因为传统民间舞未来传承的主体必然是年轻人。

（二）中国民族民间舞专业教育如何引领当代需求

目前中国的传统民间舞主要存在于三个层面。一是我们通常称为"原生态"的民间舞样式,长期处于边远和乡村地区,多呈现为群体性自然传衍的状态,保持着舞蹈形态的缓慢演进,延续着古老的传统文化。它在城市化、工业化和全球化的剧烈冲击下面临危机,又在非物质文化遗产保护的热潮中获得有限的生机。二是传统民间舞蹈进入都市化的现代社区空间,在形态、文化功能上都发生着巨大的转化,并成为"广场舞"的主要舞蹈样式之一。三是传统民间舞蹈进入专业教学和创作领域,成为专业化的舞蹈教育和舞台表演样式。应该说,中国民族民间舞的专业教育在世界范围内都是一个独特的体系,在传统民间舞蹈的现代转化中也应当发挥重要的作用。因为这个相对独立的体系形成了一个自洽的传承体系,一方面学习和传承民间传统,对原生民间舞蹈的消亡起到了缓冲和保护的作用,另一方面又向舞台艺术延展,对传统民间舞蹈的当代转化起到某种引领的作用。

因此,传统民间舞的专业化教学与创作也应该关注和思考当代转化的问题。从目前整体而言,专业民族民间舞对舞台表演与创作的关注更多一些。其中既有延续自苏联和东欧模式的舞台化民间舞模式,也有更多在创作上追求个性艺术表达的倾向。围绕着舞台艺术为中心的民间舞蹈样式,对于社区舞蹈的发展具有天然的示范性和引领性。其舞台艺术的追求往往在个性的艺术表达和群体性的文化特征之间取得某种平衡。例如风靡世界的《大河之舞》,实际上是由爱尔兰传统的踢踏舞演变而来的。它保留了传统舞蹈的典型动作元素与体态特征,以现代的音乐和舞台元素进行新的编排,通过比赛、当代舞台演出样式和电视传播手段进行全面包装,使传统爱尔兰踢踏舞焕发了崭新的生命,并直接促成了当代新的群体性接受和传承。中国丰富的传统民间舞中其实蕴藏着很多当代转化的潜力和途径。例如舞蹈技艺性方面,"炫技"往往是社区舞蹈传播中的激发性因素。藏族民间舞中的踢踏,汉族民间舞中的各种道具等,其实都有很多技艺性的乐趣与挑战。例如舞蹈训练性方面,身心修养与健康常常是社区舞蹈传播的应用型需求。蒙古族、朝鲜族等民族民间舞蹈中的呼吸训练与节奏训练,就具有很高的身心调理价值。还例如舞蹈团队意识方面,团队合作也是社区舞蹈传播的向心力所在。汉族秧歌中的场图队形调度、民族民间舞蹈中的圈舞等舞蹈样式就具有群体性舞蹈的发展空间,等等。当然,传统民间舞蹈的当代转化有可能会"牺牲"掉一些传统的元素与成分,但我们需要认识到,这种转化和改变是传统民间舞蹈缓慢自然演进的一部分,在漫长的历史长河中其实一直在发生。"变"是绝对的,"不变"是相对的,如同植被一样,根脉深藏于大地之中,地面的形态却是千姿百态,且不断随环境变化而演变。

今天,我们在讨论高校办学功能的时候比较强调"服务社会",这其实也是我们审视舞蹈艺术院校与社会之间关系的新角度。从传统民间舞蹈的传承需求来说,专业教育体系也需要关注与社区舞蹈之间的联系,尤其应该将目光从舞台和乡村,扩展到都市的广大社区。我们对这个领域的关注显然不够,在手段与途径上也很欠缺。例如我们往往是"教育"做得多,"培育"做得少,连很多业余的教育培训也受到单一导向的影响,做得越来越专业化。其实对于社区舞蹈而言,培育是非常重要的工作,形式也可以非常多样化。比如开放日活动、专家参与指导、舞台创新引领等都是很好的培育活动。专业艺术院校适度地开展类似活动,可以发挥新型艺术社区的示范作用,并反哺专业艺术领域。当然,推动社区舞蹈的当代转化需要避免过度的干预和组织,因为社区舞蹈的自发性和自然演化是其重要规律与特征。近年来随着广场舞的普及发展,有人提出要编制统一规范的广场舞教材进行推广,这显然违背了社区舞蹈的本质属性与发展规律。如果都按照"教材"规范了,社区舞蹈人人参与、人人推动的鲜活性就不复存在了。

结　语

　　进入新时代,中国社会的发展面临深刻的变革。随着经济产业升级,宏大的城镇化规划对文化发展未来的影响更加巨大。原生态民间舞随着生态的改变发生缓慢的变迁,终究是不可逆的进程。因此,中国传统民间舞蹈如何推动当代形态的转化,融入都市社区生活,是亟待关注和回应的课题。这因应着习近平总书记在十九大报告中提出的"推动中华优秀传统文化创造性转化、创新性发展"。对于传统民间舞蹈而言,我认为单纯的"创新性发展"已经不足以完成在当代社会转型和发展的重大挑战,而必须进行创造性转化——其关键之处就在于传统文化中的内涵与价值需要改造,使之转变成能够适应并有利于今天社会变迁的形态,同时还能继续保持延续的文化认同。"我们所说的'创造性转化',就是要按照时代特点和要求,对那些至今仍有借鉴价值的内涵和表现形式加以利用、扩充、改造和创造性的诠释,赋予其新的时代内涵,激活其生命力。"①因此,在中国的现代发展中,我们面临着传统舞蹈升级转化的重大挑战。这种转化延续自传统的价值观,建构在传统的审美之上,更建立在突破自我的文化自信之上——它应该是一种自觉自省状态下"放飞的自由",而不应该是"禁锢的自由"。就如同今天非物质文化遗产的热点,实际上是在全球化的语境和现代化的浪潮中,包含着自我的文化延续问题。因此其最大的挑战就在于如何实现"活态传承"。这种文化延续不能是被动的、机械的,而必须是主动的、自发的。就好像一个人不能依靠呼吸机生存,只有自主呼吸才有生

―――――――――

① 陈来:《"创造性转化"观念的由来和发展》,《中华读书报》,2016年12月7日。

命的意义。中国传统民间舞蹈的当代转化,对当代社会需求的适应,其意义正在于此。

　　许　锐　北京文艺评论家协会副主席,北京舞蹈学院副院长、教授。
　　张晓梅　北京舞蹈学院中国民族民间舞系主任、教授。

回望 坚守 远眺
——梳理百年来的中国民间歌曲

张天彤

整理本国文化是中国自古以来就有的优秀传统,包括民歌文献在内的各种历代文献典籍浩如烟海,这些文献典籍在福泽后人的同时,还传承了中国文化,赓续着中华文明。历史上有规模的记录整理民间歌曲的活动就有三次,第一次的记录整理是《诗经》,它记录了从公元前十一世纪到前六世纪的五百多年间百姓的心声、贵族的礼尚、宫廷的祭祀等,包括"风""雅""颂"三类歌曲,其中,研究价值最高、流传最久远、传播最广泛的是作为"诗三百"主体部分的"风",共 160 篇。第二次是北宋文人郭茂倩整理的《乐府诗集》,郭茂倩把自汉代以来的所有"乐府诗"编为一百卷的《乐府诗集》,再细分为十二大类,其中的无名氏之作多数属于民歌体裁。第三次记录整理出现在明清之际,细数有三:一是明代文学家冯梦龙记录了广泛流传于苏州一带的民歌并编为《山歌》和《挂枝儿》;二是清代乾隆年间王廷绍整理的《霓裳续谱》,以及随后华广生整理的《白雪遗音》;三是清人李调元专门记录岭南客家、瑶族、壮族民歌的《粤风》,这也可被视作为中国古代第一次有一定曲目规模的少数民族民歌选集。

　　进入二十世纪以后,又先后有几次大规模的民歌收集整理工作。自二十世纪初叶起,在"西学东渐"和"文化启蒙"影响下,现当代音乐家先后发动了规模大小不一、时间长短不等的民歌收集、记录、整理活动。著名音乐学家乔建中先生在《后集成时代的中国民间音乐现状——关于56份民间音乐现状调查报告的报告》将其分为三个阶段:1919年至1949年,1949年至1979年,1979年至2009年。①

一、回　望

(一)举步之期(1919-1949)

　　回望百余年来,我们民歌收集整理工作走过了不平坦的道路。在举步之期这三十年,借助二十世纪初逐步酿成的"新学"风气,音乐界的前辈们开始用新的方法、新的手段去尝试记录和整理中国传统音乐。其中,有三件可圈可点的事:一是二十世纪二十年代以刘天华为代表的一批"国乐改进"人士对北方风俗音乐、器乐曲牌、戏曲音乐的"译谱"和记录;二是二十世纪三十年代杨荫浏对苏南"十番锣鼓"音乐的考察与记录;三是二十世纪三四十年代延安音乐家们对陕、甘、宁等地民间歌曲、地方戏及少数民族民歌的实地调查与整理。特别值得一提的是,1942年2月初至5月下旬以版画家马达和音乐家安波为首的"河防将士慰问团",1943年年底到1944年2月以张庚为团长的两次有规模的采录活动,其收获很大,挖掘也深,为近现代中国民间音乐的

---

　　① 乔建中:《后集成时代的中国民间音乐现状——关于56份民间音乐现状调查报告的报告》,《中国音乐学》2010年第3期。

采集记录创造了良好开端。八年间,他们采录的地域从延安周边扩大到陕北广袤地区,再扩大到整个陕甘宁边区以及晋绥根据地,采录的品种由民歌扩大到说书、道情、唢呐等,累积采录民歌数量多达四千余首。参与民歌采录工作的"鲁艺"音乐家直接到农村深入人民群众,面对面将百姓口中所唱进行采集记录,几近全貌以文本呈现的方式还原口传民歌,这样的工作方式和记录方式在过去几千年的民歌采集中几乎从未有过。1946 年至 1948 年间,安波收集了大量科尔沁蒙古族民歌,后来与文学家许直编成《内蒙古东部民歌选》,成为现代音乐史上中国音乐家采取实地考察方法记录的第一部少数民族民歌集,其开创性历史意义和学术价值不可小觑。

(二)展开之期(1949–1979)

借鉴"鲁艺"在陕北采集民歌的经验,由中国音乐家协会及各地分会、各省市的群众艺术馆这些专业机构具体施行,从 1950 年到 1958 年,连续开展各民族、各地区的民间音乐普查活动,到 1960 年前后,陆续出版了数十种以省区市或少数民族为名的"民间歌曲选"或"民间音乐选",由此大体摸清了民歌、戏曲、曲艺、歌舞、古琴以及其他器乐品种的蕴藏量。1962 年,中国音乐家协会牵头发起编撰《中国民歌集成》计划,要求每省编出一卷,每卷收入民歌三百首左右。当时,各省音乐工作者对此热烈支持,立即开展了搜集、整理、编撰工作。但遗憾的是,1964 年以后,刚刚起步的"民歌集成"戛然而止。原本,从陕甘宁开始的民歌采集、整理逐步扩展至全国,乃前无古人之文化整理工程,因"文革"而半途中断。但"鲁艺"开创的优良传统代表了某种历史的必然性。音乐研究所于 1964 年编纂了《民族音乐概论》,其对民间音乐进行了分类,其学术地位不可撼动,某种程度上填补了遗憾。

二、坚　守

（一）集成时代（1979—2009）

1979 年 7 月，当时的文化部、中国音协给各省、自治区、市下达文件，要求文化主管部门组织本地音乐家、民间文学家编纂《中国民歌集成》等多种"集成志书"。集成志书从一开始就确定的"范围广、品种全、质量高"九字方针，真正体现了"中华文化"和"多元一体"的历史文化观。在十大"文艺集成志书"中，中国五十六个民族的各种文艺品种应有尽有，这是任何古代典籍所从未有过的，将民歌、戏曲、曲艺、舞蹈、器乐、歌谣、故事和谚语这些中华优秀文化艺术典籍集于一体。毋庸置疑，如此宏大的遗产典籍整理保存，同样是因为珍视中华优秀传统文化并在"鲁艺"文艺精神的感召之下，历尽艰辛曲折而最终完成的。担任各"集成志书"主编的吕骥、周巍峙、李凌、张庚、贾芝等"鲁艺"前辈的大名，赫然在册。集成编撰的三十年，与中国改革开放三十年在"时段"上恰好吻合。这三十年是中国有史以来在观念、意识变化最大的三十年，也是经济、社会、生产方式、生活方式、价值观变革最大的三十年。

（二）非遗时代（2000 年至今）

从新世纪初开始，全国性的"非遗"保护正式启动，主管部门为文化和旅游部，另有财政部、国家民委等八部委协助参与。与上述"集成时代"相呼应，"非物质文化"一词于二十一世纪初开始被纳入联合国教科文组织的视野。2003 年 10 月 17 日,联合国教科文组织第 32 届大会通过了《保护非物质文化遗产公约》(以下简称《公约》)。《公约》中对非物质文化遗产的明确定义是:"'非物质文化遗产',指被各社区、群体,有时为个人,视为其文化遗产组成部分的各种社会实践、观念表述、表现形式、知识、技能及相关的工具、实物、手工艺品和文化场所。这种非物质文化遗产世代相传,在各社区和群体适应周围环境以及与自然和历史的互动中,被不断地再创造,为这些社区和群体提供持续的认同感,从而增强对文化多样性和人类创造力的尊重。在《公约》中,只考虑符合现有的国际人权文件,各社区、群体和个人之间相互尊重的需要和顺应可持续发展的非物质文化遗产。"①非物质文化遗产所涵盖的内容包括:"一、口头传统和表现形式,包括作为非物质文化遗产媒介的语言;二、表演艺术;三、社会实践、礼仪、节庆活动;四、有关自然界和宇宙的知识和实践;五、传统手工艺。"②2005 年 3 月,我国国务院办公厅公布了《关于加强我国非物质文化遗产保护工作的意见》,在其附件《国家级非物质文化遗产代表作申报评定暂行办法》中,界定了"非物质文化遗产"的概念。同时,在国务院办公厅《关于加强我国非物质文化遗产保护工作的意见》中列举了非物质文化遗产涵盖的六项内容,前五项内容与联合国教科文组织《公约》中界定的五项内容完全一致,此外又列举了第六条为"与上述内容相关的文化空间"。

　　2006 年年底,中国音乐学院以樊祖荫教授作为首席专家,成功申报了教育部重大攻关项目《我国少数民族音乐资源的保护与开发》,该项目着眼当代社会文化背景,选择这样的时间节点来进行对我国少数民族音乐资源的保护与开发进行研究,显然,课题组申报的初衷,是想通过调查来了解整个二十世纪,特别是近三十年来我国少数民族音乐

---

　　① 王文章主编:《非物质文化遗产概论》,北京:北京教育科学出版社 2008 年版,第 42 页。

　　② 同上,第 43 页。

生存状态所发生的变化。2006 年年底课题立项以后,首席专家及课题组相关负责人立即动员少数民族音乐研究领域的专家学者,尤其联系少数民族地区有经验的学者,展开对我国部分少数民族地区音乐资源现状的调查工作,这是继集成工作之后近三十年来一次覆盖全国的大规模调查。应该说,本课题的申报和启动正是在"集成"和"非遗"这两个文化整理、文化保护时代交接时段所进行的,通过一年多的努力,各子课题小组先后撰写出大量调查报告,使我们对当前我国少数民族音乐资源的概况及现状有了初步的了解和认识,这对于下一步采取音乐资源保护、传承、开发、利用的实践来说,具有基础性意义。该课题于2011 年 5 月顺利结项,成果为优秀。2016 年 3 月,该课题成果由经济科学出版社正式出版。

(三)后集成时代(2009 年至今)

2005 年以后,随着集成工作进入收尾阶段,以文化和旅游部民族民间文艺发展中心为牵头单位,开始了后集成时代民歌搜集工程的跟进时期,于 2006 年启动了全国范围内民歌的再次普查工作。本次普查工作的目的在于,一方面跟踪普查被民歌集成收录的民歌及其传承者情况,另一方面则采用广泛的查缺补漏的继续集成式的调查。本次调查基本以地区为普查点,承担调查工作的全部都是高校教师和研究机构专职研究员,以调研报告的形式结项,非民歌记录整理的曲谱文本呈现。笔者承担的是呼伦贝尔地区民歌调查工作,该项目于 2009 年收尾。

正是基于此前的调查,引发出笔者对后集成时代传统民歌收集整理的新思考:随着一些老艺人的相继离世,很多当年被记录的传统民歌已经随着演唱者的离世而消失;除了当年被作为文本资料记录的集成曲谱和唱词外,生活中还有一些地区一直在老百姓中广为传唱的民歌尚未被纳入集成收录的范畴,还有继续拓展收集的空间;集成时期收录的少数民族民歌,大部分的唱词是被翻译成汉语被记录下来的,而译成汉语之后的少数民族民歌,其语言流失后大大削减了民歌应有的风格和韵味,会唱民歌的老人越来越老、越来越少了……鉴于这种情况,笔者跟文化和旅游部民族民间文艺发展中心负责人交流了想法,建议尽快启动数字化民歌抢救工程。在中心领导的支持下,笔者于2011年承担了达斡尔族乌春的试点抢救,并于2016年至2018年,继续受中心委托,承担了《中国濒危少数民族传统音乐抢救项目——鄂伦春族、鄂温克族、达斡尔族》。在认真总结了集成时期的经验后,在大数据时代到来的今天,本次抢救试点工程凸显了时代特点:其一是数字化抢救,全部按照拍摄专业的录制要求;其二是学术化规范,从文本写作,从资料信息的全息记录到后期文本写作,都严格按照学术规范进行。这样的成果既可以让民歌爱好者更为直观地去欣赏、学唱,还能为从事音乐学、语言学研究的学者提供鲜活的一手资料,而在更高意义上,是对这三个少数民族音乐文化的及时抢救和永久保存。

三、远　眺

一代人有一代人的责任,后集成时代的到来,我们该做些什么?应该怎么做?

第一,我们应该花大力气,尽快在全国范围内进行后集成时代的传统民歌数字化抢救工程。可以继续效仿此前四十年的做法,动用行政力量,以行政区划为单位进行全国范围内的数字化传统民歌抢救性录制拍摄,建立中国传统民歌地图数据库。

第二,尽快将数字化民歌有所选择地记谱录词,尤其要留意少数民族语言和地方方言的发音,用国际音标词对词地将唱词进行直译后再进行意译,而不同地区的汉语又有着方言的不同,应该有发音标记。尤其要将这些宝贵的民歌资源转化成教学资源,编纂成教材,根据不同学段,有所选择地在高校和基础教育中应用。

第三,在整理上述资料过程中,存在一个常谈常新的话题——分类,我们既要观照民歌持有者(局内人)的内部表述和文化立场,又要顾及学术上的规范性和合理性。要建立"学术档案",即规范原始资料,分类编码、谱系梳理、提炼乐汇、按照结构归类、根据乐种特征描述,等等。

第四,自人类文化诞生伊始就已经开始出现,文化的交流与传承都离不开传播,人类社会的和谐离不开彼此间的相互尊重,这种尊重是建立在文化认同基础上的,文化传播过程中的沟通与交流可以实现文化认同,通过传播可以最大限度地彰显中华文化的亲和力,赢得国际社会的理解和认同,进而提高中国国际文化竞争力。通过传播,深化保护,彰显传承。

四、结　语

民歌是中华民族灿烂文化形成的缩影,是中华文化的绚丽瑰宝。回望对民歌收集整理这一百年,我们既可以看到,民歌在中国进入二十世纪以来的新的历史进程中所受到的高度重视,被视为现当代社会文化的重要成员,同时还能感受到民歌自身以其刚健、清新的个性和丰富的艺术表达方式在百姓音乐生活中焕发的生命活力。特别是以延安鲁艺为代表的音乐工作者们,开始有了音乐文化的理念,采用词曲同录的采集整理方法,完全改变了几千年来以"文"代"乐"的传统习惯,第一次使民间口碑音乐成为可读、可唱、可存、可见、可论的珍贵遗产,也为后人留下了大量的音乐文化信息,为民歌的规范化收集整理树立了典范,奠定了学术基础。而启动于 1979 年的民歌集成编纂工程则是政府主导下,广大音乐工作者长期深入高原、山区、边疆,在广大农村、牧区、江河湖海沿岸不辞辛劳地记录、整理、汇集、出版,彰显出一种对民歌及其传统文化的自觉坚守。

　　民歌,是要通过研究来予以保护,通过保护予以传承,通过传承予以传播,而其核心和基础则是对民歌的收集整理。今天,要实现中华民族伟大复兴的宏伟理想,作为中华民族大家庭的每个成员,更应该保持我们的文化自信力,主动担当起呵护、保存、传承、弘扬中华优秀传统音乐文化的历史责任和宏伟大业。

张天彤　中国音乐学院声乐歌剧系党总支书记、教授、博士生导师。

"京派"音乐姓"京"吗

项筱刚

笔者对"京派"音乐的关注始于 2009 年。是年,笔者应邀参与北京文联的丛书——《新中国北京文艺 60 年:1949–2009》第七卷——"音乐卷"①的写作,并具体负责该书的第一章——《音乐创作》的撰写工作,遂开始关注"京派"音乐。十余年来,笔者从未中断有关"京派"音乐的思考。与"京派"文学等姊妹艺术不同的是,由于众所周知的主客观原因,"京派"音乐真正以一个"派"的面貌呈现于北京文艺舞台上,当始于中华人民共和国成立之后。

一、"京派"音乐之现状

1949 年后,"京派"音乐主要呈现为如下四种创作形式:1. 北京人写

---

① 索谦、张恬主编:《新中国北京文艺 60 年》,北京:中国文联出版社 2010 年版,本丛书共 13 卷,音乐卷为第 7 卷,由谢嘉幸主编。

北京,即北京籍作曲家写北京,也就是说作曲家本来就是北京人,写的作品也是反映北京地区的重大历史事件,代表作如管弦乐《北京喜讯到边寨》(郑路、马洪业曲)与电视剧音乐《便衣警察》(雷蕾曲)等。2.北京人写京外,即北京籍作曲家写北京以外地区,即创作者是北京人,但是作品题材所写对象却是北京以外的其他地区,如"胡氏兄弟"①的代表作——歌曲《赞歌》(胡松华曲)、《我爱这蓝色的海洋》(胡宝善曲),舞剧音乐《鱼美人》《红色娘子军》(吴祖强等曲),电影音乐《五朵金花》《刘三姐》《冰山上的来客》(雷振邦②曲)等。3."客京"③写北京,即客居北京的作曲家写北京,即作曲家不是北京人,但在北京工作、生活,写的作品也是反映北京地区重大历史事件、民众的生活或北京的风土人情,代表作如歌曲《北京颂歌》(田光、傅晶曲)、《祝酒歌》(施光南曲)、《今天是你的生日》(谷建芬曲)、《故乡是北京》与《前门情思大碗茶》(姚明曲)、《走进新时代》(印青曲),合唱《祖国颂》(刘炽曲),轻音乐《喜洋洋》(刘明源曲),二胡协奏曲《长城随想》④(刘文金曲),管弦乐《节日序曲》(施万春曲),歌剧《骆驼祥子》(郭文景曲),电影音乐《知音》(王酩曲)、《开国大典》(施万春曲),电视剧音乐《金粉世家》(三宝曲)、《玉观音》(叶小纲曲)、《雍正王朝》(徐沛东曲)与《京华烟云》(王黎光曲)等。4."客京"写京外,即客居北京的作曲家写京外地区,也就是说不是北京人的"客居者"写京外地区的重大历史事件、民众的生活与风土人情,代表作如合唱《长征组歌》(晨耕、唐柯、生茂、遇秋曲),管弦乐《春节序曲》(李焕之曲),歌剧《小二黑结婚》(马可、乔谷等曲)、《江姐》(羊鸣、姜春阳、金砂曲)、《党的女儿》(王祖皆、张卓娅等曲),舞剧音乐《大梦敦煌》

---

①　"胡氏兄弟"即两位满族男高音歌唱家——胡松华、胡宝善兄弟。

②　雷振邦是北京人(满族)。《五朵金花》《刘三姐》《冰山上的来客》此三部电影音乐是其任职于长春电影制片厂时的代表作,也是作曲家本人较为满意的代表作。

③　据笔者的不完全统计,学术界对艺术家"客京现象"的关注,显著于美术界。详见《美术观察》2007年第4期的多篇文章。

④　该曲有西洋管弦乐协奏、民族管弦乐协奏这两个版本。

（张千一曲）、《永不消逝的电波》（杨帆曲），电影音乐《地道战》（傅庚辰曲）、《早春二月》（江定仙曲）、《小花》（王酩曲）、《少林寺》（王立平曲），电视剧音乐《汉武大帝》（张宏光曲）、《人间正道是沧桑》（林朝阳、丁薇曲）等。

当然，事物并不是非黑即白、泾渭分明的。"京派"作曲家亦如是。有些"客京"的作曲家由于长期工作、生活于北京，随着时间的流逝，其亦由表及里地扎根京城的土壤——蜕变成"北京人"了，如姚明、施万春、三宝、马可、傅庚辰等"京派"作曲家。同时，有些"京派"音乐作品虽然诞生于北京，讴歌的是北京，描绘的是北京，但由于作品立意之宏、站位之高、视野之阔，最终在本质上已然超越"北京城"，在传遍大江南北的过程中逐步升华至"大中国"的高度，如前文提及的合唱《祖国颂》，有着"新时期"之"二喜"美誉的——管弦乐《北京喜讯到边寨》和歌曲《祝酒歌》，以及现已成为"时代音调"的歌曲《今天是你的生日》《走进新时代》等。

"京派"之所以能够成为"京"的"派"，自然有着与"海派"等其他"派"的与众不同之处。简单地说，"京派"音乐的特征具体表现在三个方面：1.既"京"又"客"，即一些"京派"音乐作品既有"京味"，又有京外其他地域音乐的味道。如王酩、王祖皆、叶小纲、林朝阳等"客京"作曲家实为由"海"入"京"的"京海派"作曲家。青少年时期浸淫于"海"里的经历，与中年后成名于"京"的轨迹，最终使得诸大家的音乐作品既有"京性"又有"海味"——"京派"与"海派"交织、缠绕在一起，从而呈现出既"京"又"海"，即"京""海"一家的表征。2.既"京"又"跨"，即一些"京派"音乐作品是"跨学科"之作，需要音乐界与舞蹈、电影、美术等其他"京派"界秉承"求大同、存小异"之原则而携手创作、共同发声，从而矗立起一个大写的"京派"。如"乐""舞"之"大同"的代表作——舞剧音乐《鱼美人》《红色娘子军》，"乐""影"之"大同"的代表作——电影音乐《冰山上的来客》《知音》，以及"乐""视"之"大同"的代表作——电视剧音乐《金粉世家》《京华烟云》等。3.既"京"又"国"，即一些具有"京腔京韵"

的作品,由于创作平台之高、创作立意之前瞻、创作时间节点之恰逢其时,最终顺理成章地成为"中国之声",如后来具有了明显"中国性"的歌曲《前门情思大碗茶》、舞剧音乐《红色娘子军》、管弦乐《春节序曲》、民族乐队轻音乐《喜洋洋》等"京派"音乐作品。

二、和而不同的"京派"音乐

曾有文学评论家说:"所谓'文坛',在北京是一个真实的存在。"①窃以为,何止是"文坛"?"京派"音乐在北京无疑更是一个真实的存在。

从表面上看,"京派"作曲家似乎是一个相对隐形的、松散的文人音乐家群体,然而"京派"作曲家之间的交往方式却是有形的,且不甚松散。确切地说,"京派"作曲家的交往方式主要呈现于两个层面。第一个层面属"实体层面",由三部分组成:1."图、文、音、像、谱",即"京派"相关音乐作品的图片、文论、音频、视频与乐谱的出版与发布;2."京派"相关音乐会、音乐周、音乐/艺术节、音乐比赛等,即相关音乐作品二度创作或协同创新的平台;3."京派"相关歌剧/音乐剧、舞剧等舞台剧与电影/电视剧音乐的一、二度创作。第二个层面乃"非物质层面",也就是"京派"音乐的"京性"。当然,此"京性"亦分"两步走"——"京派"作曲家由"被动"认同渐变为"主动"认同的过程。换言之,兴许一部分"客京"的作曲家起初对自己的身份被理论家视为"京派"并不认同,后伴随着"京派"的被认可度的逐步提高而有所改观,直至最终对自己的"京派"身份给予认同并深以为然。

---

① 孟繁华:《文艺批评的新势力》,《现代音乐的锣鼓——项筱刚乐评》丛书序,北京:团结出版社2019年版,第1页。

作为一个笼罩京城的艺术家群体,"京派"作曲家成员之间亦有着千丝万缕的联系。就"京派"作曲家主体而言,其成员之间多为"亦师亦友"的关系。简单来说,不论是北京的两所音乐学院——中央音乐学院与中国音乐学院的作曲系教师,还是驻京的多个中直院团、北京市属院团的"驻团"作曲家,以及北京地区其他相关艺术院校的作曲师资与新兴的"自由作曲家"①,其中相当一部分毕业于或曾就读／任职于中央音乐学院、中国音乐学院。换言之,"京派"作曲家成员之间多为这两个高等音乐学府的"校友"。君不见,每有音乐／艺术节、音乐会推出某"京派"作曲家的新作品或重演其经典旧作,便是"京派"作曲家的一次"盛会"——乃至中国音乐界的一大"节庆"之日——群贤毕至,少长咸集。在某个"盛会"或"节庆"的节点上,每位"京派"成员恍惚间或多或少会有"斯是陋'派',惟吾德馨"之归属感、荣耀感。

尽管参与"京派"活动的部分作曲家主观上并不承认自己是"京派"的一员,但"京派"作为一个以"无形"的形式而存在的"有形"的群体,客观上已然是一个不争的事实。

子曰:"君子和而不同。""京派"作曲家亦为这句古语提供了一个较为具象的理论注脚。换句话说,"京派"作曲家同样——和而不同。前文提及的"亦师亦友"的成员关系,英雄所见略同的创作理念,惺惺相惜地并驾齐驱,决定了"京派"作曲家对共同精神家园的追寻与坚守,最终不谋而合地在各自的音乐创作中流露出一种共同的"京性"。毫无疑问,"京派"音乐创作对"京性"的追求是一以贯之的,至于"京派"音乐批评是否亦追求此"京性",还需要时间来检验。当然,再宏伟、壮观的"和"——"京性",亦难以遮蔽"京派"每位成员特立独行、流光溢彩的"个性"。如果非要人为地将"京派"作曲家按照其"入京"时间的先后排座的话,那么诸"京派"大家的"个性"大致如下:

_____

① 即"体制外"作曲家。

早期：

源自"延安鲁艺派"并在作品中散发出浓郁泥土芬芳的李焕之、马可①，以及步履稳健的吴祖强等。

中期：

长于宏大叙事的施万春，以及"歌儿暖人心"的"二王"——王酩、王立平等。

后期：

"京腔京韵"的姚明，以"叶氏风格"而独树一帜的叶小纲，以及将流行歌曲艺术化的"张氏兄弟"②——张千一、张宏光等。

诸"京派"作曲家头顶"我手写我心"的独立思想、自由精神，以一部部鲜活的、标题音乐作品凸显其卓尔不群的"个性"，虽然部分成员在一定程度上亦难逃文人相轻的窠臼。客观地讲，"海派"因近海外而得风气之先，更偏重于西方的内涵，故"海派"作品多呈不拘形骸之"个性"。而"京派"因历史积淀而多家国情怀，更偏重于东方的内涵，故"京派"作品多呈"京性"／"中国性"。

不论是早期、中期的"京派"作曲家，还是后期的"京派"作曲家，诸作曲大家之所以成为"京派"的一员，盖因其能够在"京性"与"个性"之间找到一种动态平衡。作为前者的"京性"，初级阶段主要表现为老北京的"乡音乡情"或"入乡随俗"，即作品题材、音乐素材的"京腔京韵"；高级阶段则表现为对"家国情怀"的追求，即前述的"中国性"。作为后者的"个性"，初级阶段主要表现为一种由"量变"到"质变"的自我塑造，毕竟一下笔就暴露其卓越艺术才华的作曲家还是少数；高级阶段则表现为对一种"理想人格"的执着追求，即部分作曲家对某种体裁、某种手法、某种

---

① 项筱刚：《论"延安时期"音乐创作》，《黄钟》(武汉音乐学院学报) 2021 年第 3 期，第 86 页。

② 笔者曾撰文论及"张氏兄弟"——朝鲜族作曲家张千一、张宏光兄弟俩。详见项筱刚《历史长河中的多道宏光——由"手写的流年——张宏光经典作品音乐会"引发的思考》，《人民音乐》2018 年第 9 期，第 24 页。

风格、某种传播方式、某种创作理念长期而不懈的探索与耕耘。也许在某个节点,"京派"成员的"京性"多于"个性";也许在另一个节点,"京派"成员的"个性"又多于"京性"。然而不论在哪个节点,"京派"成员始终徘徊于"京性"与"个性"之间,并在"不经意间"寻找一个恰当的平衡点。虽然诸"京派"成员并未联袂发表一个共同的"艺术宣言",然其对"中国精神的题材"与"讲好中国故事"①之青睐,却使得成员不约而同地走上先"立足北京",再"立足中国大地"②的道路,亦使得"京派"音乐在冥冥之中呈现出一番独有的"中国气派"③。

正如"维也纳古典乐派""印象派"等西方音乐诸"派"并非该"派"自封一样,"京派"音乐是否姓"京"? "京派"作曲家及其"京派"音乐作品自己显然说了不算! 那究竟谁说了算? "客京"的音乐学者、海内外关注"京派"音乐的学者——说了算! 原因何在? 不论是"客京"的音乐学者,还是海内外关注"京派"音乐的学者,都需要保持一种"望京心态"。所谓"望京心态",即跳出北京看北京——距离产生美嘛。"客京"的音乐学者、海内外关注"京派"音乐的学者,只有与自己的研究对象——"京派"保持一定的距离,才能"望京"——"旁观者清",以免只缘身在此"派"中。

项筱刚　中央音乐学院研究员、中国当代音乐博士。

---

①　习近平:《在中国文联十一大、中国作协十大开幕式上的讲话》,中国艺术报,2021 年 12 月 14 日,https://mp.weixin.qq.com/s/TPVj-qKY5HUnZBZ2RQ3t9w。

②　同上。

③　同上。

新时代音乐人民性品格的文化生成逻辑

丁旭东

习近平总书记在文艺工作座谈会,在党的十九大报告等多个重要场合指出"社会主义文艺是人民的文艺"。中国音乐家协会主席叶小钢贯彻这一观念,发表《高扬社会主义主旋律,筑就人民音乐发展新高峰》一文,提出新时代的音乐就是"人民音乐"的论断。叶小钢提出,新时代人民音乐最根本的属性是"人民性",其基本内涵可简要概括为"一观""两论""一标准"。"一观",即社会主义音乐服务人民的艺术价值导向观。"两论",包括扎根人民、反映人民生活、表达人民心声的艺术创作论,以及鼓舞人民、引导人民、培育和树立社会主义核心价值观的艺术使命论。"一标准",即人民检验、人民喜欢的艺术作品评价标准①。叶小钢提出的"人民音乐"是对新时代主流音乐特质的一个符号化概括,体现了当代中国民族音乐话语的创设,是一个重大时代命题,揭示了当下中国特色社会主义音乐发展现状与未来发展趋势,深入底层逻辑对把握其命题内涵具有重要现实

---

① 叶小钢:《高扬社会主义主旋律,筑就人民音乐发展新高峰》,《人民音乐》2021年第2期,第14—17页。

意义。以下,笔者谈谈自己对其中三重底层逻辑的学习理解,以期求教方家共同研讨完善之。

一、秉承马克思主义的一贯立场

马克思主义是十九世纪四十年代由马克思、恩格斯创立的关于全世界无产阶级和全人类彻底解放的学说或理论体系。无产阶级专政是学说的精髓。其历史任务包括对广大的劳动人民实行最广泛民主以及对敌对势力的专政,还包括完善发展社会主义上层建筑和社会主义精神文明等。在马克思主义学说中,广大劳动人民是政治结构建立的基础,是政权力量的来源,是政治社会发展的依靠,因此,包括文艺工作在内的几乎一切工作都是以人民为中心,以为了人民、服务人民、益于人民为宗旨而展开的。

在马克思主义学说中,艺术与政治、哲学思想等共同构成建立在社会主义经济基础上的观念上层建筑,其中艺术有着反映维护与建设社会主义政治的天然职责。因此,其文艺的本质是以积极反映其政治力量源泉——劳动人民的生活与情感,塑造劳动人民正面形象,服务和满足劳动人民精神需求等为本责的人民文艺。

人民文艺与社会主义政治有着内在不可分割的联系。同样,社会主义精神文明是建立在社会主义经济基础之上的文明,是人民大众的精神文明。社会主义文艺作为社会主义精神文明的重要组成部分,其自身的建设任务是坚持马克思主义的一贯立场,并以马克思主义科学理论为指导,通过艺术的形式反映社会主义的政治观念、道德、理想以及人民大众的精神风貌等,从而不断加强社会主义精神文明并为物质文明建设提供精神力量。

总而言之,社会主义文艺即马克思主义理论指导下的人民文艺。人民音乐是人民文艺的组成部分,其必然秉承马克思主义立场,以人民为中心,为人民讴歌,为人民抒情,为人民服务,着点于建设社会主义精神文明,为社会主义建设发展提供精神动力。

必须指出的是,马克思主义的最终理想是消除阶级,解放全人类,实现共产主义。它自身是开放的、与时俱进的科学理论,在不同时期、不同国别会结合具体的时代情况、社会语境形成不同阶段、不同国情的马克思主义理论,有着不尽相同的人民对象内涵,但其总体指导思想、基本原则、基础原理不会改变,为人民的中心思想不会改变。其理论自身如此,其理论指导下的文艺亦然。

在阶级社会,阶级矛盾是社会主要矛盾,阶级斗争是社会的宏观主题,在这种语境下,列宁把人民界定为劳动群众,他明确指出,"劳动群众拥护我们!我们的力量就在这里"①,因此,列宁主张无产阶级不是把民族文化全盘接受下来,而是要从民族的文化中汲取和发展民主主义和社会主义文化。

受到马克思列宁主义影响,中国二十世纪三十年代左联提倡以"无产阶级革命文学"为代表的左翼文艺,将工农大众作为其服务对象与人民范畴。在二十世纪三四十年代的抗日战争时期,以毛泽东为核心的中国共产党人审时度势,将马克思主义与中国国情相结合,在1957年发表的《关于正确处理人民内部矛盾的问题》一文中把一切抗日的阶级、阶层和社会集团都归为人民的范围。因此,人民文艺成为中华民族绝大多数人的文艺。到了解放战争时期,"一切反对这些敌人(美帝国主义及其走狗即官僚资产阶级、地主阶级以及代表这些阶级的国民党反动派)的阶级、阶层和社会集团,都属于人民的范围"。

---

① 列宁:《工人国家和征收党员周(1919年10月11日)》,《列宁专题文集·论无产阶级政党》,北京:人民出版社2009年版,第224页。

（《关于正确处理人民内部矛盾的问题》）到了中华人民共和国成立的社会主义建设初期，"一切赞成、拥护和参加社会主义建设事业的阶级、阶层和社会集团，都属于人民的范围"。（《关于正确处理人民内部矛盾的问题》）可以说，从抗日战争时期到中国特色社会主义建设初期，对人民的外延界定一直在变，其根据就是中国的国情实际。虽然马克思主义中国化对人民外延界定有变，但秉持的马克思主义的基本立场没改变，人民艺术作为意识形态并服务于政治意识形态的社会文化本质没有改变，因此，毛泽东的"革命文艺武器功能论"，把文艺作为"革命机器的一个组成部分，作为团结人民、教育人民、打击敌人、消灭敌人的有力的武器"①是在革命年代提出的，是基于斗争需要提出的，是必要的，也是合时宜的。

新时期，中国特色社会主义人民政权强固，阶级矛盾已经不再是社会主要矛盾，对抗性矛盾已转化为人民内部矛盾，人民的范围已涵盖中国国家的、民族的全体，甚至更为广泛地包括"全体社会主义劳动者、拥护社会主义的爱国者和拥护祖国统一的爱国者"②，显然那时人民的外延又有了合乎国情时局的变化，不过，社会主义文艺坚持马克思主义的立场没变，故，在党的十一届三中全会提出"两为"（"为人民服务，为社会主义服务"）文艺方针，邓小平指出"我们的文艺属于人民""人民是文艺工作者的母亲""人民需要艺术，艺术更需要人民""人民生活是一切文学艺术的取之不尽、用之不竭的唯一源泉"等③人民文艺思想，从中明显可以看出此时人民文艺观念中对列宁"艺术是属于人民"观点的继承。

---

① 毛泽东：《在延安文艺座谈会上的讲话》，毛泽东选集（第三卷），北京：人民出版社1991年版，第847–879页。

② 引自江泽民代前言。见中共上海市委宣传部、上海社会科学院编：《邓小平的理论与党的十四大》，上海：上海社会科学院出版社1993年版，第3页。

③ 邓小平：《在中国文学艺术工作者第四次代表大会上的祝词》，《邓小平文选》（第三卷），北京：人民出版社1983年版，第211–212页。

新时代,随着全球化发展,中国经历百年未有之大变局,社会主要矛盾进一步发生转变,习近平总书记基于对国内外发展形势的研判,提出了"江山就是人民,人民就是江山"的人民观,提出"人类命运共同体"的全球价值观,从而又将人民的外延从国族进一步扩大到国际性、人类性的范畴,但坚持马克思主义的立场没有变,继承马克思提出的"人民历来就是作家'够资格'和'不够资格'的唯一判断者"以及恩格斯提出的"历史的""美学的"文艺评判标准,习近平总书记在关于文艺工作的系列重要论述中明确了"人民的""艺术的""历史的""美学的"人民文艺批评标准;进一步重申把"为人民服务""为社会主义服务"作为文艺工作的根本方向、基本要求和决定我国文艺事业前途命运的关键①;并"以人民为中心"发展性提出"两个扎根"的人民文艺创作观,"鼓舞士气、振奋精神""以文化人、以文育人、以文培元""书写和记录人民伟大实践"的文艺使命论等观点,构建了习近平新时代中国特色社会主义人民文艺思想体系。

由以上党的"人民"观念与"人民文艺"思想的演进可见,中国共产党领导下的人民文艺观念始终坚持着马克思主义立场,并在实践中结合具体国情时局发展完善。关于社会主义"人民文艺"与"人民音乐"的关系,叶小钢明确指出,"新时代人民音乐是新时代人民文艺的重要组成部分"②。可见,两者之间是总体和部分,包含与被包含的逻辑关系,新时代"人民音乐"具有新时代"人民文艺"的一般共性,理应贯彻马克思主义一贯立场,并同时具有了意识形态的政治文化属性。

---

① 2014年10月15日,中共中央总书记、国家主席、中央军委主席习近平在北京主持召开文艺工作座谈会并发表重要讲话。

② 叶小钢:《高扬社会主义主旋律,筑就人民音乐发展新高峰》,《人民音乐》2021年第2期。

二、植根于中华优秀传统文化中的儒家乐文化

中国传统儒家有着深厚积淀的乐文化,尤其是先秦原儒更是"弦歌不辍""士无故不撤琴瑟"。(《礼记·曲礼下》)儒家之乐从艺术形式上包括诗乐舞等,是一种融合艺术,但从文化本质上来说是比"音"高级的,与社会伦理相通的,唯君子可知的"德音"。故,《礼记·乐记》云:"德音之谓乐""乐者,德之华也",也就是说乐是道德之花,音声乐舞为末叶,道德伦理为根本。言古察今,儒家之乐与新时代中国特色社会主义文艺义理相通,都持他律论文艺美学观,都强调思想蕴藉,均可谓习近平总书记在文艺座谈会上所讲的,"思想精深""彰显信仰之美""有正能量",有"价值引导、精神引领"意义的文艺作品。

这一论断从更为具体的层面考察,我们也会发现乐与包括人民音乐在内的新时代人民文艺之间具有明显的文化血脉相通、源流相承的内在关系,概括而言,主要有四。

其一,乐与政通。《礼记·乐记》云:"声音之道,与政通矣。"在中国传统文化尤其是儒家思想里,乐与政治息息相通。其主要表现为音涵世情,晓音可察政,故周设采风或采诗之制;音蕴亲疏贵贱长幼男女之理,故风播正乐可正纲纪人伦,美善风俗,为治国之方;乐可彰先王之德,可防万民之情,施以六乐,可赓续文明,促进社会和谐。在新时代,乐与政通体现为包括人民音乐的人民文艺中国家主流意识形态的政治文化在场。

其二,以乐教化。乐教一词,最早见于《礼记·经解》,所谓"广博易良,乐教也"。彭林认为:"《乐》教的目的在于培养人的和通之性,因其简单而良善,为人喜闻乐见,故人极易从之,并为之所化……本质是

提升人的心性修养与君子人格。"①虽然这一解释在笔者看来仍有不周之处，但总体判断大致正确，即乐教的宗旨不在于着重提升人的乐舞弦歌之艺技，而是遵循"德成而上，艺成而下""以乐明德""以乐化人"的原则，着力于培养人的综合道德文化修养。② 其教育最终目标，在《大学》中体现为"三纲领"，即"明明德""亲民""止于至善"；在新时代包括人民音乐在内的人民文艺体现为"为时代明德，为民族培根铸魂"的工作宗旨，以及弘扬中华传统美育精神的新时代美育"以美育人""立德树人"的教育宗旨。

其三，乐蕴人文。中华传统文化中儒家所提倡的乐内容包孕丰富。从文化内涵的角度来说，其不仅蕴含道德、礼义，还可有"鸟兽草木之名"（《论语·阳货》）、先王历史圣迹与文治武功，由此可言，儒家所倡之乐是包括道德、伦理、自然、地理、历史的人文百科全书，正如清人俞正燮所说："通检三代以上书，乐之外，无所谓学。"（《癸巳存稿·君子小人学道是弦歌义》）对此，习近平总书记在关于文艺工作的系列重要论述中指出，"文学家、艺术家要结合史料进行艺术再现"，"创作更多体现中华文化精髓，反映中国人审美追求，传播当代中国价值观念，又符合世界进步潮流的优秀作品"等。由此可见，古乐与今之人民音乐在其包孕人文的意义追求与价值理念具有共识和共鸣。

其四，面向"全体"。对于这一观点，或有学者提出质疑，认为宗周之时，礼乐相须以为用，礼不下庶人，所以乐不可能面向全体。对此，笔者认为，不尽然，虽由于历史局限性，宗周制定了乐悬制度，让不同贵族等级的群体配享了不同规模制式的乐，即如《周礼春官·大司乐》所载，"王宫县（通悬），诸侯轩县，卿大夫判县，士特县"，但由于正乐蕴含了社会人伦礼义、道德人文，体现了古时的社会主流价值观，故在乐用、

---

① 丁旭东：《中华传统乐教观——首届乐教文化国际学术研讨会综述》，《中国音乐》2015 年第 2 期。

② 同上。

乐施的时候,虽一如"枝末"的艺术形式不同,但在内容本质上是根本一致的,否则,也就难言"移风易俗,莫善于乐"(《孝经·广要道》),也起不到"以风化下"的社会教化功能。另,从荀子《乐论》载"乐在宗庙之中""在族长乡里之中""在闺门之内"可见,宗周之乐的内容实质是面向社会全体的,只不过是形式上分层而施而已。察观新时代人民音乐,其实质是为人民的音乐,当然面向全体人民,不过,正如刘勰《文心雕龙》所言,"知音其难哉!音实难知""知多偏好,人莫圆该",虽在当下新媒体时代,人人都可以通过手机、电脑等终端接受音乐,但其中的交响乐、歌剧等所谓高雅者实际大多为知识阶层所推崇,而劳动大众更愿意亲近流行音乐、大众歌曲,因而从接受事实上也是有群体之分的。其区别,不过古时分隔以礼,当下为人的趣味取向而已。故,我们认为,两者从内容接受的角度来说,总体上音乐都是面向全体的。

习近平总书记在关于文艺工作的系列重要论述中指出,"中华文化既是历史的,也是当代的,既是民族的,也是世界的。只有扎根脚下这块生于斯、长于斯的土地,文艺才能接住地气、增加底气、灌注生气,在世界文化激荡中站稳脚跟。正所谓'落其实者思其树,饮其流者怀其源'"。通过以上古今比较可见,的确,新时代人民音乐贯彻了新时代中国特色社会主义文艺思想,从价值追求、美学观念、文化理解等多方面体现出其深植于已有数千年历史的中华传统儒家乐文化。

三、党领导下中国百年音乐工作的经验积淀

回顾中国共产党领导下的中国音乐历史百年,会发现那些曾经产生广泛时代影响,并流传久远的音乐作品,莫不是以人民为中心,具有鲜明人民性。

　　在二十世纪三十年代的左翼文艺思潮中,其中有一支音乐队伍——左翼乐联,它源起于更早的党的音乐小组,接受党的领导,主要成员包括聂耳、任光、张曙、吕骥、田汉等。当时这些左翼音乐家首先接受了"五四"以来的追求人的解放的文化思想,大力发展普罗大众的进步音乐,以聂耳、任光为代表,创作了《卖报歌》(安娥词,聂耳曲,1933)、《码头工人歌》(蒲风词,聂耳曲,1934)、《大路歌》(孙瑜词,聂耳曲,1934)、《渔光曲》(安娥词、任光曲,1934)、《毕业歌》(田汉词,聂耳曲,1934)、《义勇军进行曲》(田汉词,聂耳曲,1935)等传唱至今的歌曲,反映了工人、军人、渔民、报童、学生等不同身份普罗大众的现实生活与心声。在当时,这些歌曲一经推出,很快脍炙人口、传唱全国。其中,在音乐传播中取得的重要经验就是采用"运动模式"(左翼音乐运动),即群众路线的文艺工作模式,具体包括成立音乐学会、音乐研究会,组织募捐演出、群众音乐活动,出版刊物、歌集等。

　　基于左翼音乐的工作经验,"运动模式"在随后党领导下的抗日歌咏活动中得到传续弘扬,如在1935年"一二·九"运动的推动下,救亡音乐队伍迅速壮大,救亡歌曲创作、演唱蔚然成风,最终发展成为全国规模的抗日救亡歌咏运动;1937年"七七"事变后,北平、天津、上海等地相继组成了数以百计的"战地服务团""救亡演剧队"和"抗战歌咏团"等组织深入前线、工厂和农村,把抗日救亡歌咏运动推向高潮,形成了有人烟处即有抗战歌曲的文化景观。随着歌唱运动轰轰烈烈地开展,大量抗战名曲如《救亡进行曲》(钢鸣词,孙慎曲)、《保卫马德里》(麦新词,吕骥曲)、《大刀进行曲》(麦新词/曲)、《游击队歌》(贺绿汀词/曲)、《黄河大合唱》(光未然词,冼星海曲)等广泛传播,不仅鼓舞了抗战士气,同时掀起了全民族抗战的热潮,让侵华日军陷入人民战争的汪洋大海,为最后的抗战胜利做出了不可磨灭的贡献。与此同时,革命圣地延安也发动开展了"新秧歌运动""新民歌运动"等,推出了《兄妹开荒》《东方红》等经典名作;在国统区开展了"新音乐运动",在统战、抗战动员、音乐人才培养等方面做出突出贡献。

抗战后期,党领导下走群众路线的音乐工作方式又有了新发展,最典型的就是"鲁艺模式"。该模式包括"小鲁艺"(即专业化的音乐教育方式)和"大鲁艺"(即到广大群众的火热的斗争生活中间去学习的文艺人才培养方式)相结合。在"鲁艺模式"下,许多音乐工作者得到锻炼成长,后成为著名的音乐家(李焕之、麦新等),同时在这一模式下创作推出了影响深远的著名新歌剧《白毛女》(1945)。

中华人民共和国成立后,在社会主义探索建设时期,党的领导下音乐事业如雨后春笋般蓬勃发展起来,成立了中央歌舞团、中央乐团、中央民族乐团等许多的职业音乐院团,成立了中央音乐学院、中国音乐学院等诸多高等专业学府,在文艺政策上也逐步实行"百花齐放,百家争鸣",即便如此,在革命年代形成的群众音乐工作经验也依然得到传承,在全国各地,在厂矿、部队、农村等成立了难以计数的毛泽东思想文艺宣传队,在草原上行走着"乌兰牧骑",这些群众音乐工作虽已大都不再冠以"运动"的名称,但实质仍是"运动模式",只不过是配合着社会运动开展而已,如《我为祖国献石油》《学习雷锋好榜样》《咱们工人有力量》《社会主义好》等名曲的产生都有着"运动"背景。那时,专业音乐院团里虽然已经成立专门创作组,有了专业作曲家,但仍保留群众工作路线的基因,体现为"集体创作",如交响乐《黄河钢琴协奏曲》、琵琶协奏曲《草原小姐妹》、革命芭蕾舞剧《红色娘子军》、交响清唱剧《沙家浜》等红色经典音乐都是这类作品。另外,"百花齐放"下,虽也有一些作曲家的独立创作作品,不过,其创作的题材或素材选择以及内在情感等大都也是观照人民的生活与心声,如管弦乐曲《春节序曲》的音乐素材来自延安边区过春节时闹秧歌的音乐,管弦乐曲《红旗颂》表现的是站起来的中国人民心中的自豪与激动,《祖国颂》表现的是新中国人民对祖国的热爱,《英雄赞歌》表现的是人民对英雄的抗美援朝志愿军的崇敬,等等。

新时期,邓小平同志一方面强调"人民是艺术的母亲",倡导文艺"两为"方针,同时又注重艺术规律,发挥艺术民主,于是在宽松的文艺创作环境中真正做到流行音乐、现代音乐、人民音乐"百花齐放",虽如此,我们仍会看到诸多贴近人民、反映人民时代生活的作品走进人民的心中,成为绕梁不绝的时代经典,如歌曲《在希望的田野上》《年轻的朋友来相会》《春天的故事》《十五的月亮》《为了谁》以及歌剧《党的女儿》等。

新时代,习近平总书记继承了"双百""两为""两贴近"等既往社会主义人民文艺方针,同时又提出"两扎根""两创""三精"等新时代人民文艺观点,从而重组建构了新时代马克思主义的人民文艺思想体系。该体系一方面强调国族下的人民,一方面兼顾人类共同命运下的人民;一方面注重表现现实的人民情感,一方面又强调与时代同频共振;一方面注重文艺接地气,传得开,一方面又强调人民文艺攀高峰,出力作;一方面注重政策的、荣誉的精神引导,一方面注重项目的、基金的物质引导,因而新时代人民音乐创作形成了大型体裁涵盖齐全,重大社会文化题材凸显,主题创作繁盛空前的文化景观。新时代推出的反映党的领导下人民建设奋斗精神风貌的歌曲有《我们都是追梦人》《再一次出发》等,大型音乐舞蹈史诗有《奋斗吧,中华儿女》《伟大征程》等;表现国家文化公园建设的作品有民族管弦乐《大运河》、民族音乐会《长城》、交响乐《钱塘江组曲》等;讴歌党和祖国的音乐作品有交响乐《我的祖国》《美丽山河》等;表现中华传统文化的交响乐《大地之歌》《千里江山》以及表现人民新史诗的音乐剧《在远方》等。

通过对党领导下的人民音乐百年历史的梳理可见,无论是传下来的音乐经典还是当下的音乐精品,均有一个共性——人民性。这是党领导下的人民音乐百年实践得出的真理性经验。对于这一经验,我们进一步思考会发现,其中最深入人心的,就是那些真正、准确、深刻表达了人民的心声或反映了人民生活的作品。

结　语

综上所述,新时代人民音乐的人民性品格的生成契合了传承中华优秀传统文化的历史逻辑,坚持了马克思主义文艺的政治逻辑,符合中国共产党领导下的人民音乐百年发展的实践逻辑,是多重逻辑耦合共生的文化必然。当然这种必然也充分体现了习近平新时代中国特色社会主义思想为具体所指的新时代马克思主义中国化的基本立场。正如习近平总书记所指出,"马克思主义是人民的理论"①,"我们坚持把马克思主义基本原理同中国具体实际相结合、同中华优秀传统文化相结合,形成了新时代中国特色社会主义思想"②。

从新时代中国特色社会主义思想的世界观和方法论的角度审视当下的人民音乐。我们认为要重点把握其人民性中的三个要素。一,"人民音乐"是为绝大多数人的,其应主要反映为当下中国大多数人的心声、情感与生活现实。二,"人民音乐"具有中国共产党的政治文化在场的特质,其在内容上应始终紧扣同时代中国共产党领导下的社会主义主流文化。三,"人民音乐"必然扎根于人民的文化土壤中,其不仅表现在创作方面,也表现在文化传播放方面。在革命年代,党领导下的人民音乐采用的"运动模式"就是发动与引领群众广泛参与具体的音乐实践。在当今新传媒时代,人民音乐应具有"网感",从而召唤新时代的大多数人民——广大网民广泛参与。由此而见,目前新时代的"人民音乐"与其人民性的

---

① 2018 年 5 月习近平在纪念马克思诞辰 200 周年大会上的讲话。
② 2022 年 7 月习近平在省部级主要领导干部"学习习近平总书记重要讲话精神,迎接党的二十大"专题研讨班上的讲话。

实质要求还存在距离,这或许也是当下中国特色社会主义音乐发展要面对和解决的问题之一。

丁旭东　中国音乐学院国家美育研究与发展中心特聘研究员、秘书长,山西师范大学音乐学院副教授。

中国当代舞的组成要素与文化自信

王 欣

在建党百年之际,北京舞蹈学院以"为人民而舞"为主题,梳理伴随着百年历程中舞蹈艺术发展的百部作品。在这个活动当中,重新审视中国舞蹈的发展过程,我们发现一个非常有趣的现象,中国的舞蹈的概念是比较难以简单定义而解释清楚的,比如说中国古典舞、中国民族民间舞、中国现代舞、中国芭蕾舞等。整个中国舞蹈的体系建立都是与现当代中国的发展进程密切相关的,也是对标世界现有的舞蹈种类而寻求对话,同时坚定民族化和本土化的诉求。对我们来说舞种的划分或者解释某个中国舞种相对来说比较困难,尤其是每当和国际进行交流的时候,这个现象就更为突出,首当其冲的就是中国当代舞。

在当代这个概念上首先出现一个非常大的分歧,在西方看来当代舞是时间的概念或者是艺术史的概念,但是中国当代舞的组成非常复杂,既不是时间的概念,不是艺术史思潮的延伸或者生发,也不是语言的概念,因为并没有确切的语言系统和结构符号。所以,对我们来说界定中国当代舞是非常难的事情,但是这个问题又很重要,到底什么是中国当代舞,我们想从这样一个角度和百年中国舞蹈史的发展以及整个国家的历程相结合，从要素上来探讨中国当代舞的组成要素，也总结一下中国舞蹈实践的特殊性，以文化自信的态度为世界舞蹈提供中国逻辑和中国智慧。

首先，谁是中国当代舞的第一人。实际上在清末开始，特别是鸦片战争后伴随着中国被迫打开国门，与西方的交流增多，也曾有舞蹈家成为中西舞蹈的使者。比如裕容龄，她作为慈禧身边的女官，跟随外交官父亲到访西方，最早将中国传统舞蹈改编呈现在西方，同时她在巴黎向邓肯学习舞蹈，也将西方的舞蹈带回中国。但是这些在形式上、表面上的创新，并没有脱离舞蹈娱乐的形式，也没有摆脱阶层的限制，没能接触到真正的社会现实，反映当时中国人民的感受。

另外还有在中国现代音乐和舞蹈方面都有启蒙意义的黎锦晖，在歌舞教育上有着重要建树，但依然不能说其是中国当代舞或者中国当代舞蹈建设当中的第一人。他受时代的召唤开启了中国现代舞蹈的先河，最早尝试了跨界和与电影的结合，培养了中国很多早期的艺术家，但是其后期创作中一度偏离了原来的教育初衷，尤其他本人在上海，对当时的都市文化多有发扬，却忽略了当时中国广大人民都处于水深火热当中的现实情况。

广为人知的中国新舞蹈第一人——吴晓邦先生，以舞蹈为思想武器，对中国舞蹈进行一场彻底的革命，高举"新舞蹈"旗帜，创作了非常多反映中国当时的现实、反映人民水深火热的舞蹈作品。他在日本学习了现代舞的形式和风格，真正以舞蹈反映了中国现实，在舞蹈作品当中出现了人民的概念，在创作当中追求真情实感，扎根中国的文化土壤，用中国人熟悉的肢体语言不断探索和表达了艺术家心中的理念，以极大的热情关切现实的人生。吴晓邦先生当时以自发的状态，其"为人生而舞"是将自身刻入这个时代脉搏当中的一种共情和共振。"为人生而舞"的概念第一次成为中国舞蹈的审美和价值的认识，也是中国舞蹈第一次本质意义的转变。因此，这一概念成为中国新舞蹈（即后来发展而成的中国当代舞)的重要组成因素。

其次,是中国民族化与本土化的组成因素。具有传奇人生的戴爱莲先生,出生在国外的华裔,在伦敦学习了芭蕾舞和现代舞以后,其身份认同的困惑和寻根救国的使命引领她来到了水深火热的中国。由宋庆龄与周恩来指引正确的方向,先至香港,后到重庆,和吴晓邦会师,这两位先驱成为同道中人。一群舞蹈家为了反映中国的现实,改变中国的情况,以相当的艺术敏感度发现中国非常丰富的边疆舞蹈,也就是我们今天所说的各民族舞蹈。第一次将丰富多彩的充满活力的民族艺术呈现在艺术舞台上,不仅让中国人看到自己民族艺术宝藏而感叹,更加激发了保家卫国的精神和责任担当。

除此之外,推动中国当代舞发展进程最重要的是新秧歌运动。建立在中国二十世纪一个非常重要的时刻,在启蒙、救亡、翻身、立命的过程中,中国舞蹈贴合着时代的脉搏,要理解中国当代舞就要从这个过程当中寻找它的基因。《在延安文艺座谈会上的讲话》照亮了中国舞蹈的发展,其实也照亮了中国文艺的发展,在最艰苦的土地上开出了最鲜活的花朵,秧歌是民间舞蹈,代表了人民,这种以人民为核心,"为人民而舞"的理念,是中国当代舞最根本的宗旨。

因此可以看到,中国当代舞的底色当中有三个因素:第一,吴晓邦的新舞蹈。第二,戴爱莲的边疆舞。第三,这两位都是听到了《在延安文艺座谈会上的讲话》,受到为人民而舞纲领的召唤,才进入之后的自觉创作的过程当中,共同打造了中国当代舞的底色。

这三个因素是中国当代舞,尤其在现实主义精神为人民而舞的理念方面起到至关重要作用的因素,改革开放以后吴晓邦的新舞蹈也发生了一些变化,尤其部队舞蹈成为一股重要的力量,成为中国当代舞当中不可替代的部分,不仅折射了历史的变迁,也见证了中华民族革命建设的全过程。虽然是军队舞蹈,但是反映了安身立命的建设全过程,推动社会主义文化的全面发展,是民族复兴、国家崛起的主要文化的重要载体,把舞蹈作为武器投身于民族解放事业和国家文化建设的重要使命当中。

对于中国当代舞来说,另外一个重要的问题就是舞蹈的语言。二十世纪九十年代以后,北京舞蹈学院等专业院校促进了舞蹈教育的精细化、技法化,中国进入世界舞蹈的视野,也有了专业舞蹈比赛的要求,思想解放运动引发创作和理念上的历史性的变革,不用带有象征性的民族舞蹈风格性动作,人体是不是可以发现更深层次的情感变化、艺术观念。这在创作当中体现出一个标志性的节点,就是1998年荷花杯比赛当中,我们把之前的吴晓邦、戴爱莲"为人民而舞"的理念和精神融合在反映中国当代的社会生活和时代性的精神风貌当中,独具一格运用了中国传统的舞蹈素材和外来素材进行创作和表演。中国当代舞像一个通道,和西方当代舞完全不一样,不是艺术史和思潮的概念;没有割裂时间,而是连接了传统和现代,也连接了现代和当代;而且也没有割裂这个空间,而是连接了本土和西方;没有割裂这样一种思潮,而是把文化的属性变成一种语言的属性。

以《黄河》为例,以其音乐创作了的数部中国舞蹈,有古典舞、民间舞、芭蕾舞、国标舞以及街舞。如果说身体具有文化性的属性,在《黄河》中,我们看到中国舞蹈改造了原有身体语言文化,注满了情感符号的时候产生了巨大意义和价值。像中国当代舞一样,把情感作为意义和符号这一命题发挥到极致,无论何种风格的舞蹈,有了"为人民而舞"的理念支撑,进一步糅合为现实主义精神关注人生、关注当下和中国发生的一切火热变化的命题。它们都成为一种情感符号,解构了它们自身的语言或者是身体中的文化印记,成为中国舞蹈的一部分,这是非常伟大的改变,在世界舞蹈历史当中都不可能有这样一种集中的体现。对于中国舞蹈的民族化、本土化的追求,尤其"为人民而舞"的理念始终贯穿在中国的当代舞中。当代舞的最大特征就是把握时代的脉搏和现实意义,更加强调它的宽泛性、延展性和容错性。当代舞打破了舞种固有模式的封闭状态,将自身投入更广阔的模式选择当中,产生一种交替的、融通的反映当下的模式,这在世界范围当中也是没有的。因此,我们现在说文化自信,在新旧之交,打破了时空、思潮的概念,这是中国人独特逻辑的体现,也是中国文化伟大智慧的体现。而多种模式交互、交叉、交织而形成的新舞种,也不能从传统意义上对该舞种下定义,也就是说当代舞蹈突破了我们对于舞蹈原有的一些概念,或者一直以来西方舞蹈理论的影响。

因此,中国的舞蹈走在自己的路上,借用了这样一些形式,无论是来自西方古典的、现代的还是流行文化的,中国舞蹈都可以从中汲取营养,使之成为中国舞蹈的一部分,这是中国舞蹈发展的必然需要。同时,也是观照现实和连接中国传统和未来的一个伟大创造。作为中国舞蹈的理念"为人民而舞",从来没有这么明确、这么鲜明地被提出,正逢建党百年之际,我们把这个鲜明的理念精辟且明确地铭刻在中国舞蹈发展的里程碑上。也相信从今以后会在践行伟大的中国舞蹈的事业发展中取得更大的进步。

(本文根据作者发言整理,经本人审阅)

王　欣　北京舞蹈学院人文学院副院长、副教授。

舞蹈消费背后的时代审美

刘晓真

这里所要讨论的舞蹈消费是指发生在 2000 年之后的社会生活。二十余年间,我们可以有效地观察到一些舞蹈文化现象及其背后的审美变化。

首先,先请大家看一下我在 2020 年 8 月所做的舞蹈记录,可以看到活跃在三个空间的舞蹈活动:

第一类是剧场空间中的艺术舞蹈。舞剧《永不消逝的电波》自 2018 年上演之后持续两年票房飘红。据 2020 年暑期的数据,舞剧于 9 月在北京的演出票已售罄,而全国巡演合同签约到 2021 年年底。这个舞剧广受欢迎的程度已经成为现象级的话题,红色革命题材的作品以其精湛的艺术性赢得市场。

第二类是广场空间中的自娱舞蹈。在山东某滨海小区,全国各地的新移民天天在广场上举行各类消夏活动,有关舞蹈的内容涵盖了民间小戏秧歌、迪斯科、交际舞、十六步、鬼步舞、街舞等。参与舞蹈活动的人们无论男女老少,都会在每日晚饭之后不约而同地齐聚小区广场。当音乐伴奏响起的时候,人们自发地热情涌动在舞蹈之中。

第三类是网络空间中的新兴舞蹈。优酷视频平台自 2018 年推出《这！就是街舞》之后掀起一波街舞浪潮，至今已经推出四季。这档网络节目以演艺界具有街舞表演实力的明星为导师进行晋级比赛。通过其中创意不断的舞蹈节目可以看到街舞在中国的本土化演变。

通过这个表象，我想要说明一个问题：我们在对二十多年内所看到的文化现象进行判断和分析的时候，不应当把眼光仅局限在这一时段。

以广场舞为例，对它的追溯可以向前推至二十世纪八十年代，今日所看到的很多舞蹈类型都是从那个时期流行和积淀下来的，比如迪斯科和十六步。由此可见中国民众生活当中广场舞的流行程度和广度。在2012年左右，广场舞因其伴奏音乐扰民而受到媒体的关注，迅速成为一个社会性话题，被推到舆论的中心。与此同时，学界也展开了对广场舞的讨论和研究。这中间产生了一种误识，似乎广场舞是一时之间冒出来的新鲜事物。实际上，广场舞的流行并不是受到媒体和学界关注的时候才存在，其生命力并非源于这种关注。广场舞的发展自有其内在的驱动力——大众对美感和快乐的追求。因此，将大众娱乐舞蹈放在更长的时段内，可以清晰地看到个体解放和时代审美在四十年间的紧密关系。

以街舞为例。网络节目之所以能够成为爆款，就在于街舞在中国拥有相当数量的受众群体。街舞作为嘻哈文化的一部分，曾经是非常边缘化的外来文化的身体表达，由于它对自我个性的释放和表达在其他舞蹈类型之上，受到年轻一代的追捧。在2000年左右，街舞群体局限于二十上下的年轻人。时至今日可以看到，在全国各地的各种舞蹈教育培训机构中，街舞已经超越年龄和性别的限制，和芭蕾舞、中国古典舞一样成为机构必备的舞蹈类型，有着非常广泛的群众基础，有不少人是以街舞作为切入口来接受舞蹈文化的。以现在的发展态势，可以预测此后二十年街舞会成为市场消费的主流。

我在上述现象中还体会到了整个社会的舞蹈氛围正在发生非常大的变化,对它的分析要结合舞蹈专业内部的变化来进行。

长期以来,专业舞蹈界的发展有一个重要机制——比赛。随着传播方式的改变,专业赛事开始转向娱乐秀,这种转换我认为是舞蹈艺术在社会空间中产生真正影响的开始。最早在剧场中的专业舞蹈比赛,更多的是一种同仁之间的分享和交流。从 2000 年开始,中央电视台开始举办 CCTV 电视舞蹈大赛,赢得了广泛的社会好评。自 2010 年以后,地方卫视开始转向娱乐化的制作方式,影响较大的节目有《舞林争霸》《舞蹈风暴》。这些节目把专业领域的顶尖舞者和舞蹈作品推向大众。这个传播过程实际上是舞蹈教育的过程,和学院小范围内的作坊式教育形成鲜明对比,《舞林争霸》将精英化的审美成果推向大众。到2021 年,网络平台哔哩哔哩(俗称 B 站)推出《舞千年》,可以看作学院精英舞蹈和大众娱乐的彻底合体。

我认为上述专业比赛向大众娱乐转变的过程不仅仅是传播方式的变化,也实现了一种"审美下沉"。专业舞蹈在艺术象牙塔里的探索成果被推向公众空间,为大众的娱乐生活提供了新鲜血液。同时,参与这些舞蹈类节目制作的专业人士也使自身的文化素养、艺术修养、趣味取向获得广泛的传播,是一种积极正向的社会实践。我们真正能够体会到艺术在为人民服务。人们对身体文化的历史和审美认识也在这种氛围中逐渐得到提高。

综上所述,近二十年是舞蹈大发展的阶段,不仅舞蹈艺术专业领域的探索有着自身的演进,同时,还能看到它向更广阔的社会领域的传播,这是一个与人民群众的生活真正汇集的过程。

最后,借用毛泽东在延安文艺座谈会上的讲话内容:"我们讨论问题,应该从实际出发,不是从定义出发。如果我们按照教科书,找到什么是文学、什么是艺术的定义,然后按照它们来规定今天文艺运动的方针,来评判今天所发生的各种见解和争论,这种方法是不正确的。"所以,认识现实,尊重现实,找到一个正确的文艺发展方向并指定相应的政策导向是我们当下真正的任务。

谢谢大家!

（本文根据作者发言整理,经本人审阅）

刘晓真 中国艺术研究院舞蹈研究所副研究员。

自然山水的起伏乃人类心灵的波动

——关于自然文学的写作意义

凸　凹

　　关于"自然文学"与"生态文学"的概念,我更倾向于前者。因为后者太突出人的主体地位,具有"现代人类中心主义"的倾向,有人类"主宰"自然的嫌疑,故不取。在这一点上,我与兴安先生的观点类同。

　　当下,对自然文学写作的提倡已渐成风气:作家发奋,刊物助阵,已有了令人瞩目的成绩,并引起诸多层面的思考,已成为不可回避的现象。这很好。因为"自然文学"其实并不是什么新概念,世界文学中早有其文学传统,在二十世纪的苏俄文学、日本文学中,特点鲜明,蔚为大观。在中国文学中,也早就有"草木小品",到了二十世纪五六十年代,仿效苏俄文学和日本文学,更是注重风景描写,《白杨礼赞》《长江三日》和《天山景物记》等篇什,依旧流传于各种教科书中。只不过,新世纪以降,现代风习作用下,物质主义、商业原则排挤了自然之真、之美,对欲望风尚的追逐遮蔽了对天地奥秘和"人情物理"的探求,人类生活普遍趋于冷漠、枯槁,甚至无趣,人们便本能地反省、反思、反拨,呼唤有自然性情、纯洁精神、灵魂质地的文学登场,以浸润、教化、涵养人们的生活,自然文学也就应运顺势地"回归"。

　　为了让自然文学有写作上的自信、自觉、自适与自强,也更有力、更有效、更有益地滋养现代人的生活,便有必要,对自然文学的本质特征、价值取向、文学意义做学理上的探究,做到"明理而求"。自然文学的写作意义有以下四点,分而述之——

一、呈现天地间的"古老价值"

　　就我个人的阅读经历和阅读经验来说,国内自然文学写作者,早些时候,总体地以爱默生《论自然》、梭罗的《瓦尔登湖》、利奥波德的《沙郡年记》和屠格涅夫的《猎人笔记》为圭臬。近年来,"美国自然文学经典"传到中国,包括约翰·巴勒斯的《醒来的森林》、亨利·贝斯顿的《遥远的房屋》、特丽··T. 威廉斯的《心灵的慰藉》和西格德·F. 奥尔森的《低吟的荒野》等纷纷被译介,极大地丰富了写作者的视野。

　　我读的是程虹女士的译本。研读之后,感到她的译笔真是好,枯燥的描绘一经她的转换,就变得很灵动,很有文学品质。因为她下了大力气,前后用了十余年,她没有浮躁气,知道"宁静无价",一如植物的自然生长,她的译笔也取其自然的呈现姿态。

　　她每部书前的译序也写得很用心,深刻、准确地提炼出原作者的用意,对自然文学的本质有透辟的认识。她总结道,所谓自然文学,就是通过对大自然的观察与描写,呈现出天地间的"古老价值"。这些古老价值,是生命的基因,是人类最起码的行为准则、道德尺度,不会因时光的流逝而流失,需要现代人去守卫。

　　她认为,在自然文学作品中,我们看到了爱的循环:自然文学将人类对自然的热爱和人类之间的亲情融为一体,将土地伦理延伸为社会伦理,将对大地的责任延伸为对社会的责任。自然文学所称道的,是大爱无疆,是爱的往复循环。

　　我非常认同她的说法,因为我多年来所致力的乡土写作,特别是大地散文写作,就是立足于为世界(人类)大地道德的书写贡献中国经验。大地道德与土地伦理其实是一个概念,都是着眼于自然万物发育与生长的内在规律、内在逻辑和内在秩序,也就是大自然为什么有如此存在的道理。大地道德(土地伦理)对人有教化和借鉴意义,使人懂得敬畏,懂得"顺生",而不是妄自尊大、一意孤行、乱性而为。而且土地有"净化"作用,它被自然文学阐释之后,完全可以引发现代人类在社会中的净化,从而涵养出纯粹的人性,给现代人特别是钢筋水泥下的城市生活,洒下文明的阳光,并注入人性的温度。

　　譬如"清晨",约翰·巴勒斯《醒来的森林》告诉我们:在城市的居室里人们醒来,清晨就是该吃早饭的时辰;而在森林里醒来,是因为我们闻到了、听到了、感受到了沁人心脾的气息、拨动心弦的旋律和心灵复苏的活力之后的"一跃而起"。这样的清晨,意味的是生命的充盈和精神的觉醒。

　　在我们城市化的进程中,如何能留得住"乡愁",在我们刻板的城市生活中,如何能品味到醉人的"乡愁",有必要读一读程虹女士的四部译著。那里的诗情画意、丰盈意蕴,足以养心,足以铸魂。

二、表现节气的变换对人类情感的作用

　　事实上,新世纪以来,新生代散文家在自然文学写作上还是多有实践的,并在客观上也推出了一大批创作成果。梳理他们的文本,有一个共同的感觉,即:自然的四季,与人生的四季,在生命层面,有着紧密的内在联系,是互相牵动、互相作用的关系。换言之,节令的四季,不是置

之身外的纯客观的季节,而是人类生命的四季。四季的景致无不牵动着生命的脉动,影响着人类感觉的形成和情绪的波动。

以散文家彭程的文本为例。

他最初的描写自然的文字,总有高高在上的味道,好像人类的高明是能够主观地给自然风景赋予意义。后来他发现,这种写法根本就不能准确地捕捉大自然的幽妙与繁盛,人与大自然处在隔膜与分离的境地之中。因此他改变了叙事策略,把姿态放低,把"善解节气"作为书写起点,对四季的阅读与描画,也就是把自然之美,作生命的破译,以呈现生动的生命感应(生命体验)为着力点。这样一来,丰沛的感性文字让他怦然心动,受到情感上的大濡染,因而强烈地感受到人与自然之间存在着共同的呼吸与脉动,也感受到了与荷尔德林、海德格尔、爱默生等自然文学大师同频共振,并亲切对话的美妙境界。

他激动地说:"这是久久期待的一种感应,今方天得之,自己都被感动得五内俱热,因而相信,他人也不会无动于衷。"

比如他写春天的阳光——

还有阳光。已不复清冷浑浊如老人的眼神,漫洒下来的,是明汪汪的水。流在街巷,视野里蓦然鲜洁明亮了许多,漾一地温煦暖意。渗到胸中,一颗心也润泽鲜活起来。——像春水初初泛过的土地么?那咝咝的声息该是在感叹着欢欣。……外边的气息鼓荡胸臆,激起莫名的向往。(《春醒》)

写夏天的来临——

当槐花和泡桐花的香味在空气中飘漾的时候,我知道,我的幸福也降临了。……过去多少季节里积聚的感受,仿佛被一道闪光照亮;我有了一个倾诉的欲望。(《夏之初》)

向往与倾诉，是心灵的情绪；那么，春天与夏天便是人的生命历程，这样的季节便绝不是可有可无，而干脆就是"我"的成长季节。生命因此而走上成熟与丰厚，文学也因此具有了任何其他的人类操作不可替代的意义。彭程将这层意义作了一种现世的强化，让我们跟他一起沉浸其中，并自觉地"想想清楚"。

不可否认，现代文学很少有自然风景的着意描画，倒是声、光、电、色在作品中是一种至高无上的风景。一旦"想清楚"，我们便认识到，这其实是人类生命力萎顿的征兆：因为，自然的风景是一种根性的东西，树木、花草有根须，山峦河流有根底，鸟兽虫鱼亦有可供栖止的凭依。有根性，便有不息的生长，便有蓬勃的生机。而声光电色，倏生倏灭，形同虚幻；在虚幻中沉醉不醒的人，是感觉钝似血性变凉的一群，生命退化的那一重阴影，自然会或重或淡地罩在心上。

所以现在人迫切需要与自然的季节作生命的亲和，与土地建立一种既诗意又质朴的根性关系。彭程的《红草莓》《大地的泉眼》或许就是这样的感召书，告诫人类，只有很好地感受自然，才能更好地感受人类自己，感受不断变化的人类生活。

同时，彭程对四季的解读，发现了在文学的语境上，"真正理解语言并领受它的魅力，需要一些特殊的时候"。这些时候，便是我们在大自然中身临其境、情感投入的时候。这一发现很重要，让我们知道，机械、抽象地使用季节用语，是人类对自然感觉钝化的开始，必须有足够的自省。

依彭程指引的情感视角，季节用语其实亦饱含着生命的汁液，比如——

　　清明：字眼里便有水汽氤氲。
　　大暑：热烈的极致，蝉歌如雨。
　　秋分：收获之后，充盈化为落寞，一丝浅愁爬上心头。

大雪：拉上天鹅绒般厚重的大幕，走进回忆和梦境。

每个季节用语，都有一个诗一般的生命意象。

于是，我们的自然文学写作者，应该是站在城市的水泥地上，以诗人的心，唱出自然天籁的最纯情的四季歌手。

这时，如果把王国维的《人间词话》进行参照式的阅读，这种自然写作的伦理，正好跟他的"景词皆我"的意念暗合——

六点钟的夕阳仍高挑如烧，与所谓的"暮气"无关。大自然的境况一如人的心境：己心温暖，则世间温暖；温暖萦怀之时，激情暗涌，绝无衰象。

夕照之下，毕竟多思：或自审，或度势，或忖人……思想的火苗闪闪烁烁，不知要照亮哪一个角落。王国维情动之下，就写了一首《点绛唇》：

高峡流云，人随飞鸟穿云去。数峰着雨，相对青无语。

岭上金光，岭下苍烟冱。人间曙，疏林平楚，历历来时路。

正如他的"境界"说，这是"有我的境界"。"我"之情与"客"之景相依相融，不隔不游。所谓不隔，即分不出"景语"与"情语"之别，以至于"意境两忘，物我一体"。所谓不游，即自然之景与"我之性情"是一种有机的对应，不虚不伪，绝无造作。

"高峡流云，人随飞鸟穿云去"，这表达了人格的高拔与性情的飘逸。被金钱、名利等欲望羁身的人，绝不可能有"随飞鸟穿云去"的自由情致。"数峰着雨，相对青无语"，是高标的境界、伟大的人格——巅峰人物，总是傲岸青俊，不事自夸，不待人夸；着雨青秀，披雪苍茫；有自身情态，率意而自然，无言而景奇。

这正是王国维自身人格与学问气象的真实状况。所以，景词皆我，或曰物词皆我,不仅仅是自然与文学(美学)的关系问题,而干脆就是人的灵魂(精神)命题。

三、揭示环境与人的关系

记得是 2000 年 9 月,我和祝勇、熊育群结伴去了一次湘西,到了沈从文和黄永玉的老家凤凰县。那里虽然还不富裕,但人情淳朴、风景优美,给我留下了难忘的印象。

首先是那里的环境有殊异的样相。那里的山,峭拔而苍翠,常有雾岚缠绕;因为有雾的游移,山似乎有了呼吸,山便灵动而有诗意。那里的水,清澈而平缓,久也见不到流动的样子,显得矜持而含蓄,似有深刻的用心在焉。所以当时我想,凤凰这么一个弹丸小城,之所以出了沈从文和黄永玉那样的杰出人才,盖与它的山水景色有关。峭拔之境必有大品,深蕴之境必出奇才是也。

在凤凰行走了几天,感受到了凤凰人的两个境界:一是对环境的珍爱,二是对文化的尊重。他们认为,美好的自然环境是造化之赐,我们不能不珍惜;好山好水自然能产生出优质的文化,那么,对文化的尊重,就是对自然之赐的人性回报。这些朴实的认知,正道出了环境与人的内在关系。所以那里的人虽然并没有走过太多的地方,也没受过太多的人为的文化教化,但谈吐里却有很深的文化味道,显示出人性的儒雅与温暖。于是,那样的环境自然会诞生了那样的人,这是天地间的道理。

这时我突然想到了友人的一篇名为《树诔》的散文。他写到故乡村口的一棵老绒花树被人砍了,从此他感到故乡再也不是记忆中的故乡了;因为这棵老树不只是一棵树,而是故乡的标识,是故乡的象征,他甚至感慨道:这棵老树是我的一个亲人,是亲情的一部分;这样一个连着我根脉的亲人已失去了,故乡的梦也就残损了,甚至故乡也就不成其为故乡了。可以看出,环境可以直接构成人的精神谱系和心灵世界。

所以,自然环境问题,不是一个纯客观问题;也是属于人的主观世界的一个人性话题。自然环境涵养了人的生活习性、思维习惯和人性深度,是人的情感之依、精神之本和人性之母。"人是环境的产物",便不是一个意识形态化了的哲学概念,而是一个朴实的生活道理。

那么,自然环境的状况直接影响着人的生活质量,与我们每个人都有着必然的生命联系;作为现代人,环保意识不应该由外界灌输给我们的,而应该是我们自觉树立的。珍惜我们的生存环境,就是珍惜我们自己的生存权;这自然而然应该成为健康人格的组成部分。在全球一体化的现代世界,环保意识应该成为每个人的基本意识,也应该是衡量一个人的文明程度和个人修养的重要标志,因为它与一个民族的公民素质、文化内涵有关。

那年从湘西回来之后,我把自己的感受写进了一篇长文,题目叫《文化边城——凤凰》。这篇文章的影响很大,在《散文》月刊发表之后,转载无数。凤凰县编辑了一本解读地域文化的权威读本《沈从文的凤凰城》(中华书局 2007 年 8 月第一版),我的这篇文章不仅被收入,还作为核心文章,被其倚重。编者在序中说:

> 远在北京的作家凸凹,对凤凰文化同样关注并作了独到的诠释。有关凤凰民俗中那些落洞、放蛊和沉潭的情事,往往会引起人们对凤凰人的某种误解。凸凹则从正面解读了这些神秘现象的缘由与一定程度上的合理性,给人以耳目一新的感觉。对于边地的所谓"放野"现象(即青年男女由相悦而野合),他义正词严地写道:"自由结合的苗人,大都会终生和睦,绝少离异,其恋爱文明比汉人要开明得多。"对于闻之令人惊悚的"沉潭"一说,他是这样看的:"'沉潭'是在湘西的汉族军人和官僚士绅,在汉族观念桎梏下所演

出的一种封建闹剧,是边城本土文化的一个异质。"甚至对神秘得近乎迷信的"放蛊",凸凹也认为这是民众"惩恶扬善的一种手段","一种精神惩治。这比汉人的巫医,一味装神弄鬼……多了几分人间性,系人间的一种可爱的智慧"。(见其书第 87—88 页)

此类辩诬的说辞,固然还可以商讨,但对启迪就凤凰文化再思考和调整思路不无好处。

我文章的结语,还被摘登在封面上,类似"名人"广告:

　　不进入沈从文的文字世界,哪能懂得在历经风雨与磨难之中,沈从文的生命为何表现得如此儒雅与柔韧?不进入湘西的腹地——凤凰,哪能懂得边城文化——虽出于狭小地域,虽生于水与火,却能水火交融,异常开明与豁达?

　　文化与人一样,均有自己的出身与生存逻辑。

　　这便是到边城找寻"翠翠"的意义了。

引述了这么多,并不是自我卖弄、以标榜自己多么高明,而是想说,自然文学的写作,要把对环境与人关系的深刻揭示作为根本的写作立场,要上升到生命伦理层面。要有一种自觉的人文意识,即:尊重自然,就是尊重人类自己;保护自然,就是保护人类自己。

四、引领人们"诗意地栖居在大地上"

屠格涅夫说,在草木中散散步,读读果戈理,真是件幸福的事。

他此时所读,是《钦差大臣》《狂人日记》和《死魂灵》之外的文字,是《乡间通信》《狄康卡近乡夜话》这些来自小俄罗斯(乌克兰的旧称)乡村的东西。果戈理描绘乡间风情、乡间人物和乡间草木,活色生香,摇曳生姿,令人迷醉,堪称圣手。即便是在《死魂灵》中也能窥到这样的底色:他写的大吏、命官,总有观念化的影子,像他手中的提线木偶,是为了表演(表现)的需要;但一写到车夫、狱卒和小地主,就不一样了,他们都呼之欲出,有自己的生命。为什么? 地主与车夫、狱卒,虽然不属于同一个阶级,但他们都是乡间人物,有共同的承载,即:自然风情,泥土的呼吸,土地的感情。

所以,令写作《猎人笔记》的屠格涅夫沉醉的,自然是土地上的物象、气候、风俗和与之相呼应的心灵信息。也就不难理解,俄罗斯文学中为什么有那么多土地叙事、风景描写。

新中国成立初期的中国作家,很痴情于风景描写,下笔泱泱,不遗余力,其俄罗斯文学(苏联文学)的影响是显见的。但那时的有关风景的经典描写,现在看来,就感觉烦冗、沉闷、隔膜,了无生趣,不堪卒读。究其原因,或有二:

其一,匍匐于风景。认为,风景如画,巧夺天工,有玄妙之美,乃神力与天地造化。便采取仰视的视角,醉倒之,描摹之,痴迷到目盲,只见风景而不见人。

其二,功利于风景。这是对前者的反动,只是把风景描写当作营造环境、塑造人物、图解观念、表达悲欢的手段,人为地呼风唤雨,而漠视风景自身的韵致,便只听人声而不闻景语。

两种态度,均把风景外化于人,非俯即仰,俯仰之间,是游离的状态。这类似于中国人之于宗教。正如鲁迅所说,国人从来没有用端正的态度看待过宗教,要么跪倒了膜拜,要么就拿来一用,总之与信仰无关。

因为中国作家对自然的描写,没有建立在"端正的态度"上,先是失据,后是失真,就带来了消极的影响,便导致在当代作家的作品里,很少看到描绘风景的笔墨了。也就是说,因为不信服,本能地就不看重,自然就会"矫枉过正"。

这既是一种反拨,也是一种缺憾。因为稍有些文学常识的人都知道,自然的风致与文学的情怀,从来都是交融在一起的,文学史上的那些经典篇章,那些引人入胜、魂牵梦绕的文字,虽然差不多都是田园牧歌、山水画卷、草木诗篇、虫鸟吟赋,但是都有人类对自然的敬畏和心灵的感动、精神的飞升。

其中的道理是不难理解的。大自然不仅为创作激发了灵感,提供了源泉,也是人的来路与生存土壤,更是人性的启迪与教化。所以,才有"人算不如天算,人虑不如天启"的说法。老庄的"天地不仁,以万物为刍狗",其核心的含义,就是人生来并没有特别的尊贵,与万物是一样的。不仁,系无差别,是平等的原则;即:人不能以"人定胜天"的逻辑,以征服自然的态度对待自然。一旦偏离了"平等"法则,人就狂妄了,人性就恶化了。狂妄和恶化的结果,必然是大自然的惩罚,形象地说——

　　　绿茵凋敝,还你以风沙;
　　　良种退化,还你以秕谷;
　　　水流枯竭,还你以瘦寒;
　　　……

万物常在,且自适有序,但人性乖蹇,人世纷争,便是人与自然渐行渐远的自然产物。

有感于此,海子深情地呼喊:"面朝大海,春暖花开。"

海子的这句诗,每个读到的人都说感动,都感到有一股热流在内心里涌动。这其实正说明了人对于自然之美,有着本能的渴望,乃人性的状态,是永恒不变的。

"万物生长,诗人死亡"——这是终其一生,都钟情于书写"大地上的事情",因而被称为"土地之子"的苇岸的一句话。出自他对海子的一篇周年祭。现在吟味,顿生感触:这与其说是对海子的凭吊,不如说是对中国文学山水精神缺失的痛惜。是挽歌,是呼唤。

春夏之交,草木荣发、山林翁郁,正是读风景篇章的季节。

便从藏书中搜寻相类的书籍。首先取到的是托马斯·曼的《魔山》,因为据说,书中有关风景的华彩,是颇撩人心的。但是,真正读的时候,却异常沉闷,有苦不堪言的味道。即便是既被推崇的有关"雪"的那一节,虽雪山壮阔,晚霞灿烂,却是为了象征,为了推理,为了形而上的思考,毫无山水性情。便废书而叹。其实,这是应该想到的。德语文学是"思想者的文学",呈现的是日耳曼民族善思索、善抽象思考、善哲学思辨的性格特征。它的文学,整体地就趋于难懂,"不好看",更遑论对风景的描绘。

就取海明威的《乞力马扎罗的雪》。依旧是读不通畅,感到他山水之外的抒情过于泛滥,风景遭遇的是主观涂炭,已见不到自然本身的模样了。

等读到德富芦花的《自然与人生》,峰回路转,柳暗花明,眼前豁然一亮。一如鳏夫久旷之后突遇红尘知己,纵情得毫无节制,终夜耽读,不忍释卷,洋洋二十万言,竟一气读毕。然后,欢快一嘘,双眼盈泪。内心叹道:还是日本文学的山水精神涵泳得纯粹啊!

以为德富芦花乃专工风景散文的写家,不足为凭,便又读谷崎润一郎的《阴翳礼赞》,芥川龙之介的《侏儒的话》,川端康成《我在美丽的日本》,永井荷风《断肠亭记》,松尾芭蕉《奥州小道》,直至清少纳言的《枕草子》。在三四月间,河北教育出版社 2002 年版的"东瀛美文之旅"丛书,凡十五卷,悉数读破。

掩卷回味,感到日本文学最得自然精奥,且贡献了足可凭依的描写经典,是不为过的。

东瀛美文,特别钟情于对自然的描写,几乎到了无词不景的地步。

文字的气韵暗合着自然的流变,辞采的旋律共鸣着自然的律动。譬如写阳光与林荫,明媚处欢快,阴翳处凝重,是很情绪化的。即便是小草的浅唱,也如在恋人的耳畔,温柔的喁喁低语。见人见景,浑然一体,究其内里,与日本作家的自然观念、人生信念和文学状态有关。

　　日本作家珍重万物,认为草木也有人格,而人,也不过是行走的草木——人和万物是平等的,不分灵愚,休戚与共,情感是相通的。不难看出,其哲学底蕴是老庄的,与"刍狗"说类同。德富芦花写黄昏落日,一旦落笔,便是景人合一。他说——

　　　　在如此风平浪静的黄昏看落日,颇有守侍圣人临终之感。庄严之极,平和之至,令凡夫俗子也会感到肉身被灵光包裹而消融,好像灵魂端然伫立,化为永恒……太阳已西沉,然而,其余光忽如万箭向上攒射,映照得西边的天空一片金灿。啊,伟人的离世皆如是矣。(《面对大自然的五分钟·相模滩落日》)

　　落日一经与伟人离世相望,就壮丽了;人一旦有夕照金辉相衬,就感到了生的庄严。

　　既然万物与人都是平等的关系,那么人与人就更不在话下。所以,当在永井荷风的《断肠亭记》中读到如下一节,我不禁会心一笑——

　　　　看到街上卖号外的奔走呼号,一打听,原来是首相在东京车站被刺。一位大臣之死,亦不过等同于牛马之死,便未曾动容,回到家里与百合子在炉边饮柑桂酒一盏后安然就寝。

　　稍一追索,人的自然观的背后,实乃人生观也。也就不难理解,为什么日本作家整体地选择与大自然"零度接触"的生活方式——筑草庐而居,躬身于天地之间。

　　德富芦花对自己说："要有个家,最好是草屋,更希望有一小块地,能自由耕种。"便毅然从都市逃亡,真的住在了乡下。"屋子虽简陋,尚能容膝;院子虽小,亦能仰望碧空,足可以信步遐想。"在他那里,大自然不仅是环境,也是精神,一如《圣经》所说,人不惧苦,苦的是找不到生之"喜乐"。何言喜乐? 乃心灵的安妥、生命的自足。所以,走进大自然,不仅是"诗意地栖止",更是"喜乐"的境地。

　　这就注定了他们笔下的风景一定是与之对应的文字。他们写自然景物,不是旁观,而是融入——"自然"与"情怀"相依相伴,"万物"与"人生"相辅相成。美景,一如良友,旦暮相守,通款曲,相晤语。

　　永井荷风看到庭前落叶,就想到了波德莱尔的诗,因为它开启了心灵的记忆。"萧萧落叶"——波德莱尔。多美的意象,给人无限遐想。"天色微明薄暗,陋巷里苦雨尽洒,吾心凄凉,一如雨泼。"他不禁发出"雨胜于花"的感慨。其中的底色,是人生的沧桑——欢乐的时光易逝,痛苦的记忆永存。

　　"融入"化为笔致,便是以物拟人,以人拟物,物我同一了。所以永井荷风说："一个缺乏特有情调的都市,就跟接触一个没有品行节操的人一样。"他又说："我不喜东京而喜游京都,因为京都里有大自然里最令人尊崇的两样东西:庄严的庙宇和欢悦的艺妓。"

　　"缁衣"与"红唇",是情怀的两极,却妙在一起,直逼人生情状,世间本相,就有大趣了。

　　德富芦花把在大自然里的行走,不说是旅游,而是冶游。一个"冶"字,道尽了人与自然的万般风致。冶情,冶性,均与人性的涵养有关,其着眼处,不是人定胜天的迂阔与傲慢,而是对物语与天启的倾听,是对自然万物的欣赏与敬重。

　　儒家曰："物候不调,人心浮躁。"

　　诗也云："关关雎鸠,在河之洲;窈窕淑女,君子好逑。"

　　民谚说："蟋蟀鸣,懒妇惊。"

在中国,对自然,对自然与人,早就有殊胜的思想与态度,好的风景文字也宏富地放在那里,却被今人忘却了。

教会了学生饿死了师父。老理真是弄人。但这不应该是常态,应该是一时的迷失;醒来之后,应是崛起的身姿和超越的存在。是曰:万物生长,诗人复生。

最后我要说的是,虽然我们的自然文学写作,在当下被大力提倡,也形成了十分丰赡的创作实绩,但也出现了一种令人担忧的写作倾向,应该引起践行者足够的警惕——

忠实地描绘大地物事、乡村情感的散文,被批评界认为品格低下,是"匍匐于乡土、醉倒于村俗"的原始体现,没有"文学味",于是推动着作者远离乡土,走进书斋,用西方的哲学、主观的"主义",在纸上规定中国大地上的生长。自然的山水、林木、花卉、谷物,在他们看来,太清冷、太杂沓、太寡淡,太缺少故事,太缺少传奇,因而就太缺少"文学味",必须打碎、重组、嫁接、夸张、渲染、辞藻、弄玄、魔幻,写观念上的乡土,"我心中的"风景。于是,一路"大散文"开来,写出了一大批太像"大地散文"的大地散文,自己不断喝彩,也逼着别人跟着一起喝彩。

事实上,这些大地散文中的乡土物事,因为与真实的生物形态、情感状态、伦理品格相去太远,是转基因,是伪民俗,是虚假的情感,是不经的哲学,如果按图索骥下去,吃了会中毒,看了会目盲,品了会乱性,信了会生命失序……因为有这样的认识,对这类自然散文,我本能地抵触。

换言之,对"文学味"太浓的自然文学作品,因为它背离了文学朴素而真实的自然品性,我们应该像托尔斯泰说的那样,"保持最起码的警惕,并理直气壮地说:我不喜欢"。

凸　凹　原名史长义。北京市房山区文联主席,北京作家协会理事、散文委员会主任,北京评论家协会理事。

城市文化的多维视角

——文学作品中的北京

李甜甜

　　城市作为现代化进程中一种具有高度聚集化形式的产物,也在空间概念上经由生活于此的个体共同建构着其独具特色的城市文化。城市文化的属性是多维度的,可以是标志性的景观建筑、地域性的物件餐食、特有的语言腔调,乃至一种日常生活方式或内隐化的生活价值判断,等等,它们存在于依靠记忆而显现的点滴碎片中,勾勒出城市文化的生动图景。北京作为带有政治性、象征性、符号性的国际大都市,与纽约、伦敦、东京一样,也有着其作为世界城市的独特文化精神,在世界城市中独树一帜。北京的城市文化的生成,与其城市空间的发展演变密不可分。如果把文化视为人类生活方式及其符号表意形式或象征符号,那么城市就必然是人类文化的一种集中形式,甚至可以说是一种高度凝聚形式。① 对城市文化的理解须置于特定的区域空间内,北京城市文化空间是北京城在历史发展过程中所形成的具有特色文化内涵和

---

① 王一川:《通向北京城市文化精神》,《创新驱动与首都“十二五”发展——2011 首都论坛文集》,2011 年 11 月。

历史文化记忆,代表着城市文化生活具体实践的场所载体。① 城市文化的变迁发展过程,除了既定的史实记录之外,在诸多文学作品中也有着细致入微的独特体现,当我们深入文学内部肌理时,会发现文学是与现实结合得最为紧密的艺术形式,作家笔下对生活细部的文学叙事,为我们提供了史学之外审视和反观城市文化的多样化视角。

一、北京作家与北京文学

文学是时代生活的晴雨表,作家则是时代和生活的记录者。说到北京文学,不得不提及北京作家。学者孙郁认为,随着时代的发展,"北京"已然是一个更宏大、更宽泛、更具弹性的概念。因此,在北京生活工作过的作家,或者在写作上与北京有着深厚关系的作家,都可以称为北京作家。老舍自不待言,又如叶广芩也是北京人,后来虽然离开了北京,大家也认为她是北京作家,她的写作为北京的女性写作增添了历史的质地和韵致。作家徐则臣认为,北京作家的概念是多种要素的集合,需要从文化的意义、地域意义以及作品的内容来界定,其中地域性的概念、制度的规定性以及规约的身份认同起的作用更大。结合自身的写作经验,他认为要从三个层级理解作家对北京的书写。首先,北京作为场域的参照,一直存在于作家的写作中,即空间化的、地理意义上的实际存在、可见的"北京";其次,北京作为精神背景,即北京的文化、历史、全球化以及它的多元包容等,共同作用形成了某种抽象的气息,促成了作家的写作;最后,是个人写作的一个最重要、最直接的来

---

① 王淑娇:《北京城市文化空间研究现状评述及未来发展探讨》,《中国名城》2020 年6 月。

源——问题意识,在北京城市发展进程中的个体或某一群体所遭遇的精神疑难激发了作家的创作欲望,使作家在思考、解决和探索问题时,天然带有了北京的气息,呈现出作家眼中更加真实、独特以及自我化、个人化的北京。

的确,我们对北京作家和北京文学的理解理应更加突出其在地感、地方性,既要审视作品的文化意义,又要兼顾作品内容的表达性和地域性。正如学者陈晓明所言,北京作家群的共同特点在于,他们始终对时代有一种敏锐的、创新性的触觉,他们不仅仅满足于在作品中反映我们改革开放的伟大时代,而是更致力于反映改革开放时期人心和人性的复杂变化,反映人们此间的精神面貌。① 正是这样一群曾经或正生活于此的作家,用或虚构或写实的笔触,以北京为写作参照,记录时代生活,描绘出五彩斑斓的人文生活图景。

二、文学作品中的北京特质

从北京作家的作品来看,老舍先生开京味文学之先河,他的《四世同堂》《骆驼祥子》等经典名篇,以纯正的地方语言北京话写就北京城、北京人和北京事,通俗、简洁、自然地表现市民生活。而后,汪曾祺、林斤澜、邓友梅等对北京风物的文化追忆,叶广芩笔下一系列作品中杂糅的京韵京腔,王朔基于对北京话内在精神的重新挖掘写就的社会转型期的北京大院,以及刘恒对北京四合院新胡同文化景观的生动描绘,北京的市井风俗、人文精神与城市魅力跃然纸上,在北京作家笔下展现出

---

① 陈晓明:《立于潮头,顽强探索——始终处于变革前沿的北京文学》,《北京市文联成立 70 年高峰论坛论文集》,北京:北京美术摄影出版社 2021 年版。

不同时期北京城的独特韵味。

一个时代有一个时代的文学，但文学传统的巨大力量仍以惯性的方式传承延续。前有老舍、杨沫、浩然等老一辈作家奠定了北京文学的坚实基础，随后有王蒙、张洁、刘心武对历史伤痛的直面与反思，阿城、张承志对文化之根的发现和书写，刘恒、刘震云对现实生活的新书写，以及徐坤、邱华栋、徐则臣、石一枫等新生代作家对北京城市想象的书写，共同构成了薪火相传、生生不息的北京文学谱系，成就了《茶馆》《青春之歌》《沉重的翅膀》《班主任》《棋王》《你别无选择》《一地鸡毛》《城与年》《北上》等一大批文学佳作，北京也凭借着广阔的平台，让莫言、刘庆邦、阎连科、格非等一批来自全国各地的优秀作家聚集于此，他们以外地人的视角书写北京，不仅为北京文学发展注入了强大动力，也为北京文学带来了无限的生机和活力。

（一）历史性和人文性——庄重而华严的北京

北京是一座有着三千多年建城史、八百多年建都史的六朝古都，历史悠久，文化遗产丰富。这里既有宏伟壮观的长城、横跨岁月的故宫等古代建筑，极具地方特色的四合院，众多名人故居、文物古迹，彰显国家威严的天安门、人民大会堂等雄伟建筑，卢沟桥、双清别墅等革命历史遗迹，以及具有鲜明时代特色的"鸟巢"、中国尊等现代建筑。其独特的历史跨度和文化风貌造就了北京文学丰富可取的写作地标。

北京作为新文化运动的发源地，高等学府云集，知识分子强烈的国家民族关怀，以及对社会公共事务参与的热情，这种传统一直深刻地影响着百年来的北京作家。以沈从文、废名等为代表的京派文学是"五四"以来现代北京高等文化教育的产物，是受博雅教育理念影响的一批知识精英创作的文学。他们的写作典雅高贵，具有高远的精神，超越世俗文化，兼具现实主义和浪漫主义气息。不同于静穆庄重的京派文学,而后以老舍等为代表的京味文学,以北京话这种口语的、民间的语言建立起自身写作的独特语言地标,是生活在北京的作家创作的、书写北京最广大市民的生活,因而是更具有北京地方性和在地感的文学样式。文学与北京这座城市共生共情、交相辉映,成就了北京宏大高远的文学气象。

(二)丰富性和变化性——富有生命力的北京

北京地处华北平原北部,典型的温带季风气候让北京四季分明。在空间结构上,北京地域面积广阔,在 2017 年北京城市总体规划中,确立了"一核一主一副、两轴多点一区"的城市空间结构。规划提出要建设北京城市副中心和河北雄安新区形成北京新两翼,明确北京作为全国政治中心、文化中心、国际交往中心、科技创新中心的城市战略定位,着力打造以首都为核心的世界级城市群。国家对于北京城市定位的新要求、新期待,也让北京承载的功能因叠加而更丰富。

有学者将近二十年来与北京城市巨变相伴随的文学写作样态的复杂与多样称为京味文学的"新变"。① 纵观北京文学史,老舍的《北平的秋》、刘心武的《钟鼓楼》、宁肯的《北京:城与年》、徐坤的《金融街》、笛安的《景恒街》、徐则臣的《北上》等作品展现了不同时代的北京,北京的地标性建筑在作品中的体现,让更多的读者通过阅读也能在千里之外真切感受作家笔下的北京城市变化,感受置于城市进程中的个体境遇的改变,由此赋予了这座城市鲜明的文化印记。再如刘恒的《贫嘴张大民的幸福生活》,是时代转型宏观背景下北京平民的生活宣言,以小人物的个人家庭遭遇,展现北京普通人的精神品性。也有作家在大

---

① 张莉:《"京味"的新声与新变——想象北京文学的多种方法》,《当代作家评论》2020 年第 3 期。

跨度上对北京进行书写,如邱华栋的《北京传》,以《"中国尊"的瞭望》为序,以《智慧北京》结尾,用二十万字的体量,书写了从春秋战国到金元明清的历史,再到近现代以来的城市变迁,改革开放年代里"世界大都市"的形成,以及当下通州副中心和雄安新区的建设。正如他自己所言:"我一直觉得自己身处一个特殊的历史节点,于是想用'厚今薄古'的方式,写当代的北京,此刻的北京,崭新的北京,我自己的北京。但我最想写的恰恰是此刻的北京,当下的北京,这是我写这本书的一个精神立场。"①正是北京城市发展的丰富性和变化性,为作家创作提供了同样丰富的选择性和可能性,而城市的生长性和生命力,恰恰在于它的丰富和变化,在于它的日新月异。

三、北京文学中的城市精神

可以说城市文化精神是这样的存在,它是城市生活方式及其符号表意系统所呈现的一种微妙而又重要的理念、气质或禀赋,代表了城市文化的最核心和最幽微的层面。面对一座城市,写作如何才能更加贴近城市的内在精神,是每一个作家都曾思索过的问题。书写北京,不单是书写个人与城市的关系,也是书写一个人经由城市的联结,所构成的自身与世界的关系。

北京,作为一国首都,是如此特别的存在,其重要性和特殊性不言而喻。正如评论家孟繁华所言,"在北京、在中国,文学从来就不是个人的事情"。② 对作家而言,选择书写北京是对自己提出了更高的要

① 邱华栋:《写〈北京传〉不仅不忐忑,还特别自然》,澎湃专访,2021年1月12日。
② 孟繁华:《大江大河波澜处——北京文学70年的文学史贡献》,《当代作家评论》2020年第3期。

求,作家首先必须思考,在这样一个丰富、多变、复杂的巨型都市里,人们是如何认识自己、理解他人,用何种立场和价值取向处理周遭事务,如何建构起个体与他人、与社会、与时代的关系。而后,思考如何用语言写就个体内心深处丰富的精神世界,写出个体与时代命运的休戚与共感。老舍的《龙须沟》、王蒙的《组织部新来的青年人》、宗璞的《红豆》、浩然的《喜鹊登枝》……这些极具文学史意义的名篇佳作为现实主义文学的创作树立了典范,一代代作家对现实的观照、对时代与个体关系的反思让我们看到北京文学更多的可能性,他们对日常生活,尤其是对普通人的日常生活的关注,对变革时代心灵苦难和道德困境的关注,成为一种观察和创作的新常态,具体的、个性的、丰富的、复杂的,以及宏大和边缘等共同构成了多样化的北京文学景观。

地域写作,实际上勾连起的是作家的想象与现实生活图景。美国评论家赫姆林·加兰曾言,"地方色彩可以比作一个无穷的、不断涌现出来的魅力。我们首先对差别发生兴趣,雷同从来不能吸引我们"。的确,世界上许多城市都因文学被看见、被了解、被铭记。文学是滋养城市的灵魂,期待我们生活的城市因文学变得更加美好。也期待未来的北京,因为文学而闪耀,在全球语境中展现自身独特的城市魅力和文化价值,让更多的人从中读懂北京故事、中国故事。

李甜甜　北京市文学艺术界联合会干部。

音乐连接着城市的过去与未来

——以北京为例，浅论音乐与当代城市文化之关系

卢　曦

　　我国音乐文化源远流长，它以鲜明的独立性和特殊性屹立于历史长河之中，我们的先祖在日常生活中就已经出现了大众音乐文化的萌芽。[①] 从魏晋南北朝时期直至当代，大众音乐在社会文化发展中越来越不可或缺，并在人们的生产生活中，起着鼓舞士气、抒发情感、愉悦心情的作用。音乐带给人们的感受是直接且富有冲击力的，与一座城市的文化息息相关，音乐有着鲜明的地域特点。一首经典歌曲可以唤起人们的历史记忆，更能折射出时代的深刻背景。因此，音乐作为体现城市文化和魅力的一种艺术手段，百年来一直在城市文化建设中占据着非常重要的作用。从一个城市口口传唱的音乐中，可以感受到这座城市的文化底蕴，让好的风气和文化传统得以传承并创新发展；同时，一首脍炙人口的音乐，更能体现一座城市的精神风貌，突出该城市特有的人文景观和自然风光，让城市形象更加立体鲜明，让人们记忆深刻。

[①] 涂波：《我国大众音乐文化与音乐创意产业研究》，武汉：华中师范大学出版社2021年版，第1页。

一、北京独特的音乐文化印记

北京是国家首都,也是国际化大都市,北京历史悠久,文化灿烂,荟萃了自元明清以来的中华文化,是首批国家历史文化名城、中国四大古都之一和世界上拥有世界文化遗产数最多的城市。古都文化、红色文化、京味文化、创新文化共同构成了北京这座城市的文化底蕴。而音乐艺术在这四种文化中都占据着非常重要的地位。北京红色音乐中脍炙人口的有《没有共产党就没有新中国》《五月的鲜花》《义勇军进行曲》。不论是风起云涌的抗日救亡歌咏运动,还是如火如荼的晋察冀抗日根据地歌曲,均在当时特定环境下发挥出了积极作用①;北京古都文化历史悠久也体现在音乐中,徐晶晶、金圣权《北京　我的爱》、王智《故宫以东》唱出了北京恢宏大气、气势磅礴的古都文化,故宫、天坛等皇室文化遗产闻名世界;胡同、四合院、鸽子哨等这些由"北京味儿"聚集而成的京味文化,构成了首都的独特韵味。2017 年,由北京市文联组织创作的《北京印记——原创情景歌汇》以"北京印象""北京情怀""北京信仰"三个篇章,以跨越北京十六个区县的十二首具有代表性的北京民歌展现了浓浓的"京味儿"。本着将历史传承与现代生活相结合的理念,把北京民歌与曲艺、戏曲、西洋音乐、多媒体、电声、说唱等形式相融合,让北京市民感受到了京味文化的魅力;北京创新文化体现在音乐中,2008 年北京奥运会歌曲《我和你》以及 2022 年北京冬奥歌曲《永远在一起》当仁不让,这些歌曲让人们马上想到北京作为"双奥之城"的大气和包容。

---

① 孟繁华主编:《北京红色文艺》,北京:北京出版社 2020 年版,第 99 页。

北京将奥林匹克文化与以中国为代表的东方文化完美融合,实现了东西方文明的交流互鉴。

二、音乐对形成城市文化的重要意义

在当今的城市发展中,音乐具有很强的影响力和感染力。让音乐为城市形象代言,得到越来越多城市文化管理者的认可,为城市编创市歌、组织各种大型音乐节会活动、通过歌曲来树立城市形象,打造城市旅游文化等一系列的突出城市地方文化特点的政策手段不断涌现。这为音乐与城市文化的有机融合提供了极为便利的条件,通过音乐传播的便利,利用音乐的教育功能、娱乐功能以及营销功能为城市文化的发展提供更好、更完善的环境和机遇。

上海拥有中国历史最悠久的"上海交响乐团",音乐氛围浓厚。音乐制作人、创作人、歌手云集,形成了良好的音乐城市文化。从《上海滩》《夜上海》等深入人心的旋律、歌词体现出了上海标志性的母亲河黄浦江、令人向往的繁华世界十里洋场到反映近代无数小人物奋斗场的《谢谢侬》、展现当下上海新风貌的《我们的上海》,从音乐中我们可以最快的速度了解这座城市的风土人情和地缘特色。网红城市长沙,素有"文艺湘军"之称。近年来文娱产业飞速发展,吸引了全国各地的年轻人前来打卡。同时,接地气的音乐也为这座城市增色不少,让人对这座城市的认识更加形象生动具体。长沙本地歌手张艺兴用长沙方言说唱《湘江水》,韵味十足的长沙话,节奏超燃的说唱,把长沙经典元素融入歌曲,岳麓山、烈士公园、剁椒拌饭、嗦粉等,游客听完对长沙的第一印象就是热情好客,山好水好人好、对长沙人来说满满的儿时回忆,往深层次理解,该歌曲唱出了长沙人民的个性特征——努力奋斗,勇于拼搏,面对艰难险阻迎难而上、不屈不挠的精神品质。将长沙的城市文化展露无遗。赵雷一曲《成都》火遍全国,唱出了成都慢悠悠又极具人情味儿和生活气息的感觉,让每天在钢筋水泥中不停奔波、拼搏的都市男女羡慕这种生活,想去成都体验这种慢生活。2019年12月,《成都》入选最美城市音乐名片优秀歌曲。

因此,音乐可以与风格迥异的城市文化有机融合,可以直观地展示每个城市属于自己的那一份独特,具有很高的辨识度。用音乐来展现城市魅力,树立城市形象,打造城市名片,也受到越来越多城市管理者的青睐。在现在以及将来的国内、国际交流活动中,城市名片代表着一个城市的整体形象,为城市的各项发展带来了更多机遇。让音乐作为城市名片来宣传城市文化,不仅在宣传方式上给人以新鲜感,更容易与民众产生互动,从而体现城市风采。

同时,优秀的音乐使人向上,优秀的音乐文化不仅能够使个人身心愉悦,还能有效提升整个城市市民的素质修养,进而提升城市文化品位。作为世界六大音乐之都之一的哈尔滨,城市的发展一直和音乐为伴。国外音乐家带来的音乐活动丰富了哈尔滨的音乐舞台和哈尔滨人的文化生活,将异域的文化和风情融汇到哈尔滨的地方文化生活中,书写着哈尔滨音乐文化的历史。哈尔滨有着百年历史的交响乐团、有在中国坚持最久的哈尔滨之夏音乐会。这里还有号称中国最美现代建筑之一的哈尔滨大剧院。而哈尔滨音乐厅就像一颗闪烁于冰城夜晚的璀璨钻石,"浮游冰晶"的设计,既与哈尔滨的冰雕艺术相协调,也和哈尔滨打造冰雪文化的理念相融合,是哈尔滨的新地标建筑。丰富的音乐文化氛围使哈尔滨的城市文化变得浪漫而绚丽,仿佛空气中都流动着美妙的音符,常年在如此雅致的音乐氛围中生活,市民的艺术审美能力不断提高,同时,在这些优秀音乐文化的沐浴下,哈尔滨的城市文化品位也随之提高。

三、如何用音乐塑造新时代首都城市形象

近年来,随着以城市为主题的歌曲大量涌现,音乐语言在塑造城市形象方面的作用越来越凸显。北京,作为首都,城市战略定位为政治中心、文化中心、国际交往中心、科技创新中心。这四个中心建设都可以通过音乐的载体来实现,从而更好地彰显首都独特魅力、释放首都精神气质。北京在用音乐来展现城市文化上从未缺席。"我爷爷小的时候,常在这里玩耍,高高的前门,仿佛挨着我的家,一蓬衰草,几声蛐蛐儿叫,伴随他度过了那灰色的年华。吃一串儿冰糖葫芦就算过节,他一日那三餐,窝头咸菜么就着一口大碗儿茶……"听到这首《前门情思大碗茶》,人们眼前便浮现出北京的红墙碧瓦,北京人的生活场景。

中华人民共和国成立后,《向北京致敬》《挑担茶叶上北京》《满怀深情望北京》《库尔班大叔你上哪》《北京颂歌》《故乡是北京》等具有北京特征的音乐家喻户晓。二十世纪九十年代以来,北京的音乐与时代更加贴近,谱写出了一首又一首的时代强音。抗击非典时在网络上广为流传,署名为"一些生在北京的音乐人"的《生于北京》,何勇演唱的《钟鼓楼》;抗击新冠肺炎疫情的《爱是桥梁》等一系列北京原创音乐,不仅是全国流行音乐中一道独特的风景线,更体现了北京独具特色的城市魅力。

随着全国文化中心建设的不断推进和首都文化的不断创新发展,北京音乐创作和传播在展现城市文化上也出现了一些新的问题,如何进一步挖掘和弘扬北京音乐的精髓,承继优秀北京音乐的传统,也引起人们的广泛关注。

随着生活节奏的加快和社会变迁,传统的音乐形式正面临新的挑

战,其原创性明显不足,创作力量还不够强。很多作品相互模仿,没有很好地形成继承民族音乐传统并体现时代旋律的当代歌曲风格,有些创作者忽略考虑大众的审美需求,仅仅把歌曲作为迎合少数人的市场产品。更有甚者,由于缺乏对北京城市文化和人民生活的深刻理解,歌曲没有灵气,不接地气,歌词内容单一,缺少文化内涵,没有从多角度多视野全方位的体现首都特色。同时,过分追求歌曲本身的经济价值,使得这样的音乐变得越来越乏味和苍白,导致传唱度不高,普及性不够。另外在北京音乐的对外传播和推广上,还没有形成合力,离通俗流行歌曲还有一定距离。

其实,北京高等音乐院校林立,音乐人才济济。作为全国音乐创作、编辑制作、出版发行、演出交流、版权交易、科技创新和消费体验的中心,北京聚集了音乐企业、人才、技术、科研、教育等全国优质资源,为音乐创作提供了丰厚的沃土和极大的便利。而且,我们所熟知的城市场景和文化地标,都可以转化为音乐之旅中的创意空间与艺术符号。比如代表古都北京的故宫、天坛、太庙;代表红色北京的北大红楼、香山纪念馆;代表京味北京的前门大栅栏、王府井;代表现代国际都市的北京 CBD 国际传媒产业集聚区;代表艺术北京的国家大剧院、人民艺术剧院、天桥艺术化中心;充满竞技精神的鸟巢、水立方……正是这些带着鲜明城市印记和文化气息的城市元素构成了生动而多元的城市故事,为市民发现一座城市的文脉、人脉和地缘提供了丰富元素以及了解城市的另一面、阅读生活的全新视角。

因此,北京音乐在体现城市文化上想要有好的社会效果和群众基础,要求音乐创作者要深入生活、扎根人民。不断对北京城市文化进行深入研究和调研,才能创作出观照时代,描写火热生活实践,适应当代艺术发展,以充满时代精神和中国力量的音乐呈现给大众,实现其在当下的广泛传播。

2019 年 12 月 31 日,北京市推进全国文化中心建设领导小组正式发布《关于推动北京音乐产业繁荣发展的实施意见》，提出了十项重点工作五大保障措施，即"北京音乐十五条"。确立了将北京建设成为国际音乐之都和华语音乐全球中心的发展目标。出台了诸如对音乐人才进行培养教育，对精品音乐项目进行政策倾斜等一系列促进首都音乐发展的利好政策。

相信有了政策机制体制保障，在不久的将来，北京音乐在提升首都城市文化形象上将进入一个发展快车道。

卢　曦　北京市文学艺术界联合会干部。